COLLECTION FOLIO

Céline Minard

Le dernier monde

Denoël

Ouvrage publié sous la direction de Cécile Guilbert

Née en 1969, Céline Minard a étudié la philosophie. Elle est l'auteur de quatre fictions, *R.*, *La Manadologie*, *Bastard Battle*, et *Le dernier monde*.

à Sylvie

AVERTISSEMENT DE L'ÉDITEUR

Le dernier monde commence par un mot tronqué (« drait »). Cela n'est pas dû à une erreur de fabrication mais à une intention délibérée de l'auteur, dont le sens apparaît plus loin dans le texte.

drait à l'idée de personne de dire que l'interprétation de « Oh Thou Tupello » chanté trois fois par semaine par le chœur du collège de Welleyslay à quatre heures quinze (GMT-6, heure de Houston) tape sur le système. On n'oserait pas même se boucher un tout petit peu les oreilles : froisser les sensibilités musicales à quatre cents kilomètres de périgée n'est pas une attitude positive.

Nous formons une bonne équipe, nous flottons soudés, en harmonie, nous sommes tous des spécialistes, des adultes entraînés, responsables, fabriqués et bien payés.

Hier j'ai filmé une partie de l'expérience de Bertin-Mergeol « Étude de l'effet de la microgravité sur la perception et la transduction des signaux mécaniques dans le cadre d'une étude des tissus conjonctifs ». Ça consiste à saisir un objet devant soi et à le ramener dans son dos les yeux fermés. Le champ expérimental est défini par un drap blanc tendu derrière l'expérimentateur et marqué de douze points noirs reliés horizontalement et verticalement par un fin tracé gris. Le sujet évolue devant cet espace repéré après avoir revêtu une combinaison noire où les plus importantes articulations sont indiquées par des points blancs également reliés entre eux par de fines lignes blanches. Grâce à ce dispositif, les mouvements effectués sont modélisables à partir du film.

Le sujet se place d'abord de profil par rapport à la caméra et doit ramener derrière lui, dans son dos, un objet placé devant lui qu'il repère visuellement et saisit avant de fermer les yeux et d'effectuer le mouvement. Cette fois, Sokstas m'a servi de cobaye, je veux dire, d'expérimentateur. Il s'est très bien comporté et malgré son programme personnel plus que chargé il a accepté d'accorder deux heures pleines à ce petit jeu. J'ai monté vingt minutes de film où on le voit parfaitement concentré, tourner lentement autour de lui-même après s'être emparé de l'objet et tâter l'air avec son bras comme s'il cherchait les parois du module. La plupart du temps, alors qu'il estimait avoir mené à bien l'expérience, la balle de caoutchouc rouge était sous son aisselle droite, à hauteur d'épaule. À chaque fois qu'il rouvrait les yeux pour constater le résultat et se remettre de profil par rapport à la caméra, il lui fallait deux ou trois secondes pour se réorienter.

C'est un beau film. Il est destiné à la presse spécialisée et de vulgarisation ainsi qu'aux deux ou trois cents sites Internet qui trouvent encore du public pour ce genre de choses.

Je n'y ai pas mis mon fou rire parce que je n'ai pas ri et j'ai coupé juste avant le début des vomissements.

Sokstas était furieux de ressentir à nouveau ce mal de l'espace dont il avait mis une semaine à se défaire après son arrivée en orbite : j'aurais pu le prévenir, et d'ailleurs s'il avait su, etc.

J'ai essayé de le calmer en lui disant que je ne pensais pas qu'il réagirait comme ça, que cette expérience est généralement anodine et ne provoque aucun malaise, particulièrement chez les gens qui sont en microgravité depuis plus de trois mois.

— Anodine, hein !

Et puis il m'a tourné les talons, me laissant l'agréable besogne d'enfermer son vomi dans un des sacs bleus dits « DPA » (déjections pour analyse) ou plus familièrement : floatingbag.

Merci Sokstas, merci Bertin-Mergeol, ç'a été une vraie partie de plaisir !

Évidemment Al Ashby s'est mêlé de ça et au repas commun Sokstas et moi avons dû faire comme il se doit une réconciliation en bonne forme avec poignée de main et mutuelle assurance de franche camaraderie. Un petit rituel qui a lieu au moindre accrochage, pensé et mis au point par les meilleurs psychologues du Cap, une merveille de rééquilibrage des interactions en conditions extrêmes. À tous les coups ça marche.

Tu parles.

Sokstas, je m'en fous complètement. Ici on est cinq et chacun se fout complètement de savoir si ______
____ ___ ______ ___

Bon. Nous sommes des adultes entraînés et entraînés aussi à vingt-cinq mille kilomètres/heure au-dessus de la Terre. Il n'y a pas que le chœur de Welleyslay qui tape

Il faut que je soigne mes relations sociales.

J'aime bien Sokstas, c'est ce que je voulais dire en écrivant je m'en fous de Sokstas. C'est ça, je l'aime bien, je m'en fous, ce qui signifie : je n'ai pas de problème avec lui, il ne me pose pas de problème. Personne ici ne me pose de problème.

Même l'odeur de merde de cette station je m'en fous. Ou je l'aime bien.

Les chiottes sont toujours bouchées parce que l'évacuation n'est pas placée sur la partie ensoleillée du module alors les tuyaux gèlent et ce qu'il y a dedans avec. D'où les remontées d'odeur mais je m'en fous. On s'y fait.

Le Président a envoyé sa photo dédicacée par le dernier cargo Progress. Sa femme et ses enfants sourient de toutes leurs dents alignées et le grand personnage protecteur nous assure de ses sentiments les plus sincères, il est admiratif, dit-il, il nous félicite d'être là où nous sommes et pour nous savons quoi et la gloire de l'espèce humaine. Au moins au Tsoup, chez les Russes, il y a une affiche où l'on voit une station spatiale accrochée par des fils de marionnettes et c'est le grand patron du sol qui tient les ficelles.

Le commandant a rempli ses fonctions (il les remplit toujours), chaque photo dédicacée de cet ordre, chaque communication ouverte de cette valeur hiérarchique donne immédiatement lieu à un rassemblement serré des troupes avec larme à l'œil réglementaire et gonflement des poitrines. Le doigt sur la couture du pantalon, sauf qu'on est en short.

Il n'y a guère que Méryl qui ne se sente pas obligée.

C'est avec elle que je fais la prochaine SEV. Dans huit jours.

Nous devons réincliner les panneaux solaires du module scientifique européen Palladio qui se sont (officiellement) « inexplicablement » coincés lors de la dernière rectification d'attitude de la station. Ça fera tout juste quinze jours que Palladio pompe dangereusement sur les batteries du module de base : ni Ashby ni Sokstas n'ont voulu interrompre les expériences de nanotechnologie qui ont lieu là-dedans. La cristallisation des zéolites en apesanteur mérite bien un couvre-feu à dix-huit heures n'est-ce pas ? J'adore les prétextes.

Méryl a vérifié vingt et une fois sa combinaison en Orlan (3 × 7, les petites superstitions sont multiples), vingt et une fois les branchements, les raccords, les micros, les tuyaux. Nous avons répété notre Sortie Extra-Véhiculaire pendant six jours. Nous sommes prêts. Nous sommes physiquement et mentalement bien préparés. Nous sommes confiants, as usual.

Et bien sûr, nous formons une super super-équipe.

Ce qui n'est pas toujours faux.

Sokstas m'a offert un de ses délicieux paquets de gelée de coing made in Kazakhstan, sur ses friandises personnelles, [notable]. Un geste amical, il suffit de le réhydrater et triturer, ensuite aspirer à la paille. Mais après la première gorgée j'ai oublié de boucher le petit sachet et j'ai appuyé trop fort. La boule dorée est sortie tout net et portée par son élan s'en est allée faire une jolie parabole claire au-dessus de la tête du commandant qui s'est poussé trop brutalement. Elle s'est écrasée sur son clavier. J'ai dû nettoyer ça pendant une heure en espérant que les microcircuits ne soient pas irrémédiablement englués. Un débutant ne commettrait pas pareille erreur ; je sais. C'est du temps perdu pour le sol mes petites diversions.

J'ai dû m'atteler au déchargement du cargo. Depuis une semaine on se relaie pour ficher les trois tonnes de tout et de matériel qu'il y a là-dedans quelque part. Personne ne veut plus faire le ménage. J'ai failli me cogner dans une clé de douze qui s'était décrochée de son élastique, c'est un vrai bazar ici, on ne peut plus voler tranquille. Et interdit de dire : Qu'est-ce que cette saloperie de clé à molette fout dans le passage, même s'il est impossible de freiner son élan.

Tu n'as qu'à regarder devant toi, man.

C'est ça le repos qu'on nous prescrit avant une sortie SEV : une tonne de nourriture et de matériel à caser quelque part derrière les panneaux et puis s'il te reste encore cinq minutes tu peux bien éponger les flaques de glycol qui boulent dans Palladio. Et n'oublie pas de relever le dernier angle de cristallisation de tes protéines en tube capillaire : le sol a déjà demandé vingt fois les derniers résultats. On vient de recevoir deux mètres d'instructions, n'oublie pas Jaume Roiq Stevens, diplômé de Harvard et de Cambuse, major de la classe d'astro de la Nasa et lauréat de Gdansk, honorifique boursier en géophysique, théoricien ès propergols et ingénieur de bord de mes couilles, n'oublie pas, même si tu n'as qu'un seul rêve, c'est le *sol* qui commande.

Il a oublié : « ancien pilote d'essai ». Vivement le couvre-feu ! Quand ils ferment tous leur clapet et que la station fonctionne au minimum pour rattraper l'énergie pompée par Palladio, là, on a enfin la paix.

Méryl vient m'entretenir avant le coucher : — Tu comprends, il est à cran à cause de cette fuite de tiloulilouIa Tu comprends, il faut le comprendre, sa responsabilité est en cause dans cette histoire de liloulilouIa, il n'aurait pas dû faire ce mouvement avec la grue télescopique, personne n'est à l'abri d'une erreur mais lui, il prend ça tellement à cœur, il culpabilise beaucoup et alors ninouninouna liloulilouIa liloula tu comprends n'est-ce pas ?

Je comprends que je suis fatigué et qu'aujourd'hui encore je n'ai pas eu le temps de me sangler pour courir, qu'il me manque par conséquent certaine dose de dopamine et que le problème d'Al Ashby c'est que fondamentalement sa place n'est pas ici. Ni ici précisément ni ici autour de la Terre parce que Al Ashby ne vole, ne mange, ne se déplace en orbite que *par rapport* au sol.

Oui, sauf qu'en ouvrant cette épouvantable écoutille, j'y suis allé trop fort, il restait de l'air dans le sas qui, en fuyant, a violemment rabattu la porte à l'extérieur. Je suis parti en flèche et le choc m'a fait lâcher la poignée si violemment que j'ai cru que mon gant s'arrachait net. 1) Faux. Par bonheur, et 2) je suis foutu. Mais Méryl est une vraie professionnelle. Avant même que je pense à ne pas pisser tout de suite dans mon scaphandre elle s'était assurée à la main courante et me volait après. Très belle manœuvre. Elle m'a raté deux fois en cinq minutes pendant lesquelles j'ai eu un très net avant-goût d'une mort solitaire en orbite. Magnifique. J'en ai immédiatement développé des symptômes respiratoires de première qualité, je pouvais sentir mes glandes lymphatiques gonfler en vitesse accélérée. Enfin (trois années-lumière après), quand j'ai senti sa prise sur mon pied, une onde de plaisir et de gratitude insupportable m'a secoué comme un prunier gaulé. Quel pied ! J'adore cette femme. Ma plus belle injection d'adrénaline pure. J'ai mis vingt minutes à me remettre de ça, attaché par toutes les sangles possibles à tous les crochets disponibles. Tu vas bien, tu vas bien, tu vas bien, respire, tu vas bien. Tu n'es pas tremblé, tu es là, tu es accroché, tu vas bien. Bien. Tout va bien. Arrête de tomber maintenant.

Elle m'a proposé de rentrer immédiatement mais nous savions tous deux qu'un oiseau courageux n'a pas peur des buissons. Nous avons fait « l'ascension ». Nous avons fait nos petites affaires de panneaux et nous sommes rentrés.

Sept heures de SEV et évidemment, toujours mes petites diversions, le timing n'a pas été respecté. Quel dommage. Encore un bon point de moins. Je m'en serais bien battu la coulpe si je n'avais pas été si épuisé. Mais voilà : je n'ai pas beaucoup de ressources moi.

Cauchemars délicieux. Avec la grande verte, la grande rouge, la grande bleue.

Ashby n'est pas au mieux de sa forme en ce moment. Le Palladio a beau être à nouveau énergétiquement autonome, le sol lui a demandé un rapport complet sur cette malheureuse écoutille. Le commandant n'aime pas écrire sans doute. Le fait est que Méryl m'a sauvé la vie et que ça lui a pris huit minutes — sans compter mon demi-arrêt cardiaque d'une demi-heure (qu'elle a passé en litanies douces à mon usage) —, il s'en serait bien passé.

Pas moi.

Il est vrai que depuis, les paramètres à bord sont légèrement différents, la pression est montée d'un poil par exemple. Sept cent quatre-vingt-trois, soit un petit millimètre de mercure en plus. Quelle affaire.

Je fais mes expériences officielles (cristll. 5) et ménage du temps pour les miennes : un petit labyrinthe en 3D dans lequel flotte une bille de mercure me passionne beaucoup en ce moment. Avec des microgestes un peu secs, on arrive à faire monter la bille qui s'écrase sur les parois transparentes et redescend par où il ne faut pas dès qu'elle se reforme. J'essaie de prendre le problème par tous les angles possibles, en tournant autour. L'autre jour, j'ai traversé tout le module sans m'en rendre compte : c'est la bille qui me promène.

Extraordinaire ! J'ai intercepté un sacré paquet : sous prétexte d'attitude prépsychotique à tendance paranoïaque, mal-être consécutif à mon incident d'écoutille, le merveilleux commandant Ashby a demandé au sol mon retour sur Terre dans les plus brefs délais. Le con. Il court à la mort.

J'ai dû demander une communication vocale personnelle avec Mashburn. Je sais jouer le jeu, je sais faire exactement *comme on me l'a appris* la bête de laboratoire intelligente qui maîtrise ses émotions et ne construit jamais, jamais d'interprétation de son environnement immédiat. Surtout humain. Le con.

— OK, qu'est-ce qui se passe, Stevens ?

— Ça va, Mashburn, tu sais que j'ai eu chaud lors de l'Extra-Véhiculaire ?

— Oui, on est au courant. Comment te sens-tu ?

— Bien. J'ai fait quelques cauchemars mais maintenant ça va, c'est évacué. Mes expériences avancent bien. J'ai pu reprendre l'entraînement sans problème. Je dirais que tout est OK.

— D'accord. Qu'est-ce que tu voulais nous dire ?

— Eh bien, peut-être que le commandant se fait des idées à mon sujet tu vois. Il a l'air un peu soucieux depuis la SEV. Oui, il a de drôles de réactions, il montre des signes de fatigue. Il semble assez surmené.

— OK. Tu crois qu'il travaille trop ?

— Oui, il y a de ça. Cela dit, son programme est comme les autres, Sokstas et moi et Méryl on en fait autant tu sais.

— Alors ?

— C'est sa pharmacie qui n'est pas normale. J'ai voulu prendre un psychotrope léger après cette histoire d'écoutille et voilà, il n'y en avait plus. J'ai demandé à Al s'il restait quelque chose dans les kits perso mais il s'est énervé.

— Tu veux dire qu'il n'y a plus de calmants à bord ?

— Je ne sais pas, Mashburn, mais en tout cas je n'en ai pas trouvé.

— Tu as une idée de l'endroit où ils sont passés ?

— Aucune. C'est à vous de voir.

— OK Stevens. Bien reçu.

Et c'est là que le bon, l'unique commandant Al Ashby a fait l'erreur de sa vie : avant que Mashburn ne clôture la communication, il est intervenu. Dans une com. perso ! ! Et pour vociférer comme un beau diable que tout ça c'étaient de pures et ignominieuses inventions, que jamais je n'avais demandé quoi que ce soit après la SEV et que les trousses et les kits de secours étaient parfaitement tenus et fournis. Qu'il en ferait un inventaire filmé s'il le fallait et que tout ça prouvait bien que mon équilibre psychique était plus qu'atteint, etc.

Pauvre homme, pauvre homme.

Qu'il ait voulu me casser la gueule en voyant mon sourire, je ne le comprends que trop bien. Mais un bon Ashby est un Ashby tenu. Mon supérieur, tu seras sur Terre avant moi, je te le prédis.

Méryl s'est rapprochée du commandant depuis notre petite explosion confinée de l'autre jour. Elle tente de calmer le jeu, le jeu des alliances, que surtout personne ne se sente ni exclu ni privilégié.

Sokstas, pour faire bon poids, m'aide dès qu'il le peut.

L'équipage est en total rééquilibrage post-traumatique.

Pourtant le petit rituel de réconciliation entre Al et moi n'a toujours pas eu lieu : léger accroc dans le tableau, il m'en veut, tout crûment. N'est pourtant pas très bien placé, après tout, je n'ai fait que lui renvoyer sa menace.

De toute façon, la relève pour lui ne va plus tarder et quand on a passé deux cent soixante-huit jours dans l'espace comme il l'a fait, avec les problèmes auxquels il a dû faire face, c'est normal de fondre un peu les plombs, surtout après un incident qui aurait pu très mal tourner.

Perdre un homme n'est pas un bon point.

Même si cet homme n'est pas la meilleure recrue qui soit.

Je n'ai pas eu de nouvelles de Mashburn depuis notre entretien « privé » et les autres communications vocales restent dans le module de base, entre le sol et Ashby, aux heures où nous n'y sommes pas. Qu'est-ce qui se trame ? Les paquets informatiques sont de plus en plus cryptés. Ça ne me dit rien qui vaille.

M. S. et moi avons tourné la pub pour le déodorant Barta, dans la soirée. Maintenant qu'il n'y a plus de couvre-feu à dix-huit heures, on peut prendre un peu de détente après le repas commun. Et vrai, c'était plutôt drôle. Ce truc pue tellement qu'on l'a vidé dans un sac « déjections pour analyse » avant de pouvoir faire semblant de s'en coller dans les manches. « Barta-frais, le plus fidèle allié des cosmonautes » et en chantant s'il vous plaît, avec les inimitables cabrioles de l'apesanteur, en direct du ciel mes amis !

Al faisait sa relaxation dans son coin. N'a pas moufté.

Son équipage de relève arrive dans vingt jours. Aurait-il des regrets ?

Il se passe des choses terribles sur Terre. Un gigantesque feu ravage la forêt entre l'Amazone et le Negro. On peut voir la bande mouvante faire des trouées inimaginables dans le vert, la fumée très lourde s'étale comme un suaire puis se relève, danse, recule, avance, rebondit en tous sens. La Colombie et le Venezuela sont sous le vent. Le Negro sera-t-il assez large, assez plein d'eau, assez fort et assez froid pour arrêter cette déferlante de folie rouge hurlante ?

Je doute que mes contemporains puissent grand-chose contre les fléaux qu'ils déclenchent. L'homme ne cesse de précipiter les choses. Nous en crèverons tous ; un de ces quatre.

Mais moi, dix-huit tonnes de propergols solides pour m'envoyer en l'air et toute la technologie meurtrière que ça a supposé — les nazis aux commandes, les Russes, les Américains à la suite, les Européens et leurs têtes nucléaires de premier ordre —, ça ne me dérange pas plus que ça : Je suis en orbite ! C'est tout ce que je voulais. Et que les palmiers ne poussent plus pendant cinquante ans aux alentours de Kourou, eh bien tant pis. Il en reste sur la Riviera. Et qu'un gamin mongol s'amène sur un cheval râpé et se tienne droit, ébahi mal ficelé dans les culottes de son grand-père, un bouquet de chardons à la main, la bouche ouverte devant la capsule calcinée des cosmonautes de la Lune eh bien pareil ! Je suis en orbite. Les gens sont des mouches.

Les traînées de dégazage sont esthétiques en pleine mer, les torches pétrolières irradient les déserts d'une lumière civilisatrice, l'électricité avance, l'ignorance recule, la bêtise est de plus en plus visible mais qu'importe : je suis en orbite. Au sommet de la pyramide. J'y ai travaillé longtemps, je ne peux rien, absolument rien contre l'aveuglement de ceux qui ne dépasseront jamais l'atmosphère terrestre. Pas même en pensée. D'ailleurs on ne me demande rien, si ce n'est de réaliser de nouveaux alliages de métaux, du boulot pour la métallurgie lourde, des pistes de profit à court terme, des actions boursières en évolution rapide, constante et positive. De la confiance, voilà ce que je suis : une promesse pour les investisseurs. L'aventure ne sait plus faire qu'une seule chose : se chiffrer. « Voyager » trouverait des extraterrestres au fin fond d'une profonde noire galaxie inconnue, la première question serait : Êtes-vous solvable ? Et si oui, malheur à vous !

De toute façon, même à quatre dans un cagibi et sans aucun besoin d'une carte Visa Gold non plafonnée à trois cent mille dollars on s'engueule, alors...

Orbite l'ermite.

Je suis allé voir Al dans sa yakouta, il regardait les photos de sa femme et de ses gosses, je ne voulais pas le déranger, seulement lui parler.

— Écoute Al, je pense que tu es un bon commandant et... un brave type. Il y a eu des malentendus entre nous mais je t'aime bien euh... je t'estime.

— Oh la Stevens, tu te sens bien ? Tu as bu ?

— Non. Enfin, oui. C'est important ?

— Hum. Tu veux qu'on se quitte en bons termes c'est ça ? Tu préférerais laisser un bon souvenir. Que tous tes petits manquements et toutes tes petites âneries soient effacés par un grand beau sentiment final. Je comprends. The happy end. Exit le vieil Ashby borné accroché à sa misérable hiérarchie, à dégager, mais en douceur hein, ça ne mange pas de pain. Eh bien merci Stevens, mais je n'ai pas besoin de ton estime ou de ta bonne appréciation générale. Contrairement à ce que tu penses, je suis relativement indépendant de l'opinion d'autrui, y compris de celle de mes supérieurs. Tu vois ça ? C'est un empereur qui l'a écrit et si jamais j'ai pu avoir une bible c'est celle-ci. D'ailleurs, je te la laisse tiens, ça ne te fera pas de mal. Bonne nuit mon vieux.

Je n'ai pas dit merci parce que franchement, les récits d'empereur... mais enfin, je l'ai pris quand même son bouquin.

Sokstas est soucieux, il n'arrive pas à boucler son programme et dans dix jours il s'en va. En même temps, il voudrait faire place nette partout, recevoir le nouveau commandant et le nouveau spécialiste de mission comme Al et lui ont été reçus il y a deux cent soixante-dix-huit jours : les petits sachets dans les grands, les modules parfaitement nettoyés et chacun son coin repos. Mais maintenant la douche ne marche plus (on se sert de serviettes-savon et de serviettes-rinçage), le vide met vingt minutes à se faire dans le tuyau des pissotières et Palladio n'est toujours pas épongé à fond, le glycol se balade. C'est beaucoup trop pour une seule personne, il a des valises sous les yeux d'une dimension phénoménale, ne prend plus le temps de s'entraîner, refuse de dormir ses cinq heures, il y tient aussi fort qu'à ses expériences de cristallisation : il veut ran-ger-la-sta-tion.

— Mais, Jaume, c'est de la correction, seulement de la correction. J'ai mangé, j'ai dormi, j'ai vécu ici, je me suis servi de toutes les installations, j'ai puisé dans les réserves, j'ai usé de l'énergie, j'ai produit des déchets et tout ça, tout le petit bazar de mes expériences et mes sacs de DPA je devrais les laisser aux suivants ? Mais dis donc, tu as été élevé comment toi ? Sur le tas de fumier ?

C'est ça oui, avec les poules. Et les poules se nourrissaient dans le tas de fumier et me nourrissaient. Ta correction Sokstas, je l'emmerde. Ici on respire aussi parce qu'on transpire et qu'on pisse dans le bon tuyau, OK ? Alors vide tes miettes et range tes peaux de bananes sous les tapis, c'est très important, mais ne viens pas gueuler que tu ne peux pas tout faire tout seul. Je m'occupe de la douche parce que c'est mon boulot mais pour la décoration intérieure tu te démerdes : j'ai rien à en foutre.

Et Méryl qui traverse en bourdonnant comme une fée :

— Les extincteurs, vite, il y a un incendie dans Sprek !

— Hein ?

— Mais l'alarme ?

— La voilà l'alarme : à crever les tympans.

— C'est grave ?

— Grouillez-vous nom de Dieu !

Mais je n'arrive pas à décrocher le premier, le second vient tout seul, Sokstas est parti dans Palladio en récupérer d'autres, je vole à toute vitesse. Dans Sprek, Al est déjà sur la flamme, c'est une cartouche de perchlorate de lithium qui a pris feu, un truc qui est censé améliorer le mélange respirable de la station. C'est réussi : la flamme s'échappe sur vingt centimètres et produit déjà une sacrée fumée. De gros tapons de neige carbonique ont pris feu et volent partout vers la paroi du module, sous les poussées du jet d'eau la cartouche enflammée ne cesse de tanguer. Un extincteur, deux extincteurs, trois et on ne voit plus rien, bordel :

— Éteignez l'alarme !

— Les masques vite ! Les masques à oxygène !

Souffler pour inspirer, souffler pour inspirer, oui ça va mieux mais on n'y voit pas plus clair. Al est complètement pris dans la fumée, je ne suis pas sûr qu'il soit en mesure de localiser la flamme. Méryl est de l'autre côté de l'incendie qu'elle a voulu combattre à revers, Sokstas essaie de lui passer un quatrième extincteur par-dessus la mêlée mais *on n'y voit rien* ! J'arrose les morceaux de métal en fusion qui se sont détachés de la cartouche et qui s'attaquent à la coque. Si ça perce... On n'a pas cinq minutes devant nous si ça perce.

— Sokstas, prépare le vaisseau !

Ah non merde, c'est pas vrai, Al ! Al, qu'est-ce que tu fous, on ne va pas se tirer maintenant. Je le rejoins dans le nuage de fumée noire comme dans un four, il fait chaud, à vingt centimètres de son visage je vois ses yeux exorbités par l'effort, il n'arrive plus à localiser la flamme, je le savais, il ne *sait* plus où est cette foutue cartouche.

— Tire-toi ! qu'il me fait, aux vaisseaux, tous aux vaisseaux. C'est un ordre !

Mais pauvre andouille Méryl est coincée de *l'autre côté* de l'incendie, elle ne *peut pas* rejoindre le vaisseau de secours, c'est impossible.

— Obéis, Stevens !

Sokstas débranche les câbles un par un pour libérer le Soyouz de Sprek, il tranche les gaines avec un couteau à dents et tire de toutes ses forces. Il transpire à grosses gouttes, j'ai une soif d'enfer, Méryl ne dit rien mais on l'entend activer la manette de son extincteur. Les ventilateurs se sont arrêtés pour éviter que l'incendie n'enfume les autres modules. On est soudainement plongés dans un silence terrifiant où seule la flamme produit son bruit de mort : des œufs en train de frire. C'est pas vrai ! ! On va crever là-dedans à cause d'une saloperie d'omelette de perchlorate de lithium, merde ! Et tout à coup c'est devant moi, ça sautille en crachant des étincelles, ça tourne furieusement sur soi-même et ça saute, trépigne à plein régime mais à peine le temps de me jeter sur une combinaison de vol, je l'ai perdue à nouveau. Je la retrouve au jugé dans le fond du nuage, mon masque commence à faire des siennes il ne m'envoie plus qu'une bouffée sur deux, mon cœur tape dans ma poitrine brûle mais je l'ai, je la serre, je la serre, je vais l'étouffer cette saleté de merde de chiotte bordel je ne sens plus rien je ne pense qu'une chose elle ou moi elle ou moi, et je l'étrangle.

Félicitations.

Mes cuisses, mon ventre et mes avant-bras sont brûlés au deuxième degré. J'ai mis hors d'usage une combinaison de vol et saccagé un masque à gaz déficient qui refusait de me fournir. Al m'a tiré du nuage toxique en jurant et m'a fichu son masque sur la figure et volé jusqu'au placard d'urgence en retenant sa respiration. Bravo qu'il m'a fait, te voilà dans un bel état et puis on a soufflé.

Le ventilateur a commencé son travail d'évacuation du CO_2, je suis interdit de ménage, bandé de gaze et graissé des pieds à la tête, je flotte tranquillement dans Palladio à l'air pur, c'est les vacances.

Mes premières vacances en orbite !

Et Sokstas qui chiffonne, qui chiffonne. Désolé mon vieux, je suis en arrêt maladie. Il sourit.

Les interactions au sein de l'équipage sont optimales.

Et voilà qu'on reçoit ce foutu putain de message officiel :

L'Amérique et les États membres, le personnel de la Nasa, le personnel de la Cité des Étoiles et les plus grands spécialistes et ingénieurs de l'aéronautique indépendante déclarent qu'après un minutieux examen des conditions de vol de la station Funsky, le programme doit être stoppé.

À la lumière des analyses approfondies de ces cinq dernières années, à la lumière également de l'intense émotion qu'ont provoquée les récents accidents sur la station Funsky, l'Amérique et les États membres ont jugé utile, sage et bon d'organiser le retour des cosmonautes dans les plus brefs délais. Rien dans notre pays ni sur notre terre ne doit passer avant la sécurité des hommes et des femmes que nous avons formés.

Depuis cinquante ans, nous surmontons l'inattendu, nous découvrons l'inconnu et nous calculons nos risques. Des erreurs ont déjà été commises, des défaillances ont déjà eu lieu, dont les conséquences ont été parfois dramatiques. Il serait criminel de laisser se répéter l'histoire.

À l'époque, rien ne nous permettait de prévoir ni prévenir les catastrophes, aujourd'hui, nous disposons d'un matériel plus performant, d'une expérience énorme, d'un regroupement sans précédent de toutes les compétences requises et grâce à ces avancées, nous savons que la station Funsky n'est plus et ne sera plus jamais sûre. Nous le savons parce que les analyses nous le disent mais nous le savons aussi parce que l'opinion publique nous le dit : la vie des cosmonautes menacés doit passer avant toute autre considération.

L'Amérique, comme tous les pays de la Paix et de la démocratie, ne peut en aucun cas ignorer son devoir : nous arrêterons Funsky avant qu'elle ne tue. Nous en avons les moyens, nous en avons la volonté, nous réussirons.

Qu'est-ce qui leur prend ? C'est quoi ça ? Il y a un nouveau virus ? Tout le monde devient dingue en bas ? Ils courent partout les bras en l'air ala alalla, la station va nous tomber sur la tête, faites-les descendre, maîtrisez-la, elle nous menace, a nous regarde avec ses petits yeux jaunes d'extraterrestre, a va nous percuter, oscour, oscour ! Mr. Bonx faites quelque chose !

Qu'est-ce que c'est que ce délire ?

Non mais depuis quand ils s'occupent de la sécurité des cosmonautes au point d'arrêter un programme ? Depuis QUAND ? Et qu'est-ce qui cloche ici à ce point bon Dieu je n'y comprends rien. L'incendie a été maîtrisé, la coque n'a pas été atteinte, il n'y a aucune fuite, nous sommes au top en énergie, la ventilation se fait normalement, les taux de PCO_2 sont corrects bordel, tous les paramètres à bord sont normaux ! ! C'est quoi cette histoire ? !

Une magouille. C'est une magouille, c'est forcément une magouille, je ne vois que ça. La station n'est pas rentable, voilà, finalement ça ne vaut pas le coup, c'est pas valable, la dépense dépasse le gain, pas bon, l'indice de confiance est mauvais, c'est raté. Les alliages en apesanteur on s'en fout, on ne va pas monter une usine sur la Lune non plus. On s'en rend bien compte. Alors au lieu de dire messieurs les investisseurs, désolés, on s'est plantés, veuillez nous excuser pour vos billes, au lieu d'être cons comme ça et honnêtes, eh bien ils font un dernier coup de pub du tonnerre : la grande Amérique, la noble, l'Amérique salvatrice sacrifie ses intérêts et court sauver ses petits gars.

Putain de merde ils dégagent qui ils veulent mais pas moi.

JE RESTE LÀ.
Orbite la mite

— C'est un ordre Stevens.
— Et alors ?
— Il n'y a pas de "et alors", c'est un ordre.
— Attends Al, tu veux dire que sans rien comprendre, sans avoir une seule bonne raison d'évacuer tu...
— J'obéis Stevens. Je n'ai pas besoin de comprendre, je n'ai pas besoin d'avoir une ou deux ou cent bonnes raisons. J'obéis à un ordre.
— T'es complètement cinglé Al. S'ils te disaient d'aller te pendre, tu te pendrais ?
— Je suppose. Il y a des choses qui nous dépassent, il faut l'accepter.
— N'importe quoi ! De quoi tu parles ? Sais-tu au moins de quoi tu parles ? Ces types qui te disent de redescendre fissa sans chercher à savoir pourquoi, ces types sont normaux mon vieux, ils sont comme toi, comme nous, comme tout le monde, et même s'ils avaient inventé la poudre eh bien ça changerait quoi ? Rien ! Il en a bien fallu un pour inventer la

poudre, non ? Et alors ? Ce n'était pas un dieu pour autant que je sache. Des hommes, ce sont des hommes Al !

Sokstas :

— Ils ont connaissance de certains paramètres auxquels nous n'avons pas accès.

— C'est ça ! Et lesquels, tu peux me le dire ? La Lune est en train de nous foncer dessus ? Vénus a explosé et nous envoie des volcans à tête chercheuse ?

C'est Méryl qui lâche le morceau :

— Ils ont la formule chimique exacte des composants qui entrent dans la cartouche de perchlorate de lithium.

— Pardon ?

— Tu as très bien entendu. C'est un secret militaire.

L'évacuation est prévue pour dans trois jours.

Ça ne tient pas debout. Si cette fameuse cartouche est toxique à ce point, si en brûlant elle a dégagé un truc assez durablement dangereux pour rendre la station invivable pour des années, qu'est-ce que ça change qu'on redescende ou pas ? On est foutus non ? Alors ?

C'est pas cohérent.

Je reste ici.

Moi, Jaume Roiq Stevens, désormais seul maître à bord après personne,

j'entame ma troisième semaine en solitaire sur la station Funsky.

La pression est à 780, le CO_2 est totalement évacué, le SEP est à 25,8, l'oxygène à 162 mais désormais les rapports sont inutiles. Le carnet de bord restera ici : le sol a cessé toute communication. Je suis coupable de haute trahison. Enfoncée mon histoire de FBI !

Méryl et Sokstas se sont bien comportés lors de l'évacuation, l'un par simple calcul et l'autre... l'autre, j'ose l'imaginer, parce qu'elle m'a compris et qu'au moins un peu, elle partageait mon... sentiment. Al en revanche s'est montré retors, comme je m'y attendais du reste, j'ai dû recourir à la violence. C'est en partie pour ça que je suis désormais hors la loi.

Après m'avoir menacé des pires choses, y compris de m'envoyer un missile atomique, le sol a choisi de se taire. Définitivement. C'est donc une guerre de siège. À moyen terme je suis nécessairement perdant car je dépends d'eux du point de vue alimentaire. Mais à court terme, je me défends : grâce aux panneaux solaires, la station est autonome en énergie, la production d'oxygène se fait sur place, à partir de mes sécrétions humides (urine et transpiration), et le Cargo Progress que nous venions de décharger contenait deux tonnes d'eau et d'aliments variés. J'ai de quoi tenir à peu près une année sans me restreindre en rien, côté nourriture du moins.

Mon autre chance est de redescendre très très discrètement. En pleine Mongolie ou en Sibérie orientale et de me carapater avant qu'ils ne m'aient repéré. C'est possible. Pas très praticable mais possible.

Il se peut aussi que j'amerrisse en plein Atlantique et que je crève de soif sur mon radeau de survie, un hélico vengeur au-dessus du crâne.

Malgré ces perspectives j'ai la sensation d'avoir pris la seule décision possible ou la meilleure.

Je le referais.

8e semaine.

Je continue mes expériences. Il est absolument nécessaire de rester occupé. J'ai doublé mes séances d'exercice. J'entretiens le matériel du mieux possible, y compris les deux combinaisons de SEV qui sont à ma taille, on ne sait jamais, et j'ai fini par faire disparaître les dégâts de l'incendie, Sprek est comme neuf, idem pour Palladio : plus aucune flaque de glycol. Il me semble que la station n'a jamais été aussi belle.

Le soir je m'accorde un moment de détente : mes collègues m'ont légué sans le savoir une belle réserve d'alcool dans un caisson marqué

Il doit être là depuis le début, un des assembleurs russes je suppose car c'est de la vodka, de la délicieuse Zvorkaya.

Je me permets aussi de dormir plus longtemps.

Officiellement, le sol ne laisse monter aucun message vers la station mais, via le satellite Spirit, je capte les radios et les télévisions et grâce à mon appareil de radio amateur je peux dialoguer par écrit. Au-dessus de Dryden, de Wallops, au-dessus du cap Kennedy bien sûr et au-dessus de Leninsk, j'ai des points de transmission parfaits. Les interlocuteurs me manquent un peu parce qu'il est formellement interdit de tailler une bavette avec l'ennemi n° 1 mais quand même, j'en trouve. Méryl par exemple. Elle est très surveillée mais elle me fait passer des petits mots. Elle ne parle jamais de ma décision, je suppose qu'étant donné son irréversibilité, elle juge cela inutile. Elle ne fait pas l'impasse non plus, elle sait bien que je suis tout seul là-haut et voit à peu près ce que ça signifie. Elle m'envoie des protocoles d'expérience et des détails de vie domestique. C'est comme une vraie correspondance, c'est doux, c'est touchant. Ça m'est extrêmement précieux. Trop ? C'est vrai que je la regrette Méryl. On aurait été parfaits nous deux tout seuls là-dedans. Sur notre île.

C'est fou ce que la distance et l'éloignement permettent. Je me sens un autre homme. Un homme au foyer pratiquement, avec de bêtes rêves de cuisine terrienne et des bouteilles de champagne aux chandelles.

Elle me manque.

Je suppose que la raréfaction des relations sociales est en partie la cause de ces regrets. Il faut que je me reprenne. Comme disaient les découvreurs du Pôle : « remettre ses œillères et continuer au nord ». Du cran Stevens, de la constance, tu es là où tu voulais être. Profite.

La station s'est pourtant agrandie depuis le départ de l'équipage : elle a triplé. Paradoxalement, les hublots sont plus petits. Mes perceptions se transforment. Le temps, dont j'essaie de conserver le rythme, s'accélère et freine sans prévenir. Il est certain que je vis quelque chose que personne jusqu'ici n'a vécu. Gagarine peut-être mais dans l'intervalle si court de cent huit minutes. Ça fait maintenant dix-huit semaines que je suis seul ici. L'exploration est sans fin. Je mute. Je consacre ce qu'il faut et un peu plus à mon entraînement physique, je mute mais je ne veux pas muter. Quand je me sangle pour courir je retrouve ma posture debout avec chaque fois une sorte d'émerveillement surpris : ah oui, c'est comme ça, une évidence retrouvée. Je tiens encore beaucoup à mes jambes, au souvenir de ma locomotion terrestre. Je suis un homme. Pourtant toujours autant de plaisir à voler, à flotter, qui n'est plus de découverte ni de contraste mais d'entente. La station est un astre, un oiseau cosmique mais moi, à l'intérieur, plutôt un poisson. J'imagine que mon bocal a fui en l'air et je suis entre les bulles d'eau, donnant un coup de queue et de nageoire exactement comme dans mon milieu naturel, mais piquant ci et là mes ouïes palpitantes dans les cloques gonflées d'oxygène. Mon milieu flotte mais je ne flotte pas dedans, plutôt avec.

Les hublots sont comme des forets dans la matière et le vide extérieur. La station tourne et perce en continu des colonnes de lumière, des colonnes d'étoiles et de noir. Je suis celui qui regarde par les trous.

Il va falloir que je sorte vérifier.

J'ai vérifié, c'est-à-dire, effectué une Extra-Véhiculaire Libre, sans mission, rien à réparer, zéro intervention, je me suis juste mis dans les cent kilos de la combinaison en Orlan, mes pieds flottaient dans les chaussons, ma tête cognait parfois contre le globe et je ne percevais aucun son extérieur, seulement le bruit de mon corps, la pompe du cœur, le soufflet des poumons, le battement des veines et ce léger mais très discernable froissement que produisent les muscles en glissant les uns contre les autres. Sortie libre : je me suis comme couché dans l'herbe pour regarder les nuages, et n'ai rien fait, seulement vu la Terre sous mon ventre tourner sur elle-même comme un gros animal pris dans son volume, incroyablement lourde, dense, inscrite dans son unique mouvement. J'ai vu, en vitesse absolue c'est-à-dire nulle, la vraie tectonique.

21.

Il se passe de drôles de choses avec les pleurodèles. Ce sont les salamandres que Méryl m'a laissées (officiellement oubliées pendant l'évacuation) pour poursuivre ses expériences. Les premières pontes se sont passées normalement, les divisions cellulaires se faisaient de la même manière que sur Terre et rien ne semblait très remarquable dans leur développement. Depuis quelques semaines, le processus commence à se transformer. La troisième génération (« naturelle ») fait des siennes : les divisions cellulaires sont complètement stoppées dans leur quatrième phase. Je n'ai aucune idée de ce que ça peut signifier. Je maintiens pourtant la température des bacs et l'hygrométrie qu'il leur faut. Elles sont un peu à l'étroit maintenant mais je les laisse se promener une heure par jour, avec un fil à la patte pour ne pas les perdre derrière un panneau. On ne sait jamais.

J'ai transmis mes observations au-dessus de Wallops pour Méryl. J'espère qu'on les lui fera suivre sans tarder. J'ai hâte de savoir ce qu'elle en pense.

22.

Toujours pas de réponse. J'ai été patient et me suis forcé à ne pas attendre, tous les jours, un signe mérylien du sol et la réponse à mes questions de génétique. Que se passe-t-il ? A-t-elle été repérée et interdite ?

Ce silence-là me laisse perplexe.

23.

C'est affreux. Un énorme nuage s'est formé au sud de New York. Je l'ai vu émerger lentement au-dessus des terres de l'État comme un nuage de lait dans un thé sombre et s'épanouir. Guerre atomique ? Dans ce cas, où tombera la riposte ? En Irak ? En Corée, en Chine ? Je ne peux pas tout voir en même temps, bon sang, il faut que je me tienne au courant ! Je suis resté dans la lune trop longtemps seul au monde, je ne sais plus du tout ce qui se trame en bas, c'est ma terre, il faut que je réagisse nom de Dieu, j'en fais encore partie.

La BBC et CNN sont accordées : ce n'est pas un attentat mais un accident. La centrale d'Indian Point a explosé. Des milliers de morts immédiates sur dix miles à la ronde, l'Hudson complètement radioactif, la panique dans New York, le deuxième réacteur fissuré. Si on n'intervient pas très vite — mais comment ? — il y aura une seconde explosion. Tchernobyl américain. Catastrophe. Négligence. Inacceptable. Le Président nous parle.

Je ne vois pas les fourmis s'agiter autour du trou dans la fourmilière mais je les entends. Leur angoisse est désordonnée et totale. Des gens hurlent, pleurent et s'arrachent les cheveux. Déjà par poignées. Tous les bébés naîtront cafard, s'ils naissent. On connaît le scénario.

D'ici c'est dérisoire et dégoûtant. J'ai juste bien fait de rester là même si je dois crever de faim ou d'asphyxie dans ma boîte à sucre. Les gens sur Terre me répugnent. Ce qui se passe me répugne. Toutes ces morts idiotes, ces vies inutiles et idiotes, ces centrales absurdes, cette énergie pour rien, des imbécillités, un jeu vidéo, un voyage dans le Montana pour aller voir ta mère qui de toute façon me prend pour un déviant et ne supporte pas mon eau de toilette. Des milliards d'années de travail et de maturation pour un week-end raté dans la baie d'Hudson et plus personne pour savoir encore se déplacer sur ses jambes. Cette partie du monde, l'Occident, me dégoûte. Et le reste avec ; qui n'aspire qu'à lui ressembler.

Je ne me prends pas pour je ne sais quoi de meilleur ni plus sage ni plus joli, je suis simplement très très loin. Je suis détaché de l'atmosphère, je ne respire pas le même air, je n'ai donc pas les mêmes pensées ni les mêmes craintes. Je me sens retranché comme un camp retranché mais aussi soustrait.

Mon état de vie ici, avec toute son artificialité, cet air fabriqué, cette pression reconstruite, la mince coque technique dont dépend mon métabolisme, ce confinement, avec tout ce risque dans lequel je vis, des contraintes énormes, du toc, avec ça je suis beaucoup, beaucoup plus libre qu'en bas.

Si j'ouvre la fenêtre j'ai vingt-cinq minutes pour prendre ma dernière bouffée et la recracher consciencieusement.

Un champignon qui pousse vers le Canada, un fleuve qui bout sur place et jette sa vapeur à pleines fusées, un million de caméras braquées sur une mort de masse, c'est le spectacle. Un des clous du spectacle, un des innombrables clous qui finiront bien par placarder la scène entière. C'est aussi un des trous par où le monde se videra comme un tourbillon d'eau sale par une bonde brutalement tirée. Plop et puis plus rien.

26.

Je me fais peur d'être à ce point en dehors. J'essaie de réagir, de m'intéresser. Je vois les choses se faire, il n'y a pas de direct ni de temps réel, je les vois se faire, là sous mon nez, il faut que je retrouve leur sens, leur poids de réalité ou je suis perdu. Pour l'humanité. C'est trop loin, trop loin pour mon cerveau. Les informations arrivent atténuées, je ne comprends plus pourtant je me souviens, je *sais* que je devrais réagir autrement. Si j'étais sur Terre. Je *dois* m'impliquer. Le cœur du deuxième réacteur a explosé.

Il est peut-être temps de redescendre. C'est peut-être l'exact moment pour redescendre.

27.

J'ai brûlé 0,5 tonne des propergols du Soyouz pour remettre la station à niveau. Son attitude s'était transformée, elle commençait à tourner sur elle-même n'importe comment, les panneaux ne servaient plus à rien à quatre-vingts pour cent dans l'ombre. Moi qui me demandais pour descendre, je nous ai fait regrimper. J'ai besoin de réfléchir encore.

Toujours pas de Méryl.

Je suis oublié. Évadé.

28.

C'est ma dernière caille aux câpres. Encore un contact qui disparaît. Mais il me reste un aloxe-corton de 92 (T. et G. Pinte, 11, rue du Jarron, 21420 Savigny-lès-Beaume).

J'ai renoncé. Le nuage s'est dissipé, tout est calme.

Les discours font leur boulot. Bientôt la Première Commémoration, on se demande quoi reconstruire sur Indian Point ou s'il le faut. Les coupables sont désignés, leur jugement se prépare mais pour plus tard : qu'il soit juste. Ainsi, les nombreuses enquêtes sont closes, il s'agit maintenant de recueillir les populations à risque et de les entendre, de les rassembler pour les entendre. Des médecins, des cancérologues, des psychiatres sont en formations serrées autour de l'Hudson River : il faut les entendre ! Des paroles. Des paroles, des paroles.

Quand je coupe le son le silence est ouaté. Des murs capitonnés à l'extérieur, je suis confortable ici. Déplacé. Que faudrait-il donc pour me faire bouger ?

30.

Les choses s'aggravent. Plus rien ne s'élève comme fumée ou champignon en Amérique mais une flopée d'incendies se déclenchent en Asie orientale. De petites touches blanches et ocre crèvent les nuages aux alentours de Bangkok, Kuala Lumpur et Jakarta. En mer également des remous. Je passe mes seize révolutions collé au hublot tendu vers la Terre. À chaque passage je remonte : Hong Kong, Tokyo sont mouchetés, Honolulu disparaît sous un écran de vapeur, l'océan Pacifique Nord, l'océan Atlantique Nord sont zébrés de traînées noires écumantes.

À la treizième révolution, le Brésil est atteint, Cuba fume en trois points rapprochés, la Colombie, l'Équateur, le Pérou, tout le continent est piqué. Je ne reçois absolument plus rien. Mon radio amateur est muet comme la tombe. J'émets normalement mais seuls des grésillements me répondent. Je lance des S.O.S., des May Day, des trois courts-trois longs dans toutes les directions possibles, sur toutes les fréquences, utilisant les dizaines de codes que je connais. Plus de radio, plus de télé, je n'obtiens plus rien de voix humaine, aucun message Internet, pas même un grognement, pas même un cri. Je ne sais plus que faire. Ils ne peuvent pas me laisser comme ça.

Je dois me calmer. Ils sont sûrement très occupés. C'est moi qui deviens dingue. Pourquoi lancer des S.O.S. et des appels au secours alors que tout va bien, alors que c'est sur Terre que ———

Que quoi ?

J'ai programmé l'ordinateur de bord pour envoyer des paquets vingt-quatre heures sur vingt-quatre à cinq minutes d'intervalle vers les six points de réception les plus sûrs. J'ai personnellement écrit à Méryl en la suppliant de me répondre même n'importe quoi, qu'elle m'agonisse, qu'elle me traîne dans la boue si elle veut mais qu'elle me réponde.

Rien. Rien. Rien.

31.

Rien.

Mais tout semble plus calme. Je ne saurais dire pourquoi j'ai l'impression qu'un grand calme est passé sur le monde, il y a comme moins de bruit en bas. Les villes dans la nuit sont toujours illuminées mais sereinement. L'agitation n'est plus perceptible. L'était-elle ? Rien n'est moins sûr.

Je crois que je déconne complètement.

J'ai dû me tromper dans la programmation des paquets Internet.

C'est la seule explication.

Je reprends mon entraînement, j'ai absolument besoin de ma dose, il faut que j'évite au maximum les comportements pathogènes.

Faire le vide, se détendre, se tourner du côté des étoiles, ne plus toucher au tube d'alcool.

Me plonger dans les nébuleuses.

J'ai continuellement soif, je me réveille en hurlant dès que j'ai dormi deux heures. Je ne me suis jamais senti isolé à ce point, je ne comprends pas pourquoi. C'est une intuition sournoise mais tenace. Trop de solitude. Si seulement je *savais*. Qu'on en finisse.

32.

Trois jours sans cauchemar. Il me semble que je retrouve mon équilibre. Je mange et je digère parfaitement. Ma cage thoracique n'est plus serrée dans l'étau de la peur. J'ai refait les tests de l'IBMP. Mes facultés sont intactes, j'obtiens de bons résultats. Mes connaissances, ma mémoire, ma logique sont correctes. Malheureusement, je n'ai pas pu répondre au chapitre des interactions dans l'équipage puisque je suis l'équipage, ça ne peut pas être ça qui cloche.

Je pense que c'est à cause de mes réactions de colère et de déréalisation face à l'explosion d'Indian Point. Je me sentais détaché et tenu à l'écart, sans aucune possibilité de participation. Je m'en suis presque vanté de voir ça de si haut mais c'était certainement une forme d'évitement.

La culpabilité a dû me rattraper par la bande. C'est l'explication.

33.

La Terre est de plus en plus belle. Ils ont fait de nets progrès en bas. Un accord révolutionnaire a dû être passé : les mégapoles sont de moins en moins prises dans leurs gaz. Quand la météo est bonne je vois Moscou, Istanbul, Jakarta pratiquement claires, Paris et Tianjin émergent doucement. Même Tokyo, même Bombay ont réduit leur bulle de chaleur et de CO_2. C'est la bonne direction. Je me sens plus léger. Comme si un grand poids m'était ôté, de voir ça, ces évolutions inespérées, ça me fait un bien fou. J'ai même l'impression que mon mélange gazeux personnel est plus pur, je respire mieux, plus librement, il y a comme un parfum de pin parasol ou de matin clair dans un pâturage de montagne. Je sais que c'est irrationnel mais je me dis que s'ils ont compris l'urgence alors ils peuvent comprendre ma décision. Ça n'a aucun rapport. C'est pourtant ce qui me vient à l'esprit.

33.1.

Les doutes reprennent. J'ai cru le monde pacifié, j'ai eu tort d'essayer à nouveau les communications. Aucune réponse.

33.2.

Je refuse de rester dans l'incertitude et le silence. Je veux une réponse, n'importe quelle réponse. J'irai la chercher s'il le faut.

33.3.

Très mauvaise nuit mais ma décision est prise.

34.
Grand élastique.
Je fais le plein d'espace. Les pleurodèles me suivent avec leur fil à la patte. Je n'ai plus tout à fait le compte, il y en a une qui a dû s'échapper. Tant pis, ni temps ni envie pour la chercher. Elle se montrera quand elle sera sèche.
Il me faut toute la lumière, des provisions et des provisions de lumière.

35.
Vu Eta Carinae mourant gonfler ses joues.
Les explosions, le marbre profond de la voie lactée.
« Et des corps blancs des amoureuses
Nageurs morts suivrons-nous d'ahan
Ton cours vers d'autres nébuleuses. »

Je prépare ma SEV.
La dernière ?

35.2.
Entraînement accéléré, comme au bon vieux temps. Il y a, disons, quatre années-lumière. Je mesure ainsi le chemin parcouru.
Mon corps va bien, il tient. J'espère beaucoup, je sais que je ne serai pas déçu, j'espère beaucoup de ma sortie.

35.3.
Transpiration et répétition. Je suis comme au début d'un deuil, concentré, clairvoyant. Complètement under control. Tout va bien, tout va dramatiquement bien. Je sais que c'est la dernière.

35.6.
Combinaison vérifiée (3 × 7 en souvenir de M.).

La SEV, mes adieux, dans quatre jours. Je m'y tiens.

37.

Ça y est, revenu. Je suis vivant, je suis épuisé et déjà triste sans fond.

Vodka, caviar et tout ce qu'il reste de bon, il n'y a aucune solution pour moi : demain je commence à ranger.

Tu vois Sokstas, tu apprécieras. Si tu le sais un jour.

37.7.

J'ai débranché ce qui peut déjà l'être. Seul le bloc de base est encore au maximum, jour et nuit. Me gorge aussi d'efforts physiques et de rêveries. Absorbe du sel. Je me prépare. C'est comme un entraînement à rebours. Tout aussi soutenu.

37.8.

Reste un câble qui relie le Soyouz, l'écoutille fonctionne, je l'ai testée. Le niveau de propergol est correct, je dois refaire quelques calculs pour ma trajectoire : la station a sensiblement descendu.

38.

Cœur, reins, foie, cerveau : tous les paramètres à bord sont normaux. Le décompte a commencé.

38.2.

Derniers essais. Aucune réponse. Je ne dois pas, il ne faut pas me laisser imaginer.

38.3

Dois-je emmener les pleurodèles ? Oui : un cadeau pour Méryl.

Combien d'âme, combien de mon âme je m'apprête à laisser ici ? Saura-t-elle me rattraper en deçà du plasma, est-elle ignifugée ?

Que de questions. Queues de comètes et de questions.

38.5.

Câble coupé, écoutille fermée, combinaison de vol OK, sangles, casque, gants.

C'est maintenant.

Bouton rouge.

Vu Eta Carinae gonfler d'ahan les vers d'ahan, les nébuleuses. Les autres

Je les cherche.

Je vois la mer. Elle scintille à travers la baie vitrée du Bloc d'Accueil et Réadaptation, sur Cocoa Beach, la lumière rase les bourrelets de sable que la marée basse a découverts où les goémons s'amoncellent en gros tas noirs inertes. Les oiseaux de mer se poursuivent en criant, il fait bon et les rouleaux d'écume ratissent régulièrement la plage, comme d'habitude. À un détail près : pas de surf et personne ne vient renouveler les réserves de café. Personne n'est venu me tirer de la capsule après le gros choc de l'atterrissage. Que j'avais bien calculé : en plein les marais du St. Johns, approximativement à moins de dix bornes de cap Canaveral et du BAR où les cosmonautes sont choyés quand ils reviennent. La coque a fait une espèce de grand crac amorti par la terre gorgée d'eau, j'ai vu par le hublot un fouillis d'arbres et des roseaux cassés, des gerbes de boue qui avaient giclé sur un gros tronc jusque sur ses branches de tête, un minuscule ruisseau noir qui traînait sa peau entre des touffes de potamot jauni, creusé en cratère sous mon poids, vidé presque de sa vase noire subitement envolée, la forêt d'herbes repeinte sous le choc, tous joncs pilés, pliés, noircis. J'étais arrivé. L'écoutille n'a pas été facile à soulever. L'odeur végétale du marais m'a frappé de plein fouet. La légèreté de l'air aspiré, le mélange de fraîcheur et de pourriture subtile, l'impression d'arriver dans un air vivant, saturé de corpuscules animés, a balayé l'intérieur de mon placard renfermé d'un seul coup.

Je me repose.

Je fais le cancrelat sur la paroi. Ou la bulle, petites pattes accrocheuses noires dans le gaz carbonique, je tourne sur moi-même et le moindre souffle me promène. Je suis souple et solide, poisson blanc la bouche ouverte. J'ai dix secondes de mémoire et je recommence.

Je n'ai jamais connu de lune de miel avec l'espace.

Avec la station oui, mais pas avec l'espace.

Avec les gens, oui. Je l'embrasserais bien Méryl, elle a de jolies lèvres et ses seins flottent naturellement, sans armature, un peu trop haut, on devine leurs pointes claires, leur chaleur particulière, j'opine du bonnet. Oui oui oui oui. Elle sourit : OK, tu n'écoutes pas, un éclat de malice dans les yeux et qui s'envole. Bye-bye avec deux doigts, juste un baiser? Non, plus tard, peut-être. Ne brouillons pas le jeu des influences interpersonnelles. Il n'y a rien de plus intime qu'un sas de dépressurisation avant de débouler dans le grand dehors. On est tout seuls, le vide commence à se faire dans la capsule, tranquilles comme deux bestiaux dans leurs fourrures d'hiver. On sait qu'il fera entre — 126 et + 328°, tout à fait hors saison, on lève le pouce et on y va.

J'ai dû m'extraire de là comme un gant flasque, par les étiquettes, les triceps tétanisés du simple fait de se hisser. Je me suis écrasé comme une masse au pied du module calciné, sans siège spécial, sans un mot, juste la terre brute et serré dans le poing fermé de la gravité. C'est là que j'ai perdu le fil du recompte. Réveillé en pleine nuit par l'humidité, et tous ces bruits de crapauds-buffles crevés, et les feulements, les craquements de bois, les crissements de pierre sous les pattes de quel genre de bêtes (il y a aussi des alligators) et les chuintements d'ailes de chouette suivis de l'attaque au sol et claquements de bec. J'ai tenté de faire une tente avec le parachute étalé mais n'ai réussi qu'à m'enrouler, j'ai mieux dormi. Le matin noir, avec l'impression d'être une crêpe plate, une guimauve bicolore étirée dégringolant de son bout de bois, les jambes molles et sans articulation, un paquet de gelée tremblotante dans la tête, j'ai rampé et rampé. J'avais soif et faim et pas une perf en vue, incapable de mastiquer et d'avaler, la trousse de secours perdue quelque part, il me restait une idée : mon carnet de vol, le rouge ; avancer et cet étonnement douloureux : pourquoi me laisse-t-on crever là. Les marais de St. Johns, une vraie saloperie.

South Patrick Shores, des kilomètres, des kilomètres de plage talée, des milliers de crabes blancs qui grouillent partout, j'ai pensé faire un beau squelette nettoyé par les pinces du désert entre le golfe et l'océan, sur le minuscule appendice de la Floride. Pendant des heures de soleil écrasant, le souffle court, sur les genoux et sur les mains, j'ai traîné ma carcasse de dégénéré de l'espace, repoussé les bestioles à moitié transparentes qui me couraient dessus, et juré et maudit les collègues, les responsables, les foutus planqués de tous les Cap K absents. Sur les coudes, la peau brûlée par la réverbération, des balles de coton plein la bouche, les oreilles bourdonnantes et ça n'en finissait pas mais un jour la porte du Bloc d'Accueil et Réadaptation s'est ouverte devant moi avec son bruit de soufflet et j'ai reconnu la moquette. Moquette d'ahan. Cathéter dans la veine de mon bras gauche, où il n'y en avait qu'une, quelque chose de sucré à mettre au bout et que ça coule.

Les jours suivants je distinguais encore mal. Je sais bien qu'un jour ou l'autre je devrai redescendre, si je ne veux pas. J'espère je ne sais pas quoi. Pas mourir ici. Par périodes, mes perceptions étaient globales, je parvenais à les accorder, le son s'attachait mieux à certains mouvements, mes mains ne bougeaient plus toutes seules, j'avais l'idée que je reprenais alors un peu de substance, un peu de volume, que je regonflais par une petite valve cachée, malgré la pression ferme.

Quand j'ai pu reconnaître les boutons de la télécommande du lit sur lequel j'avais réussi à me poser, j'ai monté mon dos. Et fait mes premiers plans.

Tous les cosmonautes du Cap connaissent le Bloc d'AR ; sa fonction, sa situation, son agencement architectural font l'objet de plusieurs cours théoriques pendant l'entraînement. En moyenne, on le visite et le pratique en simulation rapide à peu près trois ou quatre fois par an. « Parce qu'il est important pour un cosmonaute de pouvoir situer et prévoir l'après-vol, l'après-mission, les médecins de l'IBMP en partenariat avec le Centre de recherche de réadaptation postorbitale canadien, ont mis en place ces formations courtes dont le but... » je ne sais plus la suite. Mais je sais et je savais encore pendant que le sable m'arrachait les mains que j'y trouverais de quoi survivre.

J'ai fait une carte pour les placards.

Mon entraînement a été beaucoup trop rapide. Efficace, c'est un fait et je m'en suis remis, mais tellement rapide ! Accéléré. Les matinées en piscine pour apprendre à se servir de la combinaison et puis vite un sandwich rosbif avec un sac de Fritos et alors on enchaîne sur les classes ou les interminables séances en chambre hypobare. La soirée à réviser. La dernière semaine, c'était cinq heures d'hydrolab un matin et cinq heures d'hypobare le lendemain. Avec une heure par jour de chambre à oxygène pour éviter la maladie des caissons. Tu parles, comme si elle ne m'était pas arrivée directement au cerveau la petite bulle d'O_2 qui m'a fait tanguer comme un ivrogne et débiter des âneries pendant trois heures, le soir de l'Armistice. Même Mashburn était gêné, je n'arrêtais pas de lui dire mais madââme nous n'avons pas été présentés et autres foutu bâtard du diable pourquoi me suis-tu partout, ne touche pas mes chaussures, elles sont uniques, etc. Pour finir, il a réussi à me déshabiller et me mettre au lit comme un bon petit chirurgien de vol qu'il était, bien calmement, bien posément. Et rien n'a filtré de ce « léger incident neurologique ». Officiellement RAS : un petit surmenage, un palier de décompression un rien brutal. Des paramètres quasi normaux pour ainsi dire. Avec la bénédiction du grand patron et la mienne en prime parce que je voulais cette mission, je la voulais plus que tout.

Carte pour les pièces. Plus de café dans les

Je passais pour le plus déjanté des astronautes de réserve, je buvais sec, je braillais fort et je dansais mal mais à fond. À fond.

C'est pas facile. J'ai des flashs. La Terre est enfermée dans l'atmosphère comme dans un cocon qui pourrit peu à peu. La Terre veut sortir de l'œuf, elle tape sa coquille et sa coquille se fêle, réellement se lézarde, sa peau d'ozone craque et laisse passer toujours plus de vide et de noyaux lourds, nous allons y arriver.

Dans la cuisine il y a un long évier d'aluminium avec deux bacs, un plan de travail en faïence blanche, un bar en bois avec des tabourets. Les placards et le distributeur, les deux congélateurs et leurs rayonnages chargés de nourriture. Je suis souvent dans la cuisine. Et dans la piscine, parce qu'elle soulage mes maux de dos et que j'y retrouve une pression confortable.

Oui, la métamorphose est en cours, la chrysalide en pleine forme, elle déchire, elle tape ce qui l'a protégée et nourrie, la bête veut grandir, elle frappe, elle veut se libérer, déployer ses pattes, dégager ses antennes, ses voiles, ses désirs, déplier ses vieilles membranes de fœtus, advenir, évoluer, et naître et enfin naître ; s'affronter au vide.

Lors dira que les microbes et les parasites qui l'ont secondée dans sa tâche soient remerciés.

Et qu'ils crèvent aussi : c'est la vie.

Je me réveille souvent accroché à un montant de mon lit. C'est le contact avec cette matière non conforme qui me réveille, du bois ! Il n'y a pas de bois dans une station.

Il va falloir que je sorte vérifier.

J'ai trouvé un slip de bain dans la piscine. Un slip de bain bleu avec des petits losanges blancs aux coutures. Il avait coulé, il était au fond et bougeait doucement sous mes brassées, à côté d'une paire de lunettes de plongée Speedo.

J'ai trouvé aussi un short et un T-shirt sur le sol du hall et une blouse blanche légèrement usée au col et aux manches avec une tache sombre au-dessous de la poche de poitrine. Du café. Quand je l'ai ramassée pour la ranger quelque part, j'ai senti d'autres vêtements à l'intérieur : une chemise, un bermuda kaki, un caleçon d'homme. J'ai tout emporté et tassé dans un coin du salon.

Juste dormir. Me retaper comme un vieux matelas. Manger-dormir. Pas de plan : seulement la cuisine, la piscine, la baie. Pas de liste : des menus. Nous ne sommes informés de rien, le sol ne considère pas que l'activité politique de la planète que nous survolons nous concerne directement. Ce qui est important pour un cosmonaute c'est d'être nourri, abreuvé et occupé. Scientifiquement occupé. Heure par heure. Aucune position, ni de survol ni de plongée, ne permet une compréhension complète des activités humaines mais d'ici, les grands effets cachés sont immédiatement perceptibles, on se passe aisément de télé. Les guerres se voient, les conflits de territoire, l'exploitation intensive des ressources naturelles, la consommation d'énergie fossile dans les mégapoles, les chauffages urbains, la désertification, tout ça se voit comme le nez au milieu de la figure. La Grande Muraille de Chine est une cicatrice minuscule mais discernable. La géopolitique du pétrole est gravée sur la surface du globe, pour qui sait lire et anticiper le texte, le destin de l'humanité est clairement inscrit sur la croûte terrestre : l'asphyxie nous guette.

J'ai installé un matelas dans le hall, c'est le soleil qui me réveille et qui m'endort. Maintenant je fais tout ici, manger-dormir. Me lève pour la piscine. Laisse les choses s'accumuler autour du matelas : des cartons d'emballage, des couverts, des assiettes sales, les vêtements que je porte de temps en temps, pas grand-chose : un grand sweat blanc que j'ai trouvé dans un placard de la chambre, mon short bleu, les chaussettes de l'espace, le slip de bain bleu à losanges blancs. Il fait chaud. Dans le hall, derrière ma baie, les objets baignent dans une lumière jaune et douce qui change lentement. Heure après heure, les ombres se déplacent, se rétractent, s'étirent au crépuscule, les mouvements sont très ralentis. L'immeuble balnéaire de dix-huit étages qui se découpe sur le ciel dans le carré gauche de ma baie met deux heures à plaquer toute son ombre sur le sable et le reste de la journée à la faire pivoter autour de son axe. Un sumo fatigué.

Parfois, une tortue de mer traverse mon champ de vision, imperturbable, tirant lourdement un bord après l'autre puis s'arrêtant, la tête haute, pour prendre le vent. Une pierre qui marche, à son allure de pierre. Laissant un sillon de pierre. La mer n'est pas moins lancinante.

Des flashs : Lesbos, Chio, Samos, Cos et Rhodes quittent la nappe de caramel chaud et dégagent vers l'Égypte qu'un minuscule lézard gris traverse par Assouan, les pattes arrière dans l'eau de Suez, la queue au Sinaï, les narines déjà palpitantes sur Le Caire effaré.

Derrière ma baie les sons me parviennent assourdis, en dessous de ce qu'ils sont et je suis fatigué qu'on me filtre le monde. Le sable est là depuis tant de millions d'années, l'océan est là depuis tant de millions d'années, le lagon se découpe si peu chaque jour que je peux bien rester devant tout ça immobile et muet à bouger un cil quand ça me plaît, à porter mon verre à ma bouche la durée de trois lunes. C'est égal. Le ressac de l'eau est figé. Flash : où rampe et tortille un court ver de baie à deux têtes qui rêve de Kyiv et des longs doigts mauves dont la Volga palpe la Caspienne. Tatouage acéré, scalpel tribal en incises épurées. Un long crocodile de titane s'avance sur Hawaii qui se rétracte autour de son anus fripé.

Je réapprends les positions du corps dans l'espace terrestre. C'est-à-dire je réapprends à restreindre le nombre des postures au nombre des postures possibles sur terre.

Debout, je ressens ma colonne comme une corde tendue. Suspendue dans les cintres par un bout et aspirée de l'autre côté par le sol, à travers les pieds. La verticalité est à l'intérieur de ce mouvement contradictoire, seul mon bassin, à vrai dire, mon centre de gravité, est en suspension au milieu de la corde tirée à se rompre. Je m'allonge en hauteur par-dessus la tête. Je sais que mon corps rétrécit, j'ai déjà perdu deux centimètres.

Les couloirs sont longs et mous, traînent de longs cheveux, mes os en fibre de verre de 0,5, presque pas de muscle.

Marcher n'a rien de simple.

Marcher lentement n'a aucun sens : je n'ai pas de vitesse.

C'est mon poids qui m'étonne.

Aujourd'hui j'ai trouvé un journal au salon, posé sur le lecteur de DVD. C'est le *New York Times*. Il est jauni, ses bords sont cassants, la première page a viré au soleil, on reconnaît sans problème l'empâtement des titres et la typographie du journal. Il est peut-être vraiment vieux.

Quand j'ouvre une porte de placard ou la porte d'une pièce, je suis surpris, à la fois satisfait et frustré, qu'elle s'ouvre simplement. Je ne bouge pas autour de la clenche ou de la poignée, je suis fixe sur mon axe, le mouvement ne me déporte pas, ne me porte pas non plus.

J'ai la lourdeur d'un tank. Cette atmosphère qui contraste tellement avec mes derniers mois de vie où une masse de cent quatre-vingts tonnes pouvait être propulsée par un simple moteur deux temps, autant dire l'équivalent d'un cargo chargé à bloc traversant l'Atlantique avec un moteur de mobylette, cette atmosphère qui écrase tout et nécessite des efforts constants pour le moindre déplacement, dans laquelle être mobile est un travail de tous les instants, cette atmosphère étouffante m'est très étrangère en même temps que très familière. Ça fait un drôle de mélange.

Il est extraordinaire d'être à ce point confiné et plongé dans un espace aussi grand.

Il n'arrive rien. Les jours sont tellement, tellement longs... qu'il est surprenant qu'ils finissent.

J'essaie de sortir le soir. Au crépuscule, quand la chaleur tombe, j'essaie d'avoir, d'obtenir une activité physique normale.

Je me ramasse.

Impression de dormir debout. De me traîner dans un rêve sans événement, un no man's land ma tête, un boulet vide. Je n'ai pas eu de conversation avec Mashburn depuis notre entretien privé et les autres communications vocales restent dans le module de base.

Le souvenir des vêtements que j'ai enfouis sous les coussins du canapé du salon m'empêche de m'y asseoir. Il faudrait que je les examine à nouveau, peut-être les ai-je inventés.

Une confirmation, dans un sens ou dans un autre, ne serait de toute façon pas agréable. J'attends. Il va falloir que je sorte vérifier.

Je me fais griller des steaks d'une livre, les arrose de gros poivre et mastique devant la baie, en regardant les traces dans le sable. Les traces des pneus qui se sont dirigés vers Mosquito Lagoon. Le steak me sustente, le poivre m'arrache la bouche, le sang de l'animal mort, découpé et congelé coule dans mon gosier, j'avale.

Ensuite, je me rendors. J'écarte l'idée qu'il faudrait, qu'il faudrait je ne sais quoi. Je bâille souvent. Je crois que je m'ennuie. Qu'est-ce que j'attends ? Aucune idée. Quoi faire ? Idem.

Toujours sommeil. La station s'est beaucoup agrandie depuis le départ de l'équipage. Beaucoup trop.

Ah.

Cette nuit, un orage a éclaté au-dessus de la baie et sur la mer. J'ai tout vu depuis le hall où je couche, pas fermé l'œil. Enfin quelque chose. Votre cerveau a été conçu pour ça.

Dehors, un crochet sur l'écoutille et le souffle chaud de l'oxygène dans les narines, flotter n'est pas le mot. Stupéfiant n'est pas le mot. Ce n'est pas un spectacle, pas un beau, un dramatique, un inouï spectacle. De toute éternité, vous avez été conçu pour ça.

Ai piégé des crabes — les réserves baissent. Ils venaient de muer, je les ai fait griller directement sur un feu de bois flotté que j'ai allumé avec le *New York Times* du salon. Des crabes nus, ma première nourriture fraîche depuis combien de temps ? La dernière fois c'était dans la baie de Chesapeake, ils n'avaient pas tout à fait le même goût. Mais on était tellement saouls avec

Bon : je récupère.

Ce matin, me passant la main sur le visage j'ai senti une barbe. Une barbe !

Je me suis retrouvé debout sans comprendre, clignant des yeux dans la lumière du jour neuf et voyant par terre autour du lit les détritus de ma vie quotidienne amassés en tas informes et puants. Bon sang ! J'ai dormi là, au milieu de cette merde ?

Une sorte de colère m'a pris qui m'a fait parcourir le bâtiment au pas de course à la recherche d'une salle de bains avec un miroir et un rasoir, à la recherche d'un tiroir qui contiendrait des sacs-poubelle. Maintenant je peux faire un plan complet du bâtiment d'AR absolument conforme à celui des architectes.

J'ai coupé cette barbe, je me suis rasé, j'ai coupé mes cheveux, mes ongles de pieds et de mains, j'ai bourré ça dans un sac noir de cent litres et ramassé les trucs autour du matelas. Ensuite je ne savais plus quoi faire avec le sac alors je l'ai posé vers la porte. Et j'ai eu l'air d'un con.

Un type qui se tient debout les bras ballants au milieu d'un hall avec une moquette jaune a l'air d'un con.

Surtout s'il est décontenancé par un sac-poubelle qu'il ne sait pas où mettre. Ridicule. Tout seul sur un coin de péninsule ; le visage glabre et propre, la tête claire et bourrée de bonnes intentions et arrêté net par la première question : qu'est-ce que je fais du sac-poubelle ?

Va te recoucher Jaume. Reprends ta vie lente. Fais donc ce que tu sais faire et laisse le reste. Te bile pas pour les poubelles, il y en aura d'autres.

Désemparé, ça veut dire : plus emparé ? Qu'on était emparé et qu'on ne l'est plus ? Mais qu'est-ce qui s'était emparé de quoi pour me laisser tout d'un coup brutalement si désemparé ? Sans remparts. Déparé, sans bijoux. Dépris ?

Nous sommes ridicules. Le déodorant Machin, les Fritos, les Pontiac, les jurements, les discours, les peuples sont ridicules. Les traditions sont ridicules. Les analyses. Les situations sont ridicules.

Impossible de rester couché dans mon transat en sirotant des milk-shakes devant la baie, je ne supporte plus. Il n'y a rien à voir. Les traces de pneus vers Mosquito Lagoon ne se sont pas multipliées, ne se sont pas creusées, n'ont pas changé de direction un beau matin, non. Elles sont là depuis que je les ai vues et elles restent là, à peine effondrées sur elles-mêmes à cause du vent, à peine moins marquées que la veille, elles persévèrent et je n'en peux plus de suivre et resuivre des yeux le trajet qu'elles indiquent. À part ces fichues mouettes grinçantes et les crabes, il n'y a rien à voir. Que le jeu du sable et de l'eau, fascinant comme un feu de bois dans une grande cheminée, je m'y suis laissé prendre et maintenant ça suffit. Il faut que je sorte vérifier.

J'ai remonté les traces de pneus jusqu'à ce qu'elles s'arrêtent sous les roues d'un 4 × 4 Chevrolet bleu azur vide, à deux kilomètres de cap Canaveral. Le chauffeur avait probablement donné un bon coup de frein à main pour déraper sec et stopper le nez vers l'océan. S'offrir un coucher de soleil avec sa petite amie et se taper quelques bières devant le chromo panoramique ? Peut-être. Il en restait six dans un pack déchiré sur la plage arrière. J'ai fouillé dans la boîte à gants mais il n'y avait pas de papiers. Je ne savais donc pas de quel Mr. Smith ou Burns j'empruntais la voiture mais tant pis, j'empruntais. J'ai pris la direction du sud. Le 4 × 4 a démarré au quart de tour et à cause de ce bruit de moteur j'ai tout à coup pris conscience du silence qui régnait sur la plage. Aucun bruit de fond, c'est-à-dire aucun bruit de fond artificiel, l'océan, les mouettes, le frifriti du sable déplacé par le vent, le vent, l'eau, les mouettes, un moustique et rien d'autre. Ce qui normalement fait un brouhouhou continu qu'on n'entend pas parce qu'on y est habitué, je ne l'entendais pas. Ah.

J'ai coupé le moteur et je suis descendu. Tendu l'oreille. Et le silence m'est tombé dessus comme une chape de plomb, d'un coup, bran : écrase. Mon milk-shake s'est vomi de lui-même sur la roue arrière et je suis remonté. Direction le sud. Pourquoi pas ? Boîte automatique, toit ouvrant, maroquinerie crème et les plages qui défilent : Indialatic, Palm Bay, Sebastian, Vero Beach, Port Pierce, un petit crochet et à nouveau : Hobe Sound, Jupiter et West Palm Beach, Palm Beach, Lake Worth, etc. L'air de rien : une descente aux enfers. Deux cent cinquante kilomètres de plages mortes. Plages de rêve, eaux de rêve, lagunes de rêve, mortes. Tout est pareil, tout est intact. Les centaines de voitures alignées sur le sable sont intactes, rutilantes ou rouillées, immatriculées d'Allemagne, GB, Jamaïque, New York et Midwest, silencieuses, rangées ou débraillées, intactes. Mais vides. Sur cent kilomètres j'ai circulé le klaxon enfoncé, slalomé entre les bagnoles, dérapé n'importe comment pour faire de la poussière de sable à ras les pare-chocs des Pontiac, des Cadillac, des Ford. J'ai accéléré comme un dingue pour entendre gueuler le moteur et réveiller quelqu'un là-dedans, de plus en plus vite autour des voitures, avec des embardées vers l'océan et retour en force à l'attaque de cette armée béante. De rage, et parce que les tourbillons de sable m'aveuglaient à travers le pare-brise et se collaient par le toit ouvert à mes paupières brûlantes, j'ai foncé dans une Bentley jaune dont les portes étaient ouvertes sur rien.

Le pare-buffles du 4 × 4 en a pris un bon coup et la Bentley s'est bougée par l'arrière d'un quart de tour comme un seul homme. Le moteur a calé. Merde. Ça ne sert à rien. Mon vieux tu rallumes et tu files à Miami.

À Miami j'ai roulé sur la plage en faisant trembler les parasols et les pédalos. Les strings et les caleçons de bain s'envolaient sur mon passage, les paréos prenaient le vent et retombaient derrière la Chevrolet comme des mouchoirs sales.

Ils se sont tous déshabillés avant de partir. La grande migration des nudistes. Une cloche a sonné avec un drôle de son organique et sourd et ils se sont jetés dehors en s'arrachant mutuellement les vêtements et on dégage en vitesse. Billie a planté là sa Chrysler à crédit, Ron n'a pas fini sa bière, Donevan sept ans et demi a laissé tomber sa glace, Brian n'a même pas ramené sa planche. On dégage les enfants, on dégage. Allez, plus vite. Plus vite, plus vite. Des immeubles, des hôtels, des immeubles, des piscines, des hôtels, plus vite Stevens, plus vite! Quartier district Art déco, je m'engage pied au plancher dans la cour intérieure du plus gros bâtiment en quart de cercle, défonçant au passage un poteau de l'appentis d'accueil — salut! — et vire avec la courbe — quoi de neuf? — plongé dans la piscine dans la Chevrolet — trop tard, pas vu, trempé.

Inutile de se voiler la face : je suis seul sur la bande de sable à un million de dollars, j'aurais dû être arrêté. Quelqu'un, une troupe de GI en hélico, des cars de policiers armés, une flopée de motards, aurait dû m'arrêter depuis longtemps. J'aurais entendu une sirène hurlante, des mots d'ordre auraient été aboyés dans un haut-parleur, j'aurais vu des gyrophares orange tourner comme des toupies sur une Cocotte-Minute au bord de l'explosion, j'aurais eu la trouille qu'ils me tirent dessus avant de pouvoir freiner, j'aurais vu leurs lunettes noires, leurs casquettes noires, j'aurais senti leur chewing-gum et leurs mains sur mes flancs et mes jambes, la poussée du genou qu'ils m'auraient collé dans le dos pour m'étaler par terre et m'entraver les poignets, j'aurais senti le métal froid mordre au-dessus des carpes avec un petit bruit sec. Un vieux flic m'aurait relevé machinalement en pensant à son dernier gosse — Buzz Jr — qu'il aurait récupéré dans son propre poste la semaine d'avant, les cheveux collés par une croûte de sang séché, une balafre au-dessus de l'arcade sourcilière récoltée dans une bagarre de gang et l'haleine empestant les chiottes et le jeûne de douze heures de garde à vue. Ils m'auraient malmené jusqu'à leur bagnole de flics et jeté sur la banquette arrière en claquant la porte d'un coup de talon — encore un cinglé bon Dieu ce que j'en ai marre de ramasser les cinglés de Floride. Je n'aurais pas entendu mes droits et on aurait filé dare-dare au commissariat et comme ça tout aurait été NORMAL et parfait. Bien. Dans le meilleur des mondes possibles.

Au lieu de ça, je suis rentré comme un terroriste dégoulinant dans le hall gigantesque du théâtre Jackie Gleason, laissant des paquets de flotte et de boue sur le dallage de marbre rose et j'aurais aussi bien pu m'essuyer dans les rideaux, parce que personne ne m'aurait rien dit, l'état de grâce parfait, parce que tout simplement personne n'était là pour me dire quoi que ce soit.

À l'accueil, des fauteuils noirs derrière les écrans d'ordinateurs, des petites robes d'été effondrées sur leurs assises, des escarpins rangés sous les bureaux de teck. Je passe. Qu'est-ce qu'on joue ? Une comédie musicale. Je rentre, c'est la grande salle, la panoramique, une scène géante avec un décor d'intérieur high-tech tout en chrome et cuir. J'avance, il fait noir, l'acoustique est superbe, mon souffle emplit l'espace, je monte, je trouve la manette et l'abaisse : lumière.

Devant moi, dans l'espace demi-circulaire de cent quatre-vingts degrés parfaitement mathématiques, cinq mille sièges de velours rouge rivetés au sol — bayent.

La salle est pleine. Pleine de costumes gris, de costumes blancs, de costumes beiges, de panamas. Pleine de robes, de chapeaux, de paillettes, de plumes vertes et bleues, de perles. Pleine de chaussures. Cinq mille paires de chaussures sagement posées par deux près des rivets de cinq mille sièges de velours rouge sagement rivetés au sol du Jackie Gleason construit en 1923 et repeint tous les trois ans depuis l'inauguration.

Un beau soir d'été en Floride, cinq mille personnes ont payé quatre-vingt-dix-huit dollars pour assister à une comédie musicale dont je ne connaîtrai jamais le sujet.

Il flotte une très légère odeur de prune et de poudre grasse. Il fait chaud.

Je sors. Mademoiselle passez-moi New York. Passez-moi Houston, Chicago, passez-moi quelque chose. S'il vous plaît. Pas de mademoiselle. Mlle Jenny, responsable accueil public, a fondu dans sa robe.

Pensé à une nouvelle méthode pour la cueillette des framboises. Il faudrait d'abord faire pousser les arbustes sur une terre inondable, on régulerait l'arrivée et le niveau de l'eau par un système d'écluses, puis, quand les fruits seraient mûrs et prêts à se décrocher sans résistance du petit cône blanc qui les tient, on ferait monter l'eau jusqu'à noyer les arbres.

Elle soulèverait les framboises en douceur et les détacherait, il suffirait de les rassembler avec un minibarrage flottant. On obtiendrait ainsi toute une récolte sans abîmer le moindre fruit. Des milliers de petites drupes rouge et rose sur une nappe d'eau verte. Prune.

La côte Est de la Floride a fondu dans sa robe.

Veuillez m'excuser, je me sers. Compose le numéro de Houston. Sonnerie, sonnerie, sonnerie, deux minutes de sonnerie, tonalité. Compose le numéro du TSouP. Idem : tonalité. Nonnonnonnon. Çavapas. La Floride mettons, mais le TSouP c'est en Russie, en Russie mon vieux. En RU-SSIE. C'est loin. Ton téléphone ne marche pas. Il marche pas. On a fait une petite réunion avec Byron là, il est formel : un téléphone qui fait des sonneries et des sonneries pour finir par faire une tonalité bizarre, il ne marche pas. C'est un ingénieur en télécommunications, c'est formel, il est peut-être un peu connard avec les femmes et il se laisse aller sur le chili, d'accord, il est gros, d'accord c'est un gros con mais il connaît son boulot. Tu peux lui faire confiance, c'est formel. Ça ne marche pas. On ne va pas s'énerver pour si peu, la Floride a fondu, ce n'est pas un téléphone qui va nous énerver.

Je sors.

Miami a toujours été surfaite. Quatre cent mille personnes qui fondent d'un seul coup, c'est surfait. Pas envie de visiter. Tous ces retraités, toutes ces pin-up, toutes ces momies liftées, ces maîtres d'hôtel cinq étoiles, ces putes à huit mille, ces cadres réussis, ces magnats de la bagnole et du pétrole, ces amateurs de vieux trois-mâts, de langoustes, d'huîtres plates, tous ces touristes, tous ces pêcheurs, tous ces joueurs, terminé. Passons.

Je sors.

J'ai rétréci.

J'entends des voix, c'est moi, je me parle. Voyons. Donc ici, il n'y a pas de bruit et il n'y a personne donc bon, tu t'en vas. Voilà. Tu t'en vas. Tu sais conduire, tu t'en vas. Donc je m'en vais. Je ne vais pas ressortir la Chevrolet de la piscine, c'est fatigant, je choisis autre chose. Dodge, voilà, un Dodge pick-up, j'adore ça, c'est du solide, on peut compter dessus, ça ne fond ni au soleil ni à la lune, c'est fiable un bon vieux pick-up, ça remonte le moral.

Finalement, au volant du Dodge je n'avais pas rétréci tant que ça, mes pieds touchaient les pédales et les mains sur le volant je voyais très bien à travers le pare-brise. Non, vraiment, finalement j'étais normal.

Je m'en vais. Je m'en vais à Naples et à Saint-Pétersbourg, la côte Est, j'en ai ça va, on va essayer l'autre.

Sur le chemin j'ai eu un souvenir. Un vieux souvenir de lapin. Un chasseur, un ami de mon père avait ramené un lièvre qu'il avait tiré en plaine, je devais avoir trois ou quatre ans. Il était intact, sa fourrure était intacte, je sentais ses muscles sous les poils, je caressais ses oreilles, j'essayais d'écarter ses paupières, je lissais ses pattes arrière, je savais, je sentais qu'il pouvait bondir loin. Je l'avais emmené dans la cour et serré contre moi, je l'avais massé, je lui avais dit des choses dans ses grandes oreilles, j'avais essayé, essayé, avec une ténacité, une volonté, une résistance totales, je l'avais bercé. Mais il était resté comme une chose dans mes bras, comme une pierre, plus sourd qu'un objet, un corps clos dans mes bras, inatteignable, intraitable.

Ce souvenir, sur la route qui traverse les marais des Everglades où les oiseaux de mer les plus rares viennent nicher loin des bruits et des matériaux humains, ce souvenir de mort et de rencontre que je ne savais pas receler m'enveloppa d'une déception à nouveau vivante, d'un désespoir cru identique, intact, que les trente et quelques années de vie qui s'étaient écoulées depuis n'avaient en rien transformé.

Je voyais la Floride déserte, j'avais les pires soupçons sur le destin des centaines de milliers de personnes qui avaient disparu de ses côtes et je pleurais un lièvre mort, tiré à trente ans de là dans un autre pays. Mais fondamentalement, c'était bien la même chose.

À Naples, North Naples, East Naples : personne. Je fais un plein dans une station Exxon et prends une bouteille d'eau et un paquet de Fritos.

Ce n'est pas une attaque nucléaire, ce n'est pas une évacuation d'attaque nucléaire, tout est trop rangé, trop propre. Sur les routes les voitures sont simplement arrêtées, parfois, emportées par leur élan, elles ont fini leur course sur les bas-côtés ou percuté la rambarde intermédiaire, ou glissé dans celles qui les précédaient. Les carambolages ne sont vraiment importants qu'à l'entrée des villes et sur les ronds-points. Comme si les automobilistes s'étaient subitement endormis au volant.

Sur le Skyway Bridge, un vol de pélicans me précède. Au moment où je les rejoins, ils virent ensemble et disparaissent.

L'entrée de Tampa est presque impraticable, les voitures se sont agglutinées en grappes autour des carrefours, certaines ont brûlé et propagé le feu autour d'elles, calcinant des dizaines de carcasses vides. La ville semble compactée autour de ces points noirs, la circulation s'est résumée, s'est coagulée en caillots de tôle et de tissus noircis. Une vitrine de coffee-shop cubain a été éventrée par une Limousine, un hôtel cinq étoiles abrite la tête d'une colonne de Harley qui termine sa procession à trois cents mètres de là, sur Brook Street où les voitures se sont prudemment rangées pour faire place aux anges noirs et ont fini elles-mêmes encastrées dans un panneau de signalisation, dans une bijouterie dont l'alarme s'est tue, dans un fast-food. Une patrouille de police a défoncé la banque centrale par ses cinq portes vitrées. Personne ne moufte. Le désordre est partout mais figé, il n'est pas en marche, pas en chemin, il y a peut-être eu trois minutes de désordre en mouvement qui n'était sans doute que l'effet d'un ordre mourant, trois ou quatre minutes d'une folie passagère, d'une désorganisation brutale, les voitures ont couru par où elles étaient lancées, canards sans tête lâchés sur le pré puis s'effondrant, trois ou quatre minutes d'agonie, un désordre de soubresauts et définitivement, plus rien, plus un mouvement. La dernière explosion dans le dernier carburateur a peut-être ravagé le quartier Nord pendant des jours et réduit en cendres trois cents millions de dollars de buildings d'affaires dans le crépuscule tropical mais maintenant c'est plus rien.

Quelque chose grince. Ce sont à peine des ruines, quelque chose grince derrière un pan de mur nu, quelque chose grince et flotte au-dessus du bitume, glisse au-dessus du bitume. Un courant d'air baigne la place vacante, un radiateur ou peut-être un ventilateur grince sous le souffle, uniforme, mécanique, poussé par un doigt de vent tiède. Son rythme de pale est lent. Ce qui est tombé gît ramassé, gît dans son poids. Les murs sont des tas. Les vitrines. Les portes sont des trous. Un terrain vague.

Je contourne les agglomérats, je monte sur les

trottoirs, je slalome entre les épaves mais plus j'approche du centre et moins j'avance. Je recule le moment de descendre et de stopper le Dodge, d'avoir encore à prendre, à supporter le poids silencieux de la ville morte. Tampa. Ici c'est Tampa, là-bas c'était Miami, c'est donc toute la Floride qui est touchée. J'ai soif et la nuit va tomber.

Je choisis le Ritz Holliday dont la porte est coincée par la casquette noir et or de feu son portier.

Feu son concierge et feu ses chasseurs ne m'accueillent pas, ni sobres ni aimables, feu ses clients ne se retournent pas quand j'entre dans le salon, pas même discrètement. Je vire d'un tabouret l'uniforme blanc d'un amiral définitivement affaissé, et pardon, un double scotch s'il vous plaît. J'ai rien à en foutre de vos récits de loup de mer, j'aimerais dîner tranquille mon vieux.

La cuisine est propre et éclairée, je prends une boîte de caviar, deux langoustes congelées avec deux paquets persillés étiquetés beurre de pastis, au four. Douze minutes. En sirotant mon scotch à la recherche de la cave. Le crépuscule est tombé. Au cœur du cœur chaud de la ville les néons se sont allumés un par un en remontant l'avenue Kennedy. Programmés. L'électricité fonctionne programmée. Tampa est un automate. J'ai des crampes d'estomac, tant pis pour les toasts, j'avale le caviar. Je cherche les interrupteurs du salon sous les tentures quand un murmure minuscule arrête mon geste. J'entends, oui, j'entends quelque chose. Un piéti piéti, comme le bruit d'une petite averse sur des carreaux de faïence ou sur la surface d'un lac étale, au tout début d'un orage, quelques gouttes claires et sonores puis quelques autres, qui rebondissent et crescendo, piéti piéti. C'est exactement ça, presque exactement ça parce que là ce n'est pas dehors mais dedans, sous mes pieds, en dessous, à l'étage en dessous et ça monte, ça prend les escaliers, ça monte de la cave, ça vient et ça gonfle, ça se multiplie, plus de piéti, c'est maintenant une onde continue, sweetie fweetie et avec des couinements. Des couinements ? Bon Dieu, des couinements ! Je m'expulse de derrière le bar, mon caviar dégringole, et je cours vers la porte de cette foutue cave mais quand j'arrive c'est trop tard, c'est pour voir dans la lumière bleue des néons du cœur de Tampa une nappe de poils houleuse à ras de terre se répandre partout dans le hall, se diviser en larges bandes fuyantes, encercler les fauteuils et monter aux rideaux avant de se réduire en ruisseau. Tu parles, en torrent dont les vagues se heurtent à la porte vitrée de l'hôtel, engloutissent l'uniforme du portier, engloutissent sous vingt centimètres de pattes, d'oreilles et de queues de fouets la moquette du Ritz Holliday et l'asphalte de Jefferson Street.

Je n'ai rien senti. Je tremble comme une feuille, mes chaussures sont en lambeaux, un train vient de me passer dessus mais je n'ai rien senti.

Je repasse machinalement derrière le bar mais au moment où je tends la main vers le McAllan, mon pied heurte la boîte de caviar et déclenche un mouvement rapide au sol. Je saute aussitôt en arrière, j'ai les nerfs en pelote mais le rat est bien là, sous le bar, il me fixe en piaulant de rage, je le dérange, sa queue bat le carrelage, ses poils sont hérissés sur l'échine, il fulmine. Il sort, il avance sur moi en calculant ses mouvements, il progresse sans me lâcher des yeux, centimètre par centimètre, comme un reptile antédiluvien, comme une panthère, comme un boa hypnotiseur, c'est mon familier, mon vieux mon très vieux prédateur. L'hominidé fasciné s'en souvient, je m'en souviens, je reconnais son feulement terne, sa méthode, il avance encore et désormais je l'attends quand soudain la sonnerie du four déchire l'espace et d'un seul geste pendant que le rat s'élance je saisis sur le bar une bouteille de Southern Comfort à moitié pleine dont le bord supérieur gauche de l'étiquette blanc, or et noir s'est légèrement décollé, et je l'écrase sur les reins de la bête qui hurle sous le coup et crache et pue soudainement mais je recommence et lui défonce sa tête qui craque avec cette bouteille qui éclate et l'alcool gicle partout avec le sang du rat et le verre. Il meurt la carotide à l'air, déversant ce qu'il a dans le corps de mousse, de bile et de bouillon brun en trois sursauts arc-boutés sur la brocatelle du sol, la moitié de la mâchoire arrachée posée plus loin sous une table basse Art nouveau de l'école de Josef Hoffman, un seul œil ouvert parce que l'autre n'y est plus, et silencieux.

C'est bien le moins.

Je fais quatre-vingt-dix fois son poids, mon cerveau occupe mille quatre cents centimètres cubes de l'espace mondial, à savoir deux mille fois plus que le sien et mon espèce règne. Crève. Règne. C'est dégueulasse ici, ça pue. J'ai du sang plein les jambes, il fait nuit, j'ai plus faim.

Je monte.

La poignée chromée de la porte du bac de douche tient parfaitement dans la paume de ma main droite. Tranquille, serré mais pas à l'étroit à l'intérieur des panneaux en granilite outremer, j'effleure le bouton sensitif du programme de massage intégré et j'enclenche la fonction séquentielle des jets dorsaux. Le mélangeur est réglé sur 27,5, le sang a rapidement disparu par la bonde, il n'y a plus que la mousse du gel douche parfum des îles et mon jet d'urine qui crépite sur la faïence. La vapeur monte, m'enveloppe, la vapeur me lave, je me lave, ce n'était qu'un rat, un simple rat et de toute façon tu n'aimes pas le Southern Comfort. Trop sucré.

La suite est très vaste. Les fenêtres de la chambre donnent sur une large cour plantée de palmiers, le lit est immense, moelleux comme un corps. Enroulé dans la serviette trois pouces du Ritz Holliday, je parcours les lieux pour comprendre. J'ai jeté deux brosses à dents électriques dans le broyeur mural. Il y a cinq valises Vuitton dans le dressing et un bagage à main sur le canapé du salon. Un coffret de Montevideo n° 3 sur la desserte à côté d'un petit trousseau de clés. Une cigarette blonde écrasée dans le cendrier Daum & Naney de la table de chevet. Il n'y a aucun vêtement au sol, ni sur le lit, ni devant la porte, ni aux chiottes, ni nulle part et tant mieux. Ils étaient sortis. Ils prenaient un verre au Freak Colisea. Ils faisaient un tour en bateau dans la baie, ils l'avaient loué pour une ou deux heures, un petit jet-boat stylé avec pare-brise enveloppant et toit Birnini, propulsé par un moteur Evinrude à injection électronique, recommandé pour le ski nautique. Eux c'était juste pour faire un tour dans la baie, regarder les lamantins ou les dauphins, approcher de loin Mullet Key, pour voir, juste pour voir et peut-être faire quelques photographies. Piquer une tête et rentrer. Madame aurait téléphoné à sa mère ooh mummy darling ao wao you dear, ou à sa meilleure amie, il fait un temps épouvantable, on ne peut sortir que le soir, pendant que monsieur se serait renseigné au bar d'un spectacle pour la soirée ou d'un restaurant agréable. C'était peut-être elle, madame bikini pois roses sous robe de lin grège étalée par terre sous les raphias du patio. Ma colocataire. Si je fouillais les valises, je trouverais peut-être, enfouis dans une théorie de bains de soleil, un porte-cartes ou un portefeuille contenant les deux ou trois photos dont on ne se sépare pas, qu'on ne montre pourtant pas, qu'on regarde encore moins, mais dont on sait qu'elles sont là, vestiges et témoins d'une époque chère. À côté d'un vibromasseur cinq piles destiné moins à madame qu'à monsieur qui a ses petites faiblesses. Des gens très bien. Au bar, je lui aurais indiqué le Ristorante del Mar sur Beck Street où les poulpes sont travaillés à l'ail et au vermouth par un chef d'origine vénézuélienne, subtil et gras comme un cochon. Nous aurions pris un verre, lui et moi, installés au comptoir. Discutant cuisine, les hommes d'affaires consomment mais ne discutent pas cuisine pourtant lui, si. Pour un tradeur new-yorkais il connaissait même très bien les vins. Cuisine et cricket mais ma vraie passion voyez-vous c'est Faulkner. On n'a le temps de rien dans mon métier. Je compte bien profiter de ces quinze jours pour approfondir un peu mon projet, six ans que j'y travaille, dès que j'ai trois jours de calme, une semaine, je m'y remets. Le manuscrit d'*Absalom ! Absalom !* Je l'emmène à chaque fois. Ce sont les glycines, à chaque fois, les glycines de miss Colfield, les glycines refleuries de septembre de miss Colfield, à chaque fois, les moineaux dans ses glycines odorantes, pressées contre le treillis du mur extérieur, pressurées par le soleil, débordantes, écrasées de sucre et de soleil, à chaque fois je me laisse reprendre. J'ai une théorie des glycines, c'est à ça que je travaille, je pense qu'*Absalom* est structuré comme une glycine, vous savez, ça grimpe, ça lance mille têtes blanches et mauves à travers le moindre orifice vers le soleil, ça prolifère, c'est un parasite la glycine, un parasite extrêmement vivace, une toute petite tige frêle et contournée qui s'agrippe à ce qu'elle peut et divise ses points d'appui pour mieux monter et finalement ça devient énorme. Un nuage, un rouleau, un fleuve, un monde que les moineaux secouent, auquel se rattachent les miss Colfield, les Sutpen, et toutes les belles figures de brutes et de salauds inconscients. J'adore la glycine. Je vois ça. Et vous ? Et sa femme Mrs Bikini Pois Roses sous robe de lin grège aurait traversé le bar en le cherchant du regard, oh chéri tu es là, une très agréable jeune quadragénaire à la musculature travaillée en gymnase mais harmonieuse. Un hâle certainement intégral. Je parie que mon mari vous entretenait de ses, tssi tssi tssi, Melicent, tu veux boire quelque chose ?

Le Ritz Holliday compte cent soixante-sept chambres. Je suis au septième étage, je vois une encablure de Jefferson Street par les fenêtres du salon et la cour aux palmiers par-derrière. La rue est balayée par les néons alternatifs, bleu, rouge, blanc et les lampadaires jaunes où tournent les phalènes imbéciles. Impossible de dormir. Je suis comme remonté au MMDA-2, léger, lucide et dur comme un alliage trois brins. Faudrait que je parle à quelqu'un. Il fait lourd. Un orage c'est ça qui serait bien, qu'il éclate et qu'on passe à autre chose. A new world et tout le monde debout là-dedans ! Qu'est-ce que vous foutez ? Allez hop, rasez-moi ça et on recommence. Premièrement je suis cosmonaute et je vous vois, vous m'accueillez devant la capsule, vous venez me pêcher dans la capsule et congratulations, vous avez oublié ma petite histoire, vous êtes bien contents de me revoir, vous êtes là le sourire aux lèvres avec mon siège baquet capitonné d'eau douce et vous m'offrez des fleurs. Pourquoi pas. Des fleurs rouges, des marguerites et des orchidées poivrées. Deuxièmement je suis gradé et pilote d'essai, j'ai une vision globale, vous me passez Houston et j'ai droit à certains égards et attentions, vous me passez le Canard Déchaîné et j'entends enfin la voix de Nastassia Iladovna. Troisièmement je suis moi aussi content de vous revoir. J'ai plein de choses à vous raconter et qu'on me parle, surtout aussi qu'on me parle je comprends toutes les langues allez-y, parlez. C'est à vous, parlez.

Au-dessous des cent soixante-sept chambres du Ritz Holliday, les néons, les lampadaires automates et les phalènes clignotent. Je prends l'air à la fenêtre, à la croisée. Pas tranquille pour un sou, pas croire. Il y a quelque chose dans l'air, à la croisée, évidemment, la nuit tout change tout le temps. Royaume des rats. Seul homme à Tampa. Seul humain à la croisée, lune vide. Quelque chose monte dans l'air, des abois de chiens se répondent. Des répons de chiens, on dirait des chacals. En pleine ville! Ils se parlent d'un bout à l'autre, leurs répons sautent les immeubles et se répercutent en échos dilatés sur les façades de verre des buildings. Une chauve-souris, un aveugle pourrait dessiner la nouvelle configuration de Tampa à partir des chiens. À partir des abois et des galopades des chiens dont j'entends les griffes glisser sur le bitume et déraper sur les bandes blanches des passages piétons. Ils approchent. C'est une meute, les chiens sont grégaires, c'est une meute qui approche Jefferson Street, sous mes fenêtres, par le nord. Des anciens chiens domestiqués qui n'ont plus vu un shampooing depuis des lustres. Plus de croquettes diététiques, plus de maître : la faim, la liberté, la sélection naturelle. Pourquoi les chiens, les pélicans, les rats sont-ils vivants? Ils approchent en hurlant, ils sont en chasse, ils arrivent. Sous mes fenêtres, ils vont passer là où les rats sont passés, sous cent soixante-deux chambres et cinq suites grand luxe comme si de rien n'était. Je les vois : vingt têtes de bétail déchaîné lancées à toute allure au cœur de la civilisation. Vingt éclaireurs hirsutes et musclés la bave à la gueule, le must de la chiennerie brute : pitbulls et rottweilers en avant, dobermans sur les flancs, le gros de la troupe vient derrière c'est-à-dire au total : une minute de défilé canin pas brossé du tout et au galop. Sur la largeur de la rue, une minute de chiens au galop ça fait, bon, ça fait beaucoup trop. Ils m'ont vu. Je ne sais pas pourquoi ils m'ont senti, ils se sont arrêtés net, j'ai peut-être fait un bruit, ils sont là le museau en l'air à renifler vers mon septième étage, à secouer les fils de bave qui leur pendent aux babines, à s'ébrouer sur place en grondant du fond des crocs. C'est pas bon. Jamais adoré les chiens mais là, ça dépasse mes espérances. Qu'est-ce que je fais ? Les plus malins sont déjà en train de gratter la porte du portier, non mais n'importe quoi, c'est quand même pas croyable une sérénade pareille ils espèrent quoi, me bouffer sur place au septième étage, prendre l'ascenseur et débarquer comme ça, allonge-toi mon vieux on crève la dalle, pas de temps à perdre. Plutôt crever oui ! Je vais leur faire un petit discours à ces corniauds. Des grenades, qu'on m'amène des grenades ! Oh la, la réception, dégagez-moi une caisse de Fen Dz 22, il y a une bande d'allumés au 90, d'urgence SVP, ouvrez les coffres et sortez l'artillerie, montez-moi ça ! Je délire ? Je ne délire pas ! Grouillez-vous. C'est moi qui sors de la chambre en courant. La serviette est tombée, à poil, je cherche les munitions, faut s'armer, faut absolument s'armer, le monde est complètement dingue, c'est un vrai cauchemar, trouver des armes c'est ça qu'il me faut, de quoi faire sauter la moitié de la rue avec ses sales clébards, dézinguer tous les rats d'un seul coup, écrabouiller tout ça, saloperies de bestiaux. Je vais trouver, il y a toujours des armes dans un hôtel, surtout en Floride, où sont les coffres ? Il y a forcément un type armé dans une des cent soixante-deux chambres et cinq suites grand luxe de ce bazar. Je visite en courant. Huitième étage, neuvième étage, je les entends toujours, j'ouvre les valises à la volée, je fouille les malles, je renverse tout ce qui peut contenir un M4 avec cinq boîtes de munitions, il y a forcément au moins un chasseur et oui ! : chambre 963, coincé sous le lit, un superbe écrin en maroquinerie rouge abîmé aux coins. Parfait. C'est quoi ? C'est parfait : un Weatherby 300 Magnum impeccable, je les entends toujours, plus près. J'examine mais vite, j'examine la culasse et la visée, j'insère six Nosler Partition de onze grammes dans le chargeur. Quelle rigolade, je peux les entendre maintenant mais oui c'est ça... Montez donc. Un bruit derrière la porte, un jappement à l'étage, je tire. Je sors, couloir, les dents d'un dogue aux yeux rouges, je tire, je descends, couloir, personne, je descends, je descends, personne, rez-de-chaussée, porte, je tire, la balle éclate le verre, traverse deux corps et détruit la vitrine d'une boucherie fine, juste en face. Deux chiens au sol remuent dans leur sang, l'odeur de viande a galvanisé la troupe, il me reste trois balles, une masse sauvage s'est ruée dans la boucherie à travers la vitre éclatée, ils se coupent les pattes sans s'arrêter, se jettent sur la viande pourrie exposée là depuis combien de temps dont l'odeur immonde a envahi la rue d'un seul coup, charnier de choix, que du bœuf et du veau aux hormones, nourris sous la mère, dégoulinants d'asticots. Restent cinq brutes qui préfèrent la viande fraîche et m'entourent, plus que trois balles mais qu'est-ce que je fous là au milieu de cette avenue putride ?! Je ne me sens pas bien du tout. J'ai la nausée. C'est l'odeur. Les regarder dans les yeux et disparaître en reculant, les tenir en respect, les fixer et reculer, comme pour les jaguars. Ce sont des jaguars. Pleutres. Si je les regarde bien dans les yeux, faire face, je fais face, c'est gagné. Et c'est gagné ! J'entends enfin, enfin la voix de Nastassia Iladovna, oui, oh oui ! Je la vois, elle vient de quitter le Canard Déchaîné, son T-shirt est encore collé à son buste, le champagne lui dégouline des cheveux dans le cou et sur les seins, elle promène la caméra sur son corps, elle est entière, hanches, fesses, ventre et ça glisse, piercing au nombril, pubis, je la reconnais, oui c'est elle, Nastassia Ila, Nana, ma préférée. Elle me parle, elle me promet du miel, du ciel, du foin et des caresses, des réservées extra-expertes, de me faire sa danse de piston souple, elle me parle en sexe, c'est du russe, c'est fluide, c'est bon comme une huître pleine mer, Saint-Vaast, Cancale, la meilleure vodka du monde, la plus blonde et ses yeux verts en gros plan, humides, deux lacs de Sibérie étoilés, les pupilles en minuscules goujons noirs, une nage libre en eau claire mais chaude, oh chaude !...

Mais non. La cassette s'est arrêtée, c'est un sex-shop, j'ai dû appuyer sur un bouton du juke-box. Ma respiration bourre la pièce, je suis trempé, collé à la porte de tout mon poids. Les chiens dehors sont partis en trombe sur un signe incompréhensible. Je suis à nouveau seul. À côté du Ritz. À poil. Dans un sex-shop ultramoderne où on peut écouter des extraits de pornos en toute langue à raison de trois minutes par film. Après quoi on se décide. C'est terrible là-dedans, se retrouver là-dedans, dans le noir, un Weatherby 300 à la main et sujet aux hallucinations, c'est plus qu'il n'en faut. Je vais rentrer maintenant. Pendant que les chiens ne sont pas là, pendant que les rats courent ailleurs, avant qu'un troupeau de sauriens ne débarque les mâchoires grandes ouvertes sur la nuit, pendant que j'ai encore deux sous de raison (« Ça passe vite ! ») et l'usage de mes jambes, je vais rentrer. Me barricader dans ma petite suite, pousser deux trois meubles sur la porte et dormir hein, essayer au moins.

[Rêves de dentitions. Blanche parfaite de vampire et jaunasse bousculée d'une Anglaise tout sourire, effrayante. Et deux phrases : moi c'est les rats qui m'ont secoué. Scélérats qui m'ont secoué. La nuit porte conseil Melicent. Tu dors ?]

Traversé la ville vers Old Tampa Bay avec pour objectif l'aéroport. Je ne connais pas cette ville, je n'y ai jamais foutu les pieds mais je sais lire une carte et une pancarte, l'aéroport c'est par là : plein ouest. Je préfère y aller à pied. Trop de voitures encombrent la chaussée et j'ai quelques courses à faire. Sac à dos, épicerie, conserves, céréales, arme(s), effectivement. Lunettes de soleil. Changer de vêtements si possible. J'en suis aujourd'hui au jour 2. Il s'agit de m'organiser sérieusement.

Au Langham Creek Shopping Center la double porte de l'entrée est barrée de traînées marron, les escalators fonctionnent à vide et soulèvent une vague de fringues déchiquetées par le roulis renouvelé de la dernière marche. Certains se sont étouffés avec le boudin de tissus et produisent un drôle de sifflement sourd en continu. Je fais attention aux bruits : selon le plan général, au troisième il y a un département produits frais et je n'ai pas la moindre envie de renouveler une expérience de meute avec des bestiaux.

D'abord les armes : 1) Le 92SB des Texas Rangers. Je l'examine de fond en comble. Châssis en aluminium, canon et culasse en acier au nickel-chromemolybdène. Le verrouillage est sous le tonnerre. Je le teste sur place avec un chargeur Mec-Gar et quinze cartouches de calibre 9 mm Parabellum. Le guidon carré s'inscrit parfaitement dans le cran de mire, on peut tirer vite et bien. À vingt-cinq mètres (j'ai choisi la tête d'un GI sur une affiche publicitaire), le point touché se confond avec le point visé. Il est lourd mais la prise en main est bonne, adjugé. Je prends un autre chargeur Beretta et une bonne provision de cartouches standard 9X19.

2) Le MP5/10 de Heckler & Koch à crosse télescopique, chambré pour la cartouche de 10 mm Auto auquel j'adjoins cinq chargeurs droits transparents de trente coups. Je teste vite fait ses trois positions de tir. La rafale de trois coups me sera sûrement très utile : pas gâcher les munitions.

3) Six grenades à main explosives.

C'est tout.

Je mets l'ensemble sur le comptoir principal et je monte au quatrième avec seulement le pistolet. Dans une boutique de sport j'enfile un short avec deux poches très profondes, je prends un pantalon Trecker Cargo beige foncé dans la même matière, une chemise et un gilet zippé multipoches. Une veste en fibre polaire Aleutian et je fourre le tout dans un sac de montagne de soixante-dix litres dont je règle le dos en me calant sur le coussin lombaire. J'y accrocherai mon P-M avec les sangles de compression porte-skis.

Au troisième tout est ravagé. Alors qu'il n'y avait aucune trace de vandalisme ailleurs, le département produits frais est sens dessus dessous. Les rayonnages ont été violemment fouillés et pillés, il y a des flaques d'huile et de vin au sol dans lesquelles on voit des traces de virages dérapés pris à toute allure. Il y a de la merde dans les allées, du vomi sec sur plusieurs vitrines réfrigérées et, derrière un étal de fruits dévasté, le cadavre d'une mouette aux yeux vides. Je n'approfondis pas : tout ce qui reste est immonde.

Au niveau moins 1, je me sers en céréales, en sachets complets déshydratés et prends quelques conserves verres. Trois litres d'eau minérale bien qu'il y en ait aussi dans les avions.

En remontant je cale les munitions dans le compartiment amovible du sac, je m'installe un petit holster et pour finir en beauté je m'envoie au septième. Prêt-à-porter masculin, version luxe. Mais je fais simple : un débardeur en coton laqué ouatiné, un costume anthracite en laine froide coupé bord franc et juste comme ça, un blouson en faille de soie. On ne sait jamais. Et je laisse le Langham Creek Shopping Center à son destin. Les chiens, les rats, les mites. Pourtant, avant de partir quelque chose me pousse dans l'antre des vigiles assermentés.

C'est une pièce grise, sans fenêtre, tapissée d'écrans quinze pouces où s'entassent tranquillement des milliers d'heures de bande vidéo d'un seul et même film : le film du Langham Creek Shopping Center. Une moyenne production un tantinet répétitive mais j'ai dans l'idée que sur la dernière des dernières, il y a peut-être quelque chose d'intéressant.

Je tripote les boutons de la console centrale, je m'installe sur l'uniforme du chef dans le seul fauteuil ergonomique aux accoudoirs molletonnés et allons-y, reverse, play.

Un jour ordinaire en plein écran. Il est 14:05:06, c'est marqué en bas à droite et les secondes défilent avec la bande. Pas de son. Jamais de son sur une vidéo de la sécurité. Les gens s'avancent tranquillement dans les rayons, troisième niveau produits frais. C'est une bonne vue panoramique qui couvre la moitié de l'étage. Plus de femmes que d'hommes derrière les caddies plus ou moins pleins. On baguenaude devant les produits, on s'arrête, on tâte ici et là un concombre ou un fruit, on inspecte les champignons en barquette, on les tourne puis on les remet. Les caddies font deux trois mètres et s'arrêtent devant la promotion, repartent lentement, se croisent dans les allées avec un jeu de jambes entre Mr. et Mrs., excusez-moi, je vous en prie, vous prenez à droite ? Moi aussi. Serviteur. En vision globale, on dirait un labyrinthe extrêmement simplifié où les joueurs se rencontrent à angle droit, suivant des chemins rectilignes qu'ils parcourent à petite vitesse et qu'ils compliquent rarement de retours en arrière. Il n'y a aucune diagonale. Et seulement deux gamins pour pousser leurs mini-caddies à fanions rouges en slalom autour des gondoles de l'allée centrale. Pêches, oranges, brugnons, oranges, pêches. Le plus grand qui entraîne sa sœur finit par prendre une claque sur la joue gauche et s'arrête. Il trépigne, il doit hurler, les gens qui passent à côté le regardent en hochant, un coup d'œil réprobateur à la mère qui ne sait pas le tenir ou signe entendu : encore un gamin battu.

Dans l'allée des légumes verts un vieil homme provoque un bouchon, il a ripé avec son véhicule et déclenché une dégringolade de poireaux. Il se tient debout au milieu du désastre et bat des bras comme un perdu. Les gens s'attroupent, regardent et repartent en haussant les épaules. Un couple entreprend de le calmer et bientôt le service sanitaire entre en action, casquette rouge et blouse rayée rose et blanc, jupe ou pantalon rouge. Ils ramassent, ils jettent, ils balaient et désinfectent, durée en temps réel : deux minutes trente. Il est 14:28:07 quand les poireaux tombés disparaissent par la porte de service interdite au public, dans un sac-poubelle vert bouteille. Une journée ordinaire. Il doit faire beau, les clients sont légèrement vêtus, ils ont l'air détendus.

Forward, 15:39:07 : une grappe humaine se tasse sur la porte jaune de la sortie de secours, une centaine de personnes complètement agglutinées qui supportent les chocs répétés des électrons libres attirés en masse par le noyau qu'elles forment, déjà compact, serré, hérissé de bras de toutes tailles et de dizaines de têtes folles qui semblent n'avoir qu'un but : cogner dans la porte jaune à coups redoublés, atteindre son seuil, passer. Déjà des corps sont sous la mêlée qui se tordent mais des files d'hommes et de femmes sans caddies rejoignent la masse en aveugles et quand ils touchent le noyau, une vague de bonheur les soulève puis les engloutit. Sous le flux suivant ils ont disparu, intégrés au noyau dur, poussant avec lui sur la porte jaune qui n'est plus visible mais ne cède pas. Une flaque de sang s'épanouit lentement au sol. Une femme tente de tirer en dehors de l'agglomérat une robe de petite fille blanche qu'elle ne parvient qu'à déchirer avant d'être elle-même happée par le phénomène électrique dont l'énergie grossit à mesure de l'arrivée d'autres éléments qui eux-mêmes arrivent déjà groupés, déjà grossis et forts et survoltés, qui provoquent, en se fondant à la masse plastique, des ondes d'une violence encore plus dense et la traversent et la secouent sans la bouger d'un pouce de la cible, la porte jaune sortie de secours. Un homme en costume gris, posé à l'écart du bloc gélatineux de la foule, regarde successivement la masse devant lui et quelque chose derrière lui. Il a la bouche ouverte, il n'arrive pas à se décider. Il ne sait pas de quoi, de ce qu'il voit devant ou de ce qu'il voit derrière, lui est le plus supportable.

Il est 15:42:08 quand soudainement, sous une impulsion inexplicable, de grands pans du mur humain se détachent de la porte jaune, des grappes entières qui littéralement se mettent à rouler sur le carrelage blanc, à rouler en gonflant à nouveau aux carrefours des allées, à rouler vers d'autres portes jaunes de secours mais maintenant quelque chose les suit. Ils fuient, c'est maintenant une fuite active, une course unique, effrénée, dont l'énergie s'augmente d'elle-même et déborde l'espace, le frange, le perce, en quête non plus d'une porte mais d'une vitre qui exploserait sous sa formidable poussée sans tête. Mais la vitre n'explose pas. Ne cède pas. La double porte à ouverture automatique est bloquée, étanche, Plexiglas incassable, la foule s'y cogne, s'y écrase et soudain se retourne d'un bloc et s'efface. 15:43:06

Attends. 15:43:05 : b bloc et s'efface.

Onze minutes de moins, 15:32:02 : un groupe d'une quinzaine de personnes remonte l'allée des poireaux en courant. Sur leur chemin, tous ceux qu'ils croisent les regardent un instant et les suivent. Dans l'allée des agrumes, une femme seule tourne la tête en tous sens, elle ne comprend pas, elle regarde le couple à côté d'elle et soudain l'homme pousse son caddie de côté et s'élance vers l'allée centrale où, de nouveau, vient de passer un groupe de gens affolés. L'homme crie, prend sa femme par le bras et l'entraîne. Dans l'allée des agrumes la femme reste seule et regarde au loin devant elle un vieillard tranquille qui finit le geste de prendre une demi-livre de citrons verts et de la poser dans son cabas de vieillard. Elle s'avance vers lui mais à sa hauteur, alors qu'elle débouche sur l'angle de l'allée principale, une cavalcade de gens gesticulants la bouscule. Elle parle, elle s'adresse à eux en forçant la voix. Le vieillard la regarde et secoue la tête avant de reprendre son chemin parmi les agrumes. D'autres mouvements désordonnés ont lieu dans cette moitié d'étage. La femme seule rebrousse chemin vers le vieillard et lui touche le bras, elle lui parle. Le vieillard secoue la tête à nouveau et se dégage. La femme a soudain l'air extrêmement triste et perdu. Elle est rousse et porte une robe d'été à motifs floraux. Elle semble raisonnable. Elle remonte à contre-courant l'allée des tomates et piments qui est parallèle à l'allée centrale, sa démarche est ferme malgré les esquives qu'elle doit multiplier. Elle arrive en vue de la porte d'entrée principale d'où le mouvement de panique est apparemment parti, elle regarde. Elle est à la limite du bord supérieur de l'écran quinze pouces et soudain elle recule. Elle recule les mains sur les joues, elle est de dos et elle recule, elle bute sur quelque chose au sol et elle chute. Quand elle se relève je la vois de face, elle n'a plus aucune expression, elle se met à courir.

15:43:05 : tourne et s'ef face.

Slow motion, 15:43:04 : la foule pressée contre la vitre étanche de la double porte automatique en plexiglas incassable cinquante millimètres se retourne lentement vers ce qu'elle fuyait. Le mouvement la décolle légèrement de la vitre et la tranporte en avant sur quelques centimètres. Elle semble rebondir mollement vers l'arrière et se tasser en masse un peu plus compacte encore sur le Plexiglas. Et alors, alors qu'une poussée continue la presse toujours plus fort sur le verre synthétique auquel elle est acculée, elle commence à disparaître. Elle s'efface, elle s'effeuille, ses membranes extérieures s'estompent, elle se gomme petit à petit, des lambeaux d'épiderme tombent au sol par plaques, alors même qu'elle se tasse encore plus fermement sur la paroi transparente de la double porte automatique, elle fond, elle se dissout comme un sucre dans une solution de vinaigre, elle, tout simplement, disparaît.

Deux secondes, 15:43:06 : disparaît. Le sol est jonché de vêtements d'été.

Le dôme Samsung haute définition quatre cent quatre-vingts lignes à rotation sans butée a capté le glissement du dernier agglomérat de tissus contre la double porte automatique puis l'image s'est figée — trente secondes — et l'horloge s'est bloquée. Après 15:43:07 le détecteur de mouvement ne détecte plus rien.

Impossible.

Je passe en quadrivision.

Quatre focales de 2,9-8 mm, quatre lentilles asphériques à commandes asservies enfoncées dans quatre caméras quatre cents lignes 0,4 lux transmettent leurs quatre images stratégiques à l'écran quinze pouces du chef de la sécurité, sur quatre niveaux simultanés. C'est-à-dire :

1 : le parking,

2 : le hall du rez-de-chaussée,

3 : les caisses du moins 1,

4 : le troisième.

À 15:43:07 les quatre sous-écrans se figent un à un sur les caddies empêtrés dont les roues se sont immobilisées et les caméras se mettent en veilleuse.

J'attends.

J'ai vu la côte Est et la côte Ouest, j'ai vu la foule du troisième étage disparaître, je ne peux pas croire à un attentat contre le Langham Creek Shopping Center. J'attends.

Je sais qu'une caméra équipée d'un détecteur de mouvement se déclenche quand elle détecte un mouvement. Pas de fondu cinématographique, pas de paysage, pas d'intervalle, pas d'enchaînement, je n'attends pas longtemps.

C'est l'écran 1 du parking qui sursaute légèrement en réaffichant l'heure en bas à droite : 05:02:23, la lumière est jaune.

Un lynx vient de sauter sur le toit d'une Bentley noire. Il renifle l'air alentour, les touffes d'oreilles droites comme des fanions, puis il s'assied et entreprend de se gratter les côtes avec une patte arrière. Il s'arrête le nez en l'air, suit du regard le vol d'un oiseau qu'on ne voit pas et reprend sa toilette. Il se lèche, arrache des petites touffes de poil prises entre les griffes de ses pattes avant, s'assied plus confortablement, arrondit le dos et tend loin au-dessus de sa tête une patte arrière dont il nettoie consciencieusement l'intérieur, de bas en haut, s'arrêtant toujours, de temps en temps, pour écouter autour de lui ou capter le mouvement d'un insecte sur le capot de la Bentley. Il doit y avoir beaucoup d'oiseaux car le lynx s'interrompt souvent pour regarder en l'air. Mais ça ne l'intéresse pas, il se lève, s'étire lentement et

la caméra 2 vient de s'activer à son tour, 05:26:04, une bande blanche a traversé l'écran de gauche à droite, masquant presque entièrement le hall du rez-de-chaussée.

Celle du moins 1 fixe toujours le vide de son œil aveugle ainsi que celle du 3e étage.

Le lynx n'est plus sur le parking, il est passé dans le champ 2, hall du rez-de-chaussée, et on le voit s'approcher d'un gros oiseau blanc qui s'est écrasé sur la porte de l'entrée principale. Il avance vers sa proie d'un pas vif, les oreilles dressées, il renifle loin devant lui et tâte l'air avec ses moustaches. Son approche est à la fois rapide et prudente, certainement silencieuse, mais alors qu'il va s'emparer de l'oiseau qui bouge encore, la double porte de l'entrée principale s'ouvre devant lui et le lynx disparaît immédiatement de l'écran 2 hall d'entrée et file entre les voitures du parking et en trois secondes il est ailleurs, hors champ. L'oiseau écrasé a tout à fait cessé de bouger. La porte se referme. Il est 5:26:59, dans trente secondes, les images vont se figer.

La 4 se rallume à 02:08:09 — mais quand, quel jour ? — un édifice de pommes dégringole de son présentoir, certains fruits éclatent en tombant, les autres roulent et se répandent dans l'allée où se déplace une petite colonie de rats noirs qui jusque-là n'était pas assez importante pour déclencher le détecteur de mouvement.

La 3, toujours aveugle. La 2 figée sur l'oiseau mort se réactive — 15:37:08 : — sur le passage très rapide de trois crocodiles — ai-je bien vu ? — et se fige à nouveau sur 15:37:37 mais l'oiseau mort n'est plus blanc, c'est un tas de mouches.

Puis la 1, la 2 et la 4 ne se désactivent plus, chacune son heure mais ensemble, elles balancent leurs images aberrantes sur l'écran quinze pouces du chef de la sécurité. Ce sont les grandes invasions. Des oiseaux, des chiens, des couguars, des lynx. Les rats gardent le 3e jusqu'à ce qu'un bobcat plus affamé qu'un autre trouve le chemin et fasse là-dedans un épouvantable carnage avant d'être lui-même chassé par une horde de chiens efflanqués qui fuiront aussi, plus tard, devant des tonnes de mouches à viande attirées là par les charognes des guerres territoriales et nées là parce que pondues là depuis des générations et infiltrées et propulsées par millions dans les tuyaux de la climatisation. Invasion de bactéries, invasion de cafards, une manifestation de crabes rouges sur le parking, un alligator écrase à grands coups de mâchoire la tête d'un doberman égaré dans le hall, un pélican tourne sans relâche dans les mouches du 3e, deux chiens s'accouplent sur la 3 qui s'est enfin réactivée pendant qu'un troisième se vautre dans le sang d'une bête à terre, méconnaissable. Des milliers de sauterelles se sont accrochées au crépi intérieur du hall et des dizaines de traînées de sang barrent la porte d'entrée principale où les oiseaux continuent de vouloir passer et parfois réussissent, une boue blanche dégouline du

Stop.

Reverse — play, 14:28:07: le service sanitaire vient d'éliminer les dernières traces de l'incident des poireaux. Le vieil homme a cessé de battre des bras au niveau 3, tout est rentré dans l'ordre, les gens sont détendus, ils ont repris leurs déambulations parmi les produits frais. Sur 1, une famille séminole descend d'un pick-up truck, une Pontiac verte se gare sur une place pour handicapé, un couple pousse devant lui un caddie plein, un homme en short ferme le coffre de sa voiture. En 2, les gens qui sortent croisent les gens qui entrent. En 3, une vingtaine de personnes réparties sur quatre caisses font la queue pour régler leurs achats et patientent. Un couple rit en regardant passer un enfant déguisé.

Moins d'une heure plus tard l'affolement est partout et dure de trois à quatre minutes.

Et ensuite, plus rien; jusqu'à ce qu'un lynx rufus vienne faire sa toilette sur le toit d'une Bentley noire à cinq heures du matin. Suivi de centaines de pilleurs et le chef de la sécurité rivé à son fauteuil ergonomique qui ne regarde pas n'ayant plus de crâne ni même d'orbites par où le vent

Stop.

Ne perds pas le nord Stevens, ne perds pas l'ouest, tu voulais l'aéroport, tu avais l'idée de faire quelque chose, souviens-t'en, oublie ça, ce que tu viens de voir mets-le dans un coin sombre, ferme la porte et avance.

Je ferme la porte.

Rudy John Chupco est un type sympathique. Il m'a prêté son pick-up truck déjanté, il m'a conseillé de m'hydrater et de prendre, plus tard, un bain de vapeur qui m'ôterait les mauvais esprits du corps et que si je pouvais ensuite me laver les cheveux ce serait très bien comme ça. Il s'occuperait, lui, des détails folkloriques. OK j'ai dit, OK, pendant qu'il m'indiquait le trajet jusqu'à l'aéroport de Tampa Bay en buvant à petits coups la troisième d'un six-pack de Budweiser. L'objectif est d'atteindre Houston, Nasa, premier centre de contrôle de mission, là-bas, ils doivent savoir. C'est très simple. OK. Elles sont chouettes les nouvelles cartes d'identité hein ? T'es vraiment avocat Rudy ? Je sais très bien qu'il répond seulement dans ma tête :

— Ben tiens, tu pensais peut-être que j'étais Medicine Man. Je suis avocat, ouais, avocat de réserve, dit-il en rigolant. Ça t'étonne que je sache lire ?

Pas répondu. Je sais très bien que je lui parle dans ma tête.

— Tu venais acheter une robe pour ta femme ?

— Ah ah ah, tu ne manques pas d'imagination mon vieux. Je ne suis pas marié, non. J'accompagnais une de mes amies, Janet, avec ses trois gosses on devait faire quelques courses pour la kermesse de l'école.

— Ah oui. Et vous n'avez rien trouvé ?

— À vrai dire, on n'a pas vraiment eu le temps. Mais on peut parler d'autre chose, non ? Janet par exemple, voilà un bon sujet, un sujet qui me passionne réellement. C'est une Oglala, figure-toi, ça fait douze ans qu'elle est partie de Pine Ridge pour suivre un Séminole. Ils se sont rencontrés dans un pow-wow interethnique en Oklahoma et cet imbécile de Haney lui a tout de suite tapé dans l'œil. Faut dire qu'à l'époque il ne buvait pas et Janet, elle n'avait connu que ça, des hommes qui boivent, des femmes qui boivent, des enfants qui naissent avec le syndrome alcoolique, alors Haney, avec son costume blanc impeccable, son mètre quatre-vingts et ses nattes soignées, sans parler de ses diplômes et de son respect affiché de la tradition, etc., un type parfait quoi, il lui a plu. Elle lui a plu, forcément, une très belle femme, et puis elle l'a suivi chez lui en Floride, parce qu'elle ne tenait pas non plus à retourner à Pine Ridge. Ils ont eu trois enfants, de beaux enfants, tu as vu ça, mais le couple a commencé à battre de l'aile quand Haney s'est vu refuser la validation de sa thèse d'anthropologie physique pour je ne sais plus précisément quelles raisons de belagana, mais le fait est qu'à partir de là il s'est mis à picoler, à picoler comme s'il devait rattraper des années d'abstinence, comme s'il avait manqué jusque-là à un devoir de famille et elle, de son côté, a commencé à regretter à haute voix de l'avoir suivi et de ne jamais pouvoir se payer ce petit voyage jusqu'à Pine Ridge où elle aurait pu revoir son oyate — attention au trou là ! tu roules trop vite — et reprendre contact avec sa famille, etc. Elle l'accusait de l'avoir séparée de sa tribu, de vivre à ses crochets depuis le début et de bander mou. Oh la, c'est un champ de bataille ici ! Enfin, tu vois le topo. Classique finalement. Sauf que les Oglalas ne sont pas des femmes faibles, le jour où Haney a levé la main sur Janet, il s'est retrouvé à l'hôpital pour quinze jours. Ça m'a bien fait rire à l'époque, je peux te l'avouer, j'étais déjà... intéressé par Janet. Et Haney ne m'a jamais été sympathique avec ses airs de grand sage et la tradition par-ci et nos ancêtres par-là, cet imbécile ne pensait réellement qu'aux Blancs, être reconnu par les Blancs, manger à la table des Blancs, enseigner dans leurs universités, il portait le costume tu aurais vu ça, comme le plus pur Anglais de souche et la cravate avec un nœud Windsor, le prince de Galles en personne cet imbécile, et avec les nattes ! Tourne à droite là, qu'est-ce que c'est que ce bordel, t'as vu ça là-haut ?

— Mumm.

— Enfin tu vois, aux conseils séminoles il soutenait que même purs nous sommes métis, nous sommes acculturés, il ne faut pas aller contre mais faire avec, nous sommes doubles et c'est notre force, etc. Seulement au premier coup de vent le voilà par terre à geindre et à se tordre comme un gros ver blanc, à maudire le monde et la vie, à s'enfiler ses six six-pack par jour sur le salaire de sa femme et tout ce qui va avec. Une lavette. Il traînait autour des débits de boisson avec l'air d'un type qu'on a spolié et auquel on doit beaucoup. Je lui aurais bien fichu mon poing dans la gueule mais il n'est jamais venu se lamenter dans mes parages alors bon, j'en ai jamais eu l'occasion finalement. Je regrette. Parce que tu vois, Janet, c'est resté une amie. Juste une amie. Ses enfants m'appellent tonton mais elle, toujours Rudy Chupco, frère aîné. Alors que moi quand je la vois, je pense à son ventre, à sa toison, ses fesses musclées, à la façon qu'elle doit avoir de prendre l'homme à califourchon et... Bon, de toute façon, me battre avec Haney n'aurait rien changé, c'est sûr, mais... Oh, tu m'écoutes Roiq ? Les esprits te parlent ?

— Mumm. On arrive. Tu es bon à quelque chose dans un avion ?

— Oh oui ! À vomir dans les sacs plastique. J'ai l'oreille interne un peu sensible. Par contre je peux t'aider à déblayer ça si tu veux, j'étais chez les marines en 72.

— Ah oui. Je ne vois pas le rapport. T'as la Navy Cross aussi ?

— Ben ouais, pourquoi ?

L'aéroport était complètement ravagé. La vigie de la tour de contrôle avait explosé sous l'aile d'un Boeing 747 qui s'était écrasé plus loin, le nez en terre, la queue levée, arrêté par le sillon de huit pieds qu'il avait creusé dans l'herbe. Les avions qui décollaient et les avions qui atterrissaient étaient retombés n'importe comment, cap ou pas cap, les entrepôts près des pistes avaient tous brûlé et de grandes traînées de kérosène menaient aux bâtiments éventrés. Il y avait des trous gros comme des maisons sur les trois rampes d'approche principales, un DC-10 s'était profondément encastré dans l'aérogare fret, l'aire de manœuvre était encombrée par des A320 et des Caravelle qui venaient de quitter le stationnement pour finir les uns dans les autres et le service de limousines qui faisait la navette entre la ville et l'aéroport s'était dispersé jusque sur les pistes secondaires. L'air brûlant tremblait au-dessus des chaussées aéronautiques, tremblait au-dessus des restes calcinés des bâtiments et des aéronefs détruits. Le soleil écrasait la baie de Tampa au fond de laquelle les lamantins poussaient des cris aigus parmi les carcasses des Airbus coulés. Le soleil m'écrasait.

— Alors Rudy, on fait comment ?

— C'est simple mon vieux, tu trouves un Apache AH-64D ou quelque chose dans ce goût-là, tu le décolles, tu choisis la piste à nettoyer et tu lui balances tes missiles Hellfire en rase-mottes. En deux piqués c'est réglé.

— Un Apache tu dis ?

— Oui, tu as remarqué toi aussi, en fin de compte les Américains, c'est tous des wannabee. Des want to be. S'ils achètent un 4 × 4 c'est un Cherokee, quand ils partent en guerre c'est Apache et compagnie, Tomahawk d'un côté, Skyhawk de l'autre et allons-y. À mon sens ils ne se sont jamais remis de la bataille de Little Big Horn, 25 juin 1876, quand Boy George Custer s'est fait étendre par les Lakotas, ç'a été le début de la fin des hommes blancs. Après, tu peux toujours dire ou croire ou quoi mais après ça, ils n'ont eu qu'une idée en tête : devenir nous, exactement, des Cheyennes, des Êtres Humains.

— Rudy ? C'est fini ?

— Oh je vois, monsieur Roiq n'aime pas les digressions, monsieur Roiq Stevens a autre chose en tête. Comment dégager d'ici par exemple et filer directement à Houston où il pense retrouver ses chefs et ses sous-chefs, ses petites habitudes de civilisé et tout son confort. Monsieur Roiq Stevens est pressé, Rudy John Chupco commence à lui taper sur les nerfs avec son vieux pick-up, sa Cross Navy et ses histoires de Janet à dormir debout mais si tu veux un conseil mon vieux, ne te précipite pas trop, à Houston on t'attend pas plus que ça m'est avis. Intuition d'Indian native pour ainsi dire. Ne me regarde pas comme ça, je dis juste ce que tu ne veux pas penser. Et puis tu vois bien qu'on ne peut pas dégager les pistes non plus, alors mon idée d'Apache, elle est parfaite. T'en trouves un, tu fais le plein, tu te tires et bon vent. Il n'y a pas d'Apache sur un aéroport civil ? Et alors ? Il n'y a pas que les Apaches sur terre.

Exact. Sur l'aire de stationnement il restait un hangar qui n'avait brûlé qu'à moitié et c'était un hangar d'hélicos. Un vieux Bell 47, un G3 sans rotor, un Sikorsky et un Lama apparemment en bon état se tassaient comme des poussins effrayés sous les dernières poutres d'acier noir. Je poussai le pick-up de mon ami Chupco jusque sous les appareils, procédai à une évaluation sommaire et embarquai le Sikor S-76 avec ses deux turbomoteurs Ariel. Bon pour Houston. Là-bas, ils vont m'expliquer. Ça va aller. Tring va m'expliquer. Au 711 Bay Area Boulevard à Houston, il y a un type qui comprend tout, ça va aller. Il s'appelle Tring, c'est mon pote. C'est OK. Trouver du kéro, faire un point, un tour de piste et ficher le camp.

Chupco n'avait pas tort, cet aéroport de guerre perdue me déprimait.

Ce que j'aurais dû faire, bien sûr, c'était vérifier les boulons. Ou au moins me psalmodier un BTFCPURPUR d'avant-guerre, Brake, Trim, Flaps, etc., mais non. J'ai juste fait le plein et pour ne pas voir la tronche de Rudy John Chupco regard vide, j'ai décollé sans prière, le manche de pas collé au ventre. Les rotors étaient bons, les pédales de direction répondaient, le bruit des Ariel sans cliquetis bourdonnait tranquillement dans la bulle, sur le moment, j'ai trouvé ça suffisant.

Pas de carte, ça voulait dire suivre la côte et heureusement, je n'avais pas de carte. Jaume Roiq Stevens n'avait pas de carte. C'est sans doute ce qui le sauva. Car au lieu de prendre un axe direct à travers le golfe du Mexique, il fit le tour, soigneusement, tout en lorgnant l'air de rien les Wacassa Beach, les Apalachee Beach, les ports Joe et les forts Walton Beach qui défilaient à plat sous ses patins. Sans rien voir. Les yeux rivetés au sol, cherchant un signe, un feu, un sillage, cherchant dans les terres et sur le bord blanc du littoral, insoucieux du badin, de l'altimètre, de la jauge, les yeux rivetés et cherchant mais sans rien voir.

C'est au dernier moment, la première secousse avait déjà eu lieu, l'hélico était déjà en plein cœur du nuage d'oiseaux blancs, les pales avaient déjà fait trois ou quatre tours de moulin dans la grappe volante hérissée de plumes et de sang, les premières traînées rouges s'étalaient déjà partout comme un voile, c'est à ce moment-là, oui, sous le choc encore plus doux d'une nuée plus dense d'animaux mieux nourris, plus lourds, plus emplumés et de plumes plus blanches que je me suis dit il n'y a pas de parachute. Je n'ai pas pris de parachute. On ne prend jamais de parachute en hélico. Ce sont des petites oies des neiges que nous broyons consciencieusement mon rotor et moi et il n'y a pas de parachute.

La danse a commencé presque tout de suite. De droite, de gauche, en perdant de l'altitude très vite, je taillais à grands coups de collectif dans le glacier sale, ébouriffé à mort, hurlant derrière ma voilette sanguinolente comme derrière mes yeux injectés ma cervelle. Les bêtes idiotes, affolées, semblaient suivre chacun de mes mouvements d'esquive comme par aspiration ou fascination ou entraînées par le souffle du rotor principal qui pourtant, au manche, peinait comme une hélice de pédalo dans les longues tiges immergées des nénuphars d'été. La vase, la vase blanche de l'Arctique me précédait, me poursuivait, me devinait et tentait le tout pour m'abattre. Pas un saut de côté et toujours plus bas, les bestioles, cette bourre d'édredon pourrie, me collaient les pales au riz gluant. Un Ariel essoufflé toussa une fois une quinte et se tut dans un soubresaut de mourant plein d'âme, alors l'hélico fit enfin l'embardée qu'il fallait. Mais déjà le deuxième moteur lâchait prise alors même que je voyais le nuage de gibier remonter par-dessus mes hélices, se détacher, se décoller de moi et que leur sang, sous l'effet de la chute continue verticale à peine ralentie par le régime d'autorotation réflexe, remontait lui aussi vers le haut de la cabine, séchant, craquelant et se détachant par plaques. Je fis contre le vent une série de décrochés violents dans l'idée de secouer les corps qui bloquaient l'hélice tout en pompant au maximum pour le contact. L'altimètre cette fois me bouffait la face. Je ne voyais plus que lui devant les eaux turbides et soyeuses d'un delta de plus en plus proche. L'air sifflait, glissait, tapait la tôle, j'appuyais, je toussais pour leur montrer, je savais qu'un moteur était sur le point de redémarrer quand le capitaine Lawson m'arracha le manche des deux mains. QUI C'EST CELUI-LÀ ? En gueulant comme une orque qu'on égorge au rasoir. C'EST MA PEUR ! Salaud de Blanc de blanc-bec, donne-moi les commandes tu vas nous tuer. Il était fou, il était déjà fou, je lui avais déjà envoyé un coup de poing en pleine face des années auparavant, j'avais déjà repris le principal et le décroché avait été tel que oui nous avions maintenant les pales dégagées mais pas plus de moteur que ça sous le siège, bougre de fils de pute, tu n'as pas changé.

Trois ou quatre secondes. Plutôt trois. Trois secondes suffirent encore largement pour amener aussi dans la cabine un enfant de dix ans crispé sur les manettes de compression, les mâchoires serrées, blanches, les jointures sanglantes et qui me jetait un œil noir de défi ou de rage, ainsi qu'une jeune femme posée, distante, en robe *faille de soi* blanche qui ne fit ni ne dit rien mais dont la présence fut comme une onde avant que Lawson ne reprenne à nouveau le collectif, par la force.

Nous eûmes tous les quatre en trois secondes une conversation parfaite et Lawson s'était calmé en constatant qu'il était largement trop tard pour récupérer encore une fois les manches et lutter encore. La terre, c'est-à-dire exactement là, le delta, le marais dont les eaux n'étaient plus soyeuses mais hérissées, boueuses, ne se rapprochait pas, n'accélérait pas, ne s'avançait pas comme une surface à une vitesse folle : elle se creusait. Chupco vint m'expliquer lui aussi que c'était un phénomène courant et normal, surtout avec un parachute défectueux. Lui-même avait eu un petit aperçu au Vietnam avant que son ballot se décide *in extremis* à claquer un bon coup et s'ouvrir en fleur en lui arrachant le buste de l'être. Rien n'était perdu, je retrouvais mes sensations de pilote oui, on peut parfaitement à peu près atterrir aussi sur les patins en autogire et sans moteur, c'est de la physique, on y va, c'est Holly Beach. Holly Beach. Et je sautai de l'appareil tremblant, craquant, brûlé, au moment même où le sol rebondissait pour la troisième fois et fracassait les patins sous le ventre de la bête, projeté sûrement de la cabine par un retour de gravité et vivant. Le Sikorsky continua à ruer dans la boue, je le vis, et les joncs écrasés, malaxant la terre avec l'eau merdeuse, je vis encore du blanc coagulé, du sang dans ses pales avant qu'il n'explose en dernier lieu, planté comme une torche, fiché comme un pieu.

Holly Beach. Et toujours personne. L'hélico a brûlé toute la nuit sur le front de mer.

Je m'appelle — minia zavout — Jaume Roiq Stevens.

C'est mon nom depuis trente-six ans quelque chose comme ça. Je sais très bien ce qui s'est passé. J'ai eu des conversations en vol à un moment critique, c'était hier. J'ai également eu une conversation avec un homme mort à Tampa, c'était avant-hier. Il s'appelait — ievo zvali — Rudy John Chupco. Je l'ai ressuscité pour mes besoins personnels (besoin de compagnie) à partir de sa carte d'identité.

Plus tard, je me suis retrouvé dans un hélico dégringolant avec moi-même en garçon de dix ans, je me suis reconnu, et j'ai parlé à une FAILLE DE SOI. C'était hier.

Normalement, tout ça n'est pas très sain, j'en suis bien conscient. C'est-à-dire que normalement, tout ça ne *serait* pas très sain. Si les circonstances étaient normales je serais moi le premier à trouver ça louche. Mais là, au point où j'en suis, avec la Floride fondue sur les deux côtes, toujours personne à Holly Beach et personne depuis Tampa, je crois sincèrement que je peux avoir des petites conversations sans m'alarmer.

On dirait juste que j'ai explosé avec le Sikorsky. C'est pas grave.

Que ma peur s'appelle Lawson, c'était inévitable. Lincoln de son prénom, j'ai été soufflé. Mais c'est pas grave.

J'ai besoin de compagnie.

Il est sain pour moi d'avoir des échanges.

Je vais simplement prendre un peu de distance, je vais écrire tout ce que fait Jaume Roiq Stevens, je vais l'écrire. Il a fait ci, il a fait ça. Comme si je me voyais de loin. Il s'est trempé les mains dans l'eau putride pour nettoyer la suie d'une nuit passée à regarder le golfe du Mexique à travers la nappe de fumée noire d'un Sikorsky en flammes. Il a pensé ceci, cela, sa barbe a repoussé, il n'est guère soigneux, il a eu des conversations avec untel, untel et untel. Si c'est Lawson, je le noterai. Si d'autres failles apparaissent, je les noterai. Scrupuleusement. Tout ce que je peux. Quel que soit leur nom. Comme ça, si un doute me prend au sujet de ma santé mentale, je n'ai qu'à ouvrir mon journal et là je vois tout de suite s'il est sain d'esprit le Jaume chose là. On voit tout de suite ce genre de truc quand on a un peu de distance. Ma survie dépend de ma rapidité de réaction et de la souplesse de ma cohérence interne. Si ma cohérence interne doit passer par des failles externes, elle y passera. Je veux dire, si elle ne peut pas s'en passer, ça lui passera. Mieux vaut s'externiser que s'interner quand ça se présente.

Je suis en train de faire face, je le sens, à une situation exceptionnelle. J'ai été entraîné à m'adapter à des situations extrêmes, vite. J'ai été entraîné à répondre à des questions, à réparer toutes sortes de fuites, à réagir avec sang-froid, à réfléchir, vite. Je connais par cœur les bonnes solutions à une foule de problèmes connus, j'ai tout appris, rien perdu de ce côté-là mais je me souviens aussi qu'il faut parfois inventer des solutions. Mettre en place des mesures d'urgence, parer au plus pressé.

Le journal de bord personnel de Jaume Roiq Stevens, que j'écris moi-même, Jaume Roiq Stevens, est une de ces mesures d'urgence. Je dois me doubler. S'il faut me tripler, je me triplerai.

Nécessairement, il va devoir en inventer d'autres.

— Jaume Roiq Stevens —

Depuis le début, ce qu'il veut c'est aller à Houston. Le coup de personne pour le recevoir et pas de siège capitonné, zéro fleur, depuis qu'il est revenu sur terre et que personne ne se déplace pour lui dire bonjour, depuis qu'il a vu en plus la Floride fondue, déserte, intacte, il veut aller à Houston. Les engueuler un bon coup. Leur dire que ce n'était pas la peine d'en faire des tonnes comme ça, non. Vraiment, il est prêt à passer des mois en prison ne serait-ce que pour pouvoir dire ah, salut, tiens, bonjour, toucher la main de quelqu'un. N'importe qui, même n'importe qui au point où il en est, il ferait trois ans de prison sourire aux lèvres pour une poignée de main.

Il s'en va. L'hélico a presque fini de fumer, il s'est écrasé comme un petit tas de charbon pendant que Jaume récupérait son sac dans un trou de sable, noirci, déchiqueté mais avec le P-M toujours accroché aux porte-skis. Il a récupéré ce qu'il a pu et puis en short, dans la lumière déjà chaude du petit matin, lentement, pas à pas, le holster lui tapant les côtes, il s'est dirigé vers la ville. Holly Beach.

La première voiture à se présenter fut une Mercedes 350 SL, une texane, avec un trophée de longue corne sur le pare-chocs avant (my gun, my car, my bugle). Elle était portière ouverte côté conducteur, il s'octroya en passant le Stetson hat de l'ancien propriétaire peut-être multimillionnaire et dentiste, qu'importe, d'un geste mécanique il dégagea tous les vêtements. Dehors. Holly Beach-Huston, par l'Interstate 10 — Bayton East/Katy Freeway — ça représentait environ deux cents, deux cent cinquante kilomètres. La carte du dentiste indiquait clairement que le plus court chemin passait par Westlake et Beaumont mais Jaume Roiq Stevens commençait à connaître la nouvelle musique, il choisit la côte : moins une route avait été fréquentée, mieux ça valait.

Les marais, les marais défilaient avec encore ces saloperies d'oiseaux rares, les petites oies des neiges, et toutes ces autres formes de vie à voile en tapons si denses que par endroits, quand il lui arrivait d'en lever une troupe entière, le ciel s'assombrissait. Au sol, c'était du stop car qu'il faisait. Il menait la Mercedes comme un gros taureau rétif entre les épaves arrêtées, en slalom tendu, en faisant crisser les pneus et elle tanguait sous la vitesse des changements de direction, comme un gros bateau malmené, une rombière puissante à la souplesse insoupçonnée, une fillette de dix tonnes, vive et molle, un éléphant.

Quand deux cents mètres se dégageaient sans embûche, Jaume Roiq regardait filer les roseaux, les champs de joncs verts, parfaitement horizontaux, seulement troués par les bayous boueux, à peine frisés par le vent. Combien d'alligators, se demandait-il, combien d'œufs de canard, de mocassins à col bleu, combien de poissons-chats à barbiche informe, combien de protonotaires jaunes, de canaris de bazar grouillent dans ce bourbier sans allure. Cette vie répugnante, il la sentait malgré lui, malgré la clim de sa voiture de millionnaire, malgré ses vitres légèrement teintées, à travers le son feutré du luxe en marche et contre ses sensations de conducteur balancé par la suspension, il sentait toute la rudesse coupante du tapis de joncs naturel. Sa présence verte trop massive, son mouvement vague, écœurant. Traverser la Sabine National Wildlife Refuge fut presque pire que tout. Les grandes aigrettes dominaient la prairie, hystériques, terriblement blanches et pointues, des poignards d'apparat lancés en vol autonome et bruyantes ! Des oiseaux-mouches violets bourdonnaient comme des guêpes, localement, en bouffées d'électricité et coupaient la route par escadrilles compactes, des hérons tricolores faisaient le guet sur une patte, tous les cent mètres, hiératiques, ne montrant jamais qu'un profil de coutelas, parfaitement imbéciles. Jaume Roiq en écrasa le plus possible, une trentaine. Mais quand il vit cet horrible agglomérat de choses roses, des spoonbills, avec le bec comme une louche plate et gros mais gros à tomber, il se dit non. Finalement, je n'y vais pas par là. Lincoln Lawson, qui s'était installé sur la banquette arrière dès les premières livraisons de grosses plumes, lui dit qu'il avait bien raison.

— Tourne la passe Sabine, longe le lac et prends Port Arthur. La carte du dentiste...

— Qu'est-ce que tu fous là toi ?

— Jaume R. Stevens, je fous là ce que je veux et je t'emmerde OK ?

— Toujours aussi élégant. Tu n'es pas resté coincé dans l'hélico cette fois ?

— Pas moyen. Je ne te lâcherai pas. Tourne là. Là !

Jaume Roiq n'ouvrit plus la bouche et se contenta de suivre les indications de son passager en jetant de temps à autre un œil dans le rétro. L'Interstate 10 n'était d'ailleurs pas de tout repos et passé Winnie, il lui fallut toute sa concentration pour maintenir son allure. Houston, engorgée, Houston s'annonçait.

La banque texane Interfirst salua J.R. Stevens et son éventuel passager par son célèbre panneau géant : We believe in Houston. Jaume savait déjà que le bruit, le non-bruit de la ville, le non-bourdonnement de la ville, indiquait certainement que la banque texane Interfirst ne devait plus croire en grand-chose, ni les pétroliers. Mais il se cabra mentalement contre cette idée. Ce qu'il voulait atteindre, c'était Clear Lake, Bay Area Boulevard, n° 711, troisième étage. Quand au niveau du sloop 610 le skyline troua le pare-brise de la 350 SL du dentiste, Jaume Roiq le prit comme une claque. Tout était debout bien droit, le Penzoil, le Republic Bank trois pointes, la grosse tour ronde de Hines et tout le reste. Il stoppa la Mercedes où elle était, ça ne faisait rien, il voulait juste s'arrêter deux secondes, sortir la tête et regarder ça. La très grosse face du downtown banquier de Houston, raide en l'air, verticale. Mais à peine eut-il coupé le moteur que le silence de Tampa fondit sur la voiture et prit Roiq au plexus. Serré, serré à bloc, il commença par râler doucement pour couvrir un peu de cette furie blanche, atone, qui l'assiégeait en plein cœur de l'espace effondré de ses semblables. Lawson, alarmé par son drôle de bruit de cave bouchée, lui tira le flingue du holster, lâcha trois balles et remit le moteur en marche dans l'écho de la fusillade.

— Respire mon gars. Et descends vers Gallena Park, c'est la 45 qu'on doit trouver.

Il ne voulait rien entendre, seulement le bruit du moteur, rien d'extérieur, rien d'autre. Il était même soulagé de tourner le dos au skyline tenu roide dans l'air vibrant. Clear Lake, Clear Lake, ne pense qu'à Clear Lake, comme tu sais le faire : une chose après l'autre, l'une après l'autre. Tu ne sais rien, tu n'as rien vu à Houston, rien d'étrange, les buildings sont là, tout est debout, ça veille, tu n'as rien entendu à Houston, rien de particulier. Peu à peu, son rythme cardiaque retombait à la normale, un cœur de sportif tu sais. Évidemment Mashburn, évidemment, tu en connais des types qui font cinq à six heures de sport par jour et qui s'essoufflent au premier kilomètre ? Non, tu n'en connais pas. On avance. 1350 Nasa Road One.

— Coupe El Camino Real, prends la cinquième à gauche.

Jaume fit monter la Mercedes à cheval sur la file d'urgence et le bas-côté. Il voyait sans regarder l'affreux boulevard jonché de voitures, de déchets. Il passait en frisant les rambardes, les murs, au plus simple. Beaucoup de temps, pensait-il, a déjà été perdu.

— Bay Area Boulevard, n° 711, ne descends pas sans ton flingue.

— Sans blague, pensa Jaume, la main sur la clé de contact.

Le n° 711 qui avait toujours été un drôle de building lui parut soudain extraordinairement familier. Comme chez lui, il était là comme s'il était revenu chez lui, il reconnaissait l'ensemble de verre et d'acier, les poutrelles noires, les boulons larges comme la main, les plaques de marbre de la façade en damier. Le pavage encastré losange sur rectangle, exactement comme dans son souvenir.

— J'attends là. N'éteins pas le moteur.

— OK Lincoln. Reste tranquille.

Familiers les ascenseurs aperçus à travers la porte tournante, familier le comptoir d'accueil, les fauteuils en teck du rez-de-chaussée, les cendriers sur pied d'aluminium. Comme s'il rentrait chez lui après des mois, des années d'absence, ce qui était précisément le cas sauf que le 711 BAB n'était pas chez lui, pas plus qu'autre chose, que d'autres lieux qu'il avait habités un temps donné par périodes toujours plus courtes, plus réduites, plus concentrées ; pas plus que sa datcha de Leninsk, moins peut-être, mais comme s'il rentrait chez lui et que quelqu'un l'attende dans une pièce, quelqu'un qui aurait été prévenu et qui aurait occupé de son temps à l'attendre, lui, précisément, le connaissant et l'aimant peut-être, de n'importe quelle façon ; il avançait comme dans un bloc d'ouate chaude. Au ralenti, les tympans lui battant par tout le corps, la bouche ultra-sèche. Il s'approchait de la triple porte en verre fileté à pas de loup, le regard porté à travers, il marchait plombé anticipant le mouvement d'éventail de la lourde structure transparente, se préparant à son contact. Mais la porte ne tourna pas sur son axe. La porte ne s'ouvrit pas, ne s'effaça pas devant ses pas, il lui fallut déchanter doucement. Baisser les yeux doucement sur ce qui empêchait la porte de tourner avec son bruit de balayage. Tandis que le moteur de la Mercedes tournait, lui, il l'entendait, il se heurtait au verre de la porte à soufflet et sentait dans son dos le regard de la Mercedes Lincoln le jauger. Cette femme de race, cette planteuse tirée de huit générations d'éleveurs et de coton, le regardait dans le dos comme elle l'aurait fait d'un veau de quatre mois devant son premier obstacle. Jaume Roiq, sous le regard de la Mercedes Lincoln qui ronronnait à petit régime et ne le lâchait pas d'un pouce, en quête de sa valeur et du tréfonds de son âme, se sentait pris dans une affaire d'honneur et soupesé pratiquement par les bourses. Une maquignonne implacable lui tenait la tête et le regardait aux dents, aux flancs, aux couilles et patiemment, sans précipitation, attendait qu'il se décide, qu'il se montre, qu'il montre quel genre d'animal il était.

Une saupe ou un étalon. Un lion. Une hyène. Un criquet.

Jaume Roiq sortit son P. 38 du holster et l'arma sur la Mercedes Lincoln 350 SL de l'ancien dentiste, un geste de trois secondes :

— Tu sors de là !

Il ne bougeait plus dans la ouate ni dans la lave chaude de son émotion de rentrer chez lui, il bougeait vite. Ne prit pas la peine de refermer la portière de la voiture avant de la lancer à plein régime avec un élan de trente mètres sur la porte en verre du 711 BAB qu'il reconnaissait maintenant pour un de ces nombreux lieux dont il aurait à refaire son deuil. Familiers, inconnus. Abandonnés.

Il marcha presque sur le corps du coyote qui avait bloqué le mécanisme de soufflet de l'entrée du 711 BAB et qui maintenant, sec et réduit à un maigre tapis de cuir puant, gisait sous les cent kilos d'éclats de verre de son entrée à lui. Une vitre de la Mercedes s'écroula sans un bruit alors qu'il poussait le cadavre d'un coup de pied et se dirigeait vers son troisième étage, 711 Bay Area Boulevard, son premier désert.

Un Tempesta, un Bourdelle musclé et trois fauteuils en tapisserie encombraient toujours le couloir du troisième, faux Empire, large comme un hall de banque et bouillant. L'architecture de verre, sans clim, faisait l'effet d'une serre tropicale morte. Le coyote qui s'était coincé avait condamné et préservé l'ensemble du bâtiment. Dans l'air immobile, planait encore cette vague odeur de prune que Jaume Roiq avait perçue dans le Théâtre Jackie Gleason de

Miami. Écœurante. Le bureau de Tring était dans un désordre normal, Roiq embrassa les cent quatre-vingts mètres carrés de la pièce d'un seul coup d'œil. Le chêne pétrifié de la table basse, la vieille armure, l'autel du bouddha replet, le sol jonché d'origamis, le costume bleu roi de Tring, soufflé, presque roulé en mouton devant les trois bâtonnets d'encens rituel dont la cendre grise s'était délicatement déposée à la jointure des tatamis. Comme un flic sur les lieux d'un meurtre encore frais, pensant en un éclair que le coyote pourri avait fait office de scellés, il refit, figé, l'inventaire de ses premiers mouvements dans la pièce et sans respirer du tout, s'efforçant de capter, d'enregistrer tous les détails, il s'avança de trois pas vers l'ordinateur. Ce que pas un flic n'eût su trouver, justement, il le délogea sans hésiter.

Tring était aussi un amateur de poésie. Son cerveau hors norme qui avait fait sa fortune et sa renommée tordue dans le milieu très fermé des cosmonautes et des juristes, avait, comme il disait, un grand nombre de tiroirs. Jaume Roiq se souvenait clairement d'une semaine entière passée à boire et chanter « Tear Drops in My Heart » et boire encore pendant que Tring déclamait des morceaux d'épopées longs comme le bras qu'il écoutait la bouche ouverte, les yeux écarquillés. Des histoires fascinantes, il s'en souvenait presque, de mort et de vengeance, des êtres fantastiques. Ils avaient fini par scander selon une métrique révélée par un alcool de riz brun très fort les dernières équations du jeune Frazer de la théorie des cordes, en y mêlant chacun tour à tour des bribes de poésie gutturale, des jurons de bordel et quelques phrases magiques de langue sasak. Cette fameuse nuit, les tiroirs mentaux de Tring s'étaient ouverts simultanément et pendant quelque temps après ça, il fut très occupé à remettre certaines choses à leur ancienne place. Son cahier était toujours là. Camouflé sous la marqueterie d'écaille du gros bureau surchargé. Jaume savait que s'il devait apprendre quelque chose sur le phénomène dont il vivait les conséquences et qui avait effacé de la surface de la terre non pas des villes, mais des hommes, apparemment par millions, il l'apprendrait de Tring capable de tout penser. Le cahier dans sa main était comme une plume, le poids d'un corps envolé y tenait tout entier, tout plié. Jaume Roiq le tenait, ce cahier, devant lui, sans se décider à l'ouvrir. Il lui fallait s'asseoir, prendre son temps, choisir entre rester là, en présence de ces meubles, des papiers, des traces de la vie quotidienne de son ami mort, ou s'en aller. Il ne parvenait à rien, le cahier dans une main, tanguant minusculement sur lui-même dans la terrible chaleur de la bouteille Thermos qu'était devenu le 711 BAB. Un sanctuaire. Un sanctuaire parmi des milliers. Il vit tout à coup la masse énorme des buildings de Houston, vide, creusée de l'intérieur, trouée jusqu'à la moelle, déserte. Les murs, des parois inutiles, les portes se refermant sur rien, les étages s'empilant sur eux-mêmes, l'acier, le verre, le bois ne délimitant rien, un espace creux, vide, désert, désert. Sans plus faire attention aux choses dans la pièce, Roiq ramassa la veste de costume bleu qui traînait par terre, la passa et mit le cahier de Tring dans la poche intérieure gauche, sous le holster, dont le contact furtif lui remit un peu de sang dans les veines. Il lui fallait ses deux mains, ses deux jambes, toutes ses facultés, il lui fallait fuir. Mesures d'urgence, dans sa tête, safety, un néon rouge. Une pub. Le llano en flammes. *Llano en llamas*. Un troupeau de vaches au galop. La poussière soulevée, la poussière leur monte aux jarrets.

— Descends, Stevens.

C'est Lincoln Lawson qui le sort de sa frénésie muette et immobile.

— Descends, Stevens. Sors-toi de là petit merdeux, il y a du nouveau.

Roiq descendit les marches par volées de huit, sautant parfois un demi-étage à pieds joints, si les fenêtres avaient pu s'ouvrir, il aurait choisi le grand saut le plus rapide mais elles ne s'ouvraient pas. En bas, Lawson montrait de son doigt noir et recourbé comme une griffe de vautour un nuage de poussière, un nuage de poussière que dix mille vaches n'auraient pas soulevé, un nuage énorme.

— Qu'est-ce que c'est ?

— Chai pas.

— On se tire, j'en ai ras le bol de cette ville, on se tire.

— On se tire, allez, allez, on se tire.

Lawson gueulait comme un âne au milieu de l'Interstate 45, hurlait en sautant sur ses deux pieds les mains en l'air, la face tournée vers ce qui s'avançait au loin et qu'un troupeau de dix mille longues cornes n'aurait pas soulevé, un ouragan. Lawson crachait en l'air, menaçait du poing, montrait son cul au phénomène atmosphérique énorme, à l'œil du désert, au monstre qu'un troupeau de cent mille vaches n'aurait pas dévié d'un pouce.

— Ferme-la Lawson, monte.

— Je t'emmerde Stevens, je t'emmerde.

— Monte, connard. C'est pas le moment.

Roiq souleva le vieux cinglé par le paletot, l'engouffra par sa vitre ouverte et le fourra tout au fond de la boîte à gants.

— T'es pas malade non ? J'ai pas de place, je respire pas là-dedans ! Ouvre salopard, je vais crever !

— Ferme-la.

— Ouvre, il fait noir, je suis trop serré, ouvre !

— Ferme-la, Lawson, tu m'encombres depuis le début, j'en ai marre de tes jérémiades et de tes ordres à la con. Sale petit dictateur, qu'est-ce que tu te crois, imbécile, qu'est-ce que tu te crois, tu veux les commandes de quoi, tu veux quoi là, à me coller comme ça ? Hein ? Reste dans ta boîte, toi aussi tu m'emmerdes. Je me sauve si je veux et tout seul.

— Pauvre con de petit merdeux, Stevens, t'es encore moins malin que je croyais. Le soleil ne te tourne pas autour, il serait temps de t'en rendre compte. Prends sur ta gauche c'est sur ta gauche.

— Quoi, quoi sur ma gauche ?! On va où là ? Y a quoi sur ma gauche ?

— Calmos. Prends sur ta gauche, c'est l'aéroport le plus proche.

— L'aéroport, putain, t'en as pas marre des aéroports ?

— Ben tiens, tu veux rester là toi, tu l'aimes ta petite Houston de cosmonaute de deuxième classe ? Hein, ses beaux buildings bien proprets, ses plouzes rases, ses banques, ses banquettes, ses banquinettes. Et puis quand elle aura été regardée par cet œil de monstre de troupeau de vaches de mille merdes atmosphériques, je peux te dire qu'elle sera repeinte et refaite ta petite Houston chérie, prends sur ta gauche crétin. En jaune vif, tu crois ? En bleu vif ? En tas de boue oui !

— Si je t'ouvre, tu la fermes ?

— Prends sur ta gauche, je la ferme. La boîte à gants j'en ai rien à foutre. Comme tu peux voir.

William P. Hobby Airport (HOU). Roiq ne regarde rien, seulement la route, pas les obstacles, pas l'œil du monstre, rien que l'essentiel. Pancarte rose énorme : Recovery Predicted.

— Avance, avance. Depuis quand tu t'occupes des conneries de l'EHDC ? Avance bordel.

¡ Box !

— Quoi ?

— Rien.

— Là, regarde !

Lawson montrait du doigt la longue piste dégagée, la seule, au bout de laquelle se tenait droit sur ses pneus, un Boeing 777.

— Et voilà le travail. Sur un plateau, qu'est-ce que t'en dis Stevens ? Une affaire n'est-ce pas ?

— Mmmm.

L'avion était l'unique rescapé de la vague de folie qui était passée là avec la puissance de plusieurs armées. Tout était sens dessus dessous sauf deux ou trois grosses choses, inexplicablement préservées, comme ce Boeing 777 qui se tenait en bout de piste. Il était plein et n'attendait qu'un homme vivant pour le faire décoller. Cette fois-ci, Roiq se plia à tous les rituels du pilote de ligne consciencieux, chargé d'âmes et assermenté. Lawson ne perdait pas de vue le cyclone qui avait commencé à secouer le quartier Nord de la ville et leur envoyait de temps à autre un message simple. Une feuille de tôle, un palmier, un frigo.

— T'attends quoi là, le feu ?

Roiq attendait le bourrelet d'air chaud qui précède les gros orages et les ouragans, parce qu'il valait mieux décoller avec cette vague et poussé par elle que forcer des turbulences avant-coureuses complètement imprévisibles.

— Ouais, le feu.

¡ Box ! Le feu. El minusculo *vs* el Vortex.

— C'est quoi la direction qu'on prend ? fit Lawson en se curant le nez jusqu'aux sinus.

— Baykonur.

— Pas question, fit-il en s'incrustant dans le siège du copilote, tu me déposes d'abord.

— Non.

— Pourquoi non ?

— Parce que si je devais te déposer d'abord, il faudrait traverser le cyclone. Alors on fait comme j'ai dit : Baykonur.

Lawson sourit finement en lançant un regard de biais au type en short et en veste de complet bleu qui regardait loin devant lui.

— Tu vois, tu peux pas te passer de moi.

Roiq haussa les épaules et fut de nouveau tout à fait seul dans le cockpit du Boeing quand le souffle chaud du cyclone arracha derrière lui un hectare de mottes d'herbe et lui toucha les ailes. Il mit le feu et projeta les deux cent vingt mille kilos de l'avion de ligne directement en fin de piste. Dans un rêve, il sentit la masse se décoller de l'asphalte et prendre le courant ascendant du cent mille vaches comme un faucon à l'essor au cœur d'un champ moissonné.

Première escale Hermosillo. Deuxième escale Shanghai, change d'avion. Troisièmement Kyzylorda, Dzhusaly.

Ils sont tous morts.

Au-dessus de l'océan Pacifique Nord, suspendu dans le vide au pilote automatique et sans aucune terre en vue, en pleine mer, Midway derrière, les îles Bonin encore à venir, entre deux mondes, sur le fil du trentième parallèle, Jaume Roiq ouvre le cahier de Tring.

Il doit bien en rester.

2018.63 314.12.
3,1438241000
Équation 3 degrés.
Équation. Calcul de ploiement maximal situation réelle du marais.
Hier, ingénierie affolée. Hors radar, nappe météorite se déplace autour du globe. Repérée par ses traces & empreintes : tous hommes morts sur son passage.
Groenland. Pentagone alerté. Inutile : nous ne pourrons pas vivre aussi privé de respiration.
« Pour l'homme ivre, les affaires de ce monde font l'effet d'herbes folles sur la rivière. »
Détourné antenne parabolique RT32 [Lettonie] pour observations. Capté mouvement massif de criquets pèlerins. Suède. Aucune analyse chimique. Trop rapide./Matur tampiasih FDM.
Cette fois-ci, nous ne renaîtrons pas.
Pour l'homme ivre, Li Lin, les foules secouées par le vent font l'effet d'herbes folles sur la rivière.
Je retourne au septième bosquet, la nappe météorite est notre linceul invisible. Ô reflets inquantifiables.

Jaume Roiq avait vu Tring se lever, forcer sur le saké sous sa dernière lune, se plier en origami devant l'autel du Replet, allumer puis aspirer la fumée de trois bâtonnets d'encens rituel et disparaître. Sans même osciller, sans ciller. Ô reflet unique éteint, évanoui, bousillé. Car Roiq était plein de visions au-dessus du Pacifique Nord, le corps de l'avion tendu sur son trentième parallèle courbe, il se sentait à la seule place possible. Regrettait l'espace. Le grand, le petit nuage de Magellan et la mort asphyxiante mais rationnelle qui l'eût attendu là-haut.

Shanghai la rouge, débordante d'activités, illuminée jour et nuit : puante. Retournée, vide. Troisièmement Kyzylorda, change d'avion. Dzhusaly.

C'est au Tsoup alors qu'il voulait aller.

De la même façon qu'au début il voulait aller à Houston, Nasa, voir Tring et recevoir de lui l'explication. Voir Mashburn et se faire dégrader. Voir Inbruch, Dan, Ed Mishion, Dosto, Jo Booker, Sokstas qui aurait dû y être, plus tard Mildred, voir les autres aussi, tous les autres qu'il ne connaissait pas et qui gardaient la porte ou les types de la société de nettoyage. Tous les autres visages entre cette portion et cette portion de rue, entre sa place de parking et le premier ascenseur venu, entre l'avant et l'arrière d'un wagon de métro.

À hauteur de l'île Wake, il passa dans le fuselage de l'appareil. Pour voir, il s'installa sur un siège inoccupé, devant l'écran de cinéma central, au milieu de ses sièges. Des sièges. Il s'endormit.

Shanghaï la rouge, débordante d'ouvrières. Illuminée jour et nuit, granule. Retournée, Jude. Troisièmement Kyzylorda, échange d'avions. Dzhusaly.

C'est au Tsoum alors qu'il voudrait aller.

De la même façon qu'au début il voudrait aller à Houston, Nasa, voir Tempest recevoir de lui l'explication. Voir Maraburn et le faire dégrader. Voir Inbruch, Dan, Ed Mitman, Désiré, Jo Booker, Sakstas qui aurait dû y être, plus tard Mildred, voir les autres aussi, tous les autres qu'il ne connaissait pas et qui gravitaient autour des types de la société de nettoyage. Tous les autres visages entre cette portion et cette portion de rue, entre sa place de parking et le premier ascenseur venu, entre l'avant et l'arrière d'un wagon de métro.

À hauteur de l'île Wake, il passa dans le fuselage de l'appareil. Pour voir, il s'installa sur un siège inoccupé, devant l'écran de cinéma central, au milieu de ses sièges. Des sièges. Il s'endormit.

L'affiche des marionnettes était toute jaune. La grosse station accrochée par cinq fils manipulés depuis le sol par le contrôle de mission avait l'air d'un gros jouet poussiéreux. Dans l'ancienne guérite du Tsoup annexe à l'entrée de Leninsk, il n'y avait qu'elle pour battre contre le mur sous l'effet du vent. Pas un cafard. Libleyev avait laissé tomber sur le pas de la porte son grand pantalon et sa casquette à visière avait roulé sous la table. Au moins, Jaume savait où trouver les bouteilles. Il en prit deux, une dans chaque main et traversa la cité des étoiles, très droit, avec très peu d'idées en tête. Trouver sa datcha et boire. Le silence de Baykonur lui semblait pourtant moins épais. La cité en elle-même, il la connaissait déjà désolée, balayée par la neige, parcourue par le vent des glaciers, habitée par les ombres. Seules les salles de travail, tabouret, cachot, caisson, hydrolab étaient réellement vivants aux époques d'entraînement. Les salles pleines d'échos et le Starlite de Kamishlybash. Pour le reste, dès que la lumière commençait à baisser, Leninsk se retirait dans ses barrières et déclinait avec le soleil, les déplacements étaient absorbés, les silhouettes gommées, les bruits s'étouffaient dans l'air chargé, le plus souvent, de grésil.

A bu.

A bu vite puis lentement. Pas changé les draps, allumé le poêle, pas mangé. Bu. Vu la lune trembler sur les pins noirs alignés. Gagarine debout, gros et droit comme un if et pourtant c'est un pin. Gagarine.

Le vent criait sur la fin de la première, la deuxième bouteille à peine entamée, réserve spéciale Libleyev. Il perçut en échos lointains les bruits, les voix saoules, les propos hachés de leurs fêtes au Starlite. Dans sa datcha surchauffée, enroulé trois fois dans la couverture du lit, il s'imagina à nouveau au temps béni de leurs virées nocturnes. Quatre heures d'avion, bourrés comme des cantines jusqu'à Moscou et jamais un problème. La vie partout. S'est endormi. S'est réveillé, a rebu. A voulu danser sans en trouver la force. S'est effondré, dilaté, perdu, vague et chaud, enfin anesthésié.

Roiq Stevens, je crois, a dormi par là-dessus une vingtaine d'heures agitées.

Enchaînant maille à maille les mille foutus bâtards du diable de Libleyev aux grappes d'injures russes interdites qu'on apprenait aux débutants. Se resservant toujours en rêvant d'innombrables godets d'eau-de-vie, écrasés verre après verre par-dessus l'épaule sur le parquet luisant de la piste. Il avait des visions réminiscentes. Tibliyev tordu glissait dans les éclats, le Prince montait sur le parapet et jurait de s'y tenir la nuit entière debout sur un pied dans les rafales de neige, qui prend les paris ? Descends de là pauvre idiot, remets-nous ça Marianna, il perd la tête. Mais puisque je vous le jure, pantalon raide, pli impeccable, descends on te dit ! Tu sais ce que tu vas faire Stevens bougre de Yankee ? Tu vas me tenir la bouteille. Crève. Compte dessus mais tu vas la tenir. Marianna la bouteille !

Et ainsi de suite jusqu'à ce que sous le parapet crissant de gel, deux loups s'avancent et s'assoient en riant. Alors Prince ? On prend l'air ? Rejoints par deux autres toujours sourire. On guette Napoléon ? La gueule ouverte sur des dents d'ivoire, blanc titane, plus blanc que neige, et langues rouges.

Fais-moi pleurer Vassili, j'ai tout perdu.

Trois jours après il relevait des traces d'ours autour de sa datcha et se tapait sur les cuisses. Pas possible ! Vassili Kaoustovski, tu n'as jamais menti. Il faut aller à Vozrovdeniye !

Car après trois jours de remise en forme Jaume Roiq Stevens s'était souvenu précisément de cet officier du FSB, grand, large et surnommé le Prince par les habitués du Starlite qui ne savaient pourtant rien de ses ancêtres. De la mauvaise graine de Russe blanc passé à l'ennemi bon gré mal gré avec encore quelque part sur un bras du Dniepr un domaine familial repeint en blanc tous les étés. Le produit impur d'une longue lignée de Cosaques zaporogues au service du tsar, élevés un par un sur leur île du Ros jusqu'à ce que l'histoire et la politique le produisent, lui, le transfuge sans conscience dont la seule idée cohérente, en fin de nuit, était de rentrer à la rame dans cette nouvelle île qu'il n'aurait jamais dû quitter : Vozrovdeniye. Une base ultra-secrète de la FAPSI, service des renseignements en communication. Dix-huit antennes satellitaires, huit modules en bulles blanches, des ordinateurs grands comme des armoires et la possibilité d'intercepter quatre-vingts pour cent des messages mondiaux. Y compris les émissions d'Advanced Vortex que les Américains de Fort Meade pensaient être les seuls à pouvoir décrypter. Stevens ne l'avait jamais cru. L'île du cœur de la mer d'Aral était connue pour ses recherches bactériologiques, on y cultivait la peste bubonique, certaines versions malignes de la syphilis et sûrement d'autres germes à diffusion éclair mais point. Les divagations du Prince au sujet de l'énorme machine d'espionnage dont il se disait Maître et Empereur absolu, tout le monde les mettait sur le compte de la vodka Turkmenbashi dont il ne pouvait boire une demi-bouteille sans se mettre à pleurer sur la cueillette des groseilles blanches qu'il faisait à six ans dans sa Biélorussie natale. Mais maintenant Stevens était persuadé du contraire. Vassili n'était pas un sentimental, Vassili était parfaitement capable de tenir une nuit entière sur un parapet gelé en regardant les loups baver. Il était capable aussi de dire la vérité, de griller définitivement ses vaisseaux parce que aucun vaisseau ne le portait plus depuis longtemps.

— Arrête de pleurer, Waterfull!

QUI C'EST CELUI-LÀ ? C'EST MA TRISTESSE, MA MÉMOIRE.

— Ouais, arrête. Lawson a raison, on a autre chose à penser. Faut trouver un tracteur.

— Un tracteur? Ça va bien Stevens? On va pas y aller en tracteur non?!

— Non, mon capitaine, on va tirer le Hawk que t'as atterri comme un salaud à trois kilomètres de la guérite et puis on va l'épousseter et lui dégivrer le carburateur.

— Pour quoi faire?

— Pour lui piquer son kéro parce que toi qui vois tout, tu n'as pas encore noté qu'on en manque sérieusement de kéro. Ça fait trois jours que j'en récolte un peu partout pour un plein!

— Ça fait trois jours que tu tournes en rond en piaulant comme une mouffette, oui!

— Ssssss.

— Laisse tomber, Waterfull, il est taré. Il a bouffé

père et mère à son premier déjeuner, et maintenant il ne sait plus quoi se mettre sous la dent.

— Tu crois pas si bien dire, petit Yankee.

— Je suis pas un Yankee, Lawson. Dégage.

La steppe s'étendait autour d'Azhar comme une peau de blaireau crevé. La mer d'Aral séchait sur pied et se tassait sous une coupole de brume rougeâtre que la moriane, le vent du sud, n'attaquait pas. Roiq était gelé, ils avaient atterri trop tôt et les patins s'enfonçaient dans le sable mou des marais qui restaient là en souvenir, bourrés de sel et de pesticides nauséabonds mais parfaitement stériles.

Azhar se tenait derrière l'hélico dans une atmosphère de bombe H, les rues vides, les immeubles-dortoirs muets comme des tombes, la moitié des fenêtres descendues, des courants d'air partout mais seulement des courants d'air et devant Roiq le combinat chimique se tenait lui aussi comme un squelette sur le sable.

— Ce qu'il y a de bien, disait Lawson en s'approchant de la grande carcasse du Khouran Gazy (trente-quatre hommes d'équipage kazakhs formés par le parti, trente-quatre nomades semi-sédentarisés en mer pour la pêche à la grosse carpe et le transport du coton), c'est que ces bleds-là, ils sont crevés depuis toujours.

— Pas depuis toujours Lawson, souviens-toi du facteur. Il se rappelait le désert en fleurs et les villes en feutre blanc qui ressortaient de terre aux premiers vents chauds.

— Ah ouais, la chansonnette :

Tu te fanais mais à présent,
Tu refleuris, Kharezm !

Tu parles. Ce qu'il pouvait radoter celui-là.

— Tu y étais ?

— Bon, bon. On va coucher là, Stevens, ou on se décide ?

— Ah bah vas-y mon vieux, avance. Je te couvre.

Lawson rigola en pointant du doigt deux petits points noirs au-dessus de sa tête.

— Toujours aussi courageux, Stevens, tu penses les avoir à cette distance ?

— Et toi, tu crois qu'ils vont te bouffer ?

Les deux aigles royaux qui tournaient autour de l'hélico et grossissaient un peu plus à chacune de leurs révolutions, le faisaient en criant et pour Lawson leur langage était clair.

— Exactly. Du moins, ils vont essayer.

Roiq n'avait pas fait dix mètres qu'il sentit sur sa tête le vent de la première bête lancée comme une pierre du haut des cieux pestilentiels. La moriane les portait vite et les aigles jouaient dans les courants de soufre à pleines mains, au millimètre. La deuxième bête lui arracha un bout d'oreille et Roiq Stevens déchargea sur la forme à nouveau ascendante, à l'aveugle, une rafale trois coups de son P-M à crosse télescopique. *Heckler & Koch je vous rebénis*. Le grand oiseau marqua comme une hésitation, vira de bord sur son aile gauche et prit la direction de Vozrovdeniye.

— Encore raté, Stevens ! Tu manquerais une vache dans...

— Ferme-la, Lawson, et regarde.

L'aigle planait sans effort au-dessus de la mer d'Aral, il étendait ses ailes au maximum, il glissait dans une matière chargée de métaux lourds, pétrissait lentement la pâte épaisse de l'atmosphère saturée de sel et de soufre et majestueusement s'effondrait vers la base de la FAPSI.

Roiq se passa trois doigts sur la tête et fit sentir sa main ensanglantée à Lawson.

— Alors ? Je l'ai raté ?

L'autre reniflait délicatement mais sans y croire quand le bruit de l'explosion leur vrilla les tympans. Waterfull bondit comme un diable au lieu de se coucher et se précipita vers l'île en hurlant, en riant, en gesticulant « il y a quelqu'un, ohé, nous sommes là, nous sommes vivants, ohé, montrez-vous, nous sommes là ! » et Roiq eut l'âme emportée à sa suite, plein d'espoir et déjà de reconnaissance, il se mit à courir droit devant dans les marais dont la boue ne l'entravait plus. Jusqu'à ce que le cri de Lawson hurlé d'un seul souffle [reste là connard, c'est une mine !] le cloue sur place et que le marais, immédiatement, reprenne sa succion lente. Waterfull continuait d'avancer, de l'eau par-dessus les genoux en gesticulant toujours vers les miradors de la FAPSI, suivi de l'autre aigle qui n'avait pas son compte et que Stevens dégomma par dépit.

— Abruti.

Mais la déflagration dont le son avait été absorbé par l'éponge de l'air avait déclenché en arrière-plan un bruit continu de fuites ou crissements de sable. Roiq en cherchait partout alentour la cause lorsqu'il la vit à l'est sous la forme d'un nuage sol-sol qui gonflait rapidement, s'approchait, se précisait et se divisait en un millier de tapements de sabots.

Des chameaux.

— Exactly, des chameaux de Bactriane mon p'tit gars. Résistants ces animaux-là, extrêmement résistants.

— Ils viennent sur nous ! L'aubaine.

— On remballe, Waterfull, sors de là !

Roiq se précipita vers l'hélico et fit crier les pales pour s'arracher du sol. Les bêtes avançaient en désordre mais serrées les unes sur les autres, elles balançaient violemment leurs têtes au bout de leurs cous. Leurs gros genoux violets s'entrechoquaient en craquant. On les entendait souffler sous l'effort et la peur. Roiq tenait l'hélico en stationnaire juste au-dessus du troupeau et laissait passer les animaux dans leur propre poussière avant de déclencher la Grande Poussée. Le bruit des rotors disparaissait sous l'avalanche de leur galop mais quand il commença à piquer les arrières pour galvaniser les troupes, les bosses firent des bonds impossibles sous l'accélération et la cacophonie fut totale. La technique se mêlant au meilleur organique, au plus vivant, les cris, les blatèrements de fous, les craquements d'os redoublèrent. Des femelles se mirent à claquer des mâchoires et tout ce qui se trouvait sur leur chemin fut anéanti, des mâles hurlèrent à la mort comme des loups pris au piège mais avançant à grands coups de tête et rien devant eux ne pouvant résister, des jeunes furent écrasés en tapis, en nombre incroyable, dans des prières inaudibles et des raclements de sourds. Une bande latérale tenta de se détacher de la masse mais Roiq la ramena dans l'épouvante au milieu de ses congénères qui faisaient ensemble la seule vraie danse macabre de la peur, toutes fourrures collées par la bave et le sang, toutes gueules ouvertes sur le désert imbécile, et maudissant l'homme qui avait disparu, Roiq les poussa au comble de la joie à plonger dans l'Aral, à se noyer dans sa boue putride, à marcher encore sur les cadavres de leur race, à traverser enfin cette saloperie de mer de sel et d'ordure qui n'était guère que les douves de son château enchanté : Vozrovdeniye. Vozrovdeniye gardée par les mines fut ainsi prise d'assaut et dans la terreur par plusieurs centaines de chameaux en armes qui sautèrent les uns après les autres et souvent en grappe ou en geysers chauds sur les explosifs enterrés en galerie de sape par la main de l'homme prévoyant. Pour finir, Roiq s'efforça de quadriller précisément le territoire en poussant dans les accès encore intacts les derniers individus perdus, définitivement fous à voir leurs grands yeux noirs exorbités, leurs cils brûlés, leurs têtes raclées. Cent chameaux désorientés tiraient la langue. Des frappés, des dingues qui tournaient en rond sur eux-mêmes dès qu'il ne les poussait plus quelque part et cherchaient, cherchaient il ne savait quoi parmi les fumées noires des corps de leurs parents.

Waterfull se tordait les mains dans la bulle de l'hélico mais Lawson avait les oreilles dressées, les narines dilatées sur l'odeur qui montait du charnier comme une vapeur de confiture sur un chaudron bouillant. Le chemin était ouvert.

Il descendit avec son P-M au poing au beau milieu des antennes satellitaires dont les orbes clairs s'épanouissaient dans le ciel pourri de l'Aral. Stevens sentit ses poumons gonfler dans sa poitrine, la vue de toute cette technique humaine, si blanche, si parfaitement hiératique et calme, le réconfortait. C'était tellement beau cette installation planquée derrière les buissons d'absinthe grasse, tellement propre aussi, que c'était nécessairement indéfectible. Jaume Roiq savait déjà que ce qu'il obtiendrait là-dedans comme information serait de la super première main, qualité Secret d'État, la meilleure.

Ouais, encore faut-il pouvoir entrer, se disait-il en avançant prudemment entre les cratères.

Aucun problème, assurait Lawson. Tu ramasses le premier uniforme venu, tu lui regardes le grade et si c'est un chef, tu trouves sa carte dans la poche à gousset qui ne sert à rien et tu entres.

Les ordinateurs de veille s'allumèrent avec une

déférence programmée et saluèrent Roiq Stevens sous son nom de carte : bienvenue major Echampson. Vous êtes au service de la FAPSI, première antenne communication du KGB, depuis quinze ans, le projet DON vous souhaite une bonne journée. Stevens se plongea dans l'univers numérique comme dans un bain tiède. Il retrouvait sous ses doigts des claviers dociles, des boutons obéissants. Des morceaux de combinaisons lui revenaient en mémoire, il agissait à l'intérieur du module ultra-secret comme un invité bienveillant qui retrouve de vieux amis. Il mit l'ordinateur central en commande vocale pour entendre sa belle voix synthétique proche, oh si proche, et lui parler. Parler. Pendant que Waterfull faisait sa mission de reconnaissance et ramassait un butin de nourriture et boissons car Stevens voulait un tour du monde complet, un total check-up en temps réel et savait qu'il lui faudrait plusieurs jours. Il se trompait. Remettre les antennes aux aguets, trouver les fréquences et croiser les émissions fut l'affaire de quelques heures : il n'y avait rien à croiser. Aucune émission. Ni satellitaire ni rien. Les fibres optiques, les canaux enterrés, les fils suspendus, les canaux étaient vides. Creux. Personne n'était en train d'envoyer un mail à un copain au bout du monde, personne n'appelait sa mère, personne, personne ne communiquait quoi que ce soit à personne. Rien. Même pas une déclaration de guerre. Nada. Ø. Plus d'ensemble. Terminé l'ensemble.

— Maintenant c'est tout seul. T'as compris Stevens ? Tout seul.

Pas compris Stevens. Est passé en mode visuel sur Advanced Vortex, un satellite d'espionnage de terrain. C'est de la connerie leurs machins de communication, rien à foutre de la com, une perte de temps la com. Il avait les glandes sudoripares à bloc et l'impression qu'un minicataclysme interne était parvenu à son point de maturation, qu'il allait rompre, qu'un de ses circuits corticaux risquait de prendre d'un instant à l'autre un détour fatal et noyer sa tête. Hémorragie cérébrale, rupture d'anévrisme, crise cardiaque. Mort d'un poisson de rivière. Mort subite d'un poisson de rivière. Il développa sans rien faire une angoisse tourbillonnante qui remplit l'espace du module d'espionnage à le craquer comme un ballon de foire. Il se tenait la tête à deux mains, s'allongeait au sol les jambes en l'air, cherchait du sucre, de quoi respirer, se pinçait, s'envoyait des fourmis dans les muscles et Lawson l'encourageait. Mais oui, c'est ça, vas-y à fond, pendant ce temps t'es pas au café, développe-moi ça mon cochon, tu peux le faire ! Tu sais qu'il y en a qui traversent des bûchers pieds nus sans rien sentir alors vas-y, fonce, t'es un bon. Écoute-moi, fais-moi confiance, je suis ton coach, tu vas crever. Tu vas crever là comme un rat, tu ne verras plus la lumière, ton corps va s'éparpiller en l'air, ta conscience pffuit ta conscience, un tas. Terrasse-toi Stevens, écrase-toi, tu n'es rien, tu es un fétu, ta vie ne tient à rien, elle va lâcher c'est un fil, tends-le, tends-le fort Stevens, il va casser, tire-le ton putain de fil, tire fort, il ne manque presque rien, mais tire bon Dieu ! Et Stevens tirait pendant que Waterfull le cognait au ventre et aux cuisses, lui écrasait la poitrine, lui massacrait la figure à coups de botte crantée, noire, pendant que miss Halloween lui répétait elle aussi continuez, mieux vaut l'angoisse que la terreur, mieux vaut l'angoisse que la stupeur, parlez Stevens, continuez. La voix synthétique annonçait la fermeture imminente du programme, il fallait réinitialiser la session mais l'autre ne voyait que des flocons de neige. Où qu'il portât les yeux, des flocons transparents, des fantômes. Il était entouré de fantômes, il sentait la pression des morts, de tous les morts assemblés contre la paroi extérieure, furieux et chuchotants. Viens Stevens, tu ne nous survivras pas, rejoins-nous, tu n'as aucun droit, ne t'arroge rien Stevens, ta tête ne vaut rien, ton corps rien, ton existence n'a aucun droit. Tu ne pourras pas sortir de ton espèce, rejoins-nous maintenant puisque tu nous rejoindras finalement, fais-le maintenant, ne t'épargne pas Stevens, saute !

Mais il ne sauta pas parce qu'il n'était monté sur rien, parce qu'il ne se tenait que sur le bord d'une falaise tout intérieure et parce que le major Echampson décida d'un coup d'insérer sa carte personnelle d'un geste personnel et sûr dans la machine. Parce que le major s'était emparé de Stevens, Stevens ne sauta pas. Parce que le major Echampson était une femme et qu'elle s'était emparée de Stevens avec son geste personnel et sûr, Stevens revint à lui. En même temps que Waterfull qui fit mine de lui prendre le pouls, mais il se dégagea. En même temps que Lawson qui lui cracha au visage, mais sans s'essuyer il lui envoya directement son poing dans la gueule.

— Comme au bon vieux temps mon salaud. T'es quand même une belle ordure.

Et la belle ordure, pour cette fois, ne répondit rien.

Le major reprit les commandes, Jaume la sentait comme un organe qu'il venait de gagner, une vie meilleure, surnuméraire. Il perçut qu'elle s'installait.

Deux jours durant, ils suivirent le satellite espion de la FAPSI autour de la Terre. Des milliers, des millions d'images rapprochées, fiabilité cent pour cent, précision quatre-vingts centimètres. Ce fut pour lui comme une Extra-Véhiculaire inversée. La vie était effectivement partout mais pas humaine. Il fit braquer l'œil du satellite sur ce qu'il voulut. Les villes, les mégapoles, les anciens bouillons, les retraites. Les ermitages. Les forêts tropicales pleines de primitifs en étui pénien et cordes à seins. Les déserts. Tous vides. Grouillants d'une activité parfois débordante mais pas humaine. Rien moins qu'humaine. Les grands centres, les côtes américaines, les côtes australiennes, l'Europe, le Japon, les choses économiquement développées trépignaient d'infections mais pas d'humains. Il fouilla les gorges les plus profondes, les grottes cachées, les montagnes les plus hautes, la moindre cahute, il dut se rendre à l'évidence. La conclusion du rapport d'analyse qu'il demanda à l'ordinateur central fut, l'ultime conclusion, que le major Echampson était le dernier survivant repérable de la race *Homo sapiens sapiens*. Encore qu'on n'en ait pas d'image et qu'à proprement parler, on ne l'avait pas observé.

Elle s'assit dans sa tête et murmura c'est foutu. Nous sommes foutus. Vous auriez été une femme Stevens, vous auriez pu vous enfiler des éprouvettes de sperme dégelé dans l'utérus. Vous taper ensuite vos fils et vos petits-fils comme on fait d'habitude dans ces cas-là et vivre une belle vie, tout reprendre. Mais il se trouve que non. C'est vous le survivant, je vous plains.

Vos actions n'auront pas de

mesure.

Vous n'avez plus de semblable.

Vous

n'appartenez plus à

une espèce.

Votre langue

est

sans partage

vous êtes

libr

OK.

J'ai ma main devant moi. Elle a de longs doigts blancs, les ongles sont ovoïdes et lisses cernés de noir, les ongles sont en deuil.

Il y a quelques poils sombres sur les phalanges. Le est un os, il ressort légèrement, il saille sous la peau du poignet.

La peau est souple, rose aux extrémités. Elle se détache par petites plaques autour de l'ongle de l'index et du majeur droit, ce sont des poireaux. Des moustaches. Les lunules des deux pouces sont claires et nettes. Elles sont à la racine de l'ongle. Ce ne sont pas des griffes. Mon pouce est opposable, les deux, et je n'ai pas de griffes. J'ai ma main sous les yeux, elle est posée sur mon journal page de gauche, c'est ma main. Un animal endormi. Je ne l'ai jamais vue dormir. Un peu recroquevillée sur elle-même, elle a parfois de petits soubresauts. Elle doit rêver. Je ne sais pas comment elle marche, si elle se sert de ses cinq pattes ou si elle rampe, c'est la première fois que je la vois. Il y a des miettes autour du pouce et de l'index refermés, elle a dû manger puis s'endormir, rassasiée. Je n'ai pas peur. Elle dort. Elle est rassasiée. Il y a peu de chance pour qu'elle me saute à la gorge tout d'un coup, s'éveillant, et m'étrangle. Pour l'instant elle dort.

OK. J'ai vu la Terre depuis la Lune. J'ai vu la Terre du sol. J'ai vu la Terre depuis Vozrovdeniye. J'ai pris la mesure, j'ai pris certaines mesures.

Les porcs se roulant dans les rues d'Oulan-Bator, les porcs se roulant dans les bourbiers, les porcs se jetant sur tout ce qui peut et ne peut pas être avalé ; pelés, écorchés, les porcs grondants, les porcs musculeux d'Oulan-Bator m'ont éclairci la vue. Je te le dis Sokstas : j'ai compris. Oui j'ai vécu sur le tas de fumier que les poules picoraient et dont je me nourrissais. Jusque-là je me suis tenu moi comme tout le monde sur le sommet du tas de fumier, écrasant les œufs et les vers roses enterrés, attrapant par la crête ce dont j'avais besoin. Oui je me suis tenu comme tout le monde, les deux pieds dans la boue organique, et le purin me collait aux basques sans que j'en sentisse la mauvaise odeur de chiotte lavande, de chiotte citronnée, l'odeur de désinfection humaine sur les tas de fumier, l'odeur de l'encens répandu, de la ventilation mécanique, de l'air en boîte importé sur le tas de fumier. J'étais là au sommet avec vue surplombante au sommet sur le tas mais pas moi particulièrement, moi comme tout le monde et c'était mon milieu naturel.

Mon naturel. Le tien aussi mon Sokstas. Maintenant

Je suis à moi tout seul un programme politique, je suis celui qui peut. J'ai une énorme gueule de bois, j'ai la gueule de bois de tous les temps depuis le paléolithique, les massacres de chevaux du Cos, les canalisations, toutes les canalisations, essentiellement les canalisations doivent être abolies. Je vais nettoyer la station. Ranger la station. Je me souviens de ta ration de gelée de coing. Son goût, sa texture, son sucre, sa structure atomique, la boule chaude qu'elle fit en sortant du tube, je les ai sous les yeux. C'était ta ration. Je sais comment tu me l'as tendue par-dessus les fils mous de machines. Que pourrais-je faire d'autre que ranger la station. Je ne savais pas à travers la gelée de coing que ton visage était beau. Maintenant

Je suis celui qui seul parle.

Lawson et Waterfull sont partis à Oulan-Bator. Lawson est parti comme un pisteur, le nez dans les courants, les oreilles ouvertes, tous les poils hérissés, traînant Waterfull à sa suite en costume, les bottes raides, maquillé comme un chasseur blanc bardé d'appareils photo et de sentiments généraux. Les porcs les ont immédiatement chargés. Sur le toit de l'étable communautaire en ruine, Lawson accusait l'after-shave musqué de l'autre abruti. Tu pues ta race, crustacé sans honneur. Ils étaient deux cents. Noirs et sportifs. Ils avaient tout bouffé et s'étaient constitués en phalange contre les bandes de yacks et de chèvres à poil long qui traînaient leur gale autour des lotissements périphériques. Deux cents ou deux cent vingt porcs féraux que Stevens observa des jours durant comme une communauté un anthropologue.

C'est-à-dire une fois qu'il fut réveillé, qu'il se

trouva réveillé sur une place en plein air, à plat ventre allongé face contre terre la bouche ouverte comme s'il venait de lancer une grenade explosive. Une fois qu'il fut tiré de sa commotion postexplosive, de sa postcommotion, et qu'il sut qu'il était dans une ville nommée Oulan-Bator en Asie ravagée et une fois que tout lui fut revenu excepté comment il était arrivé là et pourquoi et si oui ou non il avait jeté cette grenade explosive, il se mit à les observer. Après s'être prudemment relevé, après s'être épousseté, après s'être compté à voix haute devant le monde, il se mit à les observer. Mais pas tout de suite. Seulement après avoir observé ses membres à lui et l'allure générale de sa peau, après avoir vu un hématome sur son pied gauche, noté la présence du holster plein sous son aisselle gauche, caché ou enfoui sous une tunique de soie bleue très ornée qu'il portait ouverte sur un pantalon de grosse toile. Trop grand et tenu par une large ceinture en laine rouge enroulée trois fois autour de sa taille, qu'il dénoua lentement en tournant sur lui-même pour trouver dans son premier pli, plaqué sur sa peau, son carnet de vol rouge, sec. Qu'il ouvrit pour que tout, tout de même, finisse par lui revenir de cet autre ancien monde.

« Hier j'ai filmé une partie de l'expérience Bertin-Mergeol.

M.S. et moi avons tourné la pub pour le déodorant Barta dans la soirée.

Je suis allé voir Al dans sa yakouta, il regardait les photos de sa femme et de ses gosses. »

Le chœur de Welleyslay à quatre heures du matin à quatre cents kilomètres de périgée lui revint en mémoire et l'enveloppa dans un bain de voix tièdes, de paroles, une haleine d'humanité souple et chaude. Comme à six ans dans les draps rêches de la maison de montagne en plein hiver, au chaud, quand il frottait ses pieds pour sentir le poids des couvertures, il les sentit. Enfoncé là-dedans jusqu'au menton, la conscience détendue, pris dans le bonheur d'être à nouveau dans ce réseau de fils de soie, de barbelé, de coton, enfoncé, délicieusement relié et chantant dans sa bouche la chanson du chœur de Welleyslay, il se dit que depuis des millénaires, les hommes n'avaient cessé de OH Thou Tupello, de sécréter leurs langues, leurs histoires, leurs chansons, de s'emmêler dedans les uns les autres, de s'arrimer avec, les uns aux autres, jusqu'à parfois s'enfermer ou s'étrangler mais surtout essentiellement pour vivre.

Oh que le chœur du collège de Welleyslay puisse chanter à quatre heures du matin Oh Thou Tupello trois fois par semaine, oh qu'il le puisse

Que dans un camp de prisonniers un homme puisse tendre à une femme une cigarette allumée

Que sur une montagne dans la tempête un homme puisse se glisser dans le duvet d'un autre dont les pieds sont bleus

Que dans un désert de sable quelqu'un puisse ramener à quelqu'un d'autre une crotte de chameau pour le feu

Que sur un bateau perdu un homme puisse dire à un autre Homère

Oh qu'elle le puisse

Dussent-ils encore cracher dans leur soupe, trahir leurs frères, brûler leurs enfants, bouffer leurs amants, violer leurs femmes, renfiler les cagoules ; dussent-ils réinventer la torture, la guerre, l'horreur, la bêtise, le pouvoir, dussent-ils tout détruire à nouveau, Oh qu'il le puisse mais que je finisse avant.

Qu'on me pende avant.

Qu'on me pende par un dernier fil mais qu'on me

pende. Qu'on me laisse tomber mais la corde au cou, qu'on me pende.

Que ce soit une injustice mais qu'elle soit humaine, que j'aie quelqu'un, qu'il me reste quelqu'un à qui m'adresser, qu'on me pende.

Stevens avait refermé son carnet et s'était relevé. Il avait ramassé le sac rouge déchiré qui contenait un P-M Heckler & Koch qu'il reconnut pour le sien, des grenades et des bombes lacrymos. Il s'était épousseté et avait resserré sur son ventre son carnet de vol rouge avec sa dernière phrase rouge, bouton rouge, ceinture rouge. Beaucoup de rouge.

Il avait marché dans les rues d'Oulan-Bator à l'écart des groupes, en faisant soigneusement les détours nécessaires, en s'arrangeant très précisément pour ne croiser ni cochons, ni yacks, ni rien d'autre monté sur quatre pattes articulées, la gueule ouverte. Et surtout pas les chiens qu'il entendait hurler aux quatre points cardinaux et qui semblaient avoir pris possession, là comme ailleurs à Tampa, du monde entier.

Depuis le cheval de Gengis Khan devant lequel il s'était retrouvé couché à plat ventre de tout son long la bouche ouverte après avoir lancé son hypothétique grenade, ou plutôt, depuis les dessous de ce cheval de pierre emballé debout et monté comme une pièce montée par Gengis le conquérant, bras levé vers l'Orient, perdu sur la place grise, il fit un point.

Les porcs tenaient l'Executive Building comme il s'en rendit compte très vite en enroulant son carnet sur son ventre, mais la Bourse était vide.

Les chiens hurlaient aux quatre coins.

Les traces de yacks étaient nombreuses et fraîches

sur les pelouses de la banque et du square dont une moitié bourbeuse devait servir de bauge matinale.

Les chèvres avaient brouté le broutable jusqu'à raser les parvis. Le bitume était soulevé en plusieurs endroits. Les pigeons avaient tellement chié sur les arbres que les troncs étaient immaculés de merde.

Il prit derrière la poste la Khudaldaany sur toute sa longueur, coupa Ikh Toyruu, traversa une rivière canalisée au ciment et remonta le mail arboré du Gandam monastère. Un cul-de-sac. Ceint de petites yourtes grises et d'arbres rachitiques gardés par des lions trapus qui serraient encore dans leurs gueules édentées les chaînes noires de la civilisation. Le bouddha du Gandam le salua doigts levés, très calme dans la lumière jaune. Stevens comprit alors que ce serait là ses quartiers d'hiver. À défaut d'un palais.

Il déploya ses hommes. Lawson et Waterfull à sa suite, Waterfull toujours botté. Ils firent le ménage sans oublier les toits en corne de gazelle — tout le monde dehors —, on mit un poêle sorti d'une yourte d'à côté au milieu des piliers dorés et des tapis rouges, on poussa les statues qui tiraient la langue et les breloques, les moulins, les bâtons. On balaya les cendres, on mit des chandelles et c'est là mon major qu'on apprit à mieux se connaître vous et mes mois. Vous aimez moi ? Stevens soutenait que personne ne peut être délié. Il disait : tant qu'il me reste un mot en tête, tant qu'il me reste un mot dans mon cerveau d'homme, c'est toute la communauté qui persiste. Il avait ramassé une cravate sur le mail dont il s'était paré, pour vous mon major. Une cravate de touriste qui passait là avec son costume deux-pièces et ses lunettes noires, à la fin de l'autre époque. De cette autre époque pendant laquelle vous aviez fait, vous, des croisières en voilier dans les

Caraïbes et pas mal de cabotage dans la baie de Chesapeake pour le compte de la DIA, mêlant le devoir ou je ne sais quel attachement d'argent à votre plaisir de marin solitaire. Vous lisiez *La Tempête* de Shakespeare allongée sur le pont inondé de soleil, à poil, invisible et enduite de crème anti-UV indice trente. Votre uniforme remisé sur cintre dans le cockpit, à côté du radiotransmetteur gonflé, capable de communiquer avec un Big Bird de haute surveillance et quelques autres systèmes satellitaires de pointe. Vous étiez alors une pro des communications cryptées, recrutée par le Prince de Vozrovdeniye en personne à cette autre époque où les Russes et les Américains s'associaient pour regarder de tout près les Chinois ambitieux.

— Et les Indiens !

Et les Indiens. Stevens n'avait que vous en tête. Il portait votre carte coincée dans son carnet de vol comme un trophée, comme un grigri dont le kevlar magnétique devait lui sauver la vie au moins une fois. Il vous ramenait des étoffes magnifiques, des boîtes de lait condensé, des bouteilles d'huile jaune. Tout ce qui restait de potable sur les carreaux du Mercury Market, il vous l'apportait serré dans les gros bidons de plastique blanc qui roulaient sous les étals sans auvent. Il alla jusqu'à traire une chèvre. Vous mangiez, vous dormiez, vous parliez ensemble. Les bouchères du Mercury avaient porté des tabliers jaunes sur des blouses blanches, des bonnets d'hygiène en papier blanc. Les os que les chiens et les porcs avaient oubliés étaient des os de vaches énormes, des colonnes dorsales de carcasses entières ou demi-carcasses. C'étaient de puissantes bouchères, vous disait Stevens. Comme il aurait dit, c'étaient de grandes princesses. Et vous major, vous lui appreniez à faire un feu qui ne fume pas. À trouver des œufs. À tuer, brûler, racler et vider un porc. Lawson secouait la tête de dépit quand il voyait Stevens bouche bée devant le poêle alors que vous lui parliez. Comme si un cochon se découpait ! Sa méthode à lui était de ne surtout jamais rien trancher et de cuire l'animal entier dans sa peau. *A fortiori* si c'était un kangourou. Principes de zouave, disait Waterfull.

— Tu veux dire de sauvage, tête molle ? Que je sois capable de survivre dans un enfer de bestiaux, ça te hache ! Mais moi je suis totally wild mon colon et je te prouve tout à fait maintenant que tu n'es rien d'autre qu'un infect mollusque décapsulé de l'humanité supérieure. Avec tes bottes d'équitation craquantes, tu ne saurais pas par où monter un chameau, tu n'en distingues pas la tête du cul. Tu n'as jamais vu de merde fraîche, à trois kilomètres sur un horizon clair, il te faut un dessin pour dire d'un cheval si c'est un mâle en rut ou une femelle pleine. Baudruche anglaise. Regarde-le Stevens, oh tu me fais peur Waterfull, non mais quelle équipe ! C'est pas pensable un boulet pareil ! Et il faut se traîner ça partout, le sortir des marais, le descendre des étables, le tirer du sable, de la neige, du feu, de dessous l'ouragan. Ah non pas croyable. Un verre d'eau, dans un verre d'eau il se noie. Il voit un temple, il s'effondre. Il voit un obo planté dans la lande, il s'effondre. Il voit un drapeau, n'importe quoi, une écriture sur une pierre, une peinture pariétale, il s'effondre. Mais bordel, quelle chiffe. Des civilisations disparues, c'est pas nouveau, il n'y a que ça des civilisations disparues, putain mais on nage dedans depuis toujours, il est impossible ce type, il va pas pleurer comme ça sur tous les carrefours, les Incas, les Abos, les Papous au moins on est tranquille, ils étaient déjà tous par terre. Les Grecs tiens, t'as qu'à pleurer sur les Grecs, ceux du moins cinq, ils ont bien vécu, ça te changera.

— Arrête, Lawson.

— Quoi, quoi, arrête, Lawson ? Ça va bien oui ? Regarde-le ce con-là, la Ttttristesse, la Mmmémoire, il foutrait le bourdon à une armée en marche. Pas plus tard que ce matin, il rentre dans une yourte et comme tout est pareil avec les robes en boule par terre, le foyer intact, les tapis au mur, il s'arrête, il touche, il renifle et vlan, il s'effondre. Et que je me lamente sur cette fabuleuse culture aujourd'hui disparue et que ah si j'avais su et comment sauver tout ça, c'est merveilleux, ça ne peut pas disparaître mais merde quoi ! Oui, ton tapis turkmène il est rouge parce qu'il est trempé dans une mélasse rouge de *Rubia tinctorum* fermentée dans la pisse de chameau, oui il est petit, oui il a les bordures étroites et le göl octogonal et oui tout ça a un sens et il fallait l'inventer et la cosmogonie qui va avec aussi. Et c'est fameux, oui c'est fabuleux, c'est des siècles d'histoire, une vision du monde, une forme de l'esprit mais bordel t'étais où Waterfull quand tout était vivant ? T'étais où ? Tu les traînais où tes basques et tes cigares puants ? Au club ? Et puis alors ? Ton tapis, hier ou aujourd'hui, il existe encore non ? Alors tu le prends ton beau tapis, tu le roules, tu te roules dedans, tu grimpes dessus, tu te plies en lotus en attendant qu'il décolle si tu veux, tu te l'études à fond, tu te l'encadres ou tu t'en sers d'oreiller mais t'en fais quelque chose bordel ! C'est pas une serpillière et c'est pas un musée. Purée de blattes, il faut vivre aussi, non ? Purée de blattes, même ça, il te faudrait quinze jours de diète pour en manger, même des sauterelles il te faudrait quinze jours. Pas croyable un type pareil. Pas croyable.

— Le monde tient par où vous voulez Lawson.

Moi je cire mes bottes et je vous laisse libre de vous rouler dans la poussière pour détruire vos parasites. Si vous croyez que ça peut être utile. Ou même, si vous y prenez plaisir, ça ne me regarde en rien. Mangez vos kangourous comme vous l'entendez, peu m'importe, je ne vous fais pas de procès. Ce n'est pas votre naissance, pas votre éducation, c'est vous Lawson, c'est votre façon à vous de ne pas couper l'animal pour le cuire qui est le zouave. Parce que cette culture dont vous vous réclamez, dont vous croyez respecter les préceptes en faisant et ne faisant pas certaines choses rituelles, vous ne la connaissez pas. Vous ne l'avez pas vécue, vous reproduisez des gestes vides, vous entonnez des chants qui ne sont qu'une suite d'onomatopées. Vous êtes superstitieux, vous voulez vous aussi que quelque chose demeure alors que votre langue, vous ne l'avez jamais apprise. Votre langue est un trou. Les murs de votre village étaient pleins de sang. Il y avait des ruisseaux de sang dans les ornières de votre village quand vous êtes né. De la cervelle sur tous les murs, les maisons devenues rouges, la vermine dans les rues et sur les places, les pierres devenues rouges, les eaux imbuvables. Vos pères étaient tailladés par-derrière et aussitôt leurs boyaux dispersés. Vous êtes un Toltèque Lawson, un Wongai, vous êtes un Choctaw. Votre héritage est un trou.

— Comme le nôtre maintenant ?

— Je ne sais pas. Passez-moi le carnet, Stevens, j'ai des choses à recopier à l'étage.

— C'est ça, va compiler abruti, toi, c'est tes héritiers qui sont un trou mais c'est pas grave, hein ? On s'en passe.

— Nous verrons.

On dit que loin d'ici au sud-est du Tadjikistan, quatre montagnes s'affrontent dans un champ de pierres brûlées. Leurs guerriers blancs et glacés avancent comme le serpent sur le sable et l'obstacle qu'ils ne peuvent sauter, ils le contournent avant de l'engloutir. Leurs boucliers sont impénétrables, leurs barbes très blanches, leurs mains crevassées. Ils se jettent dans le combat depuis les hauteurs et leurs cuirasses se nourrissent du vent dans les vallées.

On dit aussi qu'ils ne descendraient pas pour combattre mais pour embrasser. Que le glacier clair et froid et la rivière opaque ne rêvent que de baisers. Elle détourne son cours et défait son lit pour recevoir son bien-aimé qui s'avance, écrasant s'il le faut les bergers sur sa route. Ou noyant les abricotiers, explosant les canalisations. La sagesse populaire dit qu'il est possible de calmer leurs ardeurs en enfouissant dans le glacier qui rampe un morceau de la rivière convoitée.

Exact, Mr. Waterfull. Mais il y a d'autres méthodes. J'ai rencontré à Gilgit un marchand de beurre qui m'a soutenu que la Pakistan Air Force remplaçait avantageusement les rituels hunzakuts. Quatre passages plongés avec des FAB-500 larguées en rase-mottes suffiraient généralement à calmer les ardeurs — comme vous dites — des glaciers les plus entreprenants.

Oui major. Votre sourire a parfois quelque chose d'effilé, savez-vous ?

Et contre cent vingt mille chiens errants, vous préconisez quoi ?

Cent mille porcs affamés.

— Parfaitement ! s'écria Lawson. Le major est une stratège de choix ! Les chiens mongols font alliance avec les rats noirs, ils se partagent le territoire et ne s'attaquent pas entre eux. Leur ennemi commun c'est le chat efflanqué dont il reste un bastion survolté mais réduit au nord-est de la ville, à hauteur de l'aéroport chinois. Les porcs, en revanche, tiennent l'Executive Building et le quartier Sukbaatar en tant que minorité pacifique et s'en portent bien. Mais la situation est instable en raison de l'amoindrissement des ressources.

— Dis donc, tu parles drôlement bien pour un sauvage !

— Ça va, Stevens. On est au cœur d'une poudrière. Il serait temps de faire autre chose que gober des œufs et regarder les lampions à la jumelle.

— Je vois. Le guerrier se réveille.

— Il est plus que temps je te dis. Entre tes absences mentales pour cause de major — excusez-moi — et les effondrements de l'autre copiste, on plane à trois milles pendant que la mêlée se resserre. Il n'y a plus de bouffe, tu piges ? Si tu laisses les chiens dévorer les porcs et les derniers chats, le tour suivant, il est pour toi !

Rotko plaisait à Stevens. Depuis le début de ses observations nocturnes il avait remarqué ce beau mâle trapu plein de pondération qui sortait toujours en tête de l'Executive Building et conduisait immanquablement son groupe aux meilleurs points de ravitaillement. Le groin collé au sol épousant les moindres aspérités du terrain, il analysait le fond de l'air en avançant lentement jusqu'à trouver la piste d'un meurtre récent dont les restes nourriraient ses femelles et leurs rejetons criards. Quand il l'avait dans les naseaux, il prenait un trot rapide et menait son monde au charnier sans détour. Rotko était beau. Dans la nuit la plus sombre, Rotko-le-noir était repérable à la bande rose qui lui traversait le corps et gainait ses antérieurs comme deux bas de soie claire sur une Africaine à plateaux. Stevens le trouvait royal, magnifique. Il mangeait toujours le premier en écartant violemment les jeunes à grands coups de boutoir. Il grognait autour des meilleurs morceaux, bavait d'abondance sur les viandes faisandées et prenait soin de sortir du festin la hure couverte de boyaux et terreuse afin de se la lécher longuement à l'écart du groupe affamé qui se jetait alors sur la carcasse qu'il venait d'abandonner. Il était fastueux, dédaigneux et prévoyant. Si le charnier était trop gros pour être dévoré en une seule nuit, il faisait porter les restes à l'Executive Building, les disputant en chemin, si nécessaire, aux impudents (souvent des chiens que la faim poussait à certaines inconvenances). Stevens l'avait vu tenir tête à un groupe de quinze molosses hirsutes, seul, pugnace, parfaitement sûr de son droit, il était passé. Ses femelles et ses rejetons étaient passés à sa suite, la gueule chargée de puantes merveilles, frémissants mais dignes. Les chiens les avaient suivis jusqu'au bout avec des aboiements furieux, des tremblements de rage et d'envie mais sur les quinze pillards qu'ils étaient pas un n'avait osé attaquer. À chaque tentative isolée, Rotko tournait ses petits yeux noirs pleins de feu sur l'insensé et le clouait sur place, de mépris. Un général vainqueur, un seigneur n'aurait pas pénétré plus dignement dans l'Executive Building cette nuit-là. Les autres bandes l'accueillirent en héros. Stevens entendit les glapissements de cent quatre-vingts porcs qui venaient de se choisir un chef et de se constituer ainsi comme le plus grand troupeau libre de tous les temps. Et cela le fit sourire. Ses jumelles infrarouges pendouillaient sur sa poitrine, le froid le mordait aux phalanges, il avait des crampes d'estomac mais le meeting populaire des porcs de l'E.B. réchauffait son corps d'animal politique. Je suis à moi tout seul un programme, se répétait-il. Je range la station. Je pourrais partir et laisser la guerre des chiens débuter à Oulan-Bator mais j'ai mon programme.

À l'aube, il avait décidé de lever une armée. Une armée de rangeurs. De porcs éboueurs. Un million de porcs éboueurs pour nettoyer la Mongolie jusqu'à Pékin comme au racloir, c'est ce qu'il avait en tête. Il fallait nourrir la garnison constituée et recruter large autour d'Oulan-Bator. Lawson lui souffla que la viande de chèvre calmerait tous les estomacs et tasserait la concurrence. Il en avait vu un chouette troupeau dans les quartiers Sud. Le major lui indiqua les mégaporcheries d'Irkoutsk, de Chita et d'Ulan-Ude.

Stevens déplia sa carte de vol sur le tapis et calcula son plan dans la chaleur du poêle à bois bourré de bûchettes laquées. Tous les meubles rouges du monastère y étaient passés. L'odeur prenait à la gorge, la fumée piquait les yeux mais Stevens ne perdait pas de temps.

Quand son plan fut bien clair, il partit en ville pour rassembler ses provisions de route. À l'angle de l'avenue Enkh Tayvan et de la rue des Partisans, il réquisitionna une Honda 500 qui démarra au quatrième coup de kick. Il remonta pleins gaz la rue de Séoul, déboucha roue arrière sur le square labouré de Sukbaatar, s'arrêta devant la statue du cheval monté et pissa sur le socle à la barbe des yacks pensifs qui se baugeaient dans le petit matin. Il salua Gengis, renfourcha son engin, contourna l'hôpital en dérapage latéral contrôlé et fila par l'université en direction du centre Sky de l'Est Khuree. Il se demandait s'il y trouverait des vêtements quand une pancarte l'arrêta sur la Zaluuchuud. Il laissa un quart de ses pneus sur le bitume en souriant de sa chance : l'université des technologies d'Oulan-Bator était jumelée avec celle de Toronto. C'est là qu'il allait trouver son nid. Son quoi ? Son nid. Son nid portatif. Qui pouvait être mieux équipé qu'un chargé de cours canadien en déplacement pour conférence ? À part les Tchouktches et les Inuits d'Igloolik ? Personne. Il rentra à moto dans le hall gris de l'université et s'enfila dans un couloir sombre comme un terrier de taupe à la recherche de la porte « ingénierie ». Ce sont les plus frileux. Les gobelets en carton volaient sous ses roues, l'échappement bleu laissait derrière lui un boudin de méthane qui flottait comme une queue de cerf-volant. Les cloisons tremblaient, des portes entrouvertes claquaient sur son passage. Il avait l'impression d'être à nouveau un de ses fiers ancêtres montés sur une belle rosse, les jambes bien prises dans ses cuissardes et les éperons serrés sur les bottes. Il était le noble abruti qui rentre de haute lignée à cheval dans les églises. Qui toise l'autel et lave l'honneur dans le sang, qui pénètre chaussé dans le lit des femmes.

Il poussa la porte sans descendre. Trois ordinateurs poussiéreux se partageaient un bureau en fer-blanc, un fauteuil en Skaï trônait sans couleur devant une armoire éventrée. Quelques papiers remuèrent dans le gaz mais rien ne sortit de cette maigre agitation. La pauvreté de l'installation le déstabilisa. Il dut se tenir au mur pour ne pas tomber, la moto tanguait. C'est le désert d'avant, c'est juste le désert d'avant.

À la cantine il comprit que c'était le désert de la gestion de masse, le désert du collectif qui produisait ce terrible effet vitreux. Tout pareil, les chaises pareilles, les tables, les matériaux inattaquables, fonctionnels et nus, rien qu'on aurait envie de voler pour soi, chaque place égale à l'autre, chaque homme dans le même état, c'était ça le désert. Un meuble normalisé, un bidet en série, rien à raconter. Le règne des fourmis égales dans la grande fourmilière.

Sur la vingt-quatrième chaise près du radiateur, il trouva enfin ce qu'il cherchait : la parka Snow Mantra Canada Groose. La plus performante au monde. Du vrai luxe de Toronto bourré en duvet d'oie premium, équipé à mort et doté d'une capuche tunnel doublée en fourrure de coyote. De quoi passer l'hiver n'importe où sur Terre.

Au milieu des yourtes de l'Est Khuree il dut déloger à la bombe lacrymo une horde de chats installés sur les coussins d'un petit Bell qui s'était posé là. L'hélico sentait la pisse à faire tourner la tête mais Stevens l'adjugea et s'enfonça le nez dans son rabat antivent pour un tour de reconnaissance à basse altitude.

Le bruit de l'appareil au décollage dispersa les chats dans l'aéroport comme des boules au snooker sous l'effet de la bille de choc. Ils partirent en flèche chacun dans une direction, en ligne droite, en tournant, en vrillant et ventre à terre à la recherche d'un trou pour disparaître. Ou d'un seau, d'un recoin de mur, d'une brèche de yourte, de n'importe quoi qui pût les camoufler. D'en haut, les chats lui firent l'effet d'un corpus de rats maigres qui suintait des murs à rebours. Les parois qui les avaient produits les ravalaient comme des glaviots. On aurait dit une fuite d'eau montée à l'envers qui se rattrapait à toute vitesse, se déglutissait elle-même, se réintégrait. Les animaux avaient oublié le bruit des moteurs, le bruit de la présence humaine. Les chats, les chiens, les poissons rouges, les commensaux et même les autres avaient vécu plus de deux cents ans dans le bruit et l'odeur de l'homme qui sent le gaz du moteur à explosion et parfois l'uranium et ils avaient oublié. Déjà oublié. Moins de combien ? Stevens ne le savait pas exactement mais moins d'un an avait suffi pour effacer de leurs minicerveaux une familiarité de plus de deux cents ans. Quelle ingratitude.

Il tourna court au-dessus de l'Avtaï Palace et suivit la Selbe qui coulait entre ses berges de béton. Les immeubles gris soviétiques s'alignaient et se perpendiculaient dans l'ordre, les tracés de rue étaient encore nets, les carrés verts correctement limités mais il voyait bien que le calme était rongé par l'entropie. Les bêtes mordaient dans l'organisation et secouaient la ville à partir de nouveaux points stratégiques, déjà des tracés apparaissaient qui n'avaient plus rien à voir avec les axes humains. L'eau et la boue étaient des enjeux et des régulateurs de territoires.

En contournant la Dund par le sud, il trouva le troupeau de chèvres qu'il poussa vers le cirque où traînaient des moutons bleus qui s'étaient attaqués à la toile du grand chapiteau. Le quartier était jonché de lambeaux et de cageots défoncés. Un bus avait été renversé. Les chèvres montaient partout en ricanant, elles levaient la tête vers le gros insecte qui les persécutait et repartaient en sautant comme pour s'en jouer. Les chèvres le narguaient. Elles pénétraient dans les immeubles, traversaient les maisons de part en part. Des têtes noires pointaient par les fenêtres et disparaissaient en un clin d'œil pour réapparaître deux étages plus haut. La grosse tour blanche de la banque de Mongolie ouverte à tous les vents ricanait d'un concert tordu de bêlements et de sabots. Elles montaient par l'escalier de service en fer et faisaient trembler la rampe, s'affolaient du bruit qu'elles produisaient, repartaient en pétard et ruaient dans le vent. Stevens fit le tour de la banque en spirale ascendante pour accompagner leur montée. Il avait ses troupes à nourrir. Il savait qu'une fois sur la terrasse ouverte, les ricanantes ne sauraient plus descendre. Quand il en eut rassemblé une cinquantaine et que là-haut ce ne fut plus qu'une furie aiguë, une presse désordonnée et noire puant la bique, il piqua comme on pique un cheval sous le ventre et fondit sur la terrasse avec l'envie de les tailler en rondelles, de les disperser à tous les vents. Comme des mouches, les Érinyes putrides coiffées de serpents et d'intestins verts, les fileuses, les ricanières, les insolentes. Elles sautèrent. Comme des mouches noires dans la lumière aveuglante et d'un dernier saut lancé qui ne manquait pas de grâce, s'écrasèrent en bas. Fracassées. Aplaties. Pilées.

Stevens sortit le nez de sa parka, respira à plein une bouffée de pisse et vomit sur l'altimètre. Ammoniaque. Les yeux pleins de larmes, il prit la direction du monastère.

Une semaine. T'as une semaine, c'est le temps qu'ils tiendront avec ta viande fraîche. On reste là et on guette.

Il se donna une semaine.

Les deux heures de vol jusqu'à Irkoutsk, Stevens les passa aux commandes d'un nuage. Il avait coincé sur les cadrans et entre les sièges de l'hélico ce qu'il restait d'encens dans le monastère. La fumée lui rentrait par tous les orifices et lui brouillait le sol mais il éternuait en souriant parce qu'il ne sentait plus ni les chats ni les biques et qu'il imaginait que son appareil laissait derrière lui plus de santal que de condensation.

Il vit flotter la steppe infinie, flotter sans relâche, puis défiler en flottant, puis flotter immobile, puis des montagnes.

Il vit Irkoutsk et le sabre clair du Baïkal, il vit Angarsk et ses quinze kilomètres d'usines pétrochimiques, les énormes bassins d'épuration, le delta de pollution qu'elle traînait vers le lac. Les tuyaux de la raffinerie exposés à tous les vents étaient entourés de gigantesques rustines d'argent qui se défaisaient et pendaient comme des draps sales sur un fil tordu. Quinze kilomètres de tuyaux, de centrales de traitement de l'uranium, de blocs d'habitation de base, quinze kilomètres de camps gris aux volets verts, de carrés noirs, de miradors noirs en mélèze.

Il revint nord-est vers Irkoutsk.

La mer Baïkal tranchait à la cosaque les bois verts, s'étalait dans ses terres poudreuses, renvoyait la lumière à la lumière majestueuse et gelait. Des tapis coupants glissaient vers les rives douces, les rives ocre et jaunes qui gardaient couchées dans le sable les barques et les cabanes des trafiquants d'omouls. Listvyanka comme un village suisse, verte et couverte d'isbas, tendait le nez vers le courant du bord.

Il revint sud-est vers Irkoutsk.

L'Angara charriait des tonnes de bois flotté qui bloquaient un de ses bras en amont de son affluent. L'Irkut sautait par-dessus l'embarcadère en écumant, soulevait des troncs de trente mètres dans un souffle et retombait sur l'île comme un phoque graisseux qui s'ébroue. La ville s'enfonçait sourdement, privée de ses fondations, aspirée par le fleuve, s'enfonçait dans ses terres gorgées d'eau laminées par les soubassements, érodées, rongées, s'enfonçait dans les marais. Se noyait. Stevens voyait des maisons en bois englouties jusqu'à la porte, des fenêtres barrées par la terre, des quartiers entiers pris dans une mixture. Il cherchait les rats roses, les rats noirs, par où les rats quittent le navire ? Par l'amarre. Il cherchait l'amarre.

Le major était formel : on ne rate pas trois mille porcs en banlieue. Il fallait descendre sur l'ancien kolkhoze d'Alexeï Peskov et faire sortir les bêtes.

— Une bordée de cottages, mille hectares de forêt dans le Nord, quatre cent mille roubles de dessous-de-table et l'aide de la mafia, ça doit se voir de loin Stevens, aère un peu.

Quand il descendit sur la théorie de hangars tôlés, trois usines à saucissons éclatèrent sous la poussée des large-whites. Ce n'était pas trois mille porcs de batterie, c'était une marée claire qui se répandit dans les cours. Stevens reprit de l'altitude. À deux cents mètres au-dessus du sol, il ne voyait pas l'ensemble. À deux cent cinquante, ça continuait de sortir en flottilles, à trois cents, il distingua la vague de tête. Il fit des tours et des tours de plus en plus larges. Maintenant les porcs étaient lancés, il en sortait de la mer et de la forêt, les isbas en étaient pleines, les fermes en étaient pleines qui avaient écloses par centaines autour d'Irkoutsk. À Rechka, à Kultuk, à Tankhoy ils sortirent par milliers. À Babushkin ils se jetèrent dans le Baïkal qui recula sous l'affront. À Shelekhov la marée continuait. Ce n'était pas une armée, c'était déjà une guerre. Il fallait jouer de la flûte, pousser les nordistes sur les rives, endiguer les sudistes et forer un couloir pour rejoindre l'axe Ulan-Ude/Oulan-Bator. Stevens dessinait des cercles tellement larges autour de la pointe nord du Baïkal qu'il dut se poser pour faire un plein avec ses bidons de secours. Il eut trois minutes de sécurité au bord de la Selenga alors qu'il s'en était compté cinq. Les porcs de Tarbagatay descendaient sur lui sur un front de trois cents mètres au galop. Il remonta d'un bond dans son cockpit, mit fébrilement le contact, tira le manche et la seconde avant de s'arracher à la terre résonnante, il vit des centaines de têtes, des centaines d'yeux bordés de cils blancs, des centaines de boutons vivants qui le fixaient sans le voir, qui le fixaient d'un même œil vide infiniment démultiplié. Ce fut une seconde comme s'il était vu par l'œil sauvage de la terre, la force brute, la brutalité, la force nue, la volonté du monde, la surdité absolue le regardait en pleine face. Il bloqua le manche sur son ventre. Il aurait voulu dire j'étais un enfant tendre comme un soir d'été, il y a d'autres façons que cette lumière froide boule aveugle, il y a mille manières d'exister. Une seconde. Les porcs n'étaient pas affolés, ils étaient seulement lancés. Ils ne montaient pas à l'assaut, ils étaient la poussée, l'avancée, la troupe et la horde, ils n'avaient pas de passé.

Stevens reprit les commandes. Il transpirait dans sa parka, l'adrénaline qui lui séchait la bouche décuplait ses réflexes. Il prit les nordistes par le flanc et les projeta par approches latérales jusqu'au guet de Vydrino emportant les sudistes dans le même élan. Il sortit de la mer les basbuskiniens qui rejoignirent la vague de Tarbagatay. Au sud du lac Gusinoye, les deux affluents se mêlèrent et prirent les dimensions de la route, un torrent dans la vallée. Un lac de porcs en mouvement submergea les véhicules. L'asphalte disparut en amont en aval sur des kilomètres. À quatre cents mètres en hauteur on aurait dit un chewing-gum étiré, un ver de terre boursouflé qui gobait sa tranchée à plein tube. Tant qu'ils furent pris comme une vraie rivière dans le lit des montagnes, tout alla droit. Stevens n'avait qu'à survoler l'ensemble et maintenir une pression ferme sur l'arrière. Les meneurs étaient poussés, les pousseurs étaient contenus, la pâte rose suivait docilement la pente. Le rythme se ralentit passé Dzhida, s'harmonisa. On distinguait des individus, la masse se divisait, certaines espèces s'étaient regroupées, il y avait des sous-courants dans le courant, des sous-groupes. Plusieurs troupeaux étaient nettement circonscrits par l'allure ou la hauteur au jarret. Des jeux d'influence apparaissaient. Les large-whites d'Alexeï Peskov qui avaient tenu le haut du pavé des nordistes jusqu'au guet de Vydrino, se faisaient déborder par une race plus légère et plus courte. Des porcs noirs et plissés remontaient en colonne à l'intérieur du mouvement général. Il y avait des espions. La tête était silencieuse mais l'arrière-garde gueulait. Stevens multiplia les mesures sur la base de cinq kilomètres/heure à vingt unités par mètre carré. Il estima son troupeau à cinquante ou soixante mille têtes. Perché dans sa bulle à cent mètres sur la queue de la manif, il pensa au très libéral Peskov et à ses yeux louches. À sa villa hollywoodienne plantée au centre de son combinat de porcheries comme à la plus belle merde qu'il eût jamais vue et que l'autre se fût exportée pierre à pierre. Des heures durant, il vola au cul des plantureuses affaires du gros Peskov tatoué gavé de caviar et de crème. Il sentait sa main de vrai pionnier du Far East peser sur l'immense troupeau de viande imbécile comme elle avait pesé sur les repris de justice blindés de vodka.

Après Dzhida, des femelles appelèrent leur portée et ce fut comme un frein sur la roue d'une charrette en bois, la structure entière se mit à grincer, à craquer. Il y eut des ruptures et des hoquets. Des groupuscules se détachèrent de la route et grimpèrent les talus, d'autres stoppèrent net le groin au sol comme des ânes, les flancs palpitants, les oreilles couchées. Les large-whites remontèrent leur retard puis s'écrasèrent en soulevant la poussière. Les porcelets ensuite furent les seuls à courir autour des femelles immobiles puis les femelles se couchèrent.

Stevens décida que l'endroit était bien choisi. Il posa le Bell à l'abri d'un rocher, souffla sur ses mains et coupa le moteur. Le bruit du rotor qui s'évanouit en chuchotement lui rappela une chambre d'Amérique latine, une sieste lointaine sous un ventilateur en bois vernis. Et un 17 octobre, l'odeur des saucisses chaudes sur la Plaza de Mayo.

Ô cuatrero, se dit-il en parcourant des yeux la prairie tapissée de cochons, c'est un beau troupeau que tu viens de prendre !

La nuit tombait. Il fit un feu, tira son sac de sous le siège du Bell et disposa devant lui son P-M et deux grenades. Trancha le lard qu'il mangea comme un gaucho, en coupant large ce qui dépassait. Cracha dans le foyer la couenne qui sifflait sur la flamme. C'était une nuit calme et vide dans une pampa rectiligne éclairée par les fleurs de cochons, une nuit idéale pour reprendre Thèbes.

Il se raconta Thèbes.

Qu'il y avait un homme antique assoiffé de batailles et couronné de laurier qui avait marché sur Thèbes à cause d'une femme très belle aux cheveux d'or, au sari dégrafé. Qu'il la poursuivait depuis qu'il avait entendu parler des pétales de ses seins. Ô sur cette parole, il avait levé une armée pour la prendre dans le palais de son père et la ravir aux trois univers.

Une armée de mercenaires et javelots puissants, des bœufs de Lucanie au dos garni de tours, des lions sanguinaires, un matin d'été, avaient touché Thèbes. Et derrière lui qui les conduisait sanglé de cuir et casqué de fer, avaient forcé les remparts, avaient semé la mort et secoué les pierres. Des frères aveuglés par le sang s'étaient entre-tués, des femmes très honnêtes avaient saccagé les autels, des vierges étranglé des hommes faits. Mais lui, dans un nuage de brume, ô Thèbes, ô Vénus sans scrupule ce carnage te sera compté, rejoignait comme en rêve la chambre d'Hélène

Le feu craquait

La chambre d'Hélène qu'Agamemnon gardait.

Le Destin me guide à travers le nuage, ôte-toi de là vieillard, que ta tête chenue ne roule pas sur la dalle de Thèbes rougie du sang de tes fils. Des chevaux galopaient sur le sable, leurs sabots fouettaient la mer, or, l'écume blanche, Stevens, le ventre et les cuisses rôtis par Thèbes incendiée, le dos gelé murmurait non, non, non. Reculez-vous, le roi mon père, le sang qui coule sur votre glaive, ah reculez-vous seigneur, m'offense. J'étais une enfant tendre comme une levée de blé, mes champs, les gazelles chirus les évitaient. Oh major s'il vous plaît, prenez-moi dans vos manches et toi mon Alcibyaï, veille sur mon troupeau, je l'ai bien volé.

Au matin, la steppe sous le brouillard était nue comme la main.

Le major de mauvaise humeur :

— On ne confie pas à un enfant de douze ans tendre comme un soir d'été un troupeau de soixante mille têtes.

— Si, on lui confie.

— Non.

— Si, on lui confie. Regardez la trace, elle est homogène. Alcibyaï prie Eser-Haja depuis cinq saisons froides pour obtenir du piton rocheux un troupeau de mille têtes. Soixante mille porcs ne l'auraient pas débordé. Il est né sur un cheval, la steppe est son jardin. Suivons-les.

Le Bell était pris dans une couche de givre, il fallait attendre que le brouillard monte sur les contreforts, que le jour arase la terre de lumière et la puna claire.

Tintante et pure.

— Vous entendez ce silence de vie, ce silence léger, ce voile. Ah major, n'est-ce pas comme une mer étale, vous qui naviguiez, ne reconnaissez-vous rien, cette solitude ne vous pèse-t-elle pas moins ?

— Sur le Baïkal, Jaume Stevens, les nerpas nouveau-nés glissent comme des chaussons sur un parquet brillant. Qui ne penserait à mettre son pied dans ces petites boules chaudes en voyant leur duvet ? Je pense que les espaces, avec le temps, prennent certaines habitudes. Les hommes sur terre furent comme un gaz à divers degrés de pression. Dans les bonbonnes les plus serrées, leur fuite laisse un vide proportionnel, il s'y produit un appel d'air oppressant. La steppe en revanche ou certainement la banquise, certaines mers hostiles, qui n'ont pas développé les mêmes qualités, résonnent différemment. Leur capacité d'absorption n'ayant jamais été saturée, l'homme seul, fut-il le dernier, s'y promène dans une mesure que l'occupation des sols n'a pas altérée. Vous seriez plus écrasé dans une île de Micronésie surplombée de cabanes qu'au cœur nu de la Patagonie.

— Ah oui ? Pris dans les lianes, étouffé par la jungle, pressé par les fleuves, guetté par les singes ?

— Et les orchidées. Oui.

Le Bell craquait sous l'effet de la lumière d'automne, c'était le moment de chauffer les diesels.

Il suivit facilement la trace jusqu'à Dulaanhaan mais à trois kilomètres du sud de l'aïl, l'avenue boueuse se divisait en écheveaux déroulés. Puis se recoupait deux cents mètres plus loin, se disjointait, se traversait puis se perdait encore en mille filets, se perdait tout à fait. La mer de cochons avait été absorbée par la plaine comme un orage de printemps. Stevens tapa du pied, cracha par terre, jura saloperie et bordel. Merde. Et tout ce qu'il savait en russe.

— Alors ce gamin ?

— Ouais, ouais, on verra.

Il retrouva Alcibyaï aux alentours de Nar, dans une yourte à frises, équipée de deux panneaux photovoltaïques. Il tournait les boutons de la télé.

— Mais mon vieux, c'est fini les dessins animés ! Sors de là, j'ai besoin de toi et de Cho Tala Khan, mes cochons sont perdus.

Ça n'avait aucun sens.

Au seuil de la yourte, le Karaburan lui baigna les oreilles et Stevens comprit que non, les cochons n'étaient pas perdus, c'était idiot.

Il reprit le Bell et revint à basse altitude sur les lieux de la disparition. Ô cuatrero, si tu n'es pas pisteur, tu n'es rien. Ici la vache t'a frappé à la hanche et ton colt est sorti de ton ceinturon. Ton cheval l'a tirée, tu lui as tordu la tête et tu l'as soignée à l'épaule. Là, tu t'es relevé d'un bond alors qu'elle partait en trombe dans le sens opposé, ton cheval l'a ferrée ici, et là, elle est tombée comme une enclume en soufflant ses poumons. Si claro, cuatrero. Et là, je suis remonté en selle et j'ai défait la boucle du lasso d'un coup de poignet. OK.

Là les traces ne sont plus de cochons mais de cerfs de Thorold. Ils ont traversé la piste et l'ont dispersée. La rosée du matin a couvert la rencontre. Va plus au sud, tu retrouveras les large-whites en premier. Ils sont grégaires, au pire, les hainans se seront détachés.

Sur la croupe rose des landraces qui fouillaient le sol, Stevens fondit comme un aigle pour les lever d'un seul coup. Mauvaise idée : sur la centaine, un tiers d'imbéciles resta foudroyé. Oh gaucho à la manque, hijo de puta, maricón ! Le porc est cardiaque ! Aïe. Et ne les fais pas courir jusqu'à Mandal, ils n'ont pas de régulation thermique, s'ils se mettent à tirer la langue, c'est foutu. OK bon. Bon.

Stevens passa la journée à tourner en l'air autour de pelotons isolés. Il les poussait un peu puis repartait sur un autre groupe. Quand il fallait tourner, il prévoyait large, quand il fallait avancer et que la direction était bonne, même au pas, il laissait faire. Mais il devait garder un œil sur chacune des hordes que le moindre cheval déviait.

En fin d'après-midi, alors que le soleil commençait à décliner, les troupes acceptèrent de se réconcilier à hauteur de Baruunharaa. Il était épuisé. Des ampoules lui brûlaient les mains et malgré le froid, il avait les pieds trempés. Ça va faire des engelures. Ouais, c'est le métier qui rentre, gringo. Il poursuivit la route jusqu'à ce que la lumière lui manque et encore après, dans la nuit noire de la grande steppe, il prit la tête et guida la chorale aux phares. Les porcs, fascinés, suivaient sans coups bas mais ce vol quasi stationnaire au ras du sol était éprouvant. Stevens ne tint pas deux heures. Le troupeau fut désorienté quand il se posa le plus discrètement possible sur son flanc gauche mais il ne s'éparpilla pas. Laisse filer. Demain tu recommences en priant le piton rocheux que tu veux qu'ils ne soient pas retournés toute la nuit sur leurs pas. T'as le dos essoré, le cul talé, si claro, c'est le métier qui rentre gringo.

Et Troie.

Troie pouvait bien brûler.

Une semaine, c'est ce qu'il lui fallut pour rejoindre Oulan-Bator avec ses cinquante-neuf mille têtes de porcs parce qu'une semaine, c'est le temps qu'il mit à comprendre les rudiments de la locomotion porcine appliquée aux grands espaces. Ils firent, bien entendu, le double des kilomètres nécessaires. Les landraces et les yorkshires s'échinaient à filer plein ouest nuit après nuit et tout aussi méthodiquement, les hainans prenaient une avance nocturne considérable, malheureusement oblique, vers Pékin. Il y eut un jour où la troupe entière enfin réunie, après les égarements et sifflements du matin, refusa de faire le moindre pas. Stevens eut beau multiplier les acrobaties aériennes et donner de la voix à s'en déchirer le gosier, rien n'y fit. Ce ne fut que lorsqu'il se posa, de guerre lasse, au milieu des large-whites et fit quelques pas en direction d'un verrat endormi debout, que le mystérieux signal fut lancé et secoua la masse entière si vivement que Stevens dut se jeter dans le Bell pour ne pas laisser s'égarer cette belle énergie.

Le rituel du matin qui consistait à recomposer son troupeau en filant les points cardinaux et pousser les différents groupes les uns sur les autres en fonction d'une trajectoire idéalement économique calculée en temps réel avec ses variables possibles, ce rituel l'épuisait.

Il était meilleur pisteur qu'au départ d'Irkoutsk et lisait plus facilement dans le paysage. Il avait appris à ne dormir que d'une oreille, à enregistrer les variations climatiques, particulièrement le sens du vent, il distinguait mieux les différents cris des porcs, mais ces heures d'errances circulaires dans le petit jour, au bout d'une semaine, il n'en pouvait vraiment plus. Sans compter les expéditions carburant qui l'emmenaient parfois beaucoup plus loin qu'il n'aurait voulu, ni le régime de porcelet à la broche qui devenait difficile à maintenir devant les truies. C'est pourquoi le soir où il vit se profiler sur la plaine rase le skyline d'Oulan-Bator, il décida de laisser tomber la gloire d'un débarquement en plein jour et maintint quatre heures durant sa technique d'avant-garde aux phares jusqu'à la périphérie de la ville. Arrivé là, il s'en remit au sens de l'agglomération naturelle et poussa juste un bon coup la foule vers l'Executive Building. Mais alors, dans la nuit, ce fut comme un sabbat de fous.

En place des cris de joie auxquels il s'attendait, les porcs de Rotko entrèrent dans une colère sans bornes qui les jeta contre leurs semblables avec la violence du roc qui résiste activement à la marée et ne cédera pas. De leur côté, les cinquante-neuf mille n'y allèrent pas par quatre chemins et se passèrent furieusement des subtilités de la diplomatie. La ville, toujours active dans la curée nocturne, connut là ses heures les plus sombres et les plus éclatantes.

Les yaks s'enfuirent, les chèvres disparurent, les chats ne se montrèrent pas mais les rats et les chiens qui rongeaient leur frein se lancèrent comme un seul homme dans la bataille. Aucune des parties n'y comprenait rien puisqu'il n'y avait rien à comprendre : c'était la guerre. Il s'agissait pour chacun à son compte dans la liesse de mordre, mordre et tuer. D'empaler, d'enfoncer, de casser, de rompre, de tailler, d'éperonner, déchirer, de crever. Le sang montait sur la place de Sukbaatar comme une inondation. Les quadrupèdes pataugeaient dans les organes de leurs frères et de leurs ennemis et mordaient, continuaient à mordre indifféremment, avec des bruits de gueule et des succions appuyées. Des boyaux vides flottaient. Certains porcs portaient les scalps et les intestins des morts autour du cou, des chiens chargeaient des rats, des rats montaient des porcs, des tas de rats-porcs-chiens traversaient la place comme un seul animal d'un nouveau genre et multiple. Des outres roses perçaient de toutes parts dans un bruit mouillé, pétaient, répandaient leurs intérieurs sur le sol ourlé d'agonies et soubresauts de vermines. Des points noirs filaient et bondissaient dents devant et dehors, couraient sur les corps en mouvement, s'écrasaient tout seuls avec un bruit d'os de volaille dans les mâchoires des crevards baveux enragés par les coups de boutoir des porcs innombrables, enragés par la faim dévorante de l'outrance, enragés par la rage elle-même, par la peur béante des prédateurs indiscutés qui découvrent dans l'effroi qu'un seul blaireau met en pièces deux bergers allemands, que le poids compte pour rien, que l'empire s'effondre.

Des dents, des rangées de dents, des griffes, des gueules ouvertes refermées sur des corps gonflés de haine, des choses vivantes passaient par les gouffres et couraient, couraient à la mort. Les âmes animales dont les muscles chauds gorgés de sang tendaient les forces, les âmes boursouflées des déchirés, les muscles des dévorés, les hurlements de joie, les autres, les hurlements de toute espèce et les chuintements bouffaient l'espace qui ne contenait plus une bataille mais une orgie. Qui ne contenait plus rien, qui s'involuait dans un tourbillon de néant.

Étaient-ce donc là les forces de la nature ?

Stevens passa la nuit sur la corniche du monastère à défendre lui aussi sa place forte imprenable et faire lâcher aux bêtes qui volaient par magie les remparts de sa propre ville.

Est-ce bien cela ranger la station ?

Waterfull : « Certes les choses ont pu se passer ainsi : mais j'ai peine à croire que les hommes n'aient pas su prévoir tant de maux avant d'en avoir été les victimes. Et je crois plus juste d'attribuer de tels usages à tout l'univers, aux divers mondes créés diversement par la nature, que d'en accuser un seul monde en particulier, quel qu'il soit. »
Lucrèce, *De natura rerum*, livre V, 1339-1340.

Admettons.

Les jours qui suivirent, la température ne cessa plus de baisser. Les chiens avaient perdu. Les porcs s'attelèrent à nettoyer la place et la ville s'éclaircit peu à peu comme un royaume prospère sous une autorité tranquille. Rotko s'imposa à nouveau depuis le cœur de sa phalange de choc et des traités furent signés qui firent retomber le tumulte et finalement l'épongèrent à mesure que les rangeurs absorbaient tripes et peaux et remplissaient ainsi leur mission primitive. Au début, Stevens resta prostré dans son monastère, prostré et fragile tant qu'il entendit l'écho des bêtes encore chargées de bile, puis la bile se décanta. Alors il vit le nouvel équilibre, la belle forme close de ces forts animaux sans jointure qui avaient gagné la guerre et la steppe lui sourit à nouveau. Le major aussi ; qui lui dit que la station, c'était mieux de la ranger là où elle était dérangée.

— Pour Pékin, je vous conseille le train.

— Ah oui ?

Le Transmongolien venait de faire changer ses bogies. Un feu de bois sous chaque train de roue, un peu de chance et une tige pour casser le gel pouvaient suffire à le remettre définitivement en état de rouler. Resterait ensuite à faire le plein des samovars et démonter les portes entre les rames pour faire un seul long tunnel à cochons.

— Les meilleurs wagons à bestiaux du monde, proclamait Lawson, marqueterie intégrée et appliques murales, vous avez le droit de monter sur les sièges, ça va même pas tarder à être vivement conseillé. Et toi, tu sais conduire un train bien sûr ?

— Bien sûr. Sans compter que tu as le corral à monter avec ton pote alors tu comprends, ça me laisse un peu de marge.

— Le corral ?

— Exactement ! Un couloir de planches et piquets en forme d'entonnoir resserré sur la queue du train. Pour les bourrer dedans, tu piges ?

Stevens se réserva un salon Empire, une salle de bains en sycomore vert, une chambre double derrière la locomotive et travailla jour et nuit comme un forcené politique. Sous la lampe à gaz, il révisait le manuel du cheminot et repérait les cadrans, de jour, il supervisait les travaux et guettait son troupeau de gagneurs.

— Il en reste combien ?

— Cinquante-huit mille, à tout casser.

— Combien dans le train ?

— Cinq mille. Le reste à pied.

La steppe regorgeait de petits chevaux musclés et cette fois-ci, Alcibyaï se montra très savant en désignant à Jaume Stevens un individu à robe claire qui se laissa approcher et supporta la boucle du lasso de feutre sans bouger un cil. Mais à peine l'eut-il monté que le cheval partit en une salve de sauts de chèvre des quatre jambes simultanément et la tête au sol, l'échine courbée au maximum. Stevens dut s'accrocher sans honte à la grosse crinière et des deux mains, les bottes enfoncées le plus possible dans les flancs de l'animal, les jambes serrées sur ses côtes, il suivit les cabriolets du petit furieux qui cherchait à lui mordre les pieds. Dès qu'il s'arrêta de bondir, Stevens lui tapa sous le ventre en hurlant et le mit au galop une bonne fois jusqu'à ce que la bête écume dans le vent de la course et laisse derrière elle des fils de bave solide sur la prairie. Ensuite, tournant bride, il revint à l'amble sur un cheval guéri.

Alcibyaï désapprouvait.

Jaume, je ne te confierais pas mon chameau qui ne comprend que la viole à trois cordes, tu es une graine de cracheur. Jaume, tu connais l'histoire du fils du vent, Marouti, qui battait à la course les étalons ? Aux réunions de printemps, sa danse de l'aigle était si agile que les braves des aïls les mieux pourvus se cachaient dans les herbes et attendaient qu'il passe les mains écartées sous les yeux de son oncle soleil. Les vieux disaient qu'il mangeait l'espace et ramait dans les nuages, qu'il pouvait joindre en un jour un camp d'été et un camp d'hiver. Les femmes elles-mêmes le trouvaient trop beau et trop lisse pour un homme sans mélange. Jaume, Marouti ne s'appuyait jamais sur le poil d'un animal mais flottait sur le tapis de selle comme un esprit et passait comme un chant.

Le cheval vivant dans les jambes de Stevens appelait Alcibyaï qui appelait Jaume et c'était dans l'immensité de la steppe comme si les montagnes lui avaient parlé d'or, lui avaient parlé, l'humanité retrouvée.

Ces heures à l'amble, ces heures au galop, les chevaux mongols ne connaissent pas d'autre allure, les chevaux mongols sont infatigables, ces heures en suspension, en contact, le major lui dit que ça s'appelait la grâce ou l'accord et qu'elle-même aurait donné sa vie une seconde fois pour habiter à nouveau une tempête harmonieuse sur la hune d'un mât d'artimon.

— Et sur la couchette double d'un yawl ?

— Ne soyez pas trop curieux Stevens, quelque chose me dit que vous seriez déçu.

Quand le corral fut prêt, Jaume rassembla les porcs les plus robustes par trentaine de têtes au cul du train à l'arrêt. Il sépara le premier groupe de la mêlée grognante à l'aide d'une corde lâche qu'il fixa à la volée en criant pour affoler et presser les bêtes en avant de façon à ce qu'elles ne puissent pas se retourner. À cheval et armé d'un rebenque qu'il s'était bricolé avec un tuyau de plomb et une courroie, il pénétra dans le corral ouvert sur l'enfilade de wagons et se mit à pousser les hurlements consacrés des troperos au travail en frappant devant lui les croupes bondissantes à grands coups de mèche claquante. ¡ Adelante carajos ! ¡ Vaya vaya vaya muévete, hijo de tu madre de porquería ! Et les trente ou quarante mâles suffoqués prirent sans attendre un trot de fuite qui les enfonça, Jaume à leur suite, dans les profondeurs du Transmongolien raide et muet sous l'invasion brutale. Dans leur affolement, les porcs laissaient en chemin des déjections liquides sur lesquelles Alcibyaï ripait des quatre fers par l'avant et par l'arrière et néanmoins tenait une course indéfectible et poussait du poitrail tout ce qu'il trouvait devant lui. Quand Stevens entendit les porcs taper dans le fond du wagon de tête, il arrêta son cheval sur les jarrets et tendit la première corde à l'aplomb des culs nerveux parcourus de frissons. Tourna court et remonta le train au galop avant que les porcs ne comprennent qu'une corde n'arrête pas une volonté ferme. Bondissant du corral comme un vendu, le rebenque tenu haut et sifflant par-dessus la crinière de sa monture, il s'engrangea la deuxième fournée en un quart de tour et recommença la manœuvre dans l'entonnoir. ¡ Ay carajos ! Au fond du train de luxe aux murs rouges, la première livraison commençait à donner du pied sur les parois mais la suivante au galop lui tomba dessus si violemment que l'idée d'écrasement passa dans leurs pupilles dilatées tel un spectre osseux et leur ferma la gueule. Stevens arrima la deuxième corde dans le geste même de tourner et les wagons vides s'ébranlèrent pour la seconde fois sous sa chevauchée compacte et roulante comme un tonnerre d'été.

Ils firent vingt-deux fois la longueur du train qui s'emplissait à mesure de jurons et se tassait toujours plus bas sur les rails sous le poids des deux milles porcs embarqués. Les wagons tanguaient, laissaient fuir sur les travées des flaques de merde liquide d'où montait une vapeur organique et chaude. Le Transmongolien frémissait dans le froid du crépuscule, enveloppé dans le manteau fragile de l'haleine des bêtes et Jaume, saoulé de fatigue, lui trouvait l'allure hésitante d'une jeune femme en fourrure sur le seuil d'un théâtre éteint.

Sous la lune, de la tête à la queue, il passa par les fenêtres ouvertes des tonneaux de patates germées récoltées dans une cave et de l'eau.

Mais ne dormit pas.

Le dernier wagon chargé des porcelets les plus robustes vibrait de leurs cris d'amour affamés et attirait les femelles que les mâles suivirent dans l'ombre comme une rumeur. Au petit jour, les soixante-dix mille piétinaient derrière les cinq mille claquemurés. Désœuvrés, indécis, ils se balançaient d'une patte sur l'autre, attendaient en fumant que pointe le jour ou quelque chose, un ministre, un craquement qui déciderait de l'action. Alors Stevens grimpa sur le toit du wagon aux bébés et bien droit, les éperons tendus sur les bottes, les jambes écartées, la main gauche sur le cœur, il contempla l'étendue de son armée, ému ; et fit sa déclaration.

Mes chers compatriotes,

Si nous sommes réunis ce matin dans le froid piquant de cette Mongolie-Intérieure, si je vous ai rassemblés ainsi sur ce plateau venteux où se poussent sans répit les tumbleweeds erratiques, c'est, croyez-moi, pour une bonne raison. Et je ne dis pas « cause » car à cette heure matinale, alors que le soleil ne fait que poindre et tarde à réchauffer vos soies, une bonne cause ne ferait que vous effarer davantage.

Si je vous ai rassemblés ici, la nuit durant et au prix de bien des efforts dont vous n'êtes pas tous sortis indemnes, c'est pour vous exposer mes plans.

Vous n'êtes pas sans savoir mes chers cocos, mes compatriotes, qu'une grande révolution est passée sur le visage du globe terrestre, soufflant au nez de mes cocos, les autres, une certaine odeur de prune qui les a pulvérisés et pire encore, qui les a dispersés, disparaissés.

Je sais, en tant que dernier coco, tout le bien que vous en avez déjà retiré. Mais, ce que je veux vous dire ce matin, mes chers contemporains, c'est que rien de grand ne se fait sans organisation.

Aujourd'hui est un jour nouveau, où j'ai enfin pu vous réunir en nombre suffisant pour mener à bien et de concert avec vous la plus grande entreprise jamais planifiée.

Nous sommes, croyez-le, au carrefour essentiel de l'espace asiatique. Dans tous les recoins où je vous ai cherchés, vous avez fait, je le reconnais volontiers, de très beaux efforts. Mais considérez l'étendue qui nous guette, l'immensité de la tâche en elle-même, le désordre de la concurrence et joignez à cela l'infaillibilité de mes compilations d'observation, ma redoutable faculté personnelle à la planification d'ensemble et méditez. Vous en tomberez d'accord avec moi : le monde a besoin d'un mouvement de grande envergure, le monde a besoin de nous. La station Terre réclame d'être rangée. Unissons-nous !

Mes chers cocos, je vous ai réunis alors que vous étiez rares, je vous ai choisis et tirés de vos bauges étroites, je vous ai choyés et poussés de longs jours du haut du ciel, vous les *Sus vittatus* de souche et vous les hainans aux plis nombreux, vous les landraces émigrés, et vous aussi les large-whites de batterie. Je vous ai tirés des hangars de tôle où vous périssiez lentement sans idée, je vous ai enlevés à vos prédateurs démultipliés, affolés par la concurrence mondiale débridée, je vous ai choisis vous, mes cocos, pour vos *qualités*.

Vous êtes mes plus proches cocos. Vous êtes mes cocompatriotes. Vous vous jetez sur la nourriture.

Ensemble, nous allons traverser l'espace. Ensemble, nous allons refaire, nous allons changer la face de la Terre.

Ce matin, non sans émotion et pour le bien commun, alors que le soleil monte sur l'Occident brumeux, je vous déclare très solennellement mes alliés. Je vous adoube.

Précédez-moi sans frémir, ne doutez pas de mes directions, ne vous éparpillez pas et vous vivrez dans l'abondance, je vous le prédis.

Les porcelets qui sentaient une présence sur leurs têtes n'avaient cessé de donner de la voix durant le discours et les truies, inquiètes, leur avaient répondu crescendo sur des accents stridents. Les lourds verrats eux-mêmes se mirent à claquer des mâchoires à l'évocation de la nourriture et des temps de future abondance. Lorsque Stevens entendit au loin sur son arrière-garde un grognement naître et enfler comme une vague ou un vent sur la voile rose de son coup d'État mondial, Waterfull plénipotentiaire lui fit signe qu'il était temps. Alors, Roiq Stevens remonta en courant sous les hurlements de soixante-quinze mille porcs les trente-deux wagons noirs du nouvel ordre mondial.

La loco trembla, grinça et prit les rails en crachant, pissant de partout, secouée de toutes parts, rugissante et terrible dans la steppe désertique du Jour Nouveau. C'était le grand bond en avant. À soixante kilomètres heure pour arracher la masse, à cinquante pour insuffler l'élan nécessaire, à quarante pour garder l'erre, à trente pour ne pas perdre la tête dans la poussière et de moins en moins jusqu'à ce que soit atteinte la vitesse idéale des déplacements de longue haleine à marche forcée, soit six à sept kilomètres heure sans barda.

Stevens ne se tenait plus de joie, félicitait le plénipotentiaire, bourrait de coups de coude amicaux les côtes du chauffeur à casquette, se penchait par la portière pour voir son semi-remorque aux dimensions majestueuses s'étirer, se tortiller sur la platebande de l'immensité naturelle et emporter derrière lui le double, le triple et plus de sa propre longueur.

Cette matinée-là, il fit plus de dix-huit fois l'ascension du wagon de tête pour constater que même aux jumelles et bien que les rangs soient denses et deux à trois fois plus larges que le ballast, il ne distinguait pas la fin de sa foule de cochons. Dans son excitation, il ne sentait ni le chaud, ni le froid, ni la faim. Il ne voyait pas Lawson, avachi dans son salon Empire, se tapoter la tempe avec l'index à chacun de ses passages, il n'entendait pas le major, il passait à travers Waterfull sans saluer, il oubliait les cadrans de chauffe, il était bien. De l'avis de tous, il était épuisé, à bout de forces et peut-être atteint d'accès ou bouffées ou trop gorgé de caféine, mais lui se sentait bien. Entouré.

— A-t-il vraiment besoin de tous ces porcs autour de lui ? Pour son équilibre ?

— Apparemment, oui. De toute façon, c'est un homme, n'est-ce pas ? Un but, un programme, un projet, un pouvoir, bon. C'est comme ça.

Au kilomètre quinze, comptant Oulan-Bator à zéro dont on ne voyait plus depuis longtemps le skyline, ils passèrent un check-point — Police —, deux cafés et une station essence après lesquels la steppe prit une nouvelle horizontalité, un peu plus plane, un peu plus infinie. Le major qui connaissait les mers d'huile l'avait prévenu. Aucune victoire ne résonne dans une étendue de plus de dix mille verstes. Le son des tambours se perd, la grandeur des Empires réduit, réduit jusqu'à finir en peau de chagrin au bout d'un bâton étique. On ne plante pas trois millions de peupliers noirs et autant de bouleaux, les rejetons ne prennent pas ni là, ni entre Tcherkass et Stravopol, ni dans les steppes de Voronej. C'est la Chine sous les dynasties des Han et des Ming. Le temps qu'un messager traverse les immenses provinces, les mille contrées désertes, les mille contrées fertiles, l'encre de son message s'efface, l'empereur décède, un autre lui succède et la réforme ou l'ordre ou l'impôt, le jugement sont prescrits. C'est pourquoi les paysans le saluent, sourient, marquent les honneurs dus à son rang ou supposés. C'est pourquoi les fanfares sont rassemblées, les officiels s'affairent, les estrades sont nettoyées et montées, les tapis déroulés et l'on sert les plats convenables, les rince-doigts, les sucreries, les petites brioches fourrées et le halva, mais on n'écoute pas autrement qu'un poème la parole de l'empereur si d'aventure on peut encore la déchiffrer.

— Comprenez bien Stevens, vous n'avez plus l'électricité, plus le téléphone. Bientôt, vous n'aurez même plus de route. Vous vivez sous la dynastie Han ou Quin, ou c'est le tsar Nicolas Ier dit la Trique, le tsar de Fer, qui vous a chargé d'une conquête quelconque dont lui-même ne se souvient plus.

— Vous confondez l'espace et le temps, miss Echampson.

— Vous croyez, Waterfull ? Je veux dire, vous croyez qu'ils sont si distincts que cela ?

Et certes la steppe épongeait le bruit du train, le bruit des porcs, le bruit de sa belle armée. Stevens sentit d'un coup la fatigue et se fit couler un bain dans l'émail étincelant de sa parfaite salle d'eau en sycomore vert où il s'endormit, sous pilotage automatique, soixante-dix mille porcs derrière lui.

Tandis que miss Echampson et le Waterfull plénipotentiaire poursuivaient leur conversation dans le salon Empire.

— Ne vous est-il jamais apparu, mon cher, que le pouvoir se mesurait essentiellement au nombre d'antichambres et coureurs, maîtres de cérémonies, maréchaux de cour et maréchaux en chef, Hof-Führers et autres vieillards en habit cousu d'argent chargés de guider, selon un ordre établi immuable, le visiteur ou le fonctionnaire invité jusqu'au centre nu où se tenait, dans son corps enveloppé de peau comestible, le roi, l'empereur ou le président ? Non pas tel roi ni tel empereur mais le roi, lui-même immuable et dépouillé, évidé, vidé de la contingence des mortels par la succession des pièces hautes, des pièces longues et des longs corridors parquetés qui menaient au lieu de la charge et de l'autorité.

— Le nombre des domestiques, effectivement, en tant que médiateurs et relais était une mesure, je vous l'accorde, ainsi que l'étendue du palais.

— Je ne parle pas de surface habitable, monsieur Waterfull, ni d'architecture royale, mais de l'épaisseur des couches de vide agencées autour du cœur du centre de l'État (ou de l'Empire) non pas tant pour le protéger que pour le désigner comme tel. C'est l'espace et l'espace réglé, l'espace à parcourir selon les règles chorégraphiques convenables qui annonçaient, c'est-à-dire qui fabriquaient le lieu et l'efficience du pouvoir. Il importait bien plus que tel et tel maîtres de cérémonies se détachent du mur à tel et tel moments précis et se joignent pour tel segment de parcours au premier groupe d'accueil formé de tel et tel coureurs de cour et coureurs de cour en chef plutôt qu'une armée de dix mille soldats présente les armes au seuil de la première salle. Le tour de force, ou de magie, ne se jouait pas dans le fait de montrer la vaste étendue du palais, ni ses meubles, ni ses tableaux, ses richesses. Il s'agissait tout au contraire d'en faire parcourir le vide, la multitude de vides successifs, la multitude de couches d'air, de sas, pour que cette répétition du rien, de l'espace désencombré, prépare le visiteur au rien intégral du lieu du pouvoir et du pouvoir lui-même. Peu importait alors que le représentant de la prépotence se tînt les genoux légèrement fléchis, soit gainé de veau blond des pieds à la tête ou porte une armure de pierreries de quarante livres, des favoris ou des plumes d'autruche noire, non, il lui suffisait d'être placé au centre d'un volume creux.

— Et de s'y mouvoir le moins possible, je vous suis. Mais il me semble que vous parlez plus de rituels symboliques que de pouvoir véritable. Disons économique ou guerrier.

— Vous séparez trop les choses, monsieur Waterfull, vous aimez la souveraineté.

— Oh, j'aime la souveraineté, je ne sais pas. Les rapports de force, la géopolitique, les puissances financières ont réellement dirigé le monde, n'est-ce pas ? Ne croyez-vous pas qu'une fortune de plusieurs millions de dollars a toujours été plus efficace que toutes les enfilades d'épaisseurs vides que vous évoquez ? Concrètement plus efficace. Je puis bien vous accorder que les fortunes, si vous voulez, se sont ensuite, une fois qu'elles se furent constituées, entourées de mystères ou de certaines mises en scène destinées à leur conférer une réalité plus... spirituelle, mais de là à prendre l'habillage, les vêtements du pouvoir pour le pouvoir lui-même, permettez-moi.

— L'argent n'a jamais été un contenu, monsieur Waterfull.

— C'est exact. Ni un contenu ni un contenant, mais une puissance, une puissance de flux, dirais-je. Dont le sens, contrairement aux agencements langagiers, était éminemment univoque. Des notules, voyez-vous, comme « le cimentier mexicain Senex rachète le britannique LMC pour 5,8 milliards de dollars » ou « le groupe indien Mittal Stil devient n° 1 mondial de l'acier en rachetant l'américain International Stil Group pour 3,3 milliards de dollars », en disent plus sur l'évolution de l'économie mondiale que les modalités de réception des invités britanniques à l'ambassade américaine de Calcutta. Partant, en disent plus sur les rapports d'équilibre entre États que les discours qui, dans les réceptions, habillent, c'est-à-dire couvrent, ce genre d'événement.

— Et pourtant Troie, monsieur Waterfull, n'a pas brûlé pour un trésor, ni d'argent ni d'honneur, mais sur un battement de cil.

— Prétexte ! Poésie, prétexte comprenez-vous ? Pure mythologie. C'est-à-dire, digestion par la langue d'un fait simple et brutal, d'un fait.

Au kilomètre vingt-huit, l'axe routier coupa l'axe ferroviaire avec un bruit mou parfaitement calculé. Les bogies s'accroupirent sur le dos-d'âne, shoo-doo, swoo-doo.

Lawson diminua la pression.

— Toutes les sortes d'histoires s'écrivent, monsieur le plénipotentiaire, s'écrivent, se disent, se racontent ou se chantent. Il n'existe pas de fait brut. Le fait brut est une construction du langage, le fait brut n'existe qu'à l'intérieur du langage qui le dit.

— Oui, si vous faites du langage une forme de l'esprit au même titre que l'espace et le temps. Ce qui est faux. Le fait brut existe pour les animaux.

— Les animaux n'existent pas hors du langage. Le monde non plus. Je vous parle du monde humain. Le seul dont nous puissions parler. Il est composé de toutes sortes de choses, mouvements, textures, enjeux, motifs, qui sont autant d'objets du langage, qui tous se disent. La résistance du réel se dit aussi, la maladie aussi, la mort. Et voyez vous-même, si Stevens est encore vivant, c'est qu'il est, pour combien de temps peu importe, c'est qu'il est encore pris dans le monde humain : il écrit. S'il cessait de tenir son cahier, il disparaîtrait comme homme. Il disparaîtrait et avec lui l'ensemble de ce qu'il peut maintenir d'humanité, qui n'est pas toute l'humanité, qui n'est qu'un infime éclat, lacunaire, incomplet, troué, venteux comme l'ont été chacune de ces sortes d'éclats, disparaîtrait. Tout ce qu'il fait est effectivement un prétexte, un pré-texte, un prêt au texte parce que lui, comme personne avant lui je pense, n'a pas d'autre mode d'être humain. Aucune de ses relations avec les traces du monde humain n'aurait d'existence s'il ne les écrivait pas. Comprenez-vous *prosopopée* ? Personne ne peut vivre tout à fait seul. Nous sommes ses conditions de possibilité. Nous sommes la superposition des couches d'air vide qui entourent le cœur de son pouvoir, nous sommes les salles et les corridors parquetés, nous sommes les coureurs et les maréchaux de son Empire, nous le maintenons, nous le créons continûment comme Cheyenne, comme Ava, Homme Véritable, comme être humain.

Lawson diminua la pression. Il avait en vue le ruban d'un ruisseau qui pointait sa tête de serpent froid au kilomètre trente-quatre et pouvait constituer l'essentiel d'un bon campement. Stevens calcula l'erre et coupa les machines deux kilomètres après le transformateur de Konkhor. Longtemps, on n'entendit plus que le glissement des rails et les sabots, les ahanements des porcs épuisés.

Quand il ouvrit la porte arrière, le Transmongolien se mit à tousser et cracher des grumeaux qui reprenaient quatre pattes en touchant le sol et couraient se rouler dans la boue, dans les autres et dans l'eau sale, dans l'herbe, dans l'air libre, dans l'air froid. Du ruisseau plat, ils firent un marais, une esplanade de boue mousseuse, un champ gluant profondément labouré dans lequel ils enfoncèrent leur vermine et leurs ventres gonflés. La moitié des porcelets gisait en lambeaux dans le wagon de queue, devant quoi un troupeau de femelles beugla jusqu'au crépuscule comme devant les intestins béants d'un gros ver noir. Puis elles oublièrent d'un seul coup et rejoignirent la foule, la ronde, disparurent.

Stevens comptait sur le désert. Sur le désert et sur l'instinct de conservation de la masse. Le gaucho était d'accord. Et de fait, le lendemain, il n'eut aucune difficulté à récupérer ses bestiaux qui semblaient attendre comme sur un quai de gare que le boyau du train les ingère. Trois coups de sifflet longs fut le nouveau code de rassemblement des espèces et dans les jours et les semaines qui suivirent, malgré la faim grandissante et le gel nocturne qui souvent ne fondait plus sous le soleil froid de journées toujours plus courtes, son efficacité ne se démentit pas. Les porcs semblaient tendus vers un but commun, ils se tenaient prêts chaque matin, reprenaient leur barda et leur marche infinie. Sans grogner, se contentant la plupart du temps d'une mare et des bouquets de saxauls secs, des maigres dépouilles de ceux qui mouraient de fatigue. Longtemps, longtemps, des jours qui comptèrent comme des mois, des jours invariables étirés sur une poignée d'heures diurnes, les hameaux succédèrent aux déserts, aux hameaux. Aux cafés solitaires. Aux bases russes désertées, aux hameaux. Sans nom. Presque sans construction, sans carrefour. Poncés par le sable, propres et creux. Un sac en plastique animait parfois une place, parfois bleu. Un chien efflanqué pouvait indéfiniment longer la route qui longeait sans conviction le chemin de fer, devant le train. Puis en sentant la puissance générale que le train traînait comme un sillage, le chien finissait par disparaître. Et rendait le hameau au désert, la place au sac plastique. La base russe désaffectée à sa désaffection. À sa corrasion, à sa déflation.

À Tchoyr, Stevens arrêta la troupe qui se répandit comme une inondation sur la plus belle piste d'atterrissage de Mongolie avant d'envahir la gare et de passer en rouleau sur les blocs d'immeubles déjà détruits et sur l'élégant hôtel à quatre dollars la nuit dont le menu de demi-pension comprenait un ragoût de mouton irlandais. Deux banques à côté d'un château d'eau et quelques boutiques furent pillées pour l'occasion. Là où il y avait eu de la viande, du riz, des carottes, des briques de lait UHT, des poissons fumés suspendus par un fil au coin des fenêtres sales, des saucisses, des oignons, des patates, de la bière, il ne resta rien. C'est à peine s'il put trouver un fond de vodka dans la bouteille du caissier.

Sur la place centrale, un cosmonaute en ciment lançait une fusée ridicule, longue comme un bras, une fusée poignante. Son piédestal s'écaillait, son corps musculeux s'écaillait, la peinture et le plâtre dégringolés tapissaient les marches de sa gloire perdue. Définitivement dérisoire. Les blocs des ouvriers russes, vandalisés par les Mongols et par les chiens, le regardaient à travers le trou des fenêtres, le regardaient sans le voir. De loin. De plus près, la figure humaine prenait des dimensions de building. S'approchant, Stevens fut lâché par la perspective, l'échelle de la steppe se déplaça, se dilata autour de la statue jusqu'à ce que soudainement, de cette forme monumentale, jaillisse le corps individuel des ingénieurs et des métallos, des ouvriers spécialisés, non spécialisés, inqualifiés, des bagnards qui avaient construit la plus belle piste d'atterrissage de Mongolie à deux kilomètres de là et qui l'avaient fuie. Cette forme globale, académique, ce canon de beauté soviétique, ce canon projeta en l'air avec sa fusée dérisoire les centaines de vies particulières qui l'avaient formé. Avec leurs boutons de braguette, leurs maladies, leurs configurations légèrement différentes, leurs boitements. L'emplacement de chaque poumon dans le corps de chacun, de chaque utérus, l'emplacement exact du cœur. Il en jaillit les esclaves de Suez et de Rome, les mamelouks de Malik al-Sahli, les hommes pris et attachés aux travaux de la démesure, aux tombeaux, aux palais, à tout ce qui fut une puissance posée sur moellons et torchis, frappée sur métal. Il en jaillit aussi le regard brillant d'un enfant de huit ans assis sur un cheval, un bouquet de chardons à la main. Ce souvenir traversa Stevens comme une foudre brûlante. Il eut envie de monter sur le piédestal, de toucher le torse nu du corps blanc pétrifié. Dans l'espoir, sans doute, de le ramener à la vie.

— Des contes, Jaume. Vous êtes pétri de contes et de regrets. Où en est votre programme ?

— Si tu laisses tes porcs te devancer, Stevens, tu les perds ! Il faut arriver à Saynshand avant l'hiver.

— Des regrets, major ! Vous avez de ces mots ! Alors que je me demande tous les matins comment je peux encore respirer de cet air. Des regrets ! Mais ce ne sont pas des regrets, c'est une béance sans nom, c'est un trou dans mon corps, une machine à disparaître. Des regrets ! Vous êtes folle, vous êtes monstrueuse !

Le major se fendit comme un escrimeur.

— Monstrueuse ? Peut-être bien, Jaume. Ne connais pas le temps. Métaphysique ou sexuel, ne prends pas de gant. Étendue ne sais pas. Mais oui, tout simplement monstrueuse.

Stevens frissonna devant le sourire tiré à travers son visage comme une incision chirurgicale impeccable, parfaitement propre et sûre, parfaitement distancée alors qu'à cet instant précis ses yeux sautillaient d'une lumière mordante. Il sentit ses tripes se rassembler dans son ventre en une poche dure et congelée comme un poing.

Waterfull se gratta la gorge.

— Je pense que miss Echampson, disons, voulait vous indiquer une certaine mesure. Je conçois sans difficulté que ce n'est pas tout à fait acceptable en ces termes mais finalement, on peut dire qu'elle n'est pas dans l'erreur. Voyez-vous. Je m'explique. Si vous considérez bien que vous n'êtes pas plus responsable de votre survie que de votre naissance, le passé alors, effectivement, le passé ne peut être l'objet que de regrets. Ou de rêveries. Si vous préférez. Mettons, ne vous énervez pas, qu'il faudrait peut-être reprendre les très antiques sagesses à votre compte. Ou du moins certains de leurs préceptes pratiques.

Stevens attendait.

Waterfull tira de sa poche un petit livre cassant dont il se mit à tourner les pages.

— Où t'as piqué ça ?

— Je n'ai pas *piqué* ça, monsieur Lawson. Je l'ai emprunté au deuxième étage du monastère Gandam dont la bibliothèque contenait quelques ouvrages de philosophie occidentale.

— Emprunté ! Ben voyons.

— Écoutez-moi, le sauvage, dans les circonstances où nous sommes, je ne vois pas que l'on puisse faire autre chose qu'emprunter. À qui voudriez-vous que je l'aie volé ce livre ? Au Bouddha ? Ne vous est-il jamais venu à l'esprit que la propriété suppose le partage et la communauté ? Si vous n'avez pas de voisin, il ne vous traîne pas en justice, voyez-vous. Il ne vous reproche pas de boire son vin ou d'habiter sa maison.

— C'est vrai. Ni de baiser sa femme puisqu'elle n'existe pas. Un point pour toi mon pilleur. Emprunte, c'est gratuit. Tout est gratuit maintenant.

— Exactement et sûrement plus que vous ne le pensez. Ah, voilà !

« De toutes les choses du monde, les unes dépendent de nous, les autres n'en dépendent pas. » Épictète, *Manuel*.

— Et alors ?

— Et alors que vous soyez seul au monde, en l'occurrence, cela ne dépend pas de vous. Vous n'y pouvez rien. Vous ne l'avez pas provoqué, et quand bien même l'eussiez-vous souhaité, vous n'y seriez pas parvenu alors inutile de vous débattre avec ça. La situation vous regarde, je l'admets, mais elle ne dépend pas de vous. Ce qui dépend de vous c'est votre âme présente. Le passé est nécessaire. Occupez-vous de votre âme.

— Yeah ! occupe-toi de ton âme Stevens, car « celui qui s'occupe avant tout de son âme ne joue pas la tragédie, ne pousse pas de stériles gémissements. Qu'il se trouve dans l'isolement ou entouré d'une société nombreuse, que lui importe ? » Marc Aurèle, *Pensées*.

— Tiens, vous savez lire, vous ?

— Incroyable, n'est-ce pas ? Je sais lire ! Et je vais te dire un truc, pauvre Yank, à une époque, j'ai même voté !

Balivernes pensait Stevens, ils ne comprennent rien. La solitude n'est pas une situation mais un état. Comme le masculin, le féminin et les trois états de la matière, un état de corps. C'est une marche nuptiale où ne s'avance à l'autel qu'un promis, un enterrement. Soutenu par la musique somptueuse d'un chœur unique diffracté sur un velours d'église et qui va s'éteindre. Nu, plus lointain, plus sec qu'un cistercien qui chante à la muraille sa ôôôô ssssôôôlitude, je suis. Seul comme un castrat, c'est cela, sans harem, sans richesse ni public. Pire qu'un castrat. Tous commerces, dons, relations, rapports, proximités évanouis. C'est une constellation que j'ai perdue.

— Mais non, ce que vous regrettez, précisément, c'est de ne plus pouvoir enfouir la tête dans des jupes tièdes pour y pleurer en confiance, *comme un enfant bercé*. Ce que je comprends d'ailleurs, toute monstrueuse que je sois. À moi m'aurait également manqué l'air moite des boîtes de nuit surpeuplées à trois heures du matin. Les haleines et les salives, les sueurs chaudes. Mais j'avoue que j'étais très portée sur le petit choc du contact. L'épiderme des seins et des lèvres.

— Pardon ?

— Leur texture, leur souplesse si vous préférez.

Quelque chose ne va pas ? De toute façon, n'en faisons pas un plat, nous ne sommes pas dépourvus d'imagination, n'est-ce pas ? Quant à vos actions, tout ça, bon. Supposez que vous avez un petit moteur et tirez-les de vous-même, il est temps.

Que font les enfants quand ils sont seuls ?

W. « Ils s'amusent, ils amassent des cailloux et du sable dont ils font de petits châteaux qu'ils détruisent ensuite. Ainsi ne manquent-ils jamais d'amusement. Ce qu'ils font par enfantillage, ne saurais-tu le faire par sagesse et par raison ? Nous avons partout des cailloux et du sable. D'ailleurs nous avons tant à bâtir en nous, tant à détruire ! Ne nous plaignons pas d'être seuls ! » Épictète, *Entretiens*.

Après Tchoyr, personne ne manqua de sable et de cailloux.

Les ombres s'allongeaient sans fin sur les dunes froides. Les seules distractions se résumaient à l'apparition d'un poteau électrique, de loin en loin, et à la disparition des gazelles du Gobi à queue blanche. Mais elles démarraient si vite que le pétillement de leur fuite passait comme une étoile filante. Mes nébuleuses, murmurait Stevens qui avait parfois l'impression de traîner à sa suite la voie lactée tout entière. Lui le trou noir par-devant, aspirant vers Beijing ses soixante-dix mille pensées claires comme le lait. Mais les porcs mouraient par dizaines, surtout la nuit où les températures baissaient de plus en plus. Il fallait forcer l'allure. Stevens décida de voyager pendant les heures les plus froides pour empêcher les porcs de dormir. Le grand bond en avant se transforma et devint la campagne de Mongolie, une fuite effrénée devant l'implacable ennemi aux doigts gourds qui galopait à leurs trousses. C'était possible. Passé Dzamïn Uüd, il savait que les températures remonteraient sensiblement et dans ce désert torréfié par les vents pétrifiants, on ne préférait pas toujours le cheval au chameau quand il s'agissait d'emporter la course. En 90, Émeraude Longue Barbe avait battu de trois longueurs le meilleur étalon oïrote amené en grande pompe par Tok Baatum dont la renommée d'éleveur courait plus vite que l'afghanetz d'été sur la plaine. C'était possible. La marche des lucioles vittatus devait fendre la nuit comme une épée brûlante. Un coup porté par soixante mille guerriers ardents ne pouvait pas rester sans effet. Les montagnes de sable devant lui le trou noir souverain, il les écarterait tels les flots rouges de la petite mer salée qui s'étaient fendus sous les pas d'un seul homme décidé.

Nous vaincrons. Shaishand et Dzamïn Uüd nous attendent en libérateurs, les mégapoles du Sud ont l'oreille collée aux rails, Beijing nous attend, les arches sont dressées dans les gares. Chaque nuit, il chantait à l'espace son poème conquérant, debout sur le wagon de tête, payant ainsi son tribut aux porcs qui l'avaient suivi. Et les porcs répondaient. Psalmodiaient. Roiq Roiq Roiq.

Deux cent trente-cinq kilomètres dans le Dornogovi, nous avons du sable et des cailloux à suffisance. Suis-je donc condamné, non destiné, ou quoi d'autre ? Dévolu à devenir un enfant ? Un empereur ?

Les nuages s'accumulent bas sur l'horizon goudronneux.

Manquerait plus qu'une tempête de neige.

— Pour quoi faire ?

— Pour revivre l'hiver 44. Nous avons tant de choses à détruire. Le monde est ravagé. Leningrad se dégage de neuf cents jours de siège et les troupes finlandaises et allemandes se délitent sous ses remparts, les Américains se baignent aux Philippines et dans l'étoupe d'une tempête effroyable, Dambadaarja passe la frontière mongole à la tête de soixante-dix mille chevaux volés. À son compte.

¡ Oï, cuatrero perfumado, que bonito tropo el suyo ! ¡ Oï, Oï !

Ils passèrent en boulet de canon dans Saynshand calfeutrée, serrés de près par les météores furibonds ¡ Adelante hijos de puta de porquería ! Dans la cabine de chauffe, Stevens poussait les machines sans laisser à ses diables le temps de se refaire. Ville prise ! Ville prise ! On avance ! Lawson, tu mettras mon cimeterre au musée des Braves du Gobi ¡ Adelante ! dans un châssis de pierres rouges ¡ Adelante carajos !

Et la nuit trépidante — immense et calme aux confins — n'eut pas de répit. Le soleil ne révéla sa désolation qu'au jour nouveau-né qui le crut : la route parallèle aux rails et couverte de verreglaz avait piégé des camions dont la charge s'était déversée. Du coton, des bonnets et des robes. Ridicule. Stevens se rencogna dans le salon et n'en sortit plus jusqu'à l'arrêt.

Ulaan-Uul.

Dans le désert de Suikhent tout est pétrifié. Les dinosaures, les arbres géants, les dunes et les moines. La légende dit que le maître des bonzes a trop médité. Qu'il s'est enfoui dans le temps comme dans un drap de marbre et sa puissance était telle que les arbres et les hommes s'y sont pris à sa suite. Accrochés par son écharpe déliée. On peut les voir aujourd'hui encore poursuivre leur transe aride dans les dunes qu'ils n'ont jamais quittées, au cœur d'une dépression de trois kilomètres carrés d'origine sismique. Dit-on.

Je soupçonne Waterfull d'inventer.

Ils passèrent Ulaan-Uul, ils passèrent à hauteur de Qagan Obo, ils passèrent un marais mauvais comme la teigne, ils passèrent comme la lame dans le fourreau. Puis tout un jour, Stevens vit grossir dans ses jumelles un champ de piquets minces alignés au cordeau. À midi, il entendit des hululements nerveux. Il mangea ses nouilles plates en se racontant autre chose, essayant de ne pas se crisper sur ces criailleries dissonantes. Mais le bruit ne cessait de se rapprocher. Saynshand était-elle investie ? Il fit son tour de ronde sur les wagons pendant la pause, comme d'habitude, les porcs étaient étalés en paquets frileux et ronflaient bruyamment. Tout allait bien. Ils ne frissonnaient pas nerveusement, ils ne s'agitaient pas comme à l'approche d'un orage, ni ne tendaient l'oreille au vent mauvais. Ils ronflaient et digéraient loyalement leur pitance de route. Le gaucho leur avait promis un vrai repas pour le lendemain, ils étaient confiants. Stevens siffla le rassemblement deux heures avant le crépuscule dans l'idée de toucher la ville en fin de matinée. La moriane se leva en même temps que les porcs et s'introduisit dans leurs soies avec des cris de mouette survoltée. Il avait un pressentiment désagréable. Les dernières heures lumineuses, il les passa sur le toit, les jumelles collées aux sourcils, les doigts contractés sur la molette de mise au point mais rien n'apparaissait que ce champ d'arbres nus plantés en colonnes. Lawson suggéra d'installer le P-M en batterie et de mettre les grenades à portée de main dans la cabine, Waterfull ayant suggéré qu'il pouvait s'agir d'une ancienne garnison romaine en manœuvre d'hiver. Le major penchait plutôt pour une troupe réduite de géants autochtones armés de pied en cap. Ben voyons. Le crépuscule incendiait l'horizon quand Stevens se décida à descendre prendre son thé coupé d'Arak. Les cris redoublaient de puissance et trouaient la steppe aux aguets de mille vrilles stridentes et dures comme des mèches à ciment. Un concert d'ânes en rut s'élevait dans les cieux.

Les derniers rayons lumineux se perdirent sous la ligne d'horizon et la lune, laiteuse et bleue, souleva de terre les ombres de la nuit. Le Transmongolien, pris dans ses rets, gonfla démesurément au-dessus des rails. Stevens ne regardait plus qu'avec réticence sa troupe sinueuse baignée par les mains transparentes de Selênê que les hurlements réduisaient au silence. Plus ils approchaient de la source et plus les chants horribles se précisaient.

— C'est la bouche de l'Enfer !

Lawson était hérissé comme un porc-épic et multipliait les passes conjuratoires.

— Bordel, écoute-moi ça ! Des sorcèères !

Les voix tour à tour boursouflaient et prenaient leur appui sur le tréfonds des résonateurs de viscère, criaient dans le masque, aigres, violentes et tourmentées, repartant en profondeur sonder les cavernes telluriques oubliées des vivants, elles remontaient au bout de leur chaîne les plaintes des errants trempées dans l'eau noire du Styx. Tout à coup tranchantes, laissaient tomber les démons dans la spirante infinie de la chute et revenaient danser sur terre leur sabbat de sirènes variolées. Le rire des folles enterrées vivantes, écartelées sur la roue, des folles liées repêchées par les os dans les mers d'acide des bourreaux d'outre-tombe, les cheveux dégouttant de vitriol, les crânes blancs des amoureuses maudites aux sourires découverts, les gorges creuses par où le souffle du diable s'engouffrait en sifflant, les damnés, les dââmnés tous ensemble chantaient devant la loco. Et Stevens maintenant les voyait à travers le pare-brise se découper dans la lumière froide et projeter leurs ombres magnifiques, hautes et hiératiques sur les rails écrasés d'épouvante. Il se tassa sur son siège dans l'attente de l'attaque imminente, convaincu que le verre volerait en éclats au premier contact et qu'il serait saisi aux cheveux et précipité dans un gouffre noir et sans fond. Mais elles passèrent sur le train avec une légèreté de caresse et flattèrent longuement les porcs qui suivaient toujours, qui suivaient sans férir. Stevens enleva les paumes de devant ses yeux quand il sentit à nouveau sa respiration lui soulever les côtes. Il se brancha sur la bouteille d'Arak et compta jusqu'à dix avant de jeter un coup d'œil sur la prairie. Tranquille. Il prit son P-M et monta à son poste. La lune était derrière eux et planait dans le ciel noir sur ses voiles voluptueux. Le major lui passa les jumelles en tendant le doigt vers la silhouette tranchée des fameuses harpies.

— Décidément, vous êtes bien romantique.

C'était un champ d'éoliennes.

Règle neuvième : Qu'aucun chevalier ne se plaigne d'aucune blessure qu'il ait reçue. Marquez, *Tesoro militar de caballería*.

Et scolie : si les éoliennes drapées vous mettent à mal, RAS, remontez sur l'haridelle.

À Dzamïn Uüd, Lawson s'empiffra de concert avec les cochons les plus bestiaux, leur disputant les pièces de viande séchée les moins moisies. Il récolta quelques morsures mais la bouche pleine et moulinant des deux bras, il s'en sortit à force de rhétorique appliquée.

— Cache-toi chalaud, ch'tai assez supporté toi et ta puante famille. La part aux braves, décache de là Rotko, moche, bouch' !

Ils firent une fête du tonnerre dans les décombres frais de ce qui leur était apparu comme une bouteille de jus de fruits géante. Après quatre cent cinquante-deux kilomètres de Dornogovi sec et pierreux, la moindre ville venteuse où se trafiquent les légumes s'impose comme une métropole gonflée de sucre et d'eau.

La banque Togrog regardait d'un sale œil les milliers de soudards roses glisser à ses pieds dans la pulpe des kakis, mais elle ne tenta rien. Ils dérapèrent tous dans la joie sans mesure et ce fut réellement comme une danse de piste. Stevens avait laissé le Transmongolien illuminer la gare et les alentours pour marquer les festivités ouvertes d'une dépense outrancière comme il se doit dans les cours. Les clochers des hôtels renvoyaient la lumière jaune des wagons enfin posés et les mélodies de ventre, les soupirs de satisfaction montèrent jusqu'aux nuages, répercutés par la paroi urbaine à nouveau déployée pour le bonheur de tous. La verticalité des constructions et des divers poteaux et piliers, abris de bus, colonne Morris, château d'eau à plumet, participait autant que la nourriture fondante au plaisir général. Bien avant l'aube, Stevens surprit une série d'accouplements spontanés en bord de piste. Certains porcs s'étaient saoulés et tanguaient dans les rues, se cognant aux lampadaires éteints, pissant sous les porches. L'un d'eux vomit un flot d'ordures rouges, qu'un autre qui le suivait de près avala en pignant. Les truies en prise glapissaient sous la charge des verrats bourrés et ravis et les cochonnets roulaient dans leurs pattes, passaient sous leur ventre et reniflaient tous les orifices baveux qui se présentaient. Il y eut quelques prises de gueule et deux ou trois morts qui ne connurent pas les oraisons sur lesquels Stevens préleva un jambon et quelques côtes.

L'odeur des grillades envahit le buffet de la gare qu'il s'était choisi pour dîner et tandis que ses porcs passaient là comme des poules familières, il se dressa une table digne de l'Empereur qui lui était dévolu d'être, avec nappe et couverts. Il fit sauter des bouchons de bouteilles mousseuses, s'ouvrit des boîtes et se gava de côtelettes et de gras grésillant. Quand la lumière du jour pénétra par les carreaux et révéla les poussières blondes en suspension dans la pièce, il sortit éteindre le train et poussa sa promenade jusqu'au panneau Dzamïn Uüd.

C'était un beau panneau ; bordées de blanc sur fond bleu, les lettres cyrilliques couraient sur le fer comme une chanson légère. Il fredonnait en marchant, la tête pleine de brins verts balancés par le vent, confortable et tranquillement éméché. Puis la route s'arrêta sous ses pieds. Il fit quelques pas sur la piste sableuse qui la prolongeait, s'enfonça, grommela et revint en arrière. En se retournant, il vit l'asphalte de la route posée sur le sable comme un ruban de mercerie coupé net au pied du désert. Elle avait vingt centimètres d'épaisseur, elle était lisse et douce. Il vit la bande blanche qui la divisait en deux parties égales, également propres à la circulation, également planes et pures, s'étaler géométriquement comme un point de surfilage sur un liseré soyeux. Il se demanda comment cet étrange passepoil tenait là-dessus, sur ce sable, et ne se soulevait pas, ne glissait pas de côté. Puis il eut l'impression que c'était une langue. Une langue rugueuse et dure d'un dragon évanoui, d'un gigantesque chow-chow. Il vit dans le désert étal une fourrure de chien jaune, avec des bourres par endroits, il crut discerner les oreilles dans les dunes. Des poils noirs en sortaient et frétillaient. Une poignée de gazelles-lapins traversa la piste. Nous sommes des puces. Nous sommes un mouvement d'envergure comme des puces sur une bête à poil. Quel empereur. Empereur des puces. Mais non, c'est réellement une langue. Cette route, c'est une langue.

Une langue *et* une bordure qui pourrait être aussi *et* une frontière. C'est la langue qui te reste de l'humaine activité. Ne te plains pas, elle permet encore d'avancer. Il rebroussa chemin sur la langue jusqu'à la gare, essayant de se représenter le réseau de langues imbriquées sur toute la surface de la bête à poil. Une bête vraiment très langue. Une bête aux millions de langues, une bête avec que des langues presque, un peu dégoûtante. Soudain il se souvint des paroles du major : bientôt vous n'aurez plus de route, et revit dans un éclair les axes nouveaux d'Oulan-Bator et la façon dont, effectivement, l'asphalte humain se laissait envahir par les herbes et la boue. Bon Dieu, allait-il s'aphaser ?

Le major haussa les épaules.

— Il y aura toujours des frayées. Et puis des rivières, des fleuves, des mers et des archipels. Vous pensez tellement en Terrien. On ne dirait pas que vous avez vu tout ça d'un peu haut.

— Et puis vous pouvez toujours vous procurer une cassette Assimil, ajouta Waterfull.

C'était une idée. Bien sûr, I beg you pardon, madam, do you know the way to the station ?

— Tout droit, Herr Mister. Vous voyagez seul ?

Hélas non : Lawson ronflait comme un porc dans la baignoire pleine. De temps à autre, un rêve apparemment délectable le faisait tressauter et grogner de rire. Un peu d'eau débordait à chaque fois qu'il remuait. Stevens le réveilla sans ménagement.

— Qu'est-ce qui t'arrive, Lincoln, ton odeur corporelle t'est arrivée jusqu'aux narines ?

— Aoh, ta gueule, répondit Lawson en s'étirant les jambes sans se soucier de la moquette qui absorbait ses ablutions. Figure-toi que je rêvais de ta pomme. Quelle rigolade quand tu t'es aplati dans ton siège à cause des houris qui s'égosillaient. Ah ah ah, la tête !

Un gamin de trois ans n'aurait pas eu cette expression, bon sang, quel homme !

Stevens rougit jusqu'aux oreilles.

— Que ta mauvaise foi t'étouffe, tu tremblais comme une feuille ! Tu m'as assommé avec tes formules vaudoues. Qu'est-ce que tu vas me fouiller maintenant ? Je me suis tassé sur mon siège mais je n'ai pas fait de syndrome personnellement !

— C'est ça, arrange-toi comme ça, si ça te fait plaisir. Je sais ce que j'ai vu et comme preux, tu t'imposes, oh la, c'est clair. Trouve-toi un bassinet et mets-toi sur les listes mon gars, t'as de l'avenir !

Stevens sortit en claquant la porte. Le major passa derrière la bergère sur laquelle il s'était jeté et lui chuchota dans l'oreille :

— Ne vous énervez pas, le spectacle de Lawson sortant de la baignoire, on fait mieux.

Stevens sursauta sous le souffle et chercha son regard mais déjà, elle lui tournait le dos et s'enfonçait comme un esprit dans les profondeurs du Transmongolien.

— Je vais chercher mon plaid.

Tu parles.

Traverser la Mongolie-Intérieure, ce fut comme passer sur le menton glabre des Han. À peine une touffe de quelque chose pour rythmer l'espace. Le train immense se réduisait à des proportions de lame dont le raclement infime crépitait sur les rails. Les cochons semblaient perdre espoir. Après la grande fête de Dzamïn Uüd, ils s'étaient traînés trois nuits durant, mous et désenchantés. Stevens leur parlait tous les soirs du Grand Khan et de son fils Ogotaï mais ses discours n'avaient que peu d'effets. Ils ne psalmodiaient plus son nom quand il remontait en courant les toits du Transmongolien. Seuls les hainans levaient le groin avec entrain au moment du départ. Les autres, certainement, se sentaient comme des mercenaires trompés sur le salaire. Les landraces surtout pleuraient leur patrie perdue, les vertes vallées, les collines rondes, les patates croquantes. Des incidents éclataient régulièrement car la troupe s'était scindée en communautés. Rotko devenait irascible et provoquait sans cesse un des chefs chinois que le passage de la frontière avait empli d'orgueil. Stevens fut obligé de les séparer et d'embarquer de force le hainan dans un des wagons vides. Il mourut au bout d'une semaine, la hure dans les coussins de première qui ne ressemblaient plus à grand-chose, l'œil fixé sur sa campagne désolée. Stevens jeta sa carcasse au pied de son ennemi mais Rotko la dédaigna et menaça l'homme qui lui apportait ainsi le corps d'un brave qui n'avait pas combattu. Cette attitude révolta Stevens, son rebenque sans lequel il ne sortait jamais reprit immédiatement son usage pratique. Une volée de coups fondit sur le porc récalcitrant et ruant dont les yeux lançaient des éclairs. L'homme et l'animal se battirent violemment au centre d'un cercle un peu trop intéressé pour être partial. Stevens sentit qu'il lui fallait non pas vaincre mais écraser son adversaire. Non pas le tuer mais le réduire. Et l'attention grondante qui les entourait le submergea de colère. Ces salauds bouffis le dégoûtèrent subitement, il les prit pour une certaine odeur de prune fermentée et frappa, frappa sans relâche tout autour de lui pour faire de la place. Les groins les plus proches éclatèrent sous le manche en plomb de son fouet, le cercle s'agrandit dans les cris de douleur et Rotko qui faisait face, en proie à la violence pure de l'animal acculé, écumait et claquait des mâchoires, tapait du pied sous les coups, se retournait en masse pour mordre, criait de rage. Furieux, Stevens ne sentait pas le danger et laissait monter en lui des millénaires de domination brutale. Des images le traversaient qui étaient des images d'homme. Des moutons frappés à coups de bâton, des ânes tirés par des longes, les gencives en sang, des chevaux bourrés de coups de pied et de coups de poing, des chiens battus à mort, des ours attaqués au couteau et à la machette. Le massacre des chevaux du Cos, le massacre des bisons imbéciles, les pièges à mammouth, les corps-à-corps avec des loups puants, la gueule ouverte, les luttes à mort de tous les hommes depuis la préhistoire avec ses grands rivaux, les seuls, les animaux, l'emplirent d'une haine incontrôlable. D'une haine radicale qui n'était pas la peur du chef ni la puissance du prédateur car il n'y avait pas de proie, lui-même était une proie, qui était la haine du semblable. Le seul cochon qu'il avait nommé s'était retourné contre lui. Ils se battaient en égaux, pas pour la troupe, pas une question d'honneur, mais entre eux ce fut à ce moment-là comme à l'aube des temps une question de vie ou de mort — lui ou moi — entre Titans.

Et effectivement, il le laissa pour mort. Agité de mouvements involontaires, le poil collé par un sang noir plein d'humeurs. Vaincu.

La galerie se poussa pour le laisser passer, comme les flots de la petite mer salée, mais Stevens ne se sentait pas gonflé de force, simplement ramassé et dur sur lui-même. Très seul cette fois-ci. Avec pourtant l'impression lointaine d'avoir été une volonté. Et aussi, d'avoir fait une rencontre.

La route coupée depuis Dzamïn Uüd réapparut à Gurban Obo. Elle était rose et son surfilage jaune. Les sables et les cailloux se superposaient en couches, très peu de points d'eau mais de temps en temps un lac creusé dans la roche veinée ventre-de-biche. Les porcs buvaient, les porcs mangeaient, Stevens ne s'en souciait plus. Il partait quand il avait dormi, quand il en avait envie et s'arrêtait de même. Il avait jeté Rotko dans la cellule du hainan disparu afin qu'il y meure de sa mort ignominieuse ou qu'il y trouve les moyens de vivre.

Aux environs de Derst, il croisa un hôtel et décida d'y passer une nuit. C'était la Chine.

Il y avait vraiment des théières dans tous les coins, les matelas maigres se tassaient sur des sommiers de bois cireux, les vêtements épars étaient râpés. Mis à part une robe terne à dominante rouge, Stevens ne croisa pas de femme, ou ne sut pas faire la différence. Des seaux en fer et du linge gris, c'est tout ce qu'il trouva dans la blanchisserie ainsi que deux battoirs dont les manches grossiers conservaient la marque des doigts. Ô lavandières. Il passa la nuit à se retourner dans les cafards de sa literie.

Dans le train reparti pour des heures, des lustres, il me fit noter, à moi Waterfull son greffier, des pensées affligeantes et la liste des choses dont il a la nostalgie. Je déteste ce mot. J'ai arraché les pages.

Les jours étaient pourtant plus chauds et la ligne d'horizon se compliquait, le sol également prenait des ampleurs, des volutes, pas vraiment du relief cependant. Le ballast était bordé de talus plantés, le saxaul disparaissait pour laisser place à des arbustes caducs aux doigts noirs contournés. Stevens était hypnotisé par la ligne des rails. Il la regardait comme un tunnel au bout duquel, il l'espérait, quelque chose enfin se profilerait de bon et de sûr. Il subissait le contrecoup du désert dans lequel tout se perd qui n'était pas nécessaire. Il doutait. De son gigantesque programme, de son armée de rangeurs, de ses propres forces. Il attrapa un refroidissement que Lawson lui fit passer avec une décoction d'herbes et d'alcool sucré. Que Waterfull lui fit passer avec un thé très vert dont il avait fait provision à l'hôtel.

Deux rivières au nord de Jining, puissantes, emportèrent quelques porcs imprudents. En Anatolie, on fait passer les fleuves aux bêtes sur des radeaux de perches liées à des vessies gonflées, ainsi, les brebis et les chèvres voyagent-elles par centaines dans les rapides sur les poches internes de leurs défunts. Ces porcs-là ne savaient rien. Si ce n'est les hainans encore qui sentaient le riz et saluaient en croassant le paysage nouveau brutalement apparu entre les deux rivières. Dans cette minuscule portion de terre comprise entre les bras noirs des eaux, le sol se souleva et se couvrit de vert et de montagnes basses. Un village émergea à l'est, bordé d'une piste claire qui se détachait sur la prairie retrouvée, rase, gelée mais dégagée des frimas blancs. Des bouts de murailles commencèrent à surgir et grimper sur les reliefs incertains. La couleur, la couleur revenait dans les yeux de Stevens. Il regardait dehors avec l'avidité d'un homme qui s'est perdu dans le bush et qui trouve sous ses pieds le chemin des fontaines de miel. Tout alla très vite après le deuxième pont, la ville s'ouvrit devant le train comme un fruit, la gare magnifique, immense, posée sur d'antiques piliers de marbre, recueillit les voyageurs dans le creux de sa main chaude, les enveloppa et les retint un instant avant de les pousser dans la lumière des avenues. Les porcs sortirent en se bousculant, firent exploser les tourniquets et se déversèrent sur la place encombrée de cars et de taxis, de parasols bleus, jaunes, de vêtements tortillés. Stevens sortit derrière la troupe folle et vit alors le cœur de la ville animé par ses bêtes et par les reliques des Chinois trépidants. Il eut à nouveau un élan de tendresse pour ces porcs énergiques qui soulevaient les couvercles et les cartons avec un bel esprit systématique. Ils avançaient en ligne de front sur la grand-place, les généraux devant, tous les fantassins sur leurs basques. La statue de verre les scinda en deux flottilles, après quoi ils se déployèrent par brigades pour pénétrer dans les avenues et les rues, fouiller jusqu'au moindre cageot ou caniveau délaissé dans la dernière impasse obscure.

Jining était très grande. On passait une porte en

pagode pour atteindre son ancien cœur de forteresse enfoncé dans la cage osseuse des immeubles d'affaires. Mais Jining n'était pas *trop* grande. Soixante mille porcs ne s'y perdaient pas. Il ne leur fallut guère plus de six jours pour nettoyer l'ensemble, cœur antique compris, pavés luisants compris, tous les porches et intérieurs correspondants, toutes les caves à poubelles, toutes les autres. Stevens s'émerveilla. La diète à laquelle ils avaient été soumis décuplait leur puissance d'absorption, ou bien il s'était habitué à ce qu'ils râpent la steppe et s'en contentent, oubliant peu à peu que le porc est un animal omnivore doté d'un appétit qualifié d'ordinaire de vorace.

Quand il vit ses chers cochons avancer dans la ville comme des aspirateurs à tête mobile et laisser derrière eux une seule traînée de boue noire là où jonchaient auparavant des myriades de déchets, il se félicita. Le spectacle était non seulement beau (cette discipline, cette application concentrée) mais le résultat surtout dépassait ses espérances. Une Jining en six jours, passée au tamis de ses troupes, reprenait figure humaine. Pour ainsi dire. C'était merveilleux. Effacés les outrages et les restes, effacées les coulures, il ne demeurait de la ville que son esprit blanc, son exacte topographie, son abstraction presque. Ni les pollutions ni les mouvements ne brouillaient plus la structure globale ni l'agencement des pierres avec le bitume, le verre et le bois. Le plastique luisait par touches discrètes. Les cochons avaient poli les rues comme une peau de chamois une carrosserie métallisée. Les artères nues dont les canaux ne drainaient que de l'eau, scintillaient sous la pluie. Stevens aurait pu se croire au Luxembourg. Un pays grand comme cette ville chinoise où passait tous les matins le dixième d'une armée verte à roues noires qui aspirait les paillassons. La traînée de merde qu'ils laissaient, étant homogène tant à l'odeur qu'au toucher, n'avait rien de gênant. C'était simplement leur signature. Élégante, tout bien considéré, indémodable. Classique. Les banques ne trouvaient rien à redire.

La ville dans son ensemble était un bloc de béton foré par les rues. Les angles étaient purs, la lumière glissait suivant les lignes de la stricte urbanité, se pliant aux décisions architecturales calculées sur papier et rendues maintenant à leur pleine expression, enfin débarrassée du vivant désordre de milliers de Chinois trépidants. Ah les villes nouvelles ! Stevens, assis à l'intérieur de ce monstre propre, eut des attaques de spiritualité. De raison et d'orthogonalité. Un triangle lumineux posé sur une sérielle de buildings lui procura une émotion esthétique délicieusement pauvre et datée. On aurait dit une chapelle, un blockhaus, cette Jining nettoyée. L'invention despotique d'un technicien porté sur le Mexphalte C.

Au septième jour, il fit retentir le signal des trois sifflets.

Avant que ses rangeurs ne se transforment en démonteurs et fouteurs de merde, puisque tout était mangé qui devait l'être, puisque la ville était une ville, une ville débarrassée, tout à fait maintenant morte et inanimée, il fallait partir. Sans quoi l'envie risquait de le prendre de faire sauter tout ça dans un seul souffle de bombe conventionnelle (deux cent quatorze kilos d'explosif de type Torplex) non guidée.

— Vous êtes paradoxal.

— C'est-à-dire que je me demande si cet ensemble urbain n'est pas lui-même un énorme déchet.

— Eh bien, vous n'allez pas être déçu !

À New York, le Kennedy Airport : construit sur des gadoues.

Idem à Tokyo, aéroport d'Haneda, gagné sur la mer.

À Leipzig, on skiait sur un tas d'ordures nommé Shedelberg.

Idem à Toronto. Sports de glisse.

Amérique latine, Afrique, des villes entières dans les mines de détritus. Au Caire, à Manille, Mexico, Tananarive.

À Madagascar, des galeries jusqu'à trente mètres de profondeur.

À Rio, en Indonésie, dans l'île Bornéo, des gisements. En Europe : Entressen et Malagrotta, la bien nommée.

À NYC encore, Fresh-Kills, très frais, mille deux cents hectares de déchets, cent trente mètres d'altitude au point culminant, des lacs, des *lacs* de lixiviats.

— Et Pékin ?

— Pékin ? Mais Pékin, vous n'y parviendrez pas. Si je me souviens bien des cartographies de pollution domestique, voyons, Beijing, Chine, neuf pour cent de croissance avant la prune, vous n'en franchirez pas la périphérie. Du moins, pas avec vos porcs.

Elle avait raison.

Les porcs m'ont quitté.

Ils crèchent à Changping et Daxing. Disent que c'est Disneyland. Un rêve.

Je les ai vus. Dans les six cents hectares de leur rêve, la terre promise, la terre dont je leur avais parlé.

Ils sont heureux.

J'ai préjugé de mes forces, personne ne m'a suivi après ça. Il y en a pour des générations. Ce n'est pas un nettoyage, c'est une installation.

Je les ai vus se baigner dans les lacs, se promener dans les forêts, fouir, rouler, creuser, jouir dans leurs montagnes, manger leurs montagnes. Comme des gamins dans la maison de pain d'épice. Hänsel et Gretel au paradis des sucreries, les boutons de porte en compost, les murs en macédoine pourrie, les sols en textile à sucer, les rideaux, des avalanches de bouillasse. Des geysers chauds giclant sous leurs sabots, des fumées de méthane, appétissantes, des glus noires, des ruisseaux de chocolat fumant, des compressions de saveurs, une cuisine insurpassable. Jus d'ordure tous les matins, tout à portée de gueule, un univers *intégralement* comestible. Et de quoi se rouler cent ans dans les odeurs les plus intéressantes. Pestilentielles. Que pouvais-je leur promettre de plus attrayant ? Qu'y a-t-il après le bonheur ?

Car seuls existent les plaisirs du ventre, n'est-ce pas ?

Et bas-ventre.

Ils sont comblés. Ont poussé le savoir-vivre jusqu'à découvrir les bains d'huile. Les jeunes font des parties de porc-qui-glisse et les autres, des massages sexuels d'un raffinement inattendu, dans des bassins dorés. De grosses bulles leur pètent aux yeux quand ils s'enfoncent dans la mixture graisseuse et ça leur chatouille les soies, je les ai vus rire. Ils ressortent en ripant, hilares, je les ai vus, et se frottent les uns les autres.

Des orgies écœurantes. À Dzamïn Uüd, en comparaison, il y avait la police. La Mongolie malgré Saynshand malgré tout ça et des trouvailles de choix de temps en temps, sans compter les saloperies sur les rails, c'était vraiment leur traversée du désert.

Bénis sont-ils aujourd'hui par la main bouseuse des humaines déchetteries.

Et moi qui les ai poussés jusqu'au bonheur d'une main de fer, me voilà quitte.

Et Stevens, le pauvre, le voilà quitté.

Une demi-lune, ce type est resté dans le squat des soixante mille arraché aux corneilles et aux cormorans agressifs. Abruti, absent, il attendait patiemment que les tas s'amoindrissent pour reprendre le train mais le temps passait sans apporter de changement notable. Les couches superficielles étaient à peine entamées lorsqu'il lança sa campagne d'exode. Il les exhortait, les porcs. Tel un prophète grimpé sur une bassine retournée, défoncée, debout de toute sa hauteur, il conduisait des prêches interminables. À l'aube et à vêpres, jugeant ces heures les plus propices à la déclamation, inlassablement pendant une demi-lune, il fit reluire Pékin d'une infinité d'éclats. Calomnia les décharges, prédit la peste et le choléra, montra pour preuve les corps des rats noirs qui persillaient les sols. Souvenez-vous mes cochons : les guerres les plus meurtrières, les génocides, commencent par des cadeaux ! Moctezuma fait offrande à Cortés : des anones, des alises, des sapotilles jaunes, des sapotilles noires, des patates douces, des patates des bois, des patates douces couleur de rouille, etc. De l'or. Cortés donne des couvertures empreintes de typhus et de variole. Et bientôt c'est la fin.

Il sortit toute sa batterie de service d'hygiène et de médecine, parla avec emphase des exhalaisons de biogaz, on ne peut plus malsaines, des déformations congénitales que les générations suivantes auraient à supporter si les parents inconscients ne réagissaient pas. Le méthane n'est pas une panacée, scandait-il. Croyez-moi, ne restez pas sur ces terres infectées et maudites. Elles rongeront vos organes par les voies naturelles, elles fondront vos rates, liquéfieront vos poumons, la bile épaisse se répandra dans vos veines. Ne percez pas les peaux étanches qui enveloppent la putridité des nations, sacrilège ! Ne touchez pas aux bidons enterrés. Vous gisez déjà mes cochons mais vous l'ignorez, vous gisez déjà car vous êtes montés sur les gisements de Beijing, sans protection, vous foulez les intouchables gisements de polychrome de vinyle et de polyéthylène téréphtale. Purifiez-vous mes cochons, purifiez vos soies et vos estomacs, ne creusez pas dans la montagne radioactive, épargnez vos fils et vos femelles, suivez-moi ! Venez à moi ! Je vous le dis !

Et il descendait d'un saut leste de sa bassine, prêt

à reprendre le train au moindre signe de ralliement. Mais bien sûr, les soixante mille étaient bien trop occupés par les pelures compressées en gâteaux dégoûtants et autres réjouissances. Deux ou trois dizaines d'animaux rassasiés l'écoutaient poliment, appréciaient sa conviction et marquaient leur intérêt en gloussant aux meilleurs endroits mais décampaient aussitôt qu'il descendait de son trône. Sa parole n'avait plus d'effet. Son Sifflet non plus qui avait déchu juste avant les six cents hectares de décharge.

La nuit de leur arrivée, les porcs avaient débordé le train de tous côtés, l'avaient doublé et précédé sur une dizaine de kilomètres. Galvanisés par les odeurs méphitiques que la brise apportait sur son plateau d'argent, ils avaient pris le plus gros galop de tous les temps. De mémoire de cochon, Stevens était sûr qu'on n'avait jamais vu ça. Il sifflait, il sifflait les trois coups sans relâche pour que l'armée se tienne et ne déserte pas le cul du train sans son ordre, mais en ce moment d'incroyable appétence, pour les porcs assourdis, il n'y avait plus ni Train, ni Pousseur, ni Sifflet.

Pendant une demi-lune, Stevens fit donc assaut de bagout, passa par la colère, l'indignation, l'altruisme et le dégoût, puis vint la résignation.

Alors, il remonta seul et insuivi dans son Transmongolien en berne à deux cents lis de Beijing.

Les bogies tremblèrent sur les traverses et repartirent en chœur, allégés du sillage des soixante mille, chuchotant entre eux sur ce qui avait pu se produire, remuant les inévitables ragots des voyages longue distance. Stevens ne reprit pas la vitesse de croisière habituelle mais celle de l'homme dans la machine qui lui parut supersonique à moins de quatre-vingt-dix kilomètres heure. Il entendait beugler à l'arrière comme si deux cents cochons le suivaient encore mais il mit cela sur un effet hallucinatoire de la tristesse et força l'allure pour retrouver la sensation des moteurs. Les beuglements ne cessèrent pas pour autant. Des chocs répétés, en écho, lui firent penser à une avanie quelconque, il les sentait remonter les parois des wagons depuis le fond du train et venir vibrer juste derrière le salon, par à-coups violents. Il pensa que quelque chose s'était pris dans la queue du train et tapait sur les rails. Un frigo peut-être, un chariot, n'importe quoi qui traînait et qui ne manquait pas dans cette région purulente de casses. Il stoppa les machines sans les arrêter et descendit voir ce qui se passait. Rien. Penché sous les rames, il scrutait le ventre du Transmongolien mais ne voyait rien. Et les bruits s'étaient tus. Arrivé au dernier wagon, il allait faire demi-tour en haussant les épaules quand un grognement bas le fit sursauter. Bon Dieu ! Il fit glisser la lourde porte arrière et recula sous le choc de l'odeur. Il avait passé une demi-lune dans les bacs à pourriture de la civilisation chinoise mais les remugles qui lui sautaient à la gorge auraient retourné un éboueur dans un abri atomique. Le wagon était rempli de purin jusqu'à la moitié des fenêtres, fermé depuis des semaines, il lui vomissait ses relents à pleine gueule. Tout au fond, dans les restes de ce qui avait été un énorme tas de patates vertes, se profilait une silhouette noire et trapue qu'il aurait reconnue entre toutes.

Rotko !

Rotko, oui, droit sur ses courtes pattes de suidé, se tenait dans l'ombre et humait silencieusement l'air extérieur mêlé de fumet humain qui pénétrait dans sa tanière.

Stevens était éberlué. Cet animal, il l'avait jeté dans sa cellule, persuadé qu'elle serait son tombeau.

Puis il l'avait oublié. Dénié, renié comme cet animal avait fait à son égard. Qu'il ait pu survivre le sidérait.

Il l'appela doucement pour le voir bouger dans l'ombre du wagon.

— Rrrrotko ?

Et Rotko s'avança sur le seuil de l'ouverture brûlante qui lui crevait les yeux. Stevens s'était éloigné et se tenait prêt à esquiver la charge. Mais l'animal sortit comme un prince, lent, majestueux, pris dans une gaine de lisier blond comme dans une robe de brocart ajustée brodée de diamants. Il flaira l'air et le sol dans les quatre directions d'un mouvement continu dans lequel se lisaient l'assurance et la grâce d'une incontestable lignée. Et passa au ras des chaussures d'homme que portait Stevens sans même y porter le groin. Il remonta d'un pas ferme les trente-six wagons du Transmongolien comme s'il les passait en revue et les wagons se tassèrent sous l'inspection, Stevens le sentit. Un général s'était absenté, au retour duquel il assistait, lui-même au garde-à-vous contre les fenêtres de la prison.

Stevens se reprit cependant, secoua les bras et se mit en route derrière le porc. Maladroit, confus, il sentait dans ses jambes un coton et sa langue s'empêtrait dans sa bouche.

— Les autres sont partis. C'est derrière, vers le soleil levant, tu les sentiras, ils sont sur une terre profuse et odorante, tu la sentiras. J'ai essayé de les retenir parce que la terre finalement n'est pas bonne mais ils ne m'ont pas écouté. Ce sont des monceaux d'ordures, des monceaux pourris, que j'avais promis et que j'ai tenus. Ils ne veulent rien d'autre. Ils sont bien là-bas, ils sont très bien, il y a tout ce qu'il faut, tu peux y aller. Tu ne seras pas déçu.

L'animal avançait sans tourner l'oreille. Stevens sentait peser sur lui ce silence comme un reproche et courait à petits pas chancelants pour rattraper le porc impassible et muet, le convaincre.

— Je ne t'ai pas battu pour rien, Rotko. Tu me menaçais. Tu m'avais réclamé la tête du hainan et je te l'ai portée mais toi, tu m'as menacé. Je t'ai battu mais je ne t'ai pas tué. C'était facile pour moi de te tuer, il me suffisait d'une balle tu comprends ? Nous nous sommes battus en égaux, à armes égales, c'est ma force qui s'est imposée ou ma colère mais je ne t'ai pas pris en traître et c'est toi qui m'as défié. Souviens-toi. C'est toi qui m'as chargé alors que je jetais à tes pieds la carcasse de ton rival et tous les porcs autour de nous n'attendaient qu'une chose : que tu m'écrases. Je ne pouvais pas ne pas me battre, je jouais ma tête et ma peau, tu ne m'as pas laissé le choix, Rotko. Tu n'as pas dispersé les tiens qui me guettaient en bavant, tu m'as tenu sous ton regard comme un ennemi héréditaire. Je t'avais reconnu et nommé mais toi, dans le secret de ton cœur, tu ne pensais qu'à m'abattre.

Le porc s'arrêta brusquement devant la porte du wagon de tête et ne bougea plus.

— Nous sommes quittes, Rotko. Tu as survécu, nous sommes quittes. Tu peux partir. Tu es libre.

Le porc tourna la tête vers l'homme et le toisa de haut en bas comme s'il venait de proférer une obscénité. Puis sa gueule se fendit.

— Je suis libre, Beau-Singe, je ne t'ai pas attendu pour le savoir. Ouvre cette porte.

Stevens s'appuya sur le wagon.

— Pince-moi, Lawson.

Il s'appuya sur le wagon de tout son poids, son corps comme une tige d'acier frappa le métal froid du wagon.

— Pince-moi, Lawson, je deviens dingue.

— Une découverte, fit l'autre.

Le porc attendait devant les trois marches en tôle grise du salon.

— La porte ! glapit-il.

Stevens ouvrit la porte et le monstre fit claquer ses sabots sur les trois marches grises du wagon Empire qu'il investit comme un bien recouvré.

— Usurpateur.

Il se roula sur le tapis, se gratta longuement les antérieurs, puis s'affala dans un soupir, la hure humide contre le pied de biche du sofa Régence.

— C'est fragile.

— On parlera plus tard, Beau-Singe, je suis fatigué.

Ses petits yeux porcins lancèrent un dernier éclat d'ironie mordante puis ses paupières roses, alourdies, emportées par le poids de ses longs cils blancs, se fermèrent. Trente secondes après, il ronflait comme un porc.

Chant du suidé dans la nuit,

Consigné par Waterfull greffier, sur les conseils de miss Echampson échauffée « laissez-le parler ce Gascon résistant »

Je ne suis pas gascon, mais le fils d'une déesse et d'un Zhù chinois aux appétits dévorants.

Ma hure noire et courte, je la dois à mon père féroce. Mes bas de soie rose à ma déesse mère, l'inconsolée de Bon-Augure, la belle Aréthuse qui me donna naissance par le pied pour que ne soit pas souillé son sexe.

Je suis comme Éros un indéfini renaissant. Mes antérieurs sont immortels et guident mes pas, ma croupe les suit et ainsi vais-je par le monde, deux sabots dans l'Olympe, deux sabots dans la fange.

Or toi, Beau-Singe mortel simple et sans mélange, tu dis que nous avons livré un combat loyal alors que j'étais désarmé. Ta trique de fer, tu la brandissais sur ma tête en invoquant le passé des hommes-sur-terre, tandis que je renâclais et résistais à déployer la puissance de mes jarrets droits. Je m'en suis tenu à ton état de bête impermanente pour que ne soit pas dit qu'un fils de Zhù marchait sur les brisées des sorts à la moindre menace. Et cependant, ta barre de fer grandissait et se divisait en mille échardes pour percer mon corps. Et cependant, ce gourdin d'acier que tu étreignais se durcissait dans ton poing pour briser mon corps. Et moi, renonçant à tous mes privilèges, je décidai de rester l'animal et j'opposai à ta magie indue la constance du sage et les bottes des savants. Vingt fois nous nous sommes engagés. Tes passes ne portaient pas. J'esquivais bien des coups que je te rendais ouvertement en plaçant mes yeux devant les tiens pour que tu voies ma force. Mais tu ne voyais rien, tu frappais la terre, la furie tenait ton bâton et secouait la poussière. Ô Beau-Singe, les foudres que tu m'appliquais ne t'appartenaient pas. Les moulinets et les coups droits qui m'atteignirent, tu les tirais de ta lance que portaient cent guerriers morts assoiffés de vengeance. J'eusse pu te les nommer un à un ces esprits blafards que la rancœur animait. Contre l'ours et le loup, ils avaient combattu sans succès. Un des leurs avait été dévoré par une martre, un autre était tombé sous les défenses d'une vache de rivière, un autre encore, égorgé par le tigre. Chacun s'était battu à découvert et selon les règles mais tous étaient morts sur le Kerguéhennec par force épuisée ou défaut de science. Et aucun n'avait accepté son sort, revenait contre moi du fond des âges évanouis gonfler ton bras de ressentiment.

Cinq mille flèches j'aurais pu lancer contre toi en un clignement de paupière. Mon arc est inextinguible, ses traits sont du feu, ses traits sifflent à la vitesse du léopard, invisibles et fichants. À la perche, j'aurais pu te battre. À la boule hérissée, je t'aurais réduit en bouillie de mil. Au poignard, je t'aurais décousu. Mais les cent guerriers gonflaient ton bras de ressentiment et moi fils de Zhù et de la belle Aréthuse, j'avais fait vœu de renoncement.

Aussi

Je te laissai m'abattre.

Dans la cellule close je renaquis par les pouvoirs de la déesse. Et maintenant Beau-Singe, tes yeux sont dessillés. J'accepte le nom que tu m'as donné comme mon nom par rapport à toi, mais tu sais qui je suis et tu m'as dit libre de toi-même. Tes yeux sont ouverts.

— Il a la langue bien pendue ce cochon-là !

— Je t'en prie Lawson, on ne sait jamais.

— Bien. Hum. Je vois. Mais... disons, enfin, je voulais savoir, le Chinois, je veux dire le hainan, le chef de rang là, tu voulais sa tête néanmoins ?

Le porc cracha sur le sofa.

— Ce fils de chien !

— De chien ?

— Façon de parler. Ce porc prétendait au royaume délaissé. Il fomentait. À la croisée des deux rivières, il avait prévu de précipiter une partie de l'opposition dans les flots. D'ailleurs, ça n'a pas manqué d'arriver. J'étais en cours de renaissance et malgré mon action pendant la campagne, certains sont tombés dans le piège. Comme tu as pu voir. Je ne te demandais rien, c'était une histoire entre nous.

— Il fomentait pour quel royaume à vrai dire ?

— Le royaume des Han, tout simplement. Les porcs ont la tête solide tu sais. Et puis, il était éloigné du pouvoir depuis si longtemps qu'il n'avait aucune idée des changements à Beijing.

— À Beijing ? Depuis les Han ? Avait-il quelque raison de réclamer le royaume ?

— Ah ah, à l'entendre, toutes les raisons : Lihù Shî se disait l'Héritier.

— Du trône ?

— Du trône, parfaitement. Et inutile d'ouvrir de si grandes soucoupes, c'était un traître. Je m'explique. Entre 195 et 188 ante Christum, l'impératrice Lü gouverne le royaume en lieu et place de l'empereur Huidi, un fils qu'elle avait eu de Liu Bang, car celui-ci est encore attaché à ses langes. Or, il se trouve qu'une concubine de son défunt époux était en mesure de proposer au conseil un rejeton adulte en tout point convenable. C'est-à-dire ni plus idiot ni plus laid qu'un autre Singe et à peu près apte aux armes eu égard à votre composition malingre. Mais Lü était une femme de tête et se délectait de sa position de tutelle. Aussi fit-elle assassiner le fils en question et saisir la mère. On coupe les pieds et les mains de la concubine, on lui crève les yeux et pour faire bonne mesure, on l'appelle truie et on la jette dans une porcherie digne de son nouvel état. La « truie » une fois en place ne cesse de geindre et baver et quoique ses capacités soient pour le moins réduites, un Zhù pervers se prend d'amour pour son corps mutilé. De cette union naît une portée de six monstres blancs aux soies frêles, mi-Singe, mi-Zhù. Or, le hainan à grande gueule que tu comptas dans nos rangs se disait le descendant direct de cette intrigue de palais.

— Waterfull ? Qu'en pensez-vous ?

— Euh, je ne saurais être absolument formel. Néanmoins, si on se réfère aux *Mémoires historiques*, il est vrai que l'impératrice n'était pas tendre.

— Aux quoi ?

— C'est son dernier dada à ce fondu. Tu ne l'as pas vu traîner ses volumes partout ? Regarde-le, s'il avait assez de poils sur les tempes, il se ferait des couettes ! Ah je ne vais pas demander à qui il a piqué ça, mais mon vieux, quand ta tribu a déboulé dans l'école de Changping sous prétexte qu'il flottait comme ça une odeur de brioche au réfectoire, monsieur le sous-secrétaire était en tête. Je laisse juge...

— Si monsieur Lawson permet, je peux continuer ? Bien. Une fois son forfait achevé, l'impératrice convoque son fils et lui montre sa nouvelle truie. Huidi reconnaît la belle concubine de Qi, s'effraie de l'âme noire de sa mère, tombe malade et décrète qu'il renonce à gouverner l'empire. Cependant voyez, Sseu-Ma T'sien ne fait mention d'aucune grossesse en cours. Ni humaine ni...

— Évidemment ! s'écria Rotko. Une impératrice assez puissante pour étouffer un prétendant et mutiler sa mère n'allait pas laisser l'occasion à six métis de prendre le pouvoir ! Ils vécurent dans l'ombre. Seuls les lettrés parmi nous ont la connaissance de ces choses cachées.

Le major intervint :

— En quoi la prétention du hainan Lihù Shî étaitelle discutable selon vous ? Ne pouvait-il prouver son ascendance ?

— Ce n'est pas la question. Tout portait à croire qu'il était effectivement un descendant légitime. C'est-à-dire, un bâtard légitime.

— Un bâtard ? ! N'êtes-vous pas vous-même un bâtard ?

— Quoi ? !

Le porc eut un mouvement de colère, leva d'un bond sa forte masse, bouscula le sofa et se rassit en pétant.

Généalogie du suidé au matin

Consignée par W. greffier, suite à sincère provocation de miss Echampson : « un bâtard ? ! »

Mon père brutal descendait des Ming et portait bannière. Au palais, il se découvrait devant l'empereur et baisait la robe des hauts fonctionnaires mais son rang l'autorisait à garder les épaules drapées devant le grand-duc astrologue et la suite des annalistes. C'était un Zhù fier et travaillé de désirs.

Pendant la fête des pêches, il surprit ma mère au cœur de la forêt qui baignait son corps dans la rivière d'argent. Elle frottait le sang qui tachait ses jambes et penchait sur l'eau un si beau cul que mon père sortit des buissons sans prendre garde aux gibiers qui jonchaient le talus et montraient la puissance d'Aréthuse. Aveuglé par le courage du désir, il s'élança vers elle que le bruit du lourd verrat fit s'enfuir. Sans arme elle courut par les bois. Nue et honteuse de s'être laissé surprendre, elle vida les chemins de leurs feuilles par la vitesse de sa course. Mais le Zhù la suivait sur un terrain familier. Sa petite taille le servait, il passait les taillis que la déesse contournait, sa cuirasse de soie résistait aux entailles, il traversait les buissons coupants qu'elle sautait, ne s'essoufflait.

Quand il se jeta haletant de passion sur le corps frémissant d'Aréthuse, elle récita le soutra des rivières et Ganga lui prêta assistance. Une fontaine glacée coula dans les bras de Zhù qui lâchait sa semence.

Je fus gobé sous ma forme archaïque par un poisson d'or qui grandit et me porta six mois couché dans les lentilles d'eau du cours d'Aréthuse. Avant de prendre l'aspect d'un cor au pied de la déesse qui recouvrait figure humaine et me donnait naissance en un quart d'heure par le pied gauche.

— Seule la graine de Singe fixe et pourrit les royaumes.

À Beijing, Stevens suivit Porcet-belles-manches par les rues noires encombrées de charbon et de rats — deux rats pour un Chinois — parmi les choux racornis empilés en caissons aux carrefours, comme un eunuque derrière son roi. Paré d'or, chargé plein les bras, honorifique au plus haut point.

— Reprenez-vous, disait le major. Ce porc belles-manches vous tourne la tête.

— Je reprends ce que je veux,

Un instant, un instant !

JE note aussi ce que je veux n'est-ce pas ? Oui.

Alors :

Oui, il y avait des pandas.

Partout. Il y avait des pandas partout.

T'as compris ?

Sur les places, dans les squares, dans les rues, au gymnase.

Dans le parc du lac Yuyanhan ils faisaient du cheval à bascule.

Et tiraient des poussettes.

Horrible.

Non, il n'y en avait pas des milliards, ni des milliers, ni des centaines.

N'empêche.

Planqué dans les bambous d'une cour intérieure de la ruelle aux Huit-Dragons — quartier Nord — il y en avait un assis sur son cul, qui suçait de la canne.

Contre le mur extérieur du temple de l'Intellectualisation, l'un s'appuyait — arrondissement Est — de tout son poids sur un graffiti d'écolier : « Wang Sisi est une éléphante. » Et méditait sur le tao fluant du monde.

Horrible.

Un ours en frac.

Appuyé au mur, le regard concentré sur le tao de ses chaussons douillets d'où pointaient cinq griffes épaisses comme le pouce.

Évidemment, les rats multiples, les autres choses, les animaux lâchés, les pigeons difformes, les pigeons bien faits, les autres, les singes, une multitude. Plusieurs multitudes. Dont pas mal d'oiseaux.

Mais ça, cette dizaine de pandas luisants, éparpillés. Horrible.

Qu'on cuise le mouton, qu'on découpe le bœuf, réjouissons-nous
ensemble, d'une traite, trois cents coupes
buvons sans nous arrêter
pour vous je vais chanter, prêtez l'oreille, écoutez
cloches, tambours, mets précieux, n'y accordons pas d'importance
n'aspirons qu'à l'ivresse éternelle, nul besoin de se réveiller
seuls les buveurs ont laissé un nom.
Un vin à dix mille écus d'or la mesure,

qu'on apporte du vin !
mon cheval aux cinq fleurs, ma fourrure de mille écus,
contre du bon vin
ensemble, noyons la tristesse de dix mille générations.

LI PO

Tu la connais celle du type — c'était un poète attention, de cour — qui avait inventé les semelles à monter les montagnes ? Version montée, version descente. Tu la connais ? Oui ? Hsieh Ling Yun (duc, gouverneur, a contribué à l'édification du temple Tuong Lin, a fait creuser l'étang des lotus blancs. En plus des semelles) — Hsieh Ling Yun, ouais — n'a pas survécu.

Stevens est allé faire de la luge sur le lac gelé Qianhai. Hier déjà, il a passé sa journée sur cette espèce de chaise d'écolier montée sur patins, à piquer la glace avec ses bâtons de luge, à droite et à gauche autour des charrettes d'azeroles. Entre les hirondelles sonores, des jouets, des jouets d'argile noire anciennement agités par des vieillards en parka molletonné, entre les bottes fourrées, entre les étals renversés, provoquant l'envol des chevaliers blancs, il a glissé sans répit d'un bord à l'autre du lac. Il a remis sur pattes des luges qu'il a lestées, les minuscules traîneaux des sucriers qui vendaient leurs pommes confites deux yuans les trois couleurs, il les a ficelées les unes aux autres et les a traînées et poussées sur la glace. En paraboles glissées-enchaînées, sans répit, pagayant des bâtons et soufflant sous son nez de gros nuages de condensation. Monsieur, disait-il, faisait un ballet.

Il y est retourné aujourd'hui parce que le lac est propice et qu'il n'a pas essayé (*pas eu l'temps*) les diavolos lustrés et autres bâtons du diable qui traînent à l'entrée des temples.

Le porc mythique est enfermé dans le parc derrière la Cité interdite, il fouit dans la montagne de charbon et défend l'entrée de ses galeries comme une fameuse truie.

Stevens va rentrer saoulé de fatigue et Waterfull va lui passer sa moulinette à poèmes oubliés.

Nous boirons. J'ai trouvé un débit de boissons à côté de l'Oriental Plaza. Et un sex-shop extra au quinzième de la tour Hunderson ! Intéressantes chinoiseries, même si ce que je cherche est très secret, ils ont aussi de jolis godes.

Nous sommes bien installés ici, dans l'impériale. Les paravents sont jolis. L'odeur de poudre est encore présente, les étoffes sont soyeuses dans les coffres, c'est appréciable, les bains fonctionnent. Les appartements des concubines, le harem, les palais de l'Ouest, les palais de l'Est, la chambre nuptiale impériale, tout cela est vaste et vide (j'avais raison). Les portes sont orientées vers le centre suprême : l'implacable noyau du trône. On peut avancer là-dedans comme ça, les pieds dans des chaussons de feutre pris dans un lent mouvement de travelling avant, une musique pleine de cuivres solennels dans les écouteurs. Les tentures s'écartent devant la caméra, les portes ouvertes s'effacent, les ors se réveillent, les dalles renvoient la lumière pour parer le fils du ciel d'une aura divine. Trois cents réflecteurs de cinéma, quarante-cinq machinistes, les petits bonzes, un budget de millionnaire, et toujours la musique qui monte sur le travelling circulaire et balaie l'espace et démontre le royaume. Alors que la réalité, bien sûr, est bien plus terrible et plus pauvre dans un pays où l'on meurt jeune et sans manière parce que nous sommes des milliards et que la vie versée à pleines mains ne se compte pas. On écrase un paysan en passant comme un moustique puisqu'on est fort et monté sur un buffle caparaçonné, on lui plante le sabre dans le dos, il fait un gargouillis et s'affale sans un bruit en soulevant trois grammes de poussière mais on est déjà loin. À Dieu vat, c'est la vie. Les Huns m'attendent sur la muraille.

— Ne sifflez pas tout le whisky, major. C'est quoi cette tenue ?

Tiens, voilà l'autre Stevens qui rentre.

— Une robe de bonze sur un pantalon de cavalier. Vous avez bien patiné ? Pas de couronnement d'air aux jambes ? Et vous, prenez un verre, Waterfull, vous êtes tout bleu.

Lawson sortit de la cuisine avec une caisse de bourbon, ses petits pâtés maison et un plat de tranche fraîche :

— Mon vieux, c'est la coutume. La lune est pleine, il faut boire esseulé comme en montagne à côté du torrent. Enlève ton béret que le vent baigne ton crâne et vide ta coupe. Devant le vin cèdent les fatigues et les passions politiques.

— Crois-tu ?

— Mais oui. Bob Yu Sha ci-devant se souvient de tout et te tiendra le crachoir si tu le désires. Je l'ai rencontré en cuisine, il en sait un bout.

— Minute, l'Echampson ici c'est moi ! fit le major échevelée.

— Mais vous êtes saoule.

— Eh bien, justement. Raison de plus. Je nous mets le cratère au miyeu ? Et j'appelle les danseuses.

— Pouvez toujours essayer.

— Ttt, le sous-secrétaire *dixit* pas d'accord : *Sous la lune, buvant seul*. Wooh, messieurs-dames, seul, buvant seul.

On dit que clair, le vin se compare au saint que trouble

euh...

LI PO

Stevens mangeait sans désemparer, buvait idem, servi par lui-même.

Tandis que le major chantait à qui mieux mieux, *mais avec réserve,* parfaitement *La Tempête, la diction impeccable* quoique le pied marin, ponctuant de moulinets de manche de bonze ses escapades fulgurantes dans la poésie persane la plus sauvage.

« Détachez vos chameaux, partez sans m'attendre. Je vais rejoindre la société des bêtes qui vivent dans les cavernes et les rochers. Tout est prêt pour votre départ. »

Ô Agapé !

Caliban : Je dois d'abord dîner. Cette île que tu m'as prise

Était à moi de par Sycorax, ma mère.

Ah ah ah, monstre vil, esclave atride et mutique, personnage privé de langage...

Puis, envahie par l'ivresse :

Ode Aphrodite, dans quels plis de robe — Ad lesbiam

Ille mi par esse deo videtur
Ille si fas est superare divos :
Qui sedens adversus identidem te]
Spectat et audit

— Qu'est-ce qui lui prend ? Elle parle en langues ?

— Oui. Vô... pardon, votre amie se croit seule en mer sous la lune et se laisse aller aux flots intérieurs. Je crois qu'elle cite Catulle, c'est impressionnant mais j'ai le sentiment qu'elle ne fut pas de mœurs très...

— Très quoi ?

J'ai grands ennuis entremeslez de joye

— Vous voyez.

Et en plaisir maint grief tourment j'endure

Mon bien s'en va, et à jamais il dure

— Que dit-elle ?

Ah ! je sèche et je verdoye
À cavalle montée, apparois sur la colline
Tes seins bouyants sous la tunique
Des sarrazines, ô guerrière élancée
Ô lansce fine aux flancs magnifiques
Ô vulve moyant sur la sellée,
Ah ! viens-moi par dei digitus soulager tant tourments
Par mille caresses appliquées durement
Sur sceptre et fouet, sur culée, par frottement,
Ah viens-ci vitement soulager dits griefs enflammants

— Elle n'est pas bien ?

— Mais si, mais si. Très bien. Elle s'échauffe la voix, ce n'est rien. Moi-même, je me sens dans mon habit noir un peu raide. Que pensez-vous des sirènes ? Sentez-vous vos ustensiles légèrement suspendus par l'alcool ? Comme quand on se lance sur un dos-d'âne en voiture ? Les sirènes, ça ne vous enchante pas sombrulysse ?

— Mais si elles m'enchantent mais oui. Mais moi tu sais de quoi j'ai envie secrétaire ? De faire sauter les capsules. Toutes les capsules, les bouchons de la banque des eaux, on va se les faire. Les réseaux, les postes, les relais, les retenues, je vais tout envoyer en l'air. La sclérose du règne hydraulique, c'est terminé.

Terminé et c'est moi qui m'en charge. Moi contre les dynasties, les millénaires.

Contre Da-Yu

Contre Huang Ti

Contre Sun Yatsen

Contre Mao

Contre Li Peng

Contre Zhou Enlai

Et ensuite, contre les Indiens du Madhya Pradesh et du Gujerat

Contre les Sud-Américains

Contre les Nord-Américains

Contre le FMI, la Banque mondiale

Contre le monde barré

Pour l'espadon chinois aux œufs dorés

Pour le hilsa et les anadromes en grand général

Pour les herbes-cheveux

Pour que les sédiments s'écoulent librement, en flux dynamique, dans des lits en tresse, en méandre et pavés ou dallés comme ils voudront comme des chansons

Pour la capillarité retrouvée

Pour que les cours se détournent à leur gré sur des kilomètres carrés et pour les inondations gigantesques et que Paris soit noyé aussi et que montent les eaux dans les étables d'Augias qui sont partout où les constructeurs sont passés. Que les palais s'effondrent, que les pyramides s'effritent, que les murailles craquent et tombent en poussière dans la turbidité des fleuves relaxés. Que la terre retrouve sa vitesse de sédimentation et lâche ses liquidités séminales dans une dépense incontrôlée et gratuite. Ah ! contre Da-Yu

Le major dansait sous la lune et secouait ses larges manches par-dessus son caparaçon de chevalier.

Contre Da-Yu qui partagea les eaux et les conduisit à la mer de Chine à travers l'entière étendue du territoire impérial, contre ce dieu mythique qui creusa le lit des torrents et des fleuves et se heurta au bassin profond du Sichuan

Contre la déesse bœuf-jaune Tu-Xing qui lui ouvrit à coups de croupe le bassin profond du Sichuan

Contre Houang-Ti qui fit creuser, à son propre actif, mille six cents kilomètres de canaux agressifs — et normalisa l'écriture — dans le bassin profond du Sichuan

Contre Wen Ti des Sui qui fit le grand canal et les premiers morceaux de murailles attachés au bassin profond du Sichuan

Le major posait ses pieds légers sur les dalles miroitantes, retenait sa robe sur ses hanches,

Contre Shenzong qui cabota sur les cinquante mille canaux centrifuges dans le bassin profond du Sichuan

Contre Zedong qui remonta le Yangtsé sous une pluie de fleurs et rêva de l'entraver dans le bassin profond du Sichuan

Le major ouvrait et refermait sa robe de bonze sur son froc de chevalier, ses mains glissaient sur ses bras sous ses manches, sa tête penchait découvrant sa nuque émouvante.

Le major cherchait sous sa robe la ceinture de son pantalon, son corps pensait à Wei, la belle Chinoise à la peau satinée.

À Wei, à ses lèvres ourlées comme des paupières.

Le major passait la main sur la braguette de son pantalon sous sa robe, son corps répondait.

Elle se souvenait du regard de Wei dans la chambre de l'hôtel Wang-Tsu à Shanghai. Le major avait ouvert sa chemise et s'était tenue les seins nus devant la jeune femme. Elle l'avait touchée avec ses pointes et ses aréoles en se penchant pour défaire le nœud du long sarong de la jeune Chinoise. Ses paumes avaient accompagné le glissement du tissu sur les chevilles de Wei.

Caressant d'un doigt l'étoffe électrique de son string, elle avait posé son autre main à plat sur les reins de la Chinoise interdite et senti passer le fluide dans le corps qui lui faisait face et s'était immédiatement, magnifiquement troublé.

Pour que les eaux se déversent dans les vallées,

Pour que la Tchen avec la Wei viennent à déborder, major,

Pour secouer les volcans, pour couvrir les océans de méduses lubrifiées, ah major, prenez-moi

Armez mon bras, bandez mon arc, tenez le manche du Hawk à turbomoteurs que je voie ah! sous mes patins le bikini des Trois-Gorges glisser sur le bassin soyeux du Sichuan; les fesses rebondies des monts Baidi, les douze pénis de la montagne de Wushan trembler sous l'invasion brutale du Yangtsé libéré par mon hélicoptère turgescent. Il passe sous les frondaisons des pins pour cueillir la rosée, il rase les plis hantés de Fengdu, les poils durs, les forêts de bambou, il passe sur les eaux frémissantes dénudées.

Miss Echampson caressait le cou-de-pied délicat et sentait sur ses cheveux la pression dorée du sexe s'affermir. Elle se releva lentement et prenant les fesses à pleines mains, les ouvrit en pressant ses seins sur les seins frêles. Wei soupira en sentant un relief inattendu sous la ceinture du major qui glissait derrière son cul un index mouillé sur les tissus fragiles et gonflés de ses lèvres. Miss Echampson découvrit le bijou qu'elle avait deviné à la naissance des petites lèvres de la Chinoise, elle le fit rouler sur lui-même, sa langue s'enfonça dans la bouche de Wei dont les doigts tâtonnaient sur sa braguette pour l'ouvrir. La petite boule du piercing semblait indépendante, passait d'une langue à l'autre et roulait dans le fond du baiser comme un galet poli.

Le barrage de Gezhouba est comme un Prince-Albert sur la bite de la Chine, il traverse l'urètre et ressort sur le frein, quand les eaux gonflent, le lit gonfle, le piercing s'incurve.

Le major fit sauter d'une seule main les agrafes du soutien-gorge pigeonnant de Wei et descendit ses bretelles sous la tunique dégrafée. La femme chinoise ouvrait le pantalon du major sur ses hanches, le baiser continuait de rouler sa petite pierre dans les flots. Echampson l'aspirait frénétiquement dans sa bouche, la langue de Wei se dérobait et caressait l'intérieur de ses joues comme plus tard l'intérieur de son vagin. Le godemiché sauta dans la main de Wei qui eut un mouvement de recul sous l'effet de la surprise mais le major le lui glissa en haut des cuisses et Wei vint s'y frotter en touchant par-dessous la ceinture de fixation le clitoris bombé de l'Occidentale aux yeux pers. La tunique disparut dans les airs, le string et le pantalon furent jetés au loin, le baiser reprit et déborda.

Armez mon Hawk, disait Stevens, armez-le, appareillez-le comme le vôtre, collez-lui un anneau de chauffe que je plastique le cul de la terre ! Que je tire sur le Gezhouba du Yangtsé frétillant, que je palpe ses douze pénis de fées du bout des pales, que je lui effleure la veine caudale jusqu'à la Xilingxia et lui pose mon gros vibreur sur la couronne.

Le major jouit une première fois sous les doigts impatients de la jeune femme qui l'enculait soigneusement sans cesser de frotter sa belle chatte sur la tige souple et raide de son appareillage. Ses premiers coups de fausse queue furent amples et donnés avec l'énergie longue des dernières vagues de l'orgasme clitoridien. Le gode en pénétrant faisait un petit bruit de pet mouillé, ressortait luisant dans la lumière chaude de l'été chinois et le major s'amusait à ne faire entrer dans le con ouvert de la belle Chinoise que le petit bout de ce qui commençait à devenir, comme à chaque fois, sa vraie queue de femme. Elle continua le jeu jusqu'à ce que Wei pousse des petits cris de goret et demande et supplie en une prière incompréhensible pleine de fougue qu'elle la baise et sans attendre, qu'elle le lui mette jusqu'à la garde et la toison, qu'elle la retourne et qu'elle l'enfile souplement mais vite mais profondément.

J'arrache ses slips et ses soutiens-choses, ses soutènements, les grottes craquent sous les flots élastiques, la terre gémit sur sa base, j'envoie les missiles un par un, le barrage geint, sur les points touchés les sécrétions commencent à perler, le Yangtsé plein de courants frappe contre la coque qui le bride, il veut jaillir, son Gezhouba se tortille !

Le major retourna Wei comme elle le demandait, lui souleva le cul et commença d'introduire sa queue branlante dans la chair ambrée de l'Asie millénaire dont le sexe mouillait son ventre un peu plus à chaque poussée, dont le sexe débordait, dont la bouche débordait, dont le corps avide emporté par le rythme capricieux du plaisir passegeait comme un cheval dans un box étroit. Wei colla son cul sur le ventre du major, le gode bien enfoncé dans la chatte, lui saisit le clitoris entre deux doigts précis et le fit aller et venir sous son capuchon de nacre souple, comme on branlerait un petit animal, tout en continuant de porter d'infinis et d'imperceptibles coups de bélier dans les profondeurs du bassin de Sichuan.

Je tire rasant sur la paroi cimentée pour lui fouetter le sang, ses burnes se hérissent sous les bambous, la terre gronde, je vois s'ouvrir ses anus fripés, Hawaii réagit, les courants larges pulsent vers les embouchures. La mer de Chine se soulève sur ses reins, le littoral se cambre à Shanghai, à Chongqing les falaises se crispent. Pendant que je tire le Prince-Albert sur le frein du Yangtsé le débit des canaux centrifuges augmente, les glaciers fondent et nourrissent les ruisseaux, les ruisseaux courent et soufflent dans les fleuves, le cœur pompe, envoie sa purée sédimentaire dans les capillaires oubliés, pompe et bourre les lacs de retenue, ça va craquer. Je frôle la courbe du réservoir bouillonnant et remonte la boursouflure jusqu'au premier confluent qui déborde en piaffant sous mes patins, les cailloux grondent dans les flots, la terre gronde entre ses dents serrées, la salive monte à ses lèvres et mouille les cratères desséchés, la terre frémit sous les jupes des forêts, elle va crier. Le vent force la passe, mon hélicoptère pédale dans les voies pénétrables, pénètre dans les Trois-Gorges du Yangtsé, alors, bien au-dessous du niveau de retenue, face à la membrane de la plus grosse centrale de jus du monde, je sors mon canon latéral et tire un obus de quarante à charge nucléaire.

Le dos de Wei devint une marée régulière, ses mouvements se concentraient, se resserraient autour du fourreau de son vagin que le major emplissait et massait, que le major sentait comme une poigne musclée autour de son membre fantôme, comme une valve, un crustacé puissant dont les soies s'enflaient et se refermaient selon un rythme de circulation sous-marine.

Le cœur du barrage explose dans un bruit de tempête, le Yangtsé se rue sur la brèche et pousse ses coups de trompe contre la paroi qui cède et qui saute dans une gerbe de sédiments rocailleux et de sécrétions libidinales. Le fleuve bande dans la vallée, tape entre les montagnes qui résistent et s'écartent convulsivement, sont noyées, la terre piaule, ses milliers de sexes sont en train de s'ouvrir et de conjointer, elle transpire.

Quand les poussées de Wei se précipitèrent, elle dut lui saisir les hanches à deux mains pour ne pas se laisser désarçonner et poursuivre son forage sur un mode plus ample et plus dur jusqu'à ce qu'elle sente monter son propre plaisir sur la vague de crête de l'orgasme de l'autre femme qui déblatérait entre ses bras. Que le délire sexuel secoua comme un séisme mais qui déboucla bientôt d'une main claire la fixation du gode pour le retourner comme une promesse sur la vulve ouverte du major. Elle le lui mit une seule fois très rapidement, puis, avec deux doigts, tendrement et la bouche rivée au gros clito de la femme aux yeux pers, faisant tourner la petite bille de fer autour de la noix charnue, elle la pénétra *con cuore* et si fabuleusement lentement que le major en perdit l'esprit. Passa du russe à l'anglais pour chanter ses louanges. Wei la tenait sur le fil tendu d'une excitation savoureuse sans issue. Le major dut la supplier d'en finir et ramasser ses sensations dilatées dans ses anneaux de serpent chaud constricteur. Elle l'avala, elle avala la bouche et les doigts, la Chinoise la prenait par deux orifices à la fois, la léchait et lui montrait son sexe et son anus doré, les boules délicates du piercing qui traversait son périnée englué de matières. Le major s'envola en l'air en criant, Wei lâcha une série de pets parfumés, lui colla sa chatte juteuse dans la bouche et pissa violemment au moment où l'Echampson affolée perdait pied et partait en pétard et tourbillon dans le vortex d'un orgasme de géante.

Il y a des glissements de terrain, des lacs débordent, des conduites explosent, des spasmes la secouent aux embouchures, les deltas se déploient comme des mains cherchant à agripper les draps, les cavernes se creusent et se cabrent. Le Yangtsé fore le territoire en fin salaud, s'enfonce jusqu'à Jiangsu où le mascaret le suce dans les remous de sa bouche, le Yangtsé reflue sous l'effet saisissant du contact puis une vague le parcourt venue du tréfonds de ses collines poilues, le remonte, l'empoigne et l'ébranle et c'est alors qu'il explose en jets écumants et se disperse dans la mer ouverte des Philippines.

Les spermatozoïdes sont gros comme des mouettes et volent vers les îles. La masse des eaux n'en a pas fini, le ressac est immense, il monte, il vient lécher la bulle de mon hélicoptère, ses langues insidieuses s'infiltrent dans ma cabine, s'agenouillent sur ma braguette et me chevauchent. L'hélico fait des bonds de dragon en rut, c'est toute la baie qui me suce. Comme le Yangtsé sous pression je crapahute sur mon siège, le palonnier cogne dans mes doigts, la vitre va péter, ça vient, aah, c'est la marée déferlante, je suis une baleine, mes couilles sont immenses ! La dorsale océanique se contracte sous mon poids. L'arc insulaire tend les pelouses abyssales. Les lèvres de la fosse m'aspirent les bulbes. Me les pompent. Je vais jaillir. ¡Ohouiiir !...

La place Tienanmen avait rassemblé ses ouailles contre le Grand Panthéon du Peuple. Des congères de parkas se pressaient sur les murs du monument gris. Des bonnets traversaient l'étendue glaciale comme des sortilèges lapons mais les foules de bestiaux annoncées se résumaient à quelques pigeons et deux cadavres de canaris. Gelés.

La tombe de Mao était toute seule au bout du champ déserté. Un cube de ciment désolé sur une nappe de ciment désolé. Stevens battait la semelle sur le parvis. Il avait froid, son déjeuner lui restait sur l'estomac et il n'arrivait pas à détacher les yeux des éperons rouges que le major portait sur ses santiags de marche.

— C'est une forme de revanche sociale, disait-elle.

— On peut voir les choses comme ça, effectivement. Mais ce qui m'étonne, c'est la culture que ça suppose. Croyez-vous qu'il ait pu jeter un œil aux volumes de Sseu Ma T'sien ?

— On voit bien que vous ne l'avez pas vu débarquer ! Mais ces messieurs dames chantaient aux sirènes, et tralali et tralala, on ne peut pas tout faire. Si ça c'est une revanche sociale, qu'est-ce que c'est qu'une révolution ? Je vous rappelle qu'on est quand même en train de se tirer avec une certaine précipitation et que le jet de pisse, mon cher greffier, t'a raté de très peu.

— Oh vous savez, les jets de pisse...

— Oui on a vu, major, on a vu. En attendant, c'est un Apache qu'il nous faudrait.

Selon Lawson, Rotko qui fouissait depuis des semaines dans la montagne du Charbon était revenu pendant leur sommeil avec « un truc dans la gueule » dont la nature chimique lui avait porté sur la hure.

Parfaitement Stevens, en transe ton porc belles-manches : une vache sous cocaïne !

Il se tenait devant le palais du Milieu, le groin sur la porte et que je te gueule et que je te gueule :

— Ouvrez-moi, qu'il disait, ouvrez-moi anachorètes de bordel ! Engeance réduite, déplumés de basse-cour ! Ouvrez-moi, je m'avance en gloire dans le brouillard du matin vers le temple de l'Harmonie qui m'appartient. Préparez mon bain et mon festin, c'est moi le Zhù qui rentre des fouilles. Ma gueule est pleine de pouvoir, préparez mon trône divin, les troupeaux sortent des montagnes pour le sacre dont l'heure approche !

Je lui demandai poliment quel sacre et il me dit avec un air mais alors un air... :

— Le mien, maigre vermine. Tu as de la chance : je me promets d'être un empereur magnanime. Pousse-toi de là Beau-Singe et rajuste-toi, tu vas prendre froid.

Je me pousse et le voilà qui passe devant le major qui roupille dans ses soieries et que rien ne dérange et il lâche sur le coussin du trône impérial un disque plat couvert de bave.

— Qu'est-ce que c'est que ça ?

Il ne répond pas et se met à lécher l'objet avec une tendresse de mère, le tapote, le retourne, le relèche, le consulte et l'installe en majesté contre le multimillénaire dossier du siège de l'empire du Milieu. Et tout d'un coup :

— Disque de jade, qu'il dit, disque de jade pur, arraché au trône enfoui des Yuan abattus. Insigne. Remarquable, éminent, fameux, inaltérable et indubitable. MAINTENANT je puis régner.

Et d'enchaîner :

— Les buffles noirs marchent sur Tianjin, les grues cendrées se rassemblent dans les marais de Tanghekou, la muraille du nord tremble sous les sabots des chevaux bais au large poitrail, préparez-vous ! Les daims musqués caracolent à travers la plaine de Ganzhou, les rhinocéros de Java couvrent le Grand Canal de leurs cuirasses étincelantes, les éléphants sortent de leurs réserves étroites et pillent le Hebei pour m'apporter leurs présents. Les gibbons s'arrachent les lianes porteuses et rivalisent de vitesse. La pierre de jade sortie du fond souterrain de la montagne du charbon les appelle. Préparez mon bain. Tendez de brocart le palais du Milieu, convoquez les araignées dévoreuses et sortez les mangeoires à grain des étables ! Ils arrivent ! Mon sacre est celui du Zhù patient aux épaules solides. L'or et la laque doivent miroiter au soleil. Sur les trois hectares de la Cité interdite, la pourpre doit éclater de mille feux nourris, mon trône lancer des éclairs ! Entendez-vous ? Et que je me tienne dans mes soies lavées au centre de l'empire, le disque de jade blanc posé entre mes dents sublimes !

Je lui demandai si les cochons ses anciens compagnons seraient de la fête et il me répond que les *sus vittatus* avaient pris la tête de la procession qui le ferait empereur mais qu'il ne fallait pas que j'oublie, moi, la créature, que ses origines particulières le plaçaient au-dessus de toute cette lie.

Puisqu'il avait lâché le fameux disque, je le regardai d'un peu près et j'y vis comme une morsure. Il hurla de rire.

— Qui peut mordre dans le jade, triple imberbe ? Cette pierre vient du Kothan, elle a été arrachée au pied du Pamir baigné des vents furieux, trois mille deux cents ans avant ton ère. Rien ne l'altère. Seule l'haleine des dieux peut l'entamer en surface. Mais je te l'accorde, fade greffier (apparemment, il me confondait), j'ai projeté sur sa masse intouchée mon souffle au doux parfum et recueilli le fruit de mon savoir : dans mon gosier coule le baume de l'immortalité.

Et à partir de là, c'est devenu terrible. Il n'y a rien de pire qu'un type qui se croit immortel. Il crachait partout, tournait autour du trône comme un chameau pris de coliques, il arrachait les tentures qu'il trouvait aux portes, il piétinait les paravents en trépignant : dégueulasse ! dégueulasse ! Qu'on m'enlève ces horreurs, je ne supporte pas le parme, dégueulasse !

— Moi le Zhù aux épaules solides, criait-il, je suis maintenant égal aux dieux ! La vie éternelle m'appartient, la puissance ne m'est plus rien, le trône de l'Empire défunt m'ouvre ses bras précieux ! JE SUIS L'EMPEREUR IMMORTEL AUX SUBLIMES YEUX !

Et tout à l'avenant, tant et si bien que je me demandais où j'avais fourré mes grenades à main. Je fouillais les sacs pendant qu'il continuait sans mollir :

— Foutez-moi le camp domestiqueurs de mes couilles ! Fuyez avant que ne se réveille la colère du peuple et de son souverain, dégagez de ma terre et de la terre de mes ancêtres insoumis ! Vous avez bâti vos cités sur des poubelles, je réveille les poubelles, les poubelles vous marchent dessus par myriades, je sors de la boue notre règne enfoui, tremblez faux singes, tirez-vous pendant qu'il est temps !

Je t'assure qu'il n'en aurait pas encore fini si je ne lui avais pas balancé votre fameux cratère du miyeu dans les pattes. Il a pris ça pour son bain, il s'est roulé dedans comme un vrai porc pas du tout hybride et les vapeurs ont fait leur effet. Ça devait être un sacré mélange votre truc, il s'est effondré en cinq minutes.

Waterfull hochait la tête pensivement.

— Le jade était très prisé. Mais ce qui m'étonne vraiment, comme je le disais tout à l'heure, c'est qu'il ait su où chercher la pierre des Yuan. Les Ming avaient déversé des montagnes d'ordures sur leur trône. C'était ça la montagne de Charbon, les ordures des Ming sur le trône mongol. Rendez-vous compte : ça remonte à plus de huit siècles.

— Peut-être les cochons ont-ils un sens aigu des ordures précieuses. Ou une technique de transmission patrimoniale inégalable. Ce qui revient pratiquement au même, n'est-ce pas ? Qu'en pensez-vous Lawson ?

— Ouais, bon. Je ne voudrais pas vous déranger mais j'ai le sentiment qu'il se passe quelque chose sur la muraille. Regardez.

Elle était couverte de moutons noirs. Par l'est et par l'ouest, sur les pentes roulantes et canalisée par les créneaux géants des contreforts, une marée de moutons s'élançait vers Beijing.

— Des moutons ? Des buffles tu veux dire !

— Écoutez, si on allait prendre un verre au Qianmen plutôt ? Ou au palais d'Été. Au bord du Nan

Hai. On pousserait les pandas et puis on s'assiérait là, regardant couler les flots sereins derrière les paravents huilés. Ça ne vous dit rien ? Ou un thé si vous voulez. Je suis un peu claqué. Ça fait cinq minutes que je regarde cette grosse boule noire là, là-bas, et je n'arrive pas à savoir si elle bouge ou si elle ne bouge pas.

Le major porta la longue-vue à son œil gauche. Avec ses éperons et son caban laineux, elle avait l'allure d'un pirate du lœss. Toute petite dans un coin de la place creuse, elle faisait le point sur cette espèce de charrette à charbon que lui indiquait Stevens et concluait sans hésiter :

— C'est une tortue.

Pékin. Dix heures du matin heure solaire, alors qu'une foule de buffles descend la muraille de Chine sur un front de plusieurs kilomètres, que les grues se rassemblent dans les marais de Tanghekou, alors que les éléphants pillent le Hebei pour le compte d'un porc saoul, une tortue à carapace molle traverse la place Tienanmen.

C'est un signe d'inondation.

— Ça colle ! Lawson, tu files aux réserves et tu me ramènes une monture harnachée et armée jusqu'à la gueule. Waterfull, tu as deux heures pour piller la bibliothèque, le major et moi on s'ajuste au bord du Nan Hai et on tire les plans. Dans une heure la tortue aura traversé la place et pressera sa tête plate sur les premières marches de l'Impériale. Grouillez-vous !

Premièrement, Yichang pour le Gezhouba et les Trois-Gorges, oui major, on va *vraiment* se les faire.

Deuxièmement, Sardar Sarovar et Narmada Sagar

Troisièmement, Itaipú

Quatrièmement, Assouan.

Et la Grande-Dixence et le Ghulam Mohammed au Pakistan et celui de Maheshwar, de Valle Grande et le Daniel-Johnson ?

Après. Les barrages chinois d'abord. Ensuite, les Indiens. Ces constructions-là sont les plus récentes et les plus démesurées du Règne Hydraulique. Il faut toujours commencer par les points névralgiques.

Fournitures : Dynamite gomme A
Dynamite gomme B
Dynamite gomme BAM
Grisondynamite couche, grisondynamite roche et monobel ; pour les explosifs industriels.
1 hélicoptère de combat.

Rations maximales pour la troupe, il n'y a aucune raison de se priver. Il faudra aussi des mèches et trois tonneaux de bourrage.

N'oubliez pas les soieries pour dormir et une bonne caisse de ce bourbon que vous savez où trouver. Je prends les plans de vol, on y va ?

Lawson les attendait sur le toit du mausolée de Mao aux commandes d'un Apache AH-64D. Il souriait de toutes ses dents.

— Et bourré jusqu'à la gueule, comme t'avais dit ! Armé pour l'appui multirôle. Regarde-moi ça. Un chef-d'œuvre de technologie destructive.

Stevens jaugea l'appareil en un clin d'œil.

— Ça ira.

— Ça ira ! Bon Dieu, si on avait eu le quart de cette machine dans les mains quand Cook a débarqué à Sydney, on n'en serait pas là. Regarde sous les moignons d'aile : 1 600 obus dans les chargeurs, 2 paniers de roquettes et 2 × 4 missiles antichar Hellfire. Du travail de faucon. Scanner pour la vision nocturne, scanner pour la vision de jour, antenne dorsale IFF, antenne VHF sur le bord de fuite, sièges blindés, réservoirs blindés, écran pare-feu et je t'en passe. Et sous l'habitacle, t'as vu le canon ? Non, avec un truc pareil, je te le dis moi, terminée ta colonie de convicts, éradiquée la Nouvelle-Galles du Sud, zéro pénitencier en Australie, pas un bagnard, pas un Anglais, pas un seul bagnard d'Anglais n'aurait traversé cette foutue baie.

— OK. Tu le descends de là, on embarque.

— Et Waterfull ?

— On le prend à la Nationale. Qu'est-ce que vous regardez, major ?

— Les buffles. La muraille s'effondre derrière eux comme un pont suspendu.

Stevens sauta dans l'hélico et fit monter le radôme du radar à ondes millimétriques. Les buffles pixellisés sautillaient sur une ligne plate qui s'effaçait sous leur poids. Sans réfléchir il saisit les commandes latérales et orienta le rail lance-missiles sur la tête de la cible.

— Quelle cible ? Ce n'est pas un jeu de plateau.

— Test de matériel, répliqua Lawson.

L'engin partit avec un petit déclic de frigo à soufflet. Son vol bref fusa vers l'objectif qui releva comme une hydre ses têtes encornées et se figea, un dixième de seconde avant l'impact, béant de toutes ses mâchoires d'herbivores devant la libellule amputée qui leur apportait la paix. La muraille sauta comme une vesse-de-loup. Une fumée monta lentement sur les contreforts montagneux, des arbres s'étripèrent, des pierres s'envolèrent comme des moucherons piqués. Il y eut un fondu enchaîné sur l'écran de visée vidéo, la déflagration péta aux oreilles de la plaine ébranlée et une demi-tête de taureau vint s'écraser sur le bouclier antisouffle.

— Bravo. Maintenant il va falloir faire les vitres.

Stevens haussa les épaules.

— Eh bien quoi ? C'est une forme de revanche sociale comme une autre.

— Oui. Et un missile stratégique de moins. On décolle ou on attend les éléphants ?

Ils cueillirent Waterfull au grappin sur le toit de la Grande Bibliothèque et prirent plein sud vers Yichang.

Le Shandong passa sous eux comme un tapis luxueux évidé d'un droit-fil. Le Grand Canal tirait la laine vers Jining. Ils bifurquèrent sud sud-ouest, coupèrent le Henan et le Hubei, croisèrent Wuhan pour le coup d'œil et se posèrent à Yichang, entre les lacs et la toundra.

L'ourlet des parcs tombait raide sur les quais boueux et contenait la ville dans le pli d'un uniforme ajusté. Des vedettes châteaux forts flottaient sans but sur les bouillons du fleuve et piquaient du nez dans les dalles cimentées des pontons. Le Gezhouba barrait l'horizon.

Ils atterrirent sur la pointe de la presqu'île en fer de lance, le nez sur la cible verrouillée. Quatre ferry-boats à tourelles, bord à bord, faisaient la queue dans le bassin d'écluse, attendant qu'on leur ouvre les portes. Les eaux de ce côté-là étaient calmes et lourdes comme une soupe mais de l'autre côté, le bief d'amont se bourrait dans les déversoirs.

— La vanne de prise d'eau doit être abaissée, la pression sur l'arc est très forte. Il ne demande qu'à craquer.

Lawson sauta sur la couronne du barrage et se mit à faire des moulinets en l'air, désignant le ciel, le fleuve, le ciment et la passe à billes qui crachait un long jet blanc.

— C'est quand même chouette cette forêt de

transformateurs, hein Waterfull ? Ça ne t'émeut pas un petit peu ce déploiement des Ponts & Chaussées ? Cette ingénierie magnifique ? Hein ? C'est de l'héritage ça hein ? L'expression d'une fabuleuse culture.

— Technologique.

— Ah ouais, je ne te le fais pas dire.

— Vous êtes toujours tout noir tout blanc, Lawson. La modernité cause de tous les maux, je veux bien, mais le Mexique précolombien et l'Empire maurya aussi étaient des sociétés hydrauliques. Les surintendants des digues ne datent pas d'avant-hier, mon vieux. Mégasthènes et Nezahualcoyotzin en savent quelque chose.

Qu'y a-t-il de plus mobile que l'eau, Lawson ? Les nuages ? C'est pareil. Et qui serait plus fort qu'un homme capable d'arrêter la course des nuages et de l'eau ?

— Un homme capable de m'arrêter moi.

— Évidemment, Lincoln Lawson, le vent personnifié. Plus vif et plus coulant que l'esprit qui court sur la plaine. Mais savez-vous combien il restait de nomades avant la prune ? De nomades, de personnes que l'économie hydraulique n'avait pas absorbés ? Trois cent cinquante mille. Trois cent cinquante mille sur six milliards. Imaginez des gens dans la steppe ou dans un désert semi-aride, ou dans une prairie, une toundra. Ils sont enveloppés de pagnes et de serviettes. Ils tiennent les rêves pour un puits de science. Ils suivent les pâtures, ils suivent les gibiers, ils se déplacent avec les rivières qui se déplacent avec les saisons. Les enfants sont nus, les bébés sont ligotés aux arbres pour apprendre le merle et le vent. Les hommes et les femmes portent les cheveux en paquet, boivent le jus fermenté de l'agave et soignent leurs courbatures en allongeant les jambes dans la fumée d'un feu de créosote. Ils meurent d'accidents de chasse et de fièvres jaunes. Et parmi ces gens, tout à coup, il y en a un qui se lève qui est affamé d'autre chose que de pain et qui dit : frères, nous ne sommes pas des animaux. Sommes-nous des animaux pour suivre ainsi le cours de l'eau ? Devons-nous laisser à la course de l'eau le soin de nos déplacements ? À cette eau qui souvent manque malgré nos sacrifices, devrons-nous rendre un culte éternel ?

Et autour d'un plat de mesquite, il évoque une vie gracieuse dégagée des souffrances et des dangers, débarrassée des contingences. Il parle, il chante. Il invente Sun City. Un village aux rues calmes avec des piscines, des maisons en dur construites par des architectes inventifs, une ville où les jardins succèdent aux jardins, aux rues ombragées, un monde dans lequel les pièces d'eau claire s'arrêtent devant chaque porte. Sun City, dit-il, onze terrains de golf, vingt-six églises, quarante-trois boulodromes à l'ombre des palmes, la climatisation partout, des champs à perte de vue. Qu'en dites-vous ? À part un Lawson qui se lève et reprend la route sans attendre, ô gaucho, qu'en disent-ils ? D'accord. On abandonne l'agriculture pluviale. On s'y met, on construit le barrage. Et quinze jours après, l'édit préventif est annoncé sur la place : « Il y a sept sortes de flagellations, deux sortes de suspensions par le haut, neuf sortes de coups avec un bâton. Dix-huit sortes de tortures. »

— C'est tout ?

— Non, ce n'est pas tout. Trois jours plus tard les recruteurs procèdent à des levées de troupes immenses, l'armée hydraulique s'organise. La bureaucratie s'installe dans les hôtels particuliers des faubourgs. Sur les chantiers, apparaissent les contremaîtres en chemise blanche et la main-d'œuvre innombrable. Centralisation, coordination, intendance et stratégie sont mises au service du barrage, émanent du barrage qui s'élève. Les services de renseignement se mettent en place, le monopole, la grande distribution. L'assujettissement de la masse. Et quand les barrages bouchent enfin les fleuves indomptables, les hommes désœuvrés regardent la terre et s'apitoient. Alors viennent les palais, les tombeaux, les cités-palais, les palais-forteresses, les tombeaux-palais, les tombeaux-palais-forteresses. Les express-highway. Inspiré par Sher Shâh, Akbar fait construire la Nouvelle Route Royale ombragée des deux côtés sur six cent cinquante kilomètres. Inspiré par les Mauryas, Sher Shâh construit la Route Royale qui relie le Bengale à Agra, Delhi et Lahore. Inspirés par personne, les Mauryas jalonnent la Royale de dix mille stades, de la capitale à la frontière. Qui dit mieux ? Quatre cents temples dans la cité-palais de Nezahualcoyotzin. Cent trente-cinq mille soldats réguliers dans l'armée d'Haroun al-Rashid ; quatre-vingt mille cavaliers, deux cent mille fantassins pour le compte du roi Mahapadma Nanda ; non compris la suite des domestiques, six cent quatre-vingt-dix mille hommes dans les troupes de Chandragupta. Un million pour le gouvernement Song. C'est la nouvelle masse, grossie par les barrages érigés, la nouvelle masse aveugle qui se presse dans les conduites forcées, qui pousse, qui s'étouffe dans les vannes blindées, qui s'écrase elle-même emportée dans les canaux de fuite et que n'effleure pas un instant l'idée de sa propre puissance. Voilà ce que c'est que les grands travaux. Canalise l'eau, tu canaliseras les hommes, occupe les hommes, tu canaliseras leur esprit. L'amour n'est rien, Mégasthènes. « Veux-tu expulser l'amour de la poitrine du jeune homme ? Alors fais-lui traverser à la nage le Tibre jaune 4 fois par jour. Puis qu'il dompte pendant 2 heures un cheval punique sauvage dans la poussière du Champ-de-Mars. Puis qu'il fasse avec ses amis 2 fois le tour complet de l'Hippodrome en courant. Qu'une couche dure faite d'une peau d'ours accueille le fatigué : avant même que les rayons d'or du soleil éclairent les vallées, arrache-le des bras du sommeil pour qu'il reprenne les tâches de la veille.

Ça ne suffit pas ?

On double le travail : fais-lui remonter chaque barque chargée à contre-courant. Ou faucher un arpent d'épis dorés. Ou fais-lui fendre le bois que Lucullus brûle tous les jours dans sa cuisine : l'amour s'échappe des bras fatigués ; il quitte la poitrine sur laquelle s'écoulent des flots de sueur. »

Ça ne suffit pas ?

Envoie-le au barrage.

Et ce n'est pas Roosevelt qui a inventé ça. Les Babyloniens, les Assyriens, les Mauryas, la Perse, les Incas, les Aztèques, tous, tous étaient des Empires hydrauliques avides de chair et de plasma, assoiffés de vies humaines. C'est eux le New Deal, les grandes machines aspirantes et turbines à sang et flics de l'énergie et transformateurs de flotte en noyés. Des cadavres entiers pendent sur leurs portiques, des têtes tournent à toute vitesse sur leurs disjoncteurs, des corps sont mixés dans la salle des machines, des corps sont empalés sur les parafoudres en réserve, des ponts roulants écrasent des jointures de pieds pour faire un mortier pour morter des corps entiers dans le corps du barrage. J'exècre les monuments, Lawson, j'exècre les réseaux au centre desquels un bouvier bien pourvu en sperme lève le petit doigt sur sa suite de femelles et vomit dans des plats en argent, j'exècre les ruches et leurs rayons ordonnés en quinconce et la chambre nuptiale où trône une reine infirme gavée de gelée tremblotante et dotée d'une espérance de vie quatre cents fois supérieure à celle de ses ouvrières imbéciles. J'expulse les institutions de ma cage thoracique.

Lawson siffla d'admiration.

— Ben mon vieux, tu craches drôlement loin quand tu veux.

Le vent charriait des glaçons. La nuit descendait escortée de ses dragons rouges disputant au fleuve ses nuages de neige froide. Stevens décida qu'on logerait à bord du *Yangtse Prince* en attendant le jour. Ils posèrent l'hélico au milieu des transats qui sautèrent du pont-promenade dans un mouvement de panique.

— Quartier libre pour ce soir. Mais n'allez pas vous saouler dans les bas-fonds, on commence l'inondation à l'aube.

De toute façon, la puanteur de la dalle envahissait les étages jusqu'aux appartements du capitaine. Ils ne risquaient pas de s'installer au bar.

Seul le major eut assez d'estomac pour faire un tour de garde complet sans oublier la salle des machines.

— Votre nez s'offusque pour un rien, Jaume Stevens, mais vous vous y ferez. J'ai connu un skipper que tout rebutait, l'odeur de minium, la couchette pleine de punaises, le va-et-vient de la machine, le cuisinier qui se coupe les ongles avec le couteau de cuisine. Et puis quoi ? Dès qu'il débarquait, il se prenait la tête dans les mains et remontait par l'échelle de coupée en jurant contre le sort. La pression terrienne lui écrasait les vertèbres. Il disait que le sol était un bloc d'immobilité qui lui pétrifiait le sang dans les veines.

— C'était un Grec, n'est-ce pas ?

— Oui.

— Et lève l'ancre, mouille l'ancre, il est mort au terme de trente ans de carrière dans le ventre d'un cargo aux soutes pleines de coke, port de Saigon, pendant que les sampans chargés de fruits et de femmes à dix sous abordaient la carlingue par la proue.

— C'est ça. Buenos Ayres peut bien brûler et Cardiff disparaître, mais le malheureux skipper Straad, bon Dieu, que l'autre l'ait en sa garde.

Le silence s'épaissit de deux pouces enveloppant le transbordeur trois étoiles de la *Yangtse Cruise* d'un tissu de skaï sombre comme l'oubli. Le brouillard montait du fleuve à l'assaut des plats-bords, Stevens frissonna. Il sentait la solitude lui couler sur l'échine comme une mauvaise pluie. Des cartes marines s'étalaient platement sur la table à dîner. Maintenues par deux cendriers de verre blanc, elles n'avaient pas bougé depuis le début de l'éternité. Comme n'avait pas bougé le navire pris dans le couloir d'écluse, les parasols pliés empilés sur la passerelle avant, les nappes dans la salle de bal. Un mégot cartonné traînait sur la moquette immobile. Dans le transbordeur immobile où ne résonnaient plus l'appel du quart ni les enthousiasmes commandés des animateurs. Sur les flots immobiles.

— Les flots ne sont jamais immobiles.

Le major était penché sur les cartes et relevait des triades de positions. Le compas lui sautait dans les mains à toute vitesse, elle tirait des traits et posait ses calculs sur la feuille de route de l'ancien capitaine. Un chauve.

— Écoutez, nous ferions mieux de changer les plans. Le Gezhouba, c'est une rigolade, il suffit de lui envoyer une bordée de roquettes au bon moment. Par contre, pour les Trois-Gorges, il faut sortir l'artillerie offensive. Vous avez ce qu'il faut en plastic ?

Lawson vint au rapport et déclina l'inventaire. Les trois gommes explosives étaient en soute ainsi que le grisondynamite roche, le tout fourni emballé tamponné en caisses de vingt kilos.

— Soit trois fois quatre caisses, que j'ai chargées à dos d'homme pendant que certains se vautrent dans la poussière des paperolles.

— C'est parfait.

— Et vous avez « emprunté » ces friandises à quelque passant de Beijing, hum ? Un moine errant peut-être ?

— Ah ça, secret défense mon vieux. C'est pas parce que tu craches un peu loin que je vais te montrer toutes les ficelles. Alors, c'est quoi ce plan major ?

C'était très simple. Il fallait s'attaquer directement au barrage des Trois-Gorges à charge explosive passive — Lawson s'était proposé pour les poser — et charges explosives percutantes. Selon l'estimation de miss Echampson, un panier entier de missiles était nécessaire à la mission d'appui. Ensuite, quand la rupture serait effective et que l'onde de submersion se ruerait dans la zone d'inondation immédiate, le pilote avait pour consigne de prendre de la vitesse et d'ouvrir le feu sur le Gezhouba au moment même où la vague de tête, pressentant l'obstacle du barrage, se changerait en déferlante. On combinait ainsi la puissance déflagrante des missiles à la vitesse du fleuve qui, à cet instant, aurait l'élan de ses trente-neuf milliards de mètres cubes d'eau d'anciens détenus.

— Alors ?

Lawson en frétillait d'excitation.

— Une vraie fête major ! Qui se mettra au viseur ?

— Moi.

Stevens alluma le mégot qu'il avait ramassé et salua les cartes marines en sentant la fumée de l'herbe vietnamienne lui ouvrir les poumons.

— Pas mal. Merci capitaine, évapore-toi en paix. Le mont Ba-Thê se dresse au-dessus des rizières inondées et me sourit à travers le rideau des moussons. Je t'en ferai brûler un champ de ta marchandise fleurie, un champ comme tes aïeux un bâtonnet d'encens, vieux chauve.

Stevens s'endormit bercé par le tango lent de la coque avec le quai, bercé par les rêveries tranquilles du ah major, vos manches de soierie.

Lawson se réveilla deux heures plus tard en hurlant : il avait oublié le bourrage.

— Le fourrage ?

— Le bourrage, miss. Passez-moi la torche, il nous en faut deux quintaux avant l'aube, je me trisse. Où sont les clés ?

— Contact, marmotta Stevens aux yeux rouges. Où tu vas ?

— Au bourrage.

— Au barrage ? Ah bon, il fait jour ?

— Au bourrage, merde alors ! Dans un trou de mine la longueur de la charge ne doit pas dépasser un tiers et le trou doit être bourré. OK ? Bourré, bouché, colmaté, tout ce que vous voudrez, mais il doit l'être. Je vais chercher de quoi.

— Il est tapé, on peut faire ça sur place avec du sable ou de l'eau, pas la peine de...

— Question d'expérience, Stevens, je préfère un baril de lubrifiant à une poignée de promesses. Tu viens ? L'esprit du barrage m'a parlé.

— Super.

Était-ce l'effet du mont Ba-Thê ou les phares blêmes de l'Apache qui balayaient la nuit sans étoiles ? Stevens eut l'impression de flotter en apesanteur dans l'hélico au-dessus de Yichang comme un poisson dans un sac de flotte balancé à bout de bras par un gamin insouciant.

— Tu ne peux pas éviter les turbulences ? J'ai le cœur sur les lèvres.

— Très joli. Cramponne-toi, fixe le sol et fais gaffe : il me faut une usine de bagnoles, de pneus, un lac de graisse ou quelque chose comme ça.

Un quart d'heure plus tard, ils se posaient dans la cour d'un complexe de tôle ondulée.

Vous êtes pressés ? Maxhor !

Besoin pressant ? Maxhor !

Envie d'usiner ? Maxhor !

Maxhor ! Maxhor ! Maxhor !

Maxhor répond à toutes vos attentes !

— C'est quoi ? Une fabrique de chiottes ?

Ils se faufilèrent entre les camions branchés aux containers cylindriques qui luisaient de gel dans la nuit noire. Des tuyaux rouges couraient sur le sol et suçaient le ventre des semi-remorques alignés comme dans une étable. Les plus gros aspirateurs annelés s'étaient décrochés des citernes vides et certains d'entre eux s'étaient débattus contre rien, la gueule ouverte, le corps dressé en position d'attaque. Ils s'étaient transformés deux minutes en serpents à sonnette offensés, le temps que le moteur qui les animait tombe à court de carburant ou déclenche un automatisme de coupure. À voir les traces de fouet sur les calandres et les capots couverts d'éclats de vitres, la bataille avait été courte et violente.

Lawson pénétra dans la salle des injecteuses, Stevens à sa suite braquant le faisceau minuscule de la torche sur les machines pétrifiées. Ils butèrent contre un abreuvoir métallique rempli de granules. Lawson y jeta un œil puis se guida sur le tapis de chaîne pour arriver aux cuves ouvertes sous les extrudeuses.

— On chauffe.

— C'est quoi cette usine ?

— Une fabrique de jouets. Playmobil ou Legobile, un truc dans le genre, des conneries en plastique fabriquées pour trois sous. Tu sais, quatorze heures de travail par jour, payé à la pièce, dix-huit heures avant Noël, tu sais bien, la Chine, les investisseurs, tout le tralala. T'arrête pas sur les coiffes. Avance un peu, voir.

Stevens planta sa torche dans le canal de guidage d'une presse Arburg et se pencha au-dessus du bac chromé à demi rempli d'une matière jaune très homogène.

— Ça sent quelque chose ?

— Rien du tout. On dirait un pétrin de boulanger, tu vois, une sorte de pâte à papier.

Lawson lui tendit une longue tige d'aluminium.

— Pêche un godet pour voir.

La matière était compacte et souple, il dut forcer sur ses bras pour enfoncer la perche qui s'engloutit doucement dans la purée avec un formidable bruit de pet.

C'était exactement ce que cherchait Lawson. Il se tordait de rire contre le bras articulé de la grosse Virginio importée d'Italie des lustres avant la démocratie qui lui permit de mouler ses cubes pignon sur rue encore plus vite en pleine furie chinoise. Et cet imbécile était accroché à ça comme un satyre à une vieille pute. Et il fallut le suivre à pas comptés jusqu'à la chaîne d'emballage, ramifiée en cinq branches principales, et trouver la bonne et remonter la piste jusqu'au point de stockage pour finalement se coltiner dix caisses de ça en pots de un kilo du garage à la cour.

— Dans le bush, on pète à faire sauter les buissons, mon vieux. On *chasse* au pet, on lève les kangourous et les émeus, on fait détaler les lièvres !

Évidemment, il racontait n'importe quoi. Un enfant de cinq ans, extraordinairement dangereux pour un enfant de cinq ans, mais voilà ce que c'est Lawson. Il joue avec les cochons, il mange à leur table, il pisse dans des gobelets en plastique et vous amène ça comme une bière fraîche et si vous avez le malheur d'y goûter, il ne s'en remettra pas avant le lendemain, il se la re-re-racontera pendant des jours, ça lui fera des *semaines* de profit. En lançant le rotor, il riait encore. Le soleil se levait.

Avant de partir, le major voulut ouvrir les portes de l'écluse pour laisser filer le *Yangtse Prince* et les ferries *Taisheng, Jiangyu* et *Zhaojun* qui leur avaient tenu compagnie. Ils seront comme des planches de surf sur la vague d'inondation, ils seront nos messagers, ce sont les cavaliers du fleuve, notre avant-garde, ils chevaucheront jusqu'à Shanghai et porteront la nouvelle.

— À qui ?

— À la mer.

Ils décollèrent plein ouest, tournant le dos à l'aube prise dans ses fuseaux sanglants.

Entre Yichang et Sandouping, les eaux montaient progressivement, le ruban qu'elles nouaient était souple au pied des montagnes. La brume caressait les berges et se levait en écharpe avant de s'accrocher aux arêtes et de s'évanouir, fantômes au-dessus des forêts. La Xilingxia leur envoyait ses fragrances de perle et de palourde d'eau douce, Echampson tendait le cou pour voir l'île de Zhongbaodao détachée du collier de la déesse.

— Île de Zhongbaodao, perle d'Orient plongée dans les eaux sales pour dégrafer le brouillard,

Zhongbaodao parure de divine et par contiguïté divine et consolatrice, où te caches-tu ? Devine-t-on la gorge de la déesse derrière tes collines de nacre, un sein, un poignet, une peau dorée, une eau laiteuse ? Un cheveu s'était-il pris dans la boucle du joyau dénoué, un cil ?

Le fleuve était fleuve et coulait en amont du Gezhouba, il coulait. Gros et compressé, déjà coléreux et rongeant son frein mais vivant, il coulait. Charriant avec lui le bois flotté, bousculant les rivages, léchant ce qui passait, il avalait les canots, parcourait les replis tourmentés, bois vivant, bois sec, colline, affluent, confluent, vallée. Le panorama s'écrasa d'un coup au pied de Sandouping. Les montagnes étaient rongées. L'hélicoptère s'aplatit sur la crête du barrage des Trois-Gorges et se tut. Sur le fil de béton armé, entre deux portiques au-dessus du déversoir géant, posés sur cette carcasse résistante et minable, ils descendirent l'un derrière l'autre comme des assassins. Waterfull, Echampson, Lawson et Stevens. L'Apache craquait dans le vent, ses roquettes miaulaient sous leurs pylônes d'emport, un taon. Ils étaient minuscules et puissants.

— Zhongbaodao, rasée en 1958, après que Zhou Enlai a décidé d'y poser le pied, ne cherchez pas major, ne ressurgira pas.

L'eau était montée très haut sur les pentes, une bande de pins noirs asphyxiés courait sur la berge improvisée et marquait le niveau. Pins cendreux et morts sur une largeur de vingt pieds, ils décernaient une couronne de dévastation au fleuve agglutiné, aux constructeurs abrutis. La nappe étale et bridée bouillonnait dans son sommeil. Le Yangtsé, une immense chape de plomb fondu sur le paysage, le Yangtsé avait changé de nature. Devenu mare boueuse, mer immobile sans ressac, coincé dans les fosses limoneuses, il attendait. Il pétrissait ses forces sous-marines, ses ressources. Le Yangtsé obèse et dilaté, l'impotent, concentré comme un bouddha, faisait silencieusement l'appel de ses troupes. Parce que le mouvement de l'eau dans l'eau est comme le déploiement d'un gaz incolore, on l'avait cru mort et dompté mais ses chevaux-vapeur grondaient dans les profondeurs. Un nuage d'écume baignait la plateforme, les embruns dansaient entre les transformateurs. Lawson fixait sa corde au montant d'un portique. Son baudrier jaune lui serrait les cuisses et le ventre, il accrochait le descendeur en tirant sur son nœud de marine. Le plastic, la mèche et la pâte de bourrage pendaient à sa ceinture comme des outils de couvreur.

— Attendez, je ne vais pas tout me taper à la main. Major, auriez-vous l'amabilité de me faire quelques trous dans les piliers ? Disons, les deux extrêmes et une série au cœur de l'arc.

Echampson embarqua son monde et prit immédiatement l'altitude requise pour la frappe. Le soleil déshabillé de ses tulles roses irradiait de front l'immense vallée difforme. Aveuglée, elle fit monter le capot antireflet sur le tableau de bord, claqua sa visière et brancha les capteurs sur le système d'acquisition de son casque. Ses éperons tapaient dans le fond de son siège blindé. Stevens serrait les dents, sa respiration gonflait l'habitacle.

À cinquante mètres au-dessus du lac de retenue, face aux piliers tendus contre le Yangtsé boursouflé, elle fit pivoter la commande azimut du canon sur trente degrés descendants. Elle amorça le chargement.

— Au coup par coup. Et je les aligne proprement. On y va, les enfants. Pour Zhongbaodao rasée et immergée, feu !

Zhou Enlai se retourna dans ses cendres, le souffle de la déesse sur l'île de Zhongbaodao secoua sa tombe poussiéreuse, le mausolée de Mao trembla sur sa base. La tortue poursuivait sa marche lente sur les six cent mille chewing-gums de la place Tienanmen, entre les parkas et les toques. Elle avançait toujours, ses griffes dures frappaient l'asphalte sur un rythme de gong, chacun des coups du Chain Gun tiré par Echampson la rapprochait de son but.

Vingt minutes plus tard, Lawson avait plus de cavités qu'il n'en avait besoin. Tirées au cordeau à dix mètres au-dessus du niveau de l'eau, les balles du major perçaient la muraille sur une ligne pointillée parfaitement horizontale. Elle regarda le soleil en sautant de l'Apache. Ses cheveux libérés du casque s'ébouriffaient sur sa tête, elle portait la marque de la mentonnière, elle s'était sanglée et dessanglée comme un vrai moustachu. Stevens était surpris. Il n'aurait jamais cru que c'était la femme en lui le pilote de chasse, ses réflexes et sa précision lui étaient revenus comme une seconde nature claire. Sans la moindre hésitation. Mouvements fluides, esprit transparent, il l'avait sentie comme au premier jour à Vozrovdeniye, s'installer dans son corps comme dans un lieu familier. Il adorait sa présence.

— Vous avez trois heures pour poser vos blagues et dérouler la mèche, Lawson. Nous aurons besoin de toute la lumière pour l'appui rapproché. Les chevaux du Yangtsé vont courir très vite.

Lawson se faisait descendre les fournitures suivant le code des mineurs. Trois coups longs pour le plastic, deux pour le bourrage et un pour la mèche. Il travaillait vite. Suspendu à son fil, les pieds calés sur la muraille, les mains prises dans des gants de soie noire, il voyageait comme une araignée sauteuse et passait d'un pilier à l'autre à la force des jarrets. Une enfance dans les montagnes pelées, au creux du désert en Arizona environné par les corbeaux, Stevens savait qu'il pouvait s'en sortir n'importe où. L'attaque du grizzli ne l'effrayait pas, avec ses cuisses épaisses, il montait les pentes plus vite qu'il ne les descendait.

En deux heures, il colmata sept trous de charge et remonta trempé. Tout tremblant à cause de l'effort, il présenta la grappe de mèche et le détonateur au major comme si elle avait été une reine d'amour courtois, un trouvère. Un genou en terre et le souffle court, il fit ses branchements. On déroula le fil sur dix kilomètres jusqu'au sommet de la plate-forme d'observation. Il était midi au soleil. Les hommes sculptés emprisonnés dans le bas-relief noir du monument au Yangtsé sentaient proche leur libération. Leurs corps musclés saillaient dans le marbre, leurs visages s'étiraient, avides, tendus vers Wushan et Baidi noyés.

— Il y a des putain d'esturgeons noirs en pagaille tout au bord de l'arc, disait Lawson. J'ai failli me faire bouffer, ils sentent le large.

Il s'assit en tas sur un tapis de touristes vides. La plate-forme officielle, construite en cercle et montée sur socle par le gouvernement de Hu, d'où l'on pouvait voir l'ampleur et la puissance chinoises qui étaient parvenues à réduire à une immobilité de surface l'un des plus grands fleuves du monde, cette plate-forme de parade qui avait accueilli des cars et des bateaux de Chinois, de Han, de Hui et d'Européens, des bordées d'Américains, des bordées d'hommes, et qui portait encore quelques casquettes, quelques chaussures, cette saloperie de plate-forme allait bientôt sombrer. Elle avait vu les travaux, les centaines de grues bleues, les panneaux. Elle avait vu le départ de millions de paysans, de pêcheurs et de traîne-la-faim, elle avait vu les eaux monter mais elle ne les verrait pas descendre. À moins qu'elle ne se détache comme une pierre ponce et ne se mette à surfer au creux de la vague, elle ne verrait rien. Et c'était tant mieux, un monument de moins.

— On mange ? Où est Waterfull ?

Il copiait les registres dans la salle des commandes.

Guo Shoujing
Guo Xinhua
Lim Chuan
Lin Dung-Chi
Lin I-Chung
Liu Min
Liu Yu
Shi Shen
Shin Chi-Chih
Shin Jae-Chang
Wang Henry Hsie Chang
Wu Hanjie
Wu Meng
Xiao Wu
Xie Jung
Xie Yonping
Xu Xueliang
Xuo Bing
Yarovoy Alexei
Zhang Changfeng
Zhan Wei-Wei
Zheng Jinhhai
Zhang Heng
Zu Chongzhi

— Mais qu'est-ce que tu fous ?

— Je pellette.

— Quoi ? Tu quoi ?

— Pellette. Du verbe pelleter. Je creuse et recouvre, je secoue le grain, je pellette. Je tombe. Au moins on pourra dire, mais personne ne le pourra, que Waterfull, comme un juriste spécialisé dans la casuistique autrichienne et borné, aura tout de même remué un peu de sa pelle dans les grains du savoir, mais personne ne le pourra, dans les grains humains des vies dérobées dont seul le nom est encore vivant qui échappe aux eaux furiheuses des marées.

Guo Haifei
Guan Min
Guan Xiuli
Han Hua
Han Hi-Sung
Huang Jie
Huang Shaotong
Shao Xiaoyan
Shen Guao-Xian
Sinaduran Mahendiran
Wang Qixong
Yan Xilong

— Non, non, attends. C'est pas un cimetière ce carnet, on n'a ni le temps ni la place, on n'en a rien à foutre de tes tombeaux, lâche ça, prends l'annuaire si t'as des états d'âme.

— Selon Sseu-Ma T'sien, le travail de l'historien consiste souvent à simplement citer des textes anciens et des archives, à donner des listes de personnages et de titres. À pelleter.

— Il va falloir que tu changes de lecture mon vieux, même avec une pelleteuse hydraulique tu viendrais à bout de rien du tout. Range ça et amène-toi. Dans cent mille ans, la terre se jette dans le soleil et brûle ses vaisseaux et tout le monde n'aura pas son surnom sur un disque dur à destination de

Vénus. Et ça changera rien. Dégage de là. Tu fais partie du monde tant que tu en fais partie, tant que tu y penses. Il fait jour, sors !

— Les archives ne sont pas une cause perdue, les archives sont la mémoire collective qui vous permet de survivre Lawson. Je ne décroirai pas au livre tant que vous serez vivant, vous avez tort de vous emporter. Je suis à ma manière un de vos poumons, un organe essentiel et je ne suis pas plein de poussière mais plein d'une vie concentrée sans laquelle vous ne tiendriez pas debout ni vous, ni vos phantasmes, ni votre estomac. Ne me touchez pas ! Je ne suis pas un bibliothécaire de province, je marche et je me lève seul.

— Oh qu'il est digne cet escroc qui pique tout à tout le monde et qui renvoie la vie des sauvages aux ouvrages des ethnologues, oh qu'il est beau. Oh quel beau produit de la culture écrite, oh bon Dieu quelle splendeur. Pauvre type. Tu ne sais même pas trois vers par cœur.

— Et vous ne savez plus rien !

— Et la faute à qui, foutre de buse abrutie ?

— À vos pères qui ont pris l'homme blanc pour un dieu quand c'était une raclure, à vos pères qui ont pactisé et se sont aplatis dans la poussière de leur contrée. À vos sorciers qui se sont vautrés dans l'alcool, à vos guerriers, à vos femmes, à vos enfants, à toute votre lignée pour avoir cru pouvoir se garder sans provoquer la guerre totale. À vos tribus ancestrales incapables d'évoluer. À vous qui croyez à la pureté, qui campez sur vos positions de victime bafouée. À vous l'esclave qui avez cru aux maîtres avec passion et qui vouliez vivre. À vous Lawson, à vous la faute !

— Salopard ! Je vais te faire rentrer les mots dans la gorge. La Terre était assez grande et vous l'avez bouffée. Comme des porcs vous vous êtes rués sur l'or et sur le pétrole, vous avez souillé les rivières et les mers, vous avez pollué les imaginaires, imposé partout vos structures. Vous avez fait des animaux des ennemis. Votre monde étroit, vous l'avez plaqué en tout lieu. Exécutés les réfractaires, aveuglés les autres hommes, dévorés. Broyée toute forme de vie qui n'était pas la vôtre. Les arbres, les montagnes, les oiseaux n'ont pas bougé, les lions ne se sont pas levés, les tribus ne se sont pas rassemblées contre vous. Et tu penses encore que c'était une erreur tactique mais regarde-toi ¡ Ahijuna ! regarde autour de toi, regarde ! Tu es mort. Tu es mort et je renaîtrai. Les crocodiles sont mes frères, j'ai des cousins chez les pythons. Je connais des pierres qui gardent le cœur chaud de mes ancêtres, oui de mes foutus ancêtres de ces putain de civilisations immobiles et leur cœur est chaud et pulse dans la pierre. J'ai des totems, j'ai passé des traités avec d'autres vies animales, je suis relié à d'autres vies animales, la forme humaine peut disparaître, j'ai le choix, mon flux ne s'éteindra pas avec ma voix tandis que toi, tu es mort. Ta vie est un enterrement, ce qu'il te reste de temps tu l'enterres. Tu construis ton cercueil, tu le suis et tu le précèdes. Un cadavre, on le mange ou on le plante mais toi, rien du tout, tu ne te décomposeras pas, tu entends ? Tu ne deviendras pas. Pellette fantôme, pellette. Creuse ta tombe et pleure sur ta mémoire, c'est tout ce que tu sais faire. Mais sois sûr d'une chose : tu ne sauveras rien. Lawson ouvrit la porte à la volée. Et d'une autre, dit-il en se retournant : je ne fais pas un carnage avec tes draps sales parce que tu es mort, mais la prochaine fois que je t'entends insulter mon esprit, je t'égorge.

Stevens se retourna sur le marchepied de l'hélicoptère.

— Alors, qu'est-ce qu'il fait, Waterfull ?

— Il arrive.

La porte de l'habitacle claqua sur le chambranle, le major était à nouveau aux commandes.

Les pales de l'hélico brassaient l'air froid de la plate-forme. Vingt centimètres au-dessous des patins, le bloc de détonation tendait au ciel sa poignée de mise à feu. Comme à l'approche de l'orage, la vallée monstrueuse s'était tue. Stevens embrassa du regard le réservoir de six cent trente kilomètres de long écrasé contre le barrage, embrassa le fleuve en aval et Yichang vouée à sa destruction. Stevens reçut une vision de Wuhan et Shanghai au terme de la course annoncée, pendouillant au bout de la chaîne rompue du Yangtsé, molles et dévastées. Définitivement nettoyées.

— La tortue est parvenue aux portes de l'Impériale, le Yangtsé gonfle, il va la chercher. Paré ! Pour que montent les eaux dans les étables d'Augias, Stevens ! Pour que la Tchen avec la Wei viennent à déborder ! Feu Waterfull, vous avez dix secondes pour sauter sur la manette, feu !

Ils décollèrent à la verticale absolue à fond sur le palonnier. Vitesse ascensionnelle maximale : 990 m/mn. En quinze secondes, leur champ de vision naturel s'ouvrit sur deux cents kilomètres de mieux devant et derrière le barrage. À travers le hurlement des turbines lancées à plein régime, ils perçurent une série de déflagrations infimes, à peine une enfilade de pétards mouillés, un mouvement de troupe sous-marine en bordure du lac, puis plus rien. Le major bloqua l'Apache en stationnaire quatre cents mètres au-dessus de la plate-forme. Acquisition radar. Désignation. Verrouillage.

Rien.

— Putain qu'est-ce que c'est que ces pets de

nonne, Lawson ? Vous les avez armés oui ou merde ?

— Du calme.

La lumière baignait la vallée comme un dimanche. Suspendu au-dessus du volcan muet, l'Apache bourdonnait dans le silence général et vibrait sur son axe. Par-dessous, mer de boue étale et gris plomb, le Yangtsé se prélassait sur ses berges mornes, tous pins immobiles, contreforts calmes et paisibles ; un brin de vent. Puis, contre la rive nord, un cachalot s'éveilla. Un immeuble d'eau lourde glissa verticalement sur le béton à l'assaut des crêtes, craché par les tréfonds secrets du gros serpent argenté Yangtsé du loch Ness. Et son corps épais s'éveilla lentement à mesure de son ascension, portant le signal comme une onde dans le cours serré sur sa ligne d'ouvrage. Passant par les six points colmatés à bloc et relevant la tête à l'extrémité sud du barrage selon les voies sournoises des dragons de feu de la Chine éternelle, l'animal bouscula l'ensemble de la structure et revint sur lui-même dans un ample mouvement giratoire qui cette fois, déclencha les bombes enfouies de Lawson au cœur de ses cent colonnes d'eau soufflées par les forges d'Hercule à la face de l'Empire hydraulique. Un claquement d'éventail s'ouvrit sur la courbe de l'arc, déployant un essaim de gouttes crépitantes qui coururent comme une rumeur sur l'échine des Trois-Gorges auréolée de vapeur. Des gerbes bourdonnantes polychromes s'élevèrent avec des sifflements balistiques à l'attaque des transformateurs. Les charges en rosace jaillirent des piliers comme un filet de bombes en pluie, une myriade de comètes hululantes à leurs trousses. Un pétillement sonore envahit la vallée, diffracté en grappe de titane et murmures explosifs, un feu de Bengale, une couronne de magnésium embrasa la crête du barrage ébranlé.

— Maintenant !

Deux missiles antichar plongèrent synchrones dans les paquets de mer jetés au pied des déversoirs. Ils piquèrent le dragon dans les flancs. Le major pointa sur le corps de l'animal furieux, à la tête, à la queue, deux obus rayonnants qui fichèrent dans les côtes. En tir d'appui, une volée de roquettes passa inaperçue dans la masse bouillonnante. Le dragon se retourna sur lui-même, la gueule ouverte et bavant des trombes d'eau mousseuse, sa tête vint frapper de plein fouet le centre du barrage. Sa rage dégoulinait sur les salles des machines, les vannes de retenue tressautaient sous ses coups de nageoire. Ses pattes lacéraient la paroi de béton comme un ventre de biche. Le major maintenait un feu nourri, ses doigts étaient blancs sur les commandes, les rails lance-missiles chauffaient sous les moignons d'aile, elle les sentait cracher et vibrer à travers son siège et tenait l'Apache à la bride pour annuler l'effet de recul. Le Yangtsé hurlait dans son lit dérangé. Son dragon grossissait à vue d'œil, il rassemblait ses anneaux sur trois cents kilomètres à la ronde, ses épines dorsales cuirassées émergeaient par vagues et tranchaient dans les forêts de berge. Des hectares de bois et d'eau calme venaient à la rescousse emportés dans les plis du monstre blessé. Sa furie s'entendit jusqu'au plus profond de la zone inondée, à Chongqing, on lui dépêcha des poutres et des mâchoires de carnassiers. À Wanxian, à Fengjie, on lui envoya des chevaux, des boutoirs et du blé.

— Avance ! Manso de ta race efflanquée, montre-toi que je voie ta gueule et le fond de ta gorge. Avance ! Je veux voir la couleur de tes boyaux, le contenu de ton estomac, montre-moi tes dents, fais voir tes cornes ! De quoi es-tu capable, dans le feu de ma lance incendiaire ?

— Chargez-le major, chargez-le, il va mordre !

— Toro de salón, manso, tourne ! Tourne ta masse vers la cape étendue du barrage, fonce ! ¡ Anda ! Tu les vois les banderilles sous mes ailes, toro, tu les veux ? ¡ Anda ! ¡ Anda !

Le dragon baissait la tête, frappait le sol et soufflait sa bravoure vers le manteau fumant des Trois-Gorges. L'Apache fit un petit bond sur son axe et partit en flèche pour poser de face en sautant sa deuxième paire de missiles, sesgo por dentro a la espla, dans la bosse de muscle de l'animal furibond. Ruant de douleur, le Yangtsé gronda sur la muleta qui le narguait et son chant secoua l'azalée très loin dans les terres. Le major reprit de l'altitude en tournant court sur la queue du monstre, passa une véronique et une revolvera classique pendant que Lawson appelait à la rescousse les âmes de Mendes et du Cid. Le dragon affolé faisait claquer ses sabots roulants sur le fond du Yangtsé. Il portait ses coups de flammes sur les côtés, les rives s'éboulaient et venaient grossir la force et la fureur emmêlées dans ses écailles. Il lançait des langues blanches par-dessus la barrière des déversoirs, il jaugeait l'espace. Puis refluant, il se cala. L'arrière-train comme posé sur un burladero d'arène, en plein soleil, il ramassa ses remous profonds autour de lui et se lança. Le major bondit, croisa le monstre et révéla la cape. La couronne du barrage explosa tout entière sous la charge. Emporté par son élan, le Béhémot écumant passa droit dans les poussières énormes du plus gros ouvrage humain démembré. Entraînant comme des pailles des pans de béton de plusieurs kilomètres, défonçant les buildings de Sandouping, dévorant et noyant la terre, renfonçant les pierres dans les gorges étroites écrasées sous le roulis de ses trente-neuf mille sabots noirs. Lawson hurla de joie, le sauvage, tandis qu'Echampson commençait la course et lançait l'Apache à toute volée au-dessus des montagnes tremblantes. Les chevaux du Yangtsé à la crinière blanche avaient le mors aux dents, la bave leur sortait des naseaux. Ils couraient, Zigui, Xingshan, Badong à leur suite gonflés de limons. Ils couraient dans l'écume sur les ailes de Pégase, Tchal-Kouyrouk les menait comme une marraine-guide vers le Gezhouba minuscule. Des oiseaux sortaient par milliers des forêts bruissantes animées par la fuite emballée des gazelles et des cerfs. Renards, loups, civettes. Tout autour du Yangtsé lancé vers la mer, les mouvements de troupe enflèrent et grossirent ses flancs d'argent battus de tapis d'ocre et de laine mouvante. L'hélico se tenait juste derrière les cols fumants des chevaux d'assaut, au-dessus de leurs crinières détressées par le vent de la course, à l'aplomb de leurs jambes véloces. Un quart d'heure après le début du déluge, le Gezhouba apparut enchaîné sur ses rives, attendant l'estoc d'un cœur sans faille. Le major tira pleine cible et le dragon amena un instant les rênes de ses eaux parcourues d'une ombre d'hésitation. Un instant suspendues. Et défonça la barrière. Les bateaux roulèrent par-devant montés sur l'onde de submersion, laissant derrière eux Yichang écrasée et vomie dans des tourbillons de glaise et ciment. La ville sauta en l'air avant d'être happée par le courant continu des six cent trente kilomètres de retenue délivrés qui se hâtaient au plus fort du débit à quatre-vingt-dix kilomètres heure vers Wuhan et Shanghai promises au dragon.

À mille huit cents kilomètres de là, les bouches du Yangtsé commençaient à s'ouvrir sur Dong Hai, la mer de Chine orientale, et parlaient de nourriture et d'ordure.

Le fleuve courait sur le Hubei. Délogeait les buffles d'eau et saccageait les rizières. Les lacs séchaient sur pied entraînés par les eaux libres, les piscicultures lâchaient leurs carpes d'or engraissées aux granules. Le coton, le blé, la volaille furent pris en otages et sacrifiés sur les rives. Tout ce qui était de l'eau affluait dans le nouveau cours de l'ogre dragon et bouffait la terre par sa voie. Des corps gonflés tournaient dans les rouleaux au milieu des maisons éventrées, des navires énormes arrachaient la tablature des ponts et sombraient.

Le cri des bêtes prises au piège couvrait la province tout entière. On entendait hurler les bœufs et les porcs derrière le rideau de l'eau qui les engouffrait. Les sampans, les camions, les grues, les filets s'emmêlaient dans l'estomac du dragon fleuve, avec la vie, avec les herbes et les arbres et les rats. Tel un génie libéré d'une bouteille, un conquistador obèse, tel un foudre de guerre assoiffé de vengeance et coléreux, le Yangtsé tirait la campagne à lui comme un drap. Comme un ogre insatisfait dévore les plats, la nappe et la table sur laquelle on l'a servi.

Pendant des heures, la destruction fut partout et foudroyante. Aveugle. Jusqu'à Wuhan où le major changea de cap, ce fut une désolation, une magnifique dévastation.

— Je n'ose...

Je n'ose imaginer les milliards de cocons blancs des bombyx répandus sur la mer de Chine orientale.

Ils revenaient sur leurs pas vers Yichang et Sandouping et tout au sol était mer et torrent. Ils remontaient le courant, ils remontaient le temps. Du Gezhouba, il restait un bras désarticulé planté sur une colline à demi noyée. Des Trois-Gorges, un morceau de muraille qui céderait bientôt.

Au-delà des anciens barrages, la décrue commençait.

Le major se posa au sommet du mont Wu, entre Zigui et Fengjie qui émergeaient peu à peu des eaux rouges teintées en amont dans le bassin profond du Sichuan. Elle fit un feu.

Waterfull s'assit sur ses annuaires et consciencieusement, les yeux vides, entreprit de regarder passer les flots.

Waterfull n'ose imaginer le furoncle de Shanghai, ni la baie de Hangzhou envahie par les boues. Les étables d'Augias, ces maudites étables, sont bien plus étendues qu'il ne le pensait.

Tao Qian.

Le poisson à moitié crevé pleure,
emporté par la rivière.
À tout moment, il voudrait revenir.
Il écrit une lettre aux brèmes :
Je vous en avertis : faites attention en vous déplaçant.

Il n'ose, il reprend les annales écrites sur bambou.

T'ai-po de Ou
T'ai-kong de T'si — un homme des bords de la mer orientale
le duc de Tcheou, prince de Lou
le duc de Chao, prince de Yen
Koan et T'sai
le puîné, prince de Wei, prince de K'ang
le vicomte de Wei, prince de Song
Tsin
Tch'ou

Keou-T'sien, roi de Yue
Tcheng

— Ces montagnes sont pleines d'habitations troglodytes. Les stèles sont très vieilles. Installons-nous.
— C'est une cure de sommeil qu'il lui faut.

Quand les eaux eurent baissé et qu'apparurent les gorges de Xilingxia et de Qutangxia dans les plis brouillés de leurs robes, quand elles eurent recouvré leur profondeur originelle, sur la roche constellée de petits points blancs, grise de vase, les anciennes villes se levèrent.

Fuling des dynasties Shang et Zhou appela le vent dans la conque de ses quatorze cloches de bronze incrustées de fil d'or. Et dévoila jusqu'aux pieds les vingt mille caractères de sa forêt-de-stèles-sous-l'eau. Et reposa sa main apaisante sur les tombeaux des dignitaires du royaume de Ba. Les grues blanches revinrent sur son écueil en souvenir des immortels Erzhu et Baishi qui les chevauchèrent pour atteindre les cieux et les îles au nord du vide des Kunlun, séjour des bienheureux.

Wushan au pied des douze pics de la montagne Wushan secoua ses douze ruelles et les douze filles de la reine du Ciel-de-l'Ouest l'entendirent. Honteuses de n'avoir pas su garder la porte de la gorge Wuxia.

Xianguan et le village de Luojila promirent une forêt de bambous, une forêt de maïs et de magnolias aux migrateurs. Et des herbes de fond aux écailles blanches, aux grosses têtes et aux tortillons.

Badong pleura sur son pavillon Vent-d'Automne envolé, sur ses maisons dont les tuiles noires avaient été vendues une à une avant que ne montent les eaux dans les ruelles pavées, dans les temples et les grottes des Ba, et n'envahissent les deux mille six cents tombes millénaires à sa charge.

Fengjie capitale du royaume Kuizi, rasée, réduite à une surface de ruine, rappela Du Fu à grands cris en exil et les enfants nus qui pêchaient la tanche sur ses falaises glissantes.

Zigui chercha la tombe de Qu Yuan et ne la trouva plus. Elle fit une offrande de bambous farcis de riz le cinquième jour de la cinquième lune mais la carpe rouge du poète avait fui. Avec elle les vers du *Li Sao* qui chantaient la dislocation du royaume de Chu.

Dachang invoqua la pluie sur les maisons des Ming et des Qing éboulées dont les seuils gardaient la marque des architectes et les formules protectrices qui chassent les démons. Ses ponts à chaînes pendaient sur l'à-pic des falaises. Elle les enroula.

À Baidi, Stevens se pencha sur le parapet du pavillon-des-tons et regarda les chèvres s'aventurer dans les montagnes noires. Un sampan avarié tournait dans le courant. Il portait le souvenir de Li Bai, exilé à Baidi, cité de l'Empereur-Blanc, cité grouillante et grande pourvoyeuse de poètes sous les dynasties Tang et Qing. Des claviers d'ordinateurs filaient à ses pieds. Des sacs de charbon, des ballots de tissus envoyés par Chongqing avec les restes de ses douze milliards de mètres cubes d'eaux usées et les grands fils noirs de ses dépôts sédimentaires. Accoudé au parapet branlant du pavillon-des-tons, Stevens pensa que la tortue molle de la place Tienanmen devait sourire sur le dos du dragon, de toute sa petite gueule fripée.

Et toi Rotko joli porc, parti d'Empereur-Blanc aux nuages d'aurore,
Embrasés,
À Jianling, mille lis en un jour tu retournes.
Alors que le cri des singes résonne encore au tympan des deux rives,
En amont,
La barque file, a déjà passé mille monts.

Silence dans les gorges creuses.

L'hélicoptère enserré dans les parois avançait seul dans l'ancien réservoir déserté. Des bancs de poissons morts égayaient les fonds vaseux de leurs ventres clairs. Des chiffres peints sur des pancartes blanches, 148.5, 175, 185, montaient encore sur les collines et les terrasses, s'accrochaient encore sur les montagnes pour marquer le niveau du Yangtsé qui jamais ne remonterait jusqu'à elles. Les immeubles debout étaient frappés du signe rouge 拆 拆 拆 Chaï ! Chaï ! Chaï ! À démolir ! qui s'était répandu sur des villes entières comme un avant-goût de l'inondation. Mais silence dans les gorges creuses.

Les ragondins se terraient. Dans les Qutangxia, les guides ne chantaient plus en maniant la rame sous les yeux de leurs touristes. Les oiseaux ne chantaient plus. Les forêts noyées les avaient chassés et maintenant, les arbres étaient boueux, la canopée dégueulasse. Les batraciens se terraient. Les serpents s'étaient lovés en rond sous les pierres enfoncées, les carpes étaient envasées. Les surmulots noyés. Renards enfuis ou noyés. Le déluge. Et après le déluge, rien, des hydroglisseurs vides et de la boue.

Aux environs de Fengdu, le brouillard monta progressivement jusqu'aux patins, jusqu'au rotor de l'hélicoptère. Stevens sortit le randome, il dépassa le randome. Dans l'air humide, les sons se mirent à circuler. Il perçut à nouveau des bruits. Des bruits de chaînes et de chauves-souris. Des flappements brefs. Le brouillard tour à tour masquait et montrait la ville. Tantôt mur de glace et de lait, impénétrable, tantôt voile, il se déchirait sur une pointe de pagode épargnée et révélait quelques marches, la ligne d'un escalier sans fin perdu dans ses nuages artificiels. Stevens atterrit au radar sur la dalle de béton de l'embarcadère. Une trouée d'air se fit autour de lui quand il sauta de l'habitacle. Il sentit qu'il dérangeait quelque chose. L'espace vibrait dans sa sphère kinesthésique, le brouillard ne l'approchait pas.

Il monta les cent marches glissantes jusqu'à la rue principale. Les petites maisons noires se pressaient les unes sur les autres le long de l'escalier et se penchaient curieusement sur son sillage. Il faisait froid. Sur sa droite, suspendues dans le vide, les chaises rouillées d'une remontée mécanique grinçaient sur leur câble. Stevens serra la corde lisse de la rampe fixée sur la roche. Il arrivait à la centième marche. La porte sombre de Fengdu s'ouvrait devant lui. Un diable d'homme ou de bouc tirait sa gueule hideuse sur le trumeau central, le linteau portait un sceau ou un avertissement qu'il ne comprit pas; il passa. Un monstre lui sauta au visage, grimaçant horriblement, les dalles s'amollirent sous ses pieds, la rue s'emplit de cris et de hurlements. Des enfants poilus couraient sur les murs et montaient sur la tête des statues torturées. Par centaines, des homoncules souples et bossus se poursuivaient poussant des cris lamentables. Se pendaient aux draperies de pierre des bas-reliefs, se cachaient dans les niches des murs pour en ressortir aussitôt, les quatre mains pleines de déjections et de vent. Stevens fut assailli et tiré par les vêtements, il entendit des plaintes aiguës, vit des dizaines de mains jointes, des pleurs, des regards odieux, insoutenables, des beautés. Des singes ! Ils soutenaient des plaidoiries caquetantes, se plongeaient en prières collectives, jetaient des pierres sur les toits, s'épouillaient brièvement, se montraient les dents, crachaient, juraient, miaulaient à la lune implorant les statues terribles bardées de moustaches et de piques tranchantes. Ils le tirèrent dans une rue horrible bordée de gargouilles, par les manches et par les jambes de son pantalon, lui grimpant sur le dos, s'installant trois secondes sur sa tête. Ils lui firent les poches en traversant le kiosque Aurore-dans-la-montagne, regrimpant cent dix-huit marches de pierre froide, rebondissant sur les murs vers le temple Payer-de-retour-un-bienfait où ils lui rendirent les clés de l'hélico. Stevens les écrasa dans son poing. Ils le remballèrent dans la course, le traînant, le piquant sur les trois ponts en dos-d'âne au-dessus de l'Étang-au-sang dans les eaux rouges duquel ils burent avidement avec des gargouillements et des rots, relevant leurs faces plates, les sourcils ébouriffés, les dents dégoulinantes au premier bruissement d'air. Criant, hurlant, riant, hurlant quand Stevens essayait de parler. Ils le ragrippèrent aux lacets et aux cheveux pour l'emmener par une ruelle sombre et puante à la porte d'un deuxième temple qui contenait un autel, un empereur, quelque chose des Ming, un poète qui sait, un buveur — et bondissant, le poussèrent en haut des trente-trois marches devant un palais. Palais Dieu-du-ciel, un palais épouvantable, palais Royaume-de-l'au-delà au sommet de la colline Mishang où ils se déchaînèrent sur le dieu de l'enfer et son épouse reine de l'enfer et les quatre juges et les dix maréchaux effrayants, diables atroces figés sans parole, condamnés à supporter les jérémiades et les plaintes, les ressentiments, les procès. Les singes jouaient toutes les situations, mimaient les états d'âme, à toute vitesse, passaient de vie à trépas, à confession. Dansaient autour d'un autel improvisé couvert de sang et de coquilles d'œufs écrasées.

Ils gesticulaient sous ses yeux, gonflaient leurs crêtes, exorbitaient leurs yeux.

Waterfull précise : Lubriques, repentants, lubriques et violents, ils se passent les masques à la barbe des juges pétrifiés. Comme des montreurs de marionnettes, ils tirent les fils de pantin des fantômes qui n'ont d'autre recours que de passer par leurs corps pouilleux pour jouer leur dernière comédie. Car Fengdu, depuis l'aube des Han, est la cité par laquelle passent les âmes mortes, à l'heure du jugement.

Un gibbon doré plein de poils, roux à tête blanche, à barbe blanche, menait la ronde en frappant deux bâtons l'un sur l'autre, blatérant sans arrêt, saluant d'une grimace les arrivants qui s'y greffaient. À chaque tour d'autel, il frappait la robe de pierre du maréchal en chef et crachait dans le feu de l'enfer peint à fresque sur le mur sale. Les singes dansaient hypnotisés par le rythme de leurs quatre mains frappant le sol, emprisonnés par la voix du maître de ballet, envoûtés, transis. Pris, un par un, de syncope brutale, tombaient à terre comme des mouches crevées, raides et révulsés. Le maître accélérait sa harangue et donnait un nom à l'esprit qui s'emparait de ses disciples tétanisés. Un macaque petit, blanc, à chapeau noir, se releva comme un automate et courut sur ses jarrets tendus s'envelopper la tête dans un drapeau, l'esprit militaire l'avait pris. Il tendait les bras devant lui, la main écartée, saluait le gibbon en se jetant à terre, il était général et se roulait dans la poussière. Deux singes à grosses lèvres, le nez pincé, noir, deux black-naze, se mirent immédiatement de faction derrière lui, brandissant chacun un bâton noir et claquant des dents, simples enseignes.

Une femelle rousse se leva sur les mains et s'avança la tête en bas sur la statue du dieu de l'enfer qu'elle agrippa par les plis de son manteau et grimpa jusqu'à l'épaule, lui sautant à la tête, appliquant son ventre sur ses moustaches raides et jouant convulsivement du bassin avant de redescendre et de remonter, Ascenseur l'habitait.

Un vieux macaque tibétain faisait l'aller-retour entre l'autel et une flaque de boue noire à l'entrée du palais. Il étendait ses bras démesurés dans l'espace, poussait ceux qui le gênaient à coups de talon et déclenchait son alarme de paquebot quand il touchait son but. Commandant des transports aériens. Il faisait de l'import-export de brindilles, ramenait de l'autel des éclats de coquilles, ramenait de la flaque de boue de toutes petites quantités d'eau noire.

Sur la tête de la reine, un singe à crinière se tenait debout les seins enroulés dans un morceau de tissu, bougeait sur ses hanches, mordait dans une calebasse tenue à bout de bras, le crâne couvert de poussière, les poils lissés en arrière, une star.

Le général se mit à arpenter le palais en levant droit ses jambes devant lui, ses enseignes à sa suite se touchaient les doigts de pied et montraient les dents au commandant des transports aériens quand son vol les croisait. Une table ronde se tenait autour de l'autel, les Grands États discutaient en bavant sur la pierre. Le maître hochait violemment la tête à l'adresse d'un gibbon noir qui portait un goitre, fumait une branche et distribuait de l'alcool alentour.

Un ébouriffé traînait un sac informe qu'il jetait en pleurant au pied des statues, reprenant son bien après l'avoir déposé et secoué, avide, fourbe comme un avare repentant que son vice reprend. L'Ascenseur continuait ses allers-retours entre les pieds et les moustaches du dieu de l'enfer, des macaques minuscules s'accrochaient à son dos, riaient et dégringolaient sur l'autel en projetant ce qu'ils pouvaient de poussière et de sang. Les Grands États, interrompus dans leurs négociations, contractaient les sourcils, criaient et découvraient leurs crocs blancs. On appelait le général, les deux enseignes se mettaient au garde-à-vous, le général s'aplatissait au sol, se relevait d'un bond et prenait sa démarche anglo-martiale de gymnaste rouge pour courir au cul des macaques disparus, cachés dans les niches et contre les fenêtres du palais. Passé la ligne des dix maréchaux, il hurlait, battait ses enseignes, oubliait tout et reprenait ses inspections. La star vociférait pour annoncer un concert gratuit. Le maître ramenait les négociateurs à l'autel, le goitreux reprenait sa distribution et l'Ascenseur ses frénétiques masturbations sur les moustaches de l'enfer. Import-Export voyait sa flaque de boue diminuer, il était plus tendu à chaque voyage, le contrôle des enseignes lui tapait sur les nerfs. Il y avait des éclats, les bâtons noirs étaient frappés fréquemment les uns sur les autres. Le général piqua une crise quand l'autre força son barrage. Les Grands États regardaient attentivement, le goitreux n'avait plus d'alcool, les terroristes se passaient de l'Ascenseur pour sauter n'importe quand sur l'autel. La star dévorait sa calebasse. Tous les singes bavaient en parlant, ils portaient des barbes de mousse. Comme blindées d'atropine, leurs glandes salivaires produisaient des quantités d'écume qu'ils secouaient et crachaient autour d'eux. Les moustaches du dieu de l'enfer en étaient couvertes, ses yeux disparaissaient dessous. Comme chez le barbier, il tenait sa tête de pierre raide devant le rasoir ouvert. Les gibbons, les macaques allaient le raser. La femelle rousse, lassée de sa figure immobile, montrait en hululant le rasoir qui brillait froidement dans la main du maître. Il approchait.

Stevens s'échappa. Les clés de l'hélico serrées dans les doigts, il courut marche arrière toute escorté par les cris des damnés contrefaits ricanants. Il glissait sur les marches au bord de la panique, la transe des primates lui montait dans les mollets, des crampes cisaillaient ses cuisses, ses mouvements se raidissaient à mesure que les visions de l'enfer chinois assaillaient son esprit. Chaudrons bouillants, tridents vengeurs, balances dorées où tremblaient des paquets de chair informes. Lawson cria dans sa tête : ce ne sont pas des fantômes mais des singes. La mémoire de Waterfull est empreinte d'horreur et de culpabilité. Ce sont des bateleurs. Tous bateleurs ridicules et grossiers qui le poursuivent pour la forme sur les escaliers dégoûtants puis changent d'orientation, cent mètres avant la porte, subitement désamorcés, indifférents.

L'hélicoptère secoua tout le brouillard en s'envolant. Le major souriait.

À hauteur de la Tour-pour-regarder-son-pays-natal, Stevens ne vit rien. Fengdu, enveloppée dans ses voiles de boue, qui crépitait de folie trois minutes auparavant, se tenait raide comme dans une toge empesée, raide et vide et navrée.

— Ils ont disparu ?

— On se tire, Stevens. Il faut laisser les singes se soigner eux-mêmes. La Narmada prend sa source sur le plateau d'Amarkantak, dans le district de Shadol de l'État du Madhya Pradesh, prenez la carte, par force on lui a fait engloutir soixante mille hectares de forêts primaires, elle nous attend.

J'ai vu le Taj Mahal.

J'ai vu Lucknow. Moi le major.

J'ai pris une montre Panerai dans la vitrine de Johnson & Son. Stevens déambule comme un diplomate saoul : il porte les vêtements d'un nawab, des diamants, un chasse-mouches en or lui sert de canne, la bandoulière de son P-M lui barre le ventre et il avance en automate. Ding.

15 heures Amarkantak.

On débarque sur le plateau. C'est la jungle.

Après quelques heures de marche, nous repérons la source. Elle coule au pied d'un margousier, déjà trois brasses et claire. Fond de sable et pierres polies.

Stevens se trempe les pieds et mouille sa robe en grognant.

Le collège-mausolée du Français Martin lui a insufflé une énergie nouvelle. S'en remettra-t-il ? (W. l'encourage à apprendre l'ourdou.)

Il a décrété que l'Apache était hors de propos et déplacé. Nous avons dû laisser l'hélicoptère, les trente barrages sur la Narmada ne le soucient pas : il dit qu'il est sûr de la Délicieuse, qu'étant née deux fois des humeurs de Śiva, elle est promise à l'éternité dans sa forme inchangée. « C'est une rivière qui dégrade, elle érode son lit, son cours ne peut varier. De plus, les moussons sont terribles, elles n'auront pas manqué de crever les constructions des castors. » Ou cadors. Ce n'est pas clair.

Lawson a camouflé l'Apache dans un hangar de bananier. Nous ferons une sortie de reconnaissance quand il aura repris ses esprits, c'est-à-dire quand il en aura éliminé quelques-uns. Nous sommes en Inde. Patience.

Le plateau est tranquille comme si la roche des monts de Saptura le protégeait des invasions. Les éléphants s'approchent du bivouac de temps en temps mais gardent une distance respectueuse. Ce qui désole W. qui rêve d'arracher la défense gauche d'une de ces grosses bêtes pour écrire je ne sais quoi sur des tablettes de buis qu'il a ramenées de Lucknow. Les troupeaux de cervicapres nous fournissent la viande. Par bonheur, Stevens accepte de chasser, cela étant « une bonne occupation pour un nabab en retraite forestière ».

Je n'aurais pas dû les perdre de vue ce jour-là. Déjà, devant le Taj Mahal, il y avait des symptômes. L'air résonnait. Devant les étals des marchands de souvenirs qui présentaient de tout en petits tas ramassés, on entendait encore l'écho des invites pressantes, en hindi, anglais, benglish. Mensahib, ey, mensahib, va te faire foutr, tu acheter quoi ? Tu veux quoi ? Tu veux ça ? Bel Taj en marbre, imitation 100 % vraie, tu veux quoi ? You want wat ? You pay no problem. Tu veux une statue, tu veux de l'herbe ? Cocaïne extra no problem, opium, non ? Tu veux quoi ? Cinéma ? DVD special India, tu veux quoi ?

Mother India ? Des chansons, des tubes, chansons Bollywood, tu veux pleurer sahib ? Tu veux ? K7 sexy, statues Kamasutra, jeux de cartes, tu veux quoi ? Viens, viens, je montrer, tu veux manger ? Masala dosa ? Dormir ? Guest house ? Sucreries ? Du thé, tu veux du thé ? Coca, tu veux quoi ? Portrait ? Regarde, Muntaz Mahal, portrait Jahangir, amour éternel, quatorze enfants, le dernier l'a tuée, tu veux voir mes frères ? Non ? My sisters ? Very beautiful woman, very very sexy, non ? Miss Monde, qu'est-ce que tu veux ? Des légumes ? Belle culture lettrée, signature ourdoue ? Préservatifs bleu Kṛṣṇa, tu veux ? Un chasse-mouches ?

C'est là qu'il a craqué. Il a pris le chasse-mouches et il l'a payé. Tout en or, c'est de l'or, le manche est en or serti de gemmes, les lanières en peau d'autruche repoussée, le bracelet d'attache en perles & diamants. Il l'a payé une roupie, le chien. Et s'est mis à se chasser les mouches autour du turban — qu'il ne portait pas. Trois pas en avant d'un air ultra-satisfait. Waterfull lui a soufflé quelque chose à l'oreille, il l'a appelé oui-vizir, a rebroussé chemin et déposé sur le dhotî du gamin qui ne comptait pas sa roupie un acte officiel rédigé à la va-vite par lequel il lui cédait loyalement le Gujerat de son cousin Muhammad devant l'assemblée des ministres. Mais après tout... pourquoi pas.

Le Taj passait du blanc au rose au violet. Le marbre, d'où nous étions, était comme une peau translucide irisée. Il ne fallait pas approcher. Les palais déchoient, les tombeaux se ruinent hors de la présence humaine. La mémoire qu'ils concrétisent requiert un entretien constant. Jardiniers, marbriers, chauleurs, peintres et sertisseurs sont attachés au palais comme les bernacles sur le dos des baleines montagneuses. Leur travail est microscopique mais s'il cesse, l'édifice se couvre de poux et disparaît aussitôt. À échelle géologique.

Cette fois-là, je les ai convaincus et mis à part une collection de bibis du XVIIe, Stevens ne me cacha rien dans les manches. Il allait simplement brandissant son chasse-mouches d'un pas plus lent, mais les Indes ont souvent fait cet effet maritime sur les Occidentaux, il n'y avait pas de quoi s'inquiéter. Non. C'est à Lucknow qu'il n'aurait pas fallu les perdre. Parce qu'ils avaient déjà dans l'esprit ces beautés délicates et le tintement des anneaux de cheville. Stevens, en rêve, parlait de rubis accrochés à des nombrils sombres et de certains cris d'oiseaux qu'il convient d'imiter pendant les préliminaires amoureux. D'ailleurs, j'ai toujours pensé que cette escale soi-disant nécessaire (« nous n'avons plus de pétrole ») n'était qu'un prétexte : Waterfull était sur la piste de Mir et manœuvrait depuis Yibin pour retrouver son tombeau enfoui sous les rails.

Les rickshaws branlants écroulés dans les nids-de-poule, écrasés sur les murs décrépis, les boutiques renversées dans les ornières et parcourues des chiens et des rats habituels auraient pu dessiller leurs yeux. Mais l'homme entêté de chimères — Stevens — ne s'arrête pas aux détails. Et Waterfull est beaucoup trop archéologue pour se laisser prendre aux apparences du temps.

Quand nous tournâmes le coin du Jama Masjid et que l'éclair d'un paon passa sur la triple coupole où poussait l'herbe de la déréliction, ils furent projetés d'un coup dans le royaume d'Aoudh. Les bidonvilles en ruine accrochés aux ruines des anciennes havelis majestueuses disparurent à leurs yeux, je le vis. Les mares stagnantes bouffées de vermine se transformaient en bassins d'agrément, ils ne voyaient plus les vaches tordues autour des barbelés occupées à brouter les insectes de vase. Lucknow déconfite et rongée par les moussons, fissurée, vautrée comme une grenade pourrie au pied d'un grenadier étouffé de sulfate n'était à leurs yeux qu'orangeraies odoriférantes, jardins soignés, paradis carrés et palais. Dans ces conditions, évidemment, les bégums ne tardèrent plus à apparaître. Voilées, parées et parfumées, elles parcouraient le bazar purulent, précédant les perroquets.

J'en surpris une qui soufflait sur les fleurs et, cachée dans un bosquet de tamariniers, bourrait une pipe en laissant voir de longs doigts aux ongles ornés.

Très vite, Stevens voulut aller au bordel.

— Ô sir, il n'y a pas de bordel en Inde.

— Culture très unique.

— Que dites-vous, major ?

— Chhht, rien du tout.

— Ne faites pas l'innocente, j'ai vu les cartes postales dans la boîte à gants de l'hélico. Elles n'étaient pas très habillées vos bibis.

— Je vous en prie, Stevens, prenez-les si ça vous dit. Et surtout, ne vous sentez pas obligé de cacher vos larcins dans mes affaires, c'est ridicule.

— Quoi ? Non mais dites donc !

— Arrêtez avec ce chasse-mouches.

— Vous êtes jalouse, jalouse comme une pie ! Vous brûlez de venir avec nous mais vous ne voulez pas vous l'avouer.

— Quelle pruderie ! Ces dames me recevraient sans ciller, que croyez-vous ? Qu'il y a des chasses gardées ? N'attendez plus, courez-y, elles vous apprendront deux ou trois choses dont vous avez sérieusement besoin. Mais ne prenez pas les tawwaif de Lucknow pour des prostituées de fond de rade. Elles ne fondront pas sur votre braguette la bouche ouverte et les doigts lubrifiés. Vous allez découvrir la culture, la lenteur. Vous allez apprendre à rouler le paan et à le mâcher, à allumer le hookah, à parler en fumant. Ni trop, ni trop peu. Vous écouterez les ghazals qu'elles diront sur des tapis épais recouverts de coton frais. Vous les regarderez arroser la terre et vous sentirez, dans le patio ouvert sur le ciel, l'odeur des premières gouttes d'orage envahir votre âme. Elles s'adresseront à vous dans le plus bel ourdou de Lucknow pour vous mener au bain. Elles vous déshabilleront avec égard, vous plongerez dans une vasque d'eau fraîche exhalant la rose. Vous serez massé aux huiles, séché, poudré. Et vous apprendrez à nouer un tissu sur vos hanches. Elles vous guideront. Si à ce moment-là, la femme qui vous prête sa science pour le septième pli qui se pince sur le ventre, devine votre émoi, vous verrez son sourire. La courbe de sa joue vous paraîtra une pêche, vous commencerez à penser comme un verger au printemps. Vous verrez des gazelles, ses cheveux seront comme un troupeau de chèvres sur les monts Vindhya, ses yeux des colombes. Sa bouche comme une moitié de grenade gorgée de suc parlera pour vous des tanières des léopards et des lions qui rugissent de désir dans le désert du Gujerat. Vous l'appellerez mon amie, ma bien-aimée, vous chanterez ses parfums supérieurs à tous les aromates, à la myrrhe, au safran. Le cannabis vous montera dans le corps comme un encens. Elle dira que vous êtes frêle et beau comme un cyprès, que vos dents sont des brebis, que vous êtes comme la biche et le faon, frémissant. Vous aurez le désir de manger son miel, de boire son vin avec son lait. Ma colombe est parfaite, ses boucles sont couvertes de rosée. Vous verrez ses seins comme des fruits mûrs, sa taille comme un palmier, vous ne penserez plus qu'à monter sur le tronc pour les agripper. Elle ouvrira votre jardin. Vos doigts dégoutteront d'huile et de cumin roux, vous entrerez alors dans la chambre des nuits étoilées, infinies, et si elle le veut, elle tiendra votre désir entre ses seins et ses lèvres comme un poulain débridé.

Waterfull toussota.

— Nous accompagnerez-vous, major ?

— Eh bien non.

Ils rêvaient. Je les laissais s'aventurer seuls dans les ruelles du chowk encombrées par les armes rouillées de la mafia locale, par les papiers et les bandeaux de la dernière campagne électorale.

Il y avait aussi du sang sur certains vêtements tombés avec impact de balle. Votez Ratsu, champion de boxe interrégional. Votez Ratsu, le poids lourd de l'avenir. Des uniformes de militaires, des mitraillettes, des tchadors et quelques saris passés, poussiéreux, néanmoins élégants, jonchaient les gadoues.

Que faisions-nous dans ce trou noir ? Qui était une ruine avant la prune. Qui, vivant, était une ruine. Comme Venise. Comme toutes les cités situées sur la ligne de subduction d'une plaque tectonique plongeante. Ou comme toutes les cités où des civilisations étrangères l'une à l'autre s'étaient entretenues et séduites avant de se dévorer mutuellement.

Pataugeant dans les ruisseaux de bouse figée, je guettais le cri des hyènes retirées dans les faubourgs et j'espérais que Lawson avait trouvé son « pétrole ». Deux heures plus tard, il se mit à pleuvoir très fort. Des paquets de henné crevèrent sur les trottoirs, l'eau déferlant bruyamment dans les rues défoncées dévalait, mélangeant le cuivre et la merde aux chiffons déroulés. Mes bottes clapotaient et collaient à la croûte spongieuse. Je courus au hasard et débouchai avec la nuit lourde de soixante-dix pour cent d'humidité devant les marches rouges de la Constantia de Martin.

J'installai mes trois lampes Petzl, une au front et deux sur les poignets et pénétrai dans cette caserne à colonnades, bordée d'arches et surmontée de dômes creux, mes bottes à la main. Les portes étaient flanquées de cariatides à gros seins, les salles regorgeaient de stucs colorés et de plaques de marbre veineux. Des statues gréco-romaines nichaient dans les murs sous des tympans triangulaires d'où pendaient des affiches déchirées. Śiva et Parvati s'étaient posés en rouleaux sur la tête d'une Vénus au coquillage. Le plâtre tombait en morceaux. Les ors des moulures, cloqués par l'humidité, déformaient les plafonds. On voyait au coin des salles d'énormes ballons dorés. À l'intérieur de la Martinière, collège des Gandhi-Nehru, tombeau de la maîtresse d'un Frenchy frappé aux armes de l'Empire et voué au commerce libre, mes lampes s'agitaient comme des lucioles et s'accrochaient aux toiles d'araignée géantes tandis que toutes sortes de bestioles rampantes foutaient le camp sous mes pieds nus. Au fond d'une salle éloignée, un hibou roucoulait.

Je passai les portes en enfilade en même temps que nuée d'hirondelles hurlantes.

Conseil de classe, elles criaient

A tué le proviseur en traître. Tiré par la fenêtre pendant qu'il dormait, traîné dans le sang

Économat

Pendu par les pieds. De mèche avec le Chief Minister au Parlement, rançonnait les élèves, montait des brigades pour lever des fonds chez les paysans.

Mensonge ! Reversai dix pour cent aux policiers, des brigands ! A violé la fille du pandit, par-derrière, par-devant et dans la bouche, à dix c'était un acte politique ?

Infirmerie

À deux, c'en aurait été un ? Activité commerciale agressive, va piller Goa, va va ! Va monter arnaques assurances, va construire usine faux aspirine, va va !

Réfectoire

Le hibou faisait un carnage des hirondelles en escadrons. Chaque entrée, si rapide fût-elle, était plaquée au sol et sa nuque brisée d'un coup sec. Il volait dans un silence de soie au centre du tourbillon de ses proies. Et buvait le sang aux veines caves des oiseaux décapités. Roucoulant, roucoulant.

C'est là que je les ai retrouvés. Dans cette faille sismique construite à la convergence exacte de l'Orient et de l'Occident, sur un monceau de coussins dédaigné par les mites, ils fumaient la chicha et se passaient un verre de thé noir.

— Merveilleux !

— Une fantastique apparition, major. Nous avons cru un instant que nous revenait la bibi de Gwalior en personne. Auréolée de lumière !

— Le carnage ne vous dérange pas ?

Quel carnage ?

C'est ce que j'entends inlassablement depuis cette déplorable soirée. Quel carnage ? De quoi parlez-vous ?

Du carnage de vos troupes devant Delhi en 1398

Du carnage perpétré dans les villes Harappa

Du carnage qui se fit sur le Kurukṣetra mythique entre deux armées de cousins

Et du dernier.

Autant chasser les mouches.

L'Amarkantak est tout en fleurs.

Stevens part tôt chaque matin pour sa promenade apéritive. Il a trouvé un bungalow qu'il dit être un ermitage à deux heures de marche de la source. Selon lui, c'est une vraie retraite forestière qui fut habitée par le petit-fils fonctionnaire d'un des derniers nababs. Cet homme gardait comme une relique un tigre empaillé qui servait de cible à son grand-père lors de parties de chasse truquées, auxquelles il invitait toute la crème du Raj de l'époque.

Le tigre pouilleux et recousu de partout a été sauvagement déchiqueté sur la véranda par une bande de langurs. Stevens les a vus. Ils se sont jetés sur l'idole en crachant et l'ont mordu sur le dos et aux flancs. Ils ont arraché la queue et vidé les orbites des deux billes de verre qui lui servaient d'yeux. Les plus petits ont bouffé les oreilles. Le chef, pour finir, a pissé sur sa tête.

Paraît-il que c'était effrayant.

Quand il est revenu, les singes l'ont escorté du haut des arbres et les fleurs rouges qu'ils détachaient en sautant des flamboyants parsemaient le chemin.

L'autre nabab a pris ça pour un signe : « Une pluie de fleurs ne saurait tromper. »

Depuis, la forêt est enchantée.

Les monts qui se font face de chaque côté de la source sont énormes et couverts des fleurs sanglantes de l'arbre kiṃśuka. Ils se tiennent ainsi parés haut dans le ciel et les animaux en proie au délire amoureux du printemps grondent et chantent dans leurs sous-bois agités. Ils sont comme Karṇa et Abhimanyu ensanglantés, couverts de flèches, bourrés d'énergie et débordants de tejas, ils se regardent avec fureur. Leurs poitrines s'épanouissent plantées de santal et d'aśoka, de śālmali à fleur rouge, comme la poitrine de Karṇa criblée de flèches en forme de dents de veau, comme celle d'Arjuna qui resplendissait sur le champ de bataille.

Ce sont des montagnes royales aux sommets et aux vallons boisés où éclate le jasmin. Les grues élancées, sweet crane, aux amours fidèles, fusent du haut de leurs fronts ornés. Leurs cris d'appel résonnent dans les cavernes, éveillent les loutres et les poules d'eau. Le printemps est une levure renaissante à laquelle sacrifient les amarantes pourpres, les kiṃśuka, les kapokiers, les ébènes et les bêtes. Stevens regarde les lianes enroulées aux troncs des margousiers comme des amoureuses éperdues enivrées. Il est encore sous le charme de l'ourdou des tawwaifs de Lucknow mais il commence à percevoir d'autres voix dans le vent qui saute d'arbre en arbre et traverse les lianes enlacées aux amants.

Il me souffle des comparaisons énormes.

La source de la Narmada, dans sa douce déclivité, serait comme l'étang couvert de lotus qui bordait l'ermitage de Rāma.

Ne sortez pas seule, me dit-il, les margousiers sont en fleur...

Il est vrai que les temples sauvages sont tapis dans des coins incroyables et dédiés à de sacrés foutus monstres. L'autre jour, en revenant de son bungalow où il était allé recoudre le tigre du nabab (il avait choisi, la matinée durant, deux petites pierres noires et rondes pour remettre des yeux à la chose), les singes l'ayant égaré, il s'est retrouvé devant un rākṣasa hilare qui brandissait un gourdin. Sans savoir si l'autre l'avait vu (il est bien évident qu'il s'agissait d'une statue), il a pris ses jambes à son cou et couru jusqu'au bivouac.

Son P-M, nous dit-il plus tard, n'aurait servi à rien.

Effectivement. On peut toujours mettre ça à son actif.

Mais la créature était grosse comme une fusée! Elle portait un pieu de plusieurs étages, ses dents dégoulinaient du sang vert des arbres qu'elle venait d'égorger, etc.

Je l'emmenai dans les bois et lui montrai sans tarder une statue prise dans les troncs d'un immense pipal, camouflée par les feuilles. En jouant de la machette, il découvrit un dieu bleu à quatre bras rayonnants qui portait un collier de crânes et une ceinture de serpents. Il en fut saisi.

Pas de panique, Stevens, c'est Śiva.

Il a le doigt pris dans un cercle de feu, tout va bien, nous sommes en Inde, les statues sont rouges, bleues et huilées, elles dégoulinent, elles vivent, elles agissent dans les lieux consacrés et tous les lieux invoqués sont *de facto* consacrés. Le Gange est partout où l'eau coule. Buisson-d'Épines, à Omkareshwar, cache Hanumān en gloire, la massue rouge au côté droit, couronné de fleurs, la poitrine ornée de guirlandes, les pieds oints d'huile et de ghee, de beurre clarifié, de pigments.

— Tu n'es plus sur la terre de tes ancêtres latins, tu n'es plus yankee, tu es revenu de Lucknow, Stevens, tu es en Inde. Touche ses pieds, ajouta Lawson qui passait par là. Everything is possible in India.

On peut trouver le plus gros diamant du monde sur le front d'un bhilla sauvage pétrifié par les austérités ou transformé en sel gemme. Il peut être passé de Jadav Singh à Aurangzeb par les voies les plus obscures et d'Aurangzeb à la Compagnie des Indes orientales par la mallette diplomatique jusqu'à se retrouver en Angleterre, réduit à une dimension de caillou maigre sur les indications d'une reine aux lèvres blanches et pincées. Mais il peut aussi revenir et se fourrer tout seul dans les caisses privées du rajah de Mahwa, grossi de toutes les rivières qu'il aura traversées et recouvrant ainsi son premier nom : Koh-i-Nor, Montagne de lumière.

C'est-à-dire qu'on peut aussi croiser un Blanc tout seul, bardé de diplômes et raide comme un chasse-mouches, persuadé de détenir le plus gros diamant du monde, et le voir prendre un air louche chaque fois qu'il se rend à la rivière. À savoir tous les matins.

Stevens est passé en Inde, c'est très clair. Everything is possible now.

Il a envoyé Waterfull à Jabalpur avec ordre de lui ramener le Mahābhārata en BD — Éditions Amar Chitra Katha, a-t-il précisé. Soit quatre-vingt-quatorze volumes en anglais et en sanskrit, qu'il compare du matin au soir et qu'il nous joue, en partie, la nuit tombée.

Heureusement, le greffier touché par l'Orient en a profité pour ramener des liquidités plus ou moins gazeuses et un chapelet de billes noires à fumer. J'ai vu aussi qu'il s'était finalement décidé pour les préservatifs Ganesh. Il faut dire que Stevens a pris les éléphants en amour et croit qu'une trompe lui pousse sous la ceinture. Apparemment, il la préfère bleue.

Tout ce printemps nous joue sur les nerfs.

Moi-même, de temps à autre, je sens que m'appellent les abeilles. À vrai dire, il ne se passe pas un jour sans qu'elles ne me montrent une ruche au creux d'un arbre noir et le miel que j'en extrais est d'une douceur insoutenable.

Maintenant ils jouent aux dés toute la nuit.

Maintenant, le matin, Stevens se baigne et *purifie* ses linges dans la Narmada. Ensuite de quoi, il va voir son tigre et l'emmaillote de grillage contre les singes.

Pendant que Lawson court dans les bois, couvert d'écorce et dûment maquillé, l'espèce de sâdhu se transforme en roi du monde. Il a repéré un petit troupeau d'éléphants dont les heures de baignade sont fixes et dès qu'il les voit se diriger vers la rivière, il noue son pagne et se met à bramer sur la berge.

Je suis immense comme un arbre śāla et pareil au mont Vindhya, Roiq Stevens ! Ma force est sans égale, je rayonne sur terre comme Agni dans les cieux. Mes aïeux très puissants m'ont légué le royaume, je suis l'éléphant en rut, le taureau des barattages, le roi unique des contrées terriennes et sous-terriennes ! Ébattez-vous mes fabuleuses femelles, je vous rejoins sans tarder car mes tempes ruissellent de désir, ma colonne se dresse sur mon ventre, mes yeux rougissent d'excitation. Accueillez dans vos ébats l'Unique et son Weapon ! Apaisez son corps atteint des cinq flèches de Kāma, consumé d'ardeur. Je suis Roiq, Roiq Stevens, tigre entre les hommes, dernier taureau des *Sapiens* ! Les cochonnes, dans une autre vie, vénéraient déjà ma peau soyeuse et ma puissante poitrine, préparez-vous divines éléphantes, je viens d'un cœur pur les cheveux défaits par la course, mon sang bouillonne !

Là-dessus, immanquablement, il se jette dans les flots et barbote autour des bêtes impassibles.

On ne dira jamais assez combien sont doux les éléphants. Doux et tolérants.

Malgré les criailleries du moineau insolent, et bien qu'il leur monte dessus sans précaution, foulant de ses pieds agiles les ventres immenses, c'est à peine si on lui jette de temps en temps une trompe d'eau. Et encore n'est-ce fait qu'en passant, comme par inadvertance et parce qu'il se trouve sur le chemin.

L'insecte peut bien défaire son vêtement et exhiber son weapon tendu de plastique bleu en beuglant que Ganesh est dans son ventre — gare aux fummelles, Ganesh me tourmente ! — rien n'ébranle la magnifique placidité des pachydermes au bain.

Car plus que la vache, l'éléphant est indien. Et particulièrement ceux-là qui descendent d'une lignée domestique à laquelle les guerres ont été épargnées et n'ont plus, par conséquent, l'habitude de broyer les têtes des vaincus sur le champ des combats. Heureusement pour Stevens. Qui s'en sort à chaque fois plus ragaillardi que jamais, rayonnant, peut-être pas comme il le dit de tejas, mais rayonnant, sans conteste.

Et ensuite, ils jouent aux dés. Avec Waterfull.

Ils se sont séparés le monde en deux et jouent comme ça, l'un contre l'autre, au milieu de quatre paons qu'ils ont amadoués avec des sucreries et qui ponctuent les mises et les lancers d'horribles cris perçants. (Persans ?)

Waterfull joue les bibliothèques : Tokyo, Alexandrie, Londres, Paris, Singapour, São Paulo, les municipales et les concédées, les privées, les universitaires et celles des centres de recherche, toutes spécialités confondues. Il mise les archives. Toutes les archives.

Stevens soutient l'enjeu à grand renfort de Rolls Royce, puits de pétrole, centrales nucléaires, usines de Lego et multinationales. Exxon, Ford Motors, General Motors, Mitsui, Volkswagen, IBM, Siemens, Nike, Nokia, Intel, Disney, Danone y sont déjà passés.

Le pire c'est qu'ils ont maintenant du public. Les langurs ont compris que lorsque retentit la cloche qui annonce le début du jeu, il y aura force libations et jets de fruits et offrandes de racines. Ils déboulent en grappe et s'approchent de plus en plus des joueurs enivrés qui, tout à leur passion, ne voient pas qu'on leur pique cartouchières et bonnets.

(Je garde les vraies munitions sous ma natte.)

Ça dure depuis des semaines et, bien entendu, comme dit Lawson, ils perdent tous les deux.

— Eh bien, quand ils auront tout perdu, je suppose que sera symboliquement accompli le deuil ou le déblayage des affaires humaines et que l'on reprendra nos travaux d'assainissement.

— À moins qu'ils n'en finissent jamais avec cet inventaire. En attendant, je retourne dans les bois.

— Je vous accompagne !

— Non, major. J'ai rendez-vous avec ma promise.

Tiens donc.

J'ai attendu puis j'ai remonté sa piste sous le vent et je l'ai vu. Oui. Sous un banian monté comme une cathédrale, il baisait une biche.

Heureux les bhillas, les poissons et les païens qui savent vivre !

Elle avait les yeux ourlés de khôl et l'iris jaune comme un tournesol. Son poil frémissait sous les caresses de Lawson qui, emmanché sous sa queue, avait l'air d'un centaure magnifique. Le feuillage les éventait pendant que le bouc s'embouchait voracement dans les rondeurs du cul de sa belle. Ah l'animal ! Je crus reconnaître dans la croupe offerte de la biche les belles fesses d'une amie perdue. Sa vulve sombre me revint d'un coup en mémoire.

Et sur les branches basses du banian, les macaques copulaient fébrilement, inspirés par les amants appariés.

Bon sang que ce printemps nous tourmente.

Quand j'arrivai au bivouac, le feu était partout dans les cervelles. Waterfull sautait avec les langurs autour du tapis de jeu et jetait en l'air des calebasses de miel que j'avais mises en réserve. Les paons étaient complètement déployés. Il y avait eu un pillage sous le toit de bananier de l'arrière-cuisine. Les grenouilles et les grillons coassaient et crissaient à qui mieux mieux.

I've won ! I've won !

Waterfull était déchaîné. S'il n'avait pas porté sa tenue réglementaire avec chemise blanche et bottes cirées, n'importe quel animal à pied fourchu l'aurait pris pour son frère.

— Où est Stevens ?

Il me fit un signe du bras en direction de la rivière, sans cesser de vociférer I've won ! en distribuant force coups de pied aux singes qui passaient à sa portée.

I've won ! I've won !

Stevens était accroupi sous un teck, la tête dans les bras repliés, il reniflait.

— Qu'est-ce qui se passe ?

— Il a gagné.

— J'avais cru comprendre. C'est la perte des multinationales qui vous met dans cet état ? Ou celle du trésor de la couronne ?

Il se tassait sur lui-même comme un tatou pris au

piège, recroquevillé sur une mâchoire invisible, secoué de désespoir. C'était pitoyable.

— Seriez-vous mauvais joueur, Stevens ?

Il refusait de répondre et regardait les flots clairs dans lesquels montait une lune jaune. Comme s'il l'avait lâchée à contrecœur sur une feuille de lotus, il essaya de la rattraper du bout des doigts. Vraiment romantique.

— Mais qu'est-ce qui vous prend ?

— J'ai tout perdu, laissa-t-il échapper dans un souffle.

— Certes.

— Vous ne comprenez pas.

— Mais si, mais si. On ne va pas revenir là-dessus, vous n'y pouvez rien. C'est comme ça. C'est tombé sur vous et puis voilà.

— Ce n'est pas ça major, je...

— Oui ?

— Je vous ai perdue.

— Pardon ?

— J'ai tout joué avant vous, je vous le jure. J'ai joué tout ce à quoi je pouvais penser, j'ai joué les palaces, les numéraires, les comptes suisses des plus grosses fortunes mondiales, j'ai joué les ambassades, les couvents réhabilités quatre étoiles, les plus belles Maserati du monde, les nations, les États, un par un, tous les États, tous les territoires. Absolument tous. J'ai même joué les centres spatiaux avec leurs satellites. Et Challenger. J'ai tout perdu. J'ai joué Lawson, j'ai joué Waterfull et je les ai perdus. Alors je me suis joué. Et je me suis perdu. Alors — je vous ai jouée. Et — je vous ai perdue.

Mon sang ne fit qu'un tour dans nos veines, je l'attrapai par le colback et le remontai prestement sur la berge car il faisait mine d'aller se noyer dans sa honte.

Paire de claques. Direct au plexus. Manchette à la face.

— Comment pouvez-vous me parier, imbécile ?! Je vous appartiens maintenant ?!

Ô Durgā, ô Durgā destructrice de Madhu vénérée dans les trois mondes, victoire à toi porteuse de crânes, porteuse de squelettes, je me prosterne à tes pieds enduits du sang coagulé des démons que tu piétines, ô Durgā née de la lignée du vacher Nanda, ô pourfendeuse de démons, sœur de Vāsudeva embellie de guirlandes divines, prête assistance à ta dévote enragée, ô tueuse du démon-buffle, toi qui as quatre bras et quatre visages, toi qui portes les bracelets colorés comme la queue du paon, ô Durgā, ô Kālī, ô guerrière, puissance de Śiva, accorde-moi ta faveur, retiens-moi ou je les réduis !

— Où en est votre programme ? Avez-vous oublié que vous êtes seul ? Que vous parlez aux mouches, que vous jouez avec vos avatars ? Dois-je vous faire un tableau complet ? Avez-vous perdu la mémoire ? C'est moi de mon propre chef qui suis venue m'asseoir dans votre tête, sombre crétin. On ne joue pas quelqu'un qui s'est assis dans sa tête. Avancez.

Je le poussai sans ménagement jusqu'au camp où l'autre continuait de s'égosiller avec ses paons ridicules.

— Fermez-la. Lâchez vos bestiaux et posez votre cul sur votre saloperie de tapis de jeu. Il faut qu'on parle.

— Mon Dieu, vous réagissez comme Draupadī.

— Toi l'anachorète, tu l'écraases !

— Bien dit, major !

— Idem Lawson. À force de courir dans les bois, de se prendre pour ceci-cela, de jouer les nawabs, les rois du monde, les rajahs, les satyres et les Ganesh, il perd la boule, Stevens. Il ne tient même plus son carnet. Il disparaît dans les brumes, il vit comme un prince, il s'endort. Debout !

Vous n'avez pas le droit 1) de mourir au coin d'une table
2) de vous laisser aller à la dispersion mentale
3) d'être lessivé comme une passoire.

Vous avez tout oublié, je vais vous rafraîchir la mémoire. Et puisque vous êtes complètement pourri de Mahābhārata, je vais vous montrer quelque chose dont vous vous souviendrez.

À ce point de son discours, le major se leva avec sa Petzl sur le front et descendit à pas comptés sur les berges de la Narmada dont les eaux avaient sensiblement grossi. Elle défit cérémonieusement son sari (quoi qu'elle eût pu dire par ailleurs, elle aussi s'était singulièrement *indianisée*) et pénétra dans l'eau les mains jointes à hauteur du front. Namasté.

Ô Durgā porteuse de la roue, du croissant tranchant, du trident de Śiva, ô Durgā le front ceint de rouge, ô Kālī, Durgā tueuse du démon-buffle, Durgā, ô Durgā, ô déesse vertueuse, force, ô rage de vierge hautaine mille fois violée, ô Phoolan apaisée, pousse ton lion dans la plaine, amène le tigre qui te sert de monture aux portes de la vallée Narmada, aux sources de la rivière Narmada, sur les berges flétries piétinées par les anciennes armées de rākṣasa en proie au délire puissant de la rétention, ô Durgā apparois sur la colline, ton bâton, ton lathi, ta lune, ton Sten automatique dans ta main puissante, apparois et attaque à nouveau le démon qui court ravageant les trois mondes. Qui a brûlé Terre qui court maintenant dans le troisième monde et frappe à la porte des dieux. Ô Durgā de justice, Pallas Athéna omnisciente en matière guerrière, révérée des trois mondes, accorde à ta dévote dernière humaine la vision qui éveillera Stevens. Ô puissance de Śiva, ô Kālī destructrice de Madhu, fais-lui voir !

Alors les eaux bouillonnèrent. Les brumes montèrent au-dessus des flots agités. Et dans la nuit brûlante éclairée par la lune, les esprits prirent forme des anciens guerriers des guerres fratricides.

Stevens avait les yeux hors de la tête. Du fleuve et des condensations qui le voilaient, montaient réellement les voix et les ombres des combattants morts au combat, des guerriers perdus, des traîtres et des anciens alliés. Le vent portait leurs histoires emmêlées comme au-dessus du Kurukṣetra, quand la rage du jour venait se poser sur les cadavres et que planaient comme un typhus les rancœurs et les haines.

Il entendait Karṇa maudire et reconnaître Arjuna, il entendait Dara demander des comptes, il entendait Camille qui insultait Rome, il entendait Elizabeth et Draupadī, il entendait Guillaume et d'autres qu'il ne connaissait pas.

Il entendait Karṇa :

Tu n'as pas voulu me combattre sous prétexte que j'étais un śūdra, sans voir mon éclat, ma cuirasse, sans t'arrêter sur le poids de mes boucles d'oreilles, tu as vu un śūdra. Sans voir en moi les traits de ta mère mêlée au soleil, tu as vu un cocher. Ton mépris est la seule flèche qui perça jamais ma cuirasse. Autour de cette écharde, j'ai construit mon corps de guerrier et je l'ai voué à ta destruction, mon frère, mon demi-frère auréolé de noblesse. Droit comme un if, protégé de Kṛṣṇa, tu croyais être une pierre dure dévolue au dharma quand tu n'étais qu'une pièce dans le jeu des dieux et que la terre se plaignait de ton poids autant que du mien. Les ruses de ton cocher ont détourné ma colère. Où ma mère avait échoué, les ruses de ton cocher ont fléchi le destin. Mais tu savais, et Droṇa le savait aussi qui nous avait instruit tous les deux, que ma force et ma précision dépassaient les tiennes. Ô Arjuna. Ton char est tombé en cendres quand ton cocher l'a quitté. Tes chevaux sont morts quand son pied a touché la terre du camp des Pāṇḍava victorieux. Ô Arjuna. Je t'ai percé de mille flèches aux têtes effilées, tu es mort sous mes traits, tes souffles vitaux ont quitté ton corps sous la pluie de mes flèches tranchantes, à genoux, sur le sol du Kurukṣetra, j'ai coupé ta tête ruisselante de pleurs. Avec respect. Car l'épine de ton mépris n'avait pas grossi dans mon cœur.

Tu m'as laissé moisir en prison.

Père te préférait. Tu le saluais avec insolence, il t'offrait des loukoums et supportait en riant tes impertinences. J'étais droit et pieux, tu t'es converti, les soufis t'ont ravi à tes devoirs.

Tu m'as laissé en exil à Damas. Assad me comblait d'or mais écartait les enquêteurs de l'ONU. Pendant que tu courais les parties d'Oxford, j'étudiais le Coran.

Tu parles. Tu mangeais à même le plat dans ta prison d'Islamabad, le porc rôti des infidèles. Tu entretenais un harem de gitons et proclamais l'abstinence pour tes frères, tes sujets crevaient de faim dans les ruines de nos palais, pour ta détente, tu chassais les rats au lance-roquettes.

Tu as posté la police autour de la maison de notre mère, tu l'as empêchée d'aller se recueillir sur la tombe de son mari afin que les journalistes ne gardent que l'image de ton deuil et de ta fidélité. Trois blessés dans le palais, par ta faute, ma sœur, et tu n'as pas donné l'ordre de laisser passer les ambulances, trois morts.

Tu étais sur un éléphant blanc, caparaçonné d'or, tu maîtrisais les arts martiaux et certaines armes secrètes — Indra t'avait donné sa lance, cela était connu — comment pouvais-je croire que tu venais sans intention belliqueuse ? Ton armée derrière toi sonnait du cor, comment pouvais-je croire que tu ne venais pas combattre ?

Tu trichais au cricket.

Tu manipulais mère, je ne pouvais plus lui parler sans qu'elle hochât la tête d'un air entendu, silencieuse, sur la réserve, attendant de prendre tes avis pour se prononcer si d'aventure je parvenais à placer une question. Où fêtera-t-on Noël cette année ?

Tu voulais régner à la place du père, Sidhav. Tu pensais qu'il était lâche et faible, tu multipliais les alliances contre lui, au sein même du palais, tu soudoyais les domestiques.

Sûr de ton autorité, un jour de Conseil, tu le traitas rudement de fiotte. Cette parole n'a pas quitté ma mémoire. Quand j'envoyai les chars sur ta résidence d'été, cette parole résonnait à mes oreilles.

Tu voulais le pouvoir pour ta lignée, tu honorais ton fils comme s'il était le prince héritier alors que j'étais ton aîné. Tu réglais les cérémonies annuelles et comblais tes beaux-parents des honneurs qui revenaient aux tiens. Comment aurais-je pu croire que tu n'agissais pas pour ta seule gloire ? Comment pouvais-tu penser qu'une guerre n'éclaterait pas, ou le feindre, alors que tu multipliais les provocations ? Comment pouvais-tu chanter la famille alors que tu la méprisais ?

Ton jeu au tennis de table, ton jeu au billard, aux échecs, était inélégant. Ton esprit calculateur et mesquin. Tes guerres, toujours des guerres d'alliance, préparées de longue date en sous-main. Et tu restais dans l'ombre jusqu'à ce que la victoire fût certaine. Tes putschs avortés, tu les mettais sur le compte de tes ministres. Qui donc était le lâche et le manipulateur ? Qui parmi nous, dans notre clan, s'était déjà conduit de cette manière et dont tu t'inspirais ? Quelle sorte de fourbe vaniteux et pusillanime ? Quel genre d'homme, prêt à fomenter les pires trahisons mais incapable d'entrer en lice dans une arène claire ? Tu t'effaçais de peur devant le premier milicien venu qui arborait une lance au côté ou un couteau dans son turban. Sans même qu'il te le demande, tu touchais ses bottes. Oui tes guerres étaient des guerres de cour ! Des guerres de chantage, fabriquées dans le quartier des femmes, protégées par les eunuques, des guerres d'empoisonneur furtif, de corruption. Comment pouvais-tu, dans ces conditions, te proclamer vrai roi et croire légitimes ton sacre et le trône que tu t'octroyais ? Je ne t'ai pas détrôné pour récupérer le pouvoir qui m'appartenait mais pour te détruire. Comme on arrache d'un corps malade un organe vicié. Ce royaume que tu désirais était étroit et n'aurait pu me suffire. Après ta défaite, je ne l'ai pas vendu mais donné. Les terres, les palais, les résidences, avec tous tes alliés, la reine, la fiotte et leurs dépendances, je les ai donnés. Abandonnés. Et j'ai regretté mon coup de lance si bien porté car tu n'étais plus là pour justifier ce saccage.

Tu t'es mêlée de la guerre des hommes, Elizabeth. Tu as donné aux indigènes le moyen de nous battre sur notre propre terrain, tu as insulté la couronne en contrevenant à mes ordres, tu as jugé, à toi seule, une histoire de trois cents ans comme s'il s'était agi d'un costume mal taillé. D'où tenais-tu cette arrogance et le droit d'aller à l'encontre des intérêts de ton sang ?

Et toi, Charles, d'où te venait la certitude de pouvoir me contraindre ? Comment s'était forgée l'idée de justice dans ton esprit ? Était-ce trop te demander que de livrer un combat loyal, sur un terrain aux limites définies, à égalité d'armes ? Que la balle de cricket qui causa ta perte et ta mutation te revienne en rêve et te rentre dans la gorge car s'il fallait à nouveau la batter, mon bien cher frère, je te reprendrais quatre courses des deux mains.

Pourquoi ne t'es-tu pas contenté des terres italiennes et du titre impérial, Lothaire ? Pourquoi t'a-t-il fallu intriguer et monter le petit-fils contre la volonté de son grand-père ? Et décimer ainsi les grandes familles d'Aquitaine, et pousser le frère à tuer le frère à ton exemple ? Les cousins, les parents, les nobles cuirassés de l'Empire liés par le sang et le mariage se sont couchés morts sur le champ de bataille. Sous tes ordres, comme sous un linceul de lin, leurs corps ont jonché la terre molle de Fontenoy et les oiseaux les ont pillés. Peux-tu répondre de cela en ton nom ? Charles le Chauve et Louis, Pépin te le demandent aussi : étais-tu une pièce dans le jeu des dieux, nos règnes étaient-ils au bord du gouffre de Kālī ?

Édouard te faisait confiance, je te faisais confiance, ô Harold, mon frère adoptif. Guillaume le Bâtard te faisait confiance. Jusqu'au bout, il n'a pu croire à ta félonie, jusqu'à ce que Londres résonne des festins et des tournois bruyants dédiés à ton sacre. Harold, traître à la mémoire de ton roi, trahi toi-même par ton double Harald, roi de Norvège, tu faisais trop peu de cas des Normands. Le Bâtard, par ta faute est devenu le Conquérant. Il peut en répondre, tu l'as révélé, il se tient éternellement sous la colline d'Hastings et charge tes troupes à cheval, ses lances percent le corps de tes Anglois, c'est un chef viking qui manœuvre comme Horace devant Albe.

Ô Albe, ô rage !
Approuvez ma faiblesse et souffrez ma douleur,
Elle n'est que trop juste en un si grand malheur !
Le Styx est partout, partout où l'eau coule,
Rome la noire qui marie ses filles à ses ennemis,
Rome à ses proches ne consent qu'une détresse ravie. Lourde héritière des ooh fucking Greek, vulgaire, Rome a formé un fils qui fut un frère qui fut un guerrier qui fut une ordure. J'appelle l'errance sur la tête des Romains, j'appelle les Barbares par-delà les mers, les Satrapes, les Vandales, et détruire pierre à pierre, porter le glaive, défaire, ne suffira pas : I put a spell on you, Horace.

Pourquoi t'a-t-il fallu la tête de Dara sur un plat d'argent, sa tête blanche à la barbe soignée, sa tête pleine d'étoiles, de ghazals, de miniatures et de vin ?

Aurangzeb, peux-tu répondre de cela ? Ton frère était-il hérétique à tes yeux, était-il à ce point dangereux qu'il t'ait fallu sa tête sur un plat d'argent, qu'il t'ait fallu démolir les temples et rétablir la jizya, qu'il t'ait fallu priver les hommes de la joie des avatars. Étaient-ils trop heureux à tes yeux ?

Le palais des Pāṇḍava sur les terres infectes, leur palais était-il trop beau, Duryodhana ? T'a-t-il offensé ? Leur femme était-elle trop belle, Duḥśāsana, la désirais-tu ?

Quand tu m'as traînée par les cheveux dans la Saba, en hurlant que j'étais l'esclave, la prostituée, la cuisinière et la souillon, quand tu tirais sur mon sari pour le défaire et m'exposer aux yeux des rois présents et des sages connaisseurs du dharma, bandais-tu comme un bouc Duḥśāsana ? Avais-tu besoin de mon avilissement pour sentir le sang monter dans ton membre, étais-tu à ce point impuissant Duḥśāsana ?

Ou regrettais-tu seulement d'être né d'une jarre ronde, second de cent graines mûries dans la confusion, simple second des Kaurava ?

Il t'a fallu le feu, Rāma, pour te convaincre de ma fidélité. Des millénaires après cela, les hommes ont méprisé les femmes qui ne se jetaient pas au bûcher, les femmes ont pris les armes contre toi, elles ont porté le signe rouge de la dévastation dans leur famille, elles ont tué leurs amants soupçonneux, elles ont étouffé leurs fils à la naissance, elles se sont postées sur les collines et, méditant, ont obtenu les armes divines. La lance incendiaire, le Sten, l'obusier, la bombe à fission. Parce que les hommes après toi se sont pris pour des dieux réincarnés, les femmes, dans un quatrième monde, les ont détruits.

— Quelle horreur !

— Quoi ?

— Mais tout ça ! Ces discours, c'est abominable. Tous morts et toujours à s'envoyer leurs histoires à la face ! N'en finirons-nous jamais ?

— Ouais, c'est triste.

— Et surtout, ce n'est pas conforme au Mahābhārata. Normalement, quand Vyāsa fait apparaître les âmes défuntes, tout le monde s'embrasse et parle du pays avec amour et bonté. Personne ne se relève un instant du royaume de Yama les lèvres gonflées par le venin du ressentiment.

— C'est ça. Comme personne ne se passe la patate chaude du meurtre ou du secret de génération en génération, sous la forme policée du symptôme variant de l'éruption urticante à la tuberculose. Stevens, il va falloir vous mouiller les cheveux et vous verser trois litres d'huile sur la tête. Vous les avez entendues. Les soixante mille âmes de vos ancêtres humains réclament d'être lavées de leurs cendres et plongées dans l'oubli.

Pour le major, la chose était claire. Les voix antiques prises dans les flots qu'elle avait convoqués seraient libérées de la rancœur quand la Narmada serait libérée des Thirty Big Dams qui jalonnaient son cours.

Number one : Bargi, c'est le doyen.

Sur la route, allez visiter les bidonvilles de Jabalpur, vous verrez l'état des tôles ondulées du relogement et les milliers d'âmes sans terre que vous rencontrerez vous escorteront jusqu'en mer d'Oman, un grand sourire sur leurs dents découvertes.

II. Tawa

III. Indira Sagar

IV. Maheshwar

V. Sardar Sarovar

L'eau lèvera de la boue les cadavres bourrés dans les limons, vous aurez une foule à vos pieds, le bruit des os cliquettera dans les tourbillons comme des cymbales. Je vous prédis une pluye de fleurs pour couronner vos exploits. Allons ! La tragédie est faite, il ne reste plus qu'à l'écrire.

Mais Stevens, comme le petit-petit-fils de Dag-Bog et de Sagara, voulait un tank.

Doré partout et tiré-poussé par soixante-dix chevaux sous les chenilles. Avec un mât de tir de dix mètres et des guirlandes de jasmin à son petit bout.

C'était l'Inde qui lui — everything is possible — tournait la tête. Il se servait de ses fragments et de ses personnages comme de courtisans prêts à tout pour son plaisir. Il promit des pots-de-vin alentour si on lui amenait son char de guerrier solaire dans les meilleurs délais. Les raisonnements de bon sens n'avaient aucune prise. Qu'un tank ne puisse dépasser les quatre-vingts kilomètres heure et soit par là même dans l'impossibilité mathématique de devancer un fleuve débondé par surprise n'était pas un argument capable de l'arrêter. Les pieds dans le sable de fond de la Narmada à sa source, au cœur du plateau de l'Amarkantak, alors que dix mille voix s'étaient tues sur une seule requête et que la lune elle-même le regardait d'un sale œil, le dernier homme libre, qui détenait le pouvoir de neutraliser les actes mal accomplis de ses frères, faisait un caprice.

Il avait le droit d'emmener le tigre empaillé du rajah, les miniatures mogholes pillées au musée du Taj, ses préservatifs Ganesh, son shilom de roi incrusté et tout son bazar de moustiquaires, mais ça ne lui suffisait pas. Puisqu'il était dévolu à être un Enfant ou un Empereur et qu'il avait la charge de nettoyer la Station Dégueulasse que ses aïeux lui avaient léguée, il estimait qu'un char était la moindre des exigences. Et pas un petit.

Il passa quinze jours en pourparlers.

On lui servait de la bouillie de dâl et des pains gonflés fabriqués à la main, accompagnés des meilleures racines. Les singes le massaient tous les soirs en courant sur son dos nu. Il se servait de la réserve d'huile de l'arrière-cuisine pour organiser des parties de paon-glissant qui se jouaient en équipes de quinze et se terminaient dans les hurlements de la bête enduite plaquée au sol et définitivement arrêtée soit au lasso soit selon la technique de plaquage du rugby anglais. Le perdant était plumé sur-le-champ et rôti aux braises. Il appelait ça « Festin de Sport Apparat ».

Des villages qui s'étiraient sur les monts Saptura, il ramena des nattes et un châlit tressé qu'il dressa sur l'aire du jeu de dés où il avait tout perdu. Mais s'en souvenait-il ? Assis en tailleur sur son plumard de corde, il ergotait continuellement sur la tonalité exacte de l'or qui devait recouvrir son char.

Quand la nuit était noire et qu'au fond de la jungle Amarkantak le feulement du tigre se faisait entendre, Waterfull saisissait l'occasion et lui parlait de ces grands fauves que sont les actes passés et mal accomplis. Il lui disait de prendre garde et de se présenter toujours de face au tigre en maraude. Ils ronronnent au soleil sur les basses branches du tipal jusqu'au jour où, souples et silencieux, ils décident d'en descendre et vous sautent à la gorge. D'autant plus férocement que ceux qui courent maintenant dans leurs territoires retrouvés portent le souvenir des cages et des amendements qui les ont contraints.

Stevens sortait son P-M de sous le lit et vérifiait les trente cartouches 10 mm Auto du chargeur.

Waterfull enchaînait. Arjuna seul était capable de ravaler une arme qu'il avait jetée. Pour neutraliser une action, il faut envoyer son double inversé et déployer, parfois en un clin d'œil, la longue violence qui l'a construite. Les Thirty Big Dam sont chargés des soixante mille hectares des forêts qu'ils ont détruites et des millions de people qu'ils ont dépecés. Les hilsas sont morts dans le delta de Bharuch et les anadromes en grand général. Mais passons, à la source, rien n'apparaît.

— Reprendrez-vous de ce thé sucré ssschlurp ?

Waterfull était sournois. Un char, ce n'était pourtant pas beaucoup demander. N'importe quel imbécile sur le Kurukṣetra avait eu son char flamboyant, quatre chevaux et un cocher.

— Écoutez, Stevens, vous n'êtes obligé de rien. Restez sur votre châlit des années sur un pied en position lotus fermé, on s'en tape. Mais tant que vous entendrez l'écho des guerres fratricides, il y aura une épine dans votre nouveau programme.

Les harangues étaient enlevées et convaincantes mais ce que la nuit accumulait, l'aube l'éparpillait d'un seul doigt doré. La Narmada était tellement belle le matin, tellement parée de mille feux, tellement comme la voyait Rāvaṇa — une jeune femme étincelante embringuée dans une danse sinueuse voluptueuse. Ses berges fleuries de pārijāta et de flamboyants fastueux étaient l'écrin de sa transparente nudité. En hommage matinal, le vent ôtait aux fleurs tumescentes le pollen qui les lustrait et déposait sur les flancs de sa bien-aimée ô Narmada, des nuages de pourpre qui la déshabillaient sous les voiles. Les oies blanches flottaient sur ses hanches et dérivaient en caquetant comme des bracelets de cheville. Elle nettoyait ses lingams en murmurant sur les plages, ouvrait ses lotus sensibles aux premiers rayons lumineux, secouait le sommeil dans l'écume et s'étirait, longue et blanche et dorée, jusqu'au premier tournant qui la camouflait dans les frondaisons. Rāvaṇa entrait dans son lit comme dans celui d'une épouse désirée et Stevens, de son côté, oubliait ses éléphantes et pénétrait comme un fil les mottes de beurre de sa belle amante renouvelée.

L'aurore, d'un doigt doré, éparpillait les démons tourmentés et rappelait à Stevens que rien de bon ne se fait sans un char puissamment décoré — India !

C'est Lawson qui trouva l'astuce. Sa biche l'avait quitté, du moins c'est ce qu'il dit en rentrant un soir.

— Elle n'est pas venue, passe-moi le shilom. La vie n'est pas un tapis de prière.

Mais le lendemain, il était reparti du même pas et tout le monde avait cru qu'il battait les fourrés. Pas du tout. Lawson avait décidé de passer à l'action. Pendant que les pourparlers secouaient la poussière du châlit, il avait fouillé les échoppes rases d'Ataria et s'était enfermé, des journées entières, dans le hangar improvisé de l'Apache. Et puis un matin, juste avant l'aube, il avait tiré Stevens par le pagne et l'avait conduit au pied du hangar.

— Brahmā m'a causé. Il paraît que tu ne peux rien faire sans un maximum de protocole, alors vas-y, pousse la porte et sois esbaudi.

Stevens entra avec l'aube dans le cabanon de bananier et vit l'hélicoptère qu'il avait posé là, une vie auparavant, gonfler comme une poule acculée dans un clapier.

Lawson l'avait tout repeint. Nuance or blanc palais d'Été.

— Qu'est-ce que c'est que ça ?

— Ton nouveau tank ancien Apache. Il s'appelle Puṣpaka et c'est un char.

— C'est un hélico, tu me prends pour qui ?

— Pour un con. C'est un char céleste et c'est Brahmā qui l'envoie pour que tu bouges ton cul et que tu t'occupes à autre chose qu'à te rouler sur l'herbe en pignant que t'as un point de côté.

Puṣpaka, ça lui a plu. Deux heures plus tard, il atterrissait sur le tapis de jeu en plein bivouac et décapitait un arbre à singes en appuyant par erreur sur un petit missile.

Au moins, les rails n'étaient pas collés par la peinture.

— Et on embarque ! Avec ça on saute d'un bond jusqu'au Sri Lanka, on fait trois fois le tour du monde en dix minutes, on traverse sept mers le temps de dire ouf. On active !

L'huile, le santal, les miniatures, etc., furent chargés au pas de course et Lawson qui avait eu l'idée Puṣpaka prit place sur le siège du chef canonnier. Chaussé, ganté et couvert d'un simple slip bleu qui avait résisté aux vêtements d'écorce. Ah non. Il portait aussi, en pendentif, une mèche de poils ventre-de-biche montée sur trois griffes d'argent.

Très chouette.

Selon les plans du major, l'attaque objective Number One fut Bargi-gros-doyen.

Le char les emporta face à la cible en un clin d'œil. À sa vue, le barrage se crispa sur ses bases. Un silence de deux secondes s'installa dans la cabine, salua l'ennemi immobile et repartit aussi sec. Salam.

Bargi ne résista pas longtemps. La mousson de l'année précédente l'avait ravaudé en profondeur, une grosse brèche le cisaillait de haut en bas sur la diagonale de pression. Un missile de chaque côté suffit à descendre le reste. Bram. Écrase. L'eau se rua modérément vers Hoshangabad. Pourtant, passé le coude de Jabalpur, elle grossit subitement et se compliqua de tourbillons centrifuges. Du haut de Puṣpaka, ce fut comme un faucardage géant avec lessivage et terrassements. Les rives moites de vase furent arrachées et brassées programme 8, coton bouilli. Les tadornes délogés lancèrent le signal du branle-bas et bientôt, la vallée craqua de cris vengeurs lancés à plein cornet. Le major remonta l'Apache d'un cran sur la verticale. Ils virent la Narmada disparaître sous un deuxième fleuve agité de soubresauts et revirements courants : c'étaient les oies mêlées aux tadornes, aux coqs d'eau, aux vanneaux, martins tristes et martins des berges, aux ibis, sternes, guêpiers, rolliers, crabiers, cratéropes striés, tariers, prinias, marouettes, râles et râles akool et rynchées, blongios, jacanas, circaètes, grives, bengalis, tisserins, jaribus, glaréoles, goélands, cincles plongeurs de Pallas, rossignols, merles et geais.

Plus nombreux que les étourneaux en migration sur les grandes plaines américaines, plus nombreux que les flèches d'Arjuna décochées de son arc Gāṇḍīva, plus bigarrés, plus fous que tous les Indiens mélangés depuis l'aube des temps dans la vallée, ils camouflaient le fleuve sous leurs ailes millionnaires.

À hauteur de Shakkar et Siterawa, l'air commença à sentir le poulailler. Les fientes tombaient comme la pluie sur un lac tranquille, on entendait le murmure des gouttes massives et au travers du souffle des pales de l'hélico, le froissement de papier des ailes deux fois millionnaires.

Crochet du gauche : Shakkar, crochet du gauche : Siterawa. Crochet du droit : Barna.

L'hélicoptère sautillait au-dessus des oiseaux qui suivaient la veine principale sans s'occuper des diversions. Les explosions ne les dérangeaient pas. Trois barrages de cinquante mètres écrabouillés sur les affluents, qu'est-ce que ça fait sur dix millions d'oiseaux en vol ? Nada. Un petit crochet. Les eaux grossissaient. Hoshangabad fut emportée, ses escaliers roulèrent sous les flots de plumes ébouriffées.

Crochets du droit : Kolar Baraz, Kolar. Enchaînés en direct.

Le major préparait mentalement Lawson pour les trois coups qui venaient. Indira Sagar pleine face, Maheshwar pleine mâchoire, uppercut Sardar Sarovar et tapis. Oman, Oman, voilà ta promise ! Mais les oiseaux grossissaient. Appelaient sur les berges, appelaient dans les cieux. Sur cent quatre-vingts kilomètres, passé Hoshangabad, les singes, les singes se mirent à répondre depuis les berges remontées. Cris de langurs, cris de macaques, cris d'orfraies dans les brisants. Le fleuve des oiseaux déborda sur la forêt, la forêt déborda. Telle l'armée d'Hanumān dans les bois des arbres à miel, les minuscules passèrent en piaillant, une nuée d'écureuils sur des banians géants, des banians géants engloutis par une nuée d'écureuils paillards. La terre se couvrait comme le ciel avant l'orage. Depuis Puṣpaka, le major interprétait le phénomène météorologique inversé : c'est Kālī Yuga, l'âge de Kālī, l'heure de la destruction.

— Je passe en approche radar. La cible est sous les plumes. Verrouillage. Deux kilomètres. On tire dans le tas ?

Inexplicablement, la couverture d'oiseaux se troua autour de l'énorme accroc du barrage d'Indira Sagar.

— Nobody, feu !

Une bordée de missiles à tête plate, une bordée à tête ronde percutante, une bordée en dent de veau. Le char céleste équipé par Brahmā, faisant feu de toutes ses gueules, souleva sur ses pieds le géant vendu Sagar au gouvernement et l'étala dans les flots rugissants.

Au suivant.

Les cahutes du chantier explosèrent à ses pieds puis le trou d'oiseaux se referma sur la première cicatrice inondée. Plus bas, Omkareshwar déversa ses pigments et prières. La massue rouge d'Hanumān fut projetée par l'éruption des eaux au-dessus du niveau des oiseaux. Ils l'accueillirent en hurlant — Rudra ! — et le portèrent sur leur échine trimillionnaire jusqu'à l'aplomb de Maheshwar. Le flashbow de Lawson était armé à fond. Quand il lâcha la corde, il eut l'impression que ses deux doigts d'arc partaient avec les flèches. Quatre bordées d'un coup.

Le Maheshwar disparut dans les plumes.

Dans la plaine fertile du Nimad, les forêts abattues redressèrent la tête comme des joncs sous la poussée des vents furibonds. En aval, en aval ! On continue, portés par la brume épaisse révulsée de cris rauques, les mouettes passent à l'attaque. Réveille-toi Maan, Jobat, réveille-toi, nous fonçons ventres à flots sur Sardar Sarovar, ce n'est pas une guerre fratricide, c'est la fin de la Partition ! Debout les morts, secouez vos os dans les tourbillons, boutez vos fémurs, envoyez vos crânes rasés et le squelette de vos vaches sacrées, aujourd'hui c'est pillage et foule aux pieds !

Dans le dernier goulet d'étranglement, la masse des oiseaux se divisa par le milieu avec la fluidité d'un courant d'air et découvrit aux passagers de Puṣpaka la forme terrible de la Narmada en colère. Le major enfonça immédiatement l'hélico dans la fissure et rasant les flots survoltés qui n'étaient plus qu'écume et rage, blanche, le posa sur le souffle de la déesse insultée.

— Feu ! Feu ! Feu !

— Feu des deux bords !

Sardar Sarovar explosa dans la bouche de la Narmada comme un fruit mûr.

Le béton armé coula sur ses lèvres entrouvertes et glissa sur ses dents, glissa sur sa langue.

Ses maxillaires crispés broyèrent les pépins des transfos, et disloquèrent la couronne dans son jus. La couronne craquée gicla sur les berges, sa chair moulue, pilée, liquéfiée disparut dans la salive de l'ogresse qui l'absorba goulûment, avec un dernier clappement de mâchoires et un rot.

Ensuite, ce ne fut plus qu'une promenade. Cymbales, festivités, festins, tournées d'encens sur tous les éléphants, pâte de santal sur tous les fronts, touche les pieds, processions, chants & tambours.

Narmada se jeta dans Oman avec la force de sa jeunesse retrouvée. Ô mon bel amant. Du Puṣpaka, on eut le temps de l'entendre crier de joie en arrachant Bharuch de son delta mais pour le reste, rien vu : les oiseaux tenaient le voile.

À Mumbai — maintenant il te faut un avion de ligne Stevens — les éléphants couraient sur la jetée portés par les rats.

Du haut de sa résidence grand luxe sur Malabar Hill, Stevens guettait la plage de Chowpatty et le nuage de trois hectares qui prenait en tenaille les gratte-ciel et les forçait dans la baie.

Il va pleuvoir.

Dans sa kurta nouée sur le ventre et torse nu, adossé au tamarinier centenaire de la plus grosse villa de millionnaire de Malabar Hill, Stevens transpire sans rien faire en attendant la pluie.

Allez vous baigner si vous ne supportez pas le climat. Ça vous rafraîchira.

Mais la piscine était noire de moustiques.

Pas la peine, il va pleuvoir.

Le vent de terre apportait les effluves d'égout de Bombay Central jusque sur les boues de Back Bay à marée basse. De son poste sous le tamarinier, Stevens voyait l'arc de Marine Drive, la tour d'Air India et le petit bout de Colaba, au loin, se tasser sous la menace.

Qu'il crève à la fin ! Il n'a pas plu depuis combien de temps ?

Le survol de la ville depuis Vasai l'avait rendu nerveux. Soixante kilomètres du sud au nord dans une odeur de peste, les toits de plastique bleu sur les maisons en carton accrochées aux murs craquelés des buildings, les bazars, les chawls éboulés, les lessives ternies qui claquaient sur des kilomètres de fils improvisés comme des cerfs-volants déchirés, le béton vérolé des résidences, les cabanes, clapiers, les bulbes de ciment vert, les mosquées, les drapeaux safran, les bagnoles, les bus, cimentés dans cette odeur de peste et de pisse encore humaine l'avaient rendu nerveux. Il aurait pu prendre une suite au Taj, dans ce gros gâteau victorien aux pieds sales, il aurait pu installer un campement sous la porte de l'Inde en plein courant d'air, il aurait pu investir le Prince of Wales ou s'offrir un hôtel entier dans le quartier du fort mais Pushpaka l'avait craché sur le gravier shampouiné des Tata, Malabar Hill. Welcome in Mumbai.

D'ici vous verrez l'ampleur des dégâts.

Et puis ce n'est que pour la nuit, n'est-ce pas ?

De toute façon, les Taj, il en avait soupé. Depuis qu'ils avaient vu celui d'Aurangzeb à Aurangabad, tout en plâtre et décati de partout, s'écrouler sous l'effet d'une *toute petite* tornade, il avait décidé que les mausolées d'amour étaient des crève-cœur infréquentables.

Et au moins, ici, on n'entendait que l'écho des voix des montres Lanvin, Dior, Mercedes blanche et rois des huiles de table. Il est génial. À peine un murmure, qui s'était noyé avec le dernier paquet de moustiques dans la piscine aux formes molles. Pas de roupie sahib, pour pitié, ma vie s'en va avec mes doigts, pas de lépreux. Pas de lambeaux, chair, pas de corps drapés dans des serpillières, pas de prostituées folles décagées orphelines, pas de cul-de-jatte, de manchot, pas de manque. Cocaïne plein le saladier.

Tu goûtes, Stevens ?

Pourquoi pas.

Et l'orage éclata.

Annoncée par un ballet de flamants roses et le cri des grandes aigrettes qui rejoignaient leurs niches, la pluie tomba d'un coup sur la baie comme un rideau de fausses perles assommant les palmiers bouteilles. Ils s'agitaient le long de Marine Drive en proie aux tourments vaudous des vents, criant que leurs pots étroits ne les contenaient pas, secouant leurs grands bras pliés sur leurs troncs. Du centre de Bombay, de Cumballa Hill, de Malahaxmi, de Byculla, Tardeo, Tarvadi montaient les clameurs claquantes des papiers et boutiques de tôle ondulée frappées par les billes chaudes de la Grande Pisseuse. Les animaux planqués dans les ruelles aveugles du bazar bidon de Dharavi mordaient de peur dans les balles de coton pourri et lâchaient des vents aussitôt envolés, rassemblés, emportés sur des kilomètres de tôle-tissu-boue-et-matières vers la baie ouverte et la mer. Des cerfs-volants écrasés reprenaient vie sur leur passage, gonflaient leurs ouïes. Les antennes paraboliques frissonnaient sur les immeubles.

Le billet d'une roupie roulé en tube pendait dans la main de Stevens qui se laissait battre comme un tapis par le tamarinier brûlant. Yaar, mon frère, tu sais faire. La pluie lui coulait dans l'esprit comme de l'huile, il se détendait à mort, frappé-claqué par le grand être vert aux mains scintillantes. Yaar, yaar, quel talent, masseur !

Tandis que du sud, portés par Vent de Terre, les papiers couraient des quatre coins de Bombay banlieues comprises, le tamarinier lui disait c'est pour toi Ganesh, c'est ta fête. Ganpati boppa!! Morya!! C'est pour toi, regarde, écoute, ils sont tous là. Couleurs. Les amoncellements informes écrasés dans la vase d'égout de Back Bay, aplatis et lavés par la pluie, boursouflaient comme un pétrin. Embruns. Des ruines moisies noires se levaient les formes de l'éléphant. Peu à peu, sans avoir recours à sa jumelle, Stevens vit les idoles gonfler sur les gadoues. Ganesh. Ils sont tous là, Ganesh.

Les Gujarits et Marathes, Biharis, Malayalis et Bengalis, les Tamouls qui avaient prié des mois durant — encens-roupies-dons-ghee — et fabriqué de leurs mains sombres les poupées grandeur nature, couleur rose nature, parure nature India, bigarrées, polies — et que la prune avait encensés par millions sur la jetée et dans la ville, dans cet état de fête bungh-lassi, carnaval et qu'elle avait soufflés — étaient tous à nouveau là, sur la plage de Chowpatty, arrivant ensemble, vêtements gonflés, les yeux rouges. Gros-gros Ganesh, celui du slum de Dharavi, couvert de blanc nuancé rouge sur la trompe, quatre bras de lutteur, des poteaux, le bijou à l'oreille, deux kilos. Gros-gros Ganesh, couronne de cageots. Disait le tamarinier. Babu Bapu a levé dix roupies dans son quartier et tous les récolteurs de journaux. Les salives rouges de bétel ont été récoltées dans des seaux et malaxées au pilon avec les vieux chiffons. La structure de son dieu, grillage volé aux usines Parel, aux poubelles, Babu Bapu l'a conçue sur le sable. Et dévoilée au jeune caïd bras-roulés dont le cousin travaillait aux imprimeries du *Times of India*. C'est un honneur, Babu, un honneur pour moi. Collés sur le bus de Birla Readymoney, les tracts ont sillonné la ville, distribués aux gardiens, ont fait le tour des familles. Babu Bapu, assis sur sa caisse de goyaves, a offert le thé détrempé pendant les travaux. Attention avec la colle Birju, attends que ça sèche débile-absurde ! Où, où est Nadia Wadia ? Qu'elle aille chercher l'eau chez les Kupta, ils me doivent trois paans, ils ne refuseront pas. Je ne dors plus, disait-il en secouant les blattes de sa couche, je ne peux plus fermer l'œil depuis qu'on a volé le pot de blanc sur l'escalier des Chamaar. Regarde Ganpati. Les parsis ont contribué, les musulmans ont fait don de plâtre et ciment, les grands magasins de Flakland Road ont affiché ICI ON DONNE LE CARTON USAGÉ. Dans les restaurants iraniens, à la liste des interdits de cracher, allez demander votre chemin ailleurs, brossez-vous les cheveux dehors, il fut ajouté rangez vos trompes avant d'entrer. Regarde. Le barbier ramasseur a sacrifié toute une récolte de longues tresses pour tisser ta queue, les porteurs de thé ont fourni les emballages de crackers destinés à ta ceinture d'argent, dans tous les taudis tenus de Javeri, on a mis de l'encens. Regarde Ganpati. Stevens voyait. Entre les doigts verts de l'arbre centenaire, par-delà les costumes sales gisant sur les dalles de marbre, par-delà la piscine et son gravier moisi, les saris et les pyjamas de la foule roulaient vers la mer. Cinq cent mille habitants pulvérisés dans les bidonvilles se pressaient en chantant sur la plage barattée par la foudre. Les crabes noirs pullulaient sous les vêtements. Des crores de mille-pattes rutilants couraient à l'océan, entraînant avec eux les restes de pitié et d'espoir de quinze millions d'hommes enfouis dans les poupées éléphants. Clame ta joie Ganpati, ils t'aiment, danse avec eux dans la vase, remue tes quatre bras, lève ton diadème et sors ton clairon, emmène-les Ganesh, tu es le charmeur de rats, on te suit, cours, sonne, vas-y cours, cours — à la noyade !

Stevens gicla de sous le tamarinier, expulsé par

une grande claque bruyante. Saloperie de cocaïne, quelle puissance. Il était un bloc d'énergie artificielle auréolé de piments verts. La force lui coulait par les mains comme des petits paquets de flotte radioactive. Il vit ses gouttes de tejas creuser *littéralement* les dalles de marbre tiède des anciens Tata millionnaires. Il vit la foule à ses pieds refluer vers la terre avant de s'emporter tout de travers et ruer dans les flots. Dernière fois. Danse ! Danse sur ton piton rocheux, pachyderme ! Ta peau enveloppe l'intégralité des espèces vivantes. Tu es le Premier ministre, tu n'es pas immense, tu es la vie, l'éternité, rayon jaune, la vie !

Oui.

Mais quand l'orage fut passé et qu'il eut emporté avec lui la chambre d'écho que Stevens avait acceptée dans son diaphragme, la métropole avait disparu.

Comment ça disparu ?

Envolée, ffuiit. Avec le dieu dans les flots qui seuls grouillaient encore en surface.

Comme si privée des ondes courtes des voix et des croyances qu'elle avait échoué à conserver dans ses murs, elle s'était subitement vidée de sa raison d'être.

Rendue à ce qu'elle n'avait jamais été, une somme de constructions branlantes dont les plus solides représentants se consumaient à grande vitesse par carbonatation et alcali-réaction, un assemblage de rues, un assemblage de bétons, éviscérée des histoires qui lui insufflaient la vie et la capacité de croître, arrêtée, stoppée net — Bombay n'était plus rien.

Les vautours des parsis qui avaient digéré depuis longtemps les derniers vrais cadavres ne se souvenaient de rien.

En proie aux sueurs froides de la dégringolade

postexplosive, Stevens serrait contre lui le saladier de poudre.

Le tamarinier devant lui était un arbre. Le mirage de la ville avait fondu à ses pieds.

Tous ses muscles lui tiraient les gencives.

Reprenez-en une pincée, tout est si bien nettoyé.

Faust : Au long de ce long chemin que je suis, avec mon âme mon débat se poursuit.

C'est ça, plonge la tête dans la salade et respire. Nettoie-toi toi-même et le ciel t'essorera. Reprends.

Au long du long chemin que je suis

Moctezuma fait offrande à Cortés : des anones, des alises, des sapotilles rouges, des sapotilles noires

avec

mon âne/Super-Stallion

1770 et quelques, lord Amherst offre des couvertures aux Indiens de Pontiac

mon débat se poursuit.

Offerte en 1661 par le roi du Portugal à Sa Majesté Charles II d'Angleterre à l'occasion de son mariage avec Catherine de Bragance, Bombay cadeau bâtard éclate avec le boom des cotonniers. Agriculture de subsistance, le cresson pousse sur le fumier des latrines, économie d'affaires. 2005, la Bourse de Mumbai traite plus de valeurs que celles de Londres & Paris réunies.

En Inde et en Afrique, le marché du téléphone portable explose.

Stevens ? Ouhou, Stevens ?

Pour tout corps vivant, la question est de découvrir quel poison lui convient et quel poison l'empoisonne.

Il repoussa le saladier.

Au salon, il s'enroula dans le tapis cachemiri des Tata et s'endormit sur le canapé.

Son sommeil, il est vrai, fut très agité.

Quatorze heures plus tard, il s'éveilla avec la conviction qu'il n'était PAS un animal comme les autres. Absolument pas.

Il rejeta le tapis qui l'avait emberlificoté et s'étira. Il avait faim. Avant de passer aux cuisines, il fit un saut sur la terrasse et campé sur ses deux pieds, il pissa dans la piscine en regardant la baie. Les palmiers bouteilles immobiles lui rappelèrent Cuba et l'envie de conduire à nouveau une grosse bagnole silencieuse et confortable lui occupa un instant l'esprit. Plutôt une BM. Le building d'Air India avait l'air piteux d'un château de sable.

N'était, finalement, qu'un château de sable.

En se grattant la tête, il déambula dans les pièces à la recherche des communs. Quand il vit la taille et la forme Las Vegas de la baignoire, il se souvint qu'il ne s'était pas lavé depuis plusieurs jours et commença à secouer les flacons de sels et de bains moussants qui traînaient sur le teck. En pure perte : les robinets ne fonctionnaient pas.

Il claqua la porte et poursuivit ses recherches. Foutue baraque. Ce n'était qu'une suite de boudoirs roses bourrés de peluches. Peluche au sol, peluche aux murs et sur les lits. Même les téléphones, sous diverses formes de grenouilles, dauphins et pingouins, étaient en peluche. La main sur la huitième porte rose, alors qu'il s'attendait à une huitième chambre à dominante rose pâle, il se demanda quelles conversations feutrées ces animaux grotesques avaient étouffées entre les rois des huiles de table.

Une tenue de tennis était allongée sur le huitième lit de la huitième chambre qui était réellement rose pâle.

Des conversations de tennismen. Votre coup droit

est foudroyant, Akosh, vous devriez venir nous voir plus souvent. Le Wellington Club manque de jeunes gens combatifs. Vraiment ? Où est cette foutue cuisine ? Il revint sur ses pas et repéra dans le salon la porte camouflée d'un monte-charge. En passant la tête par le trou carré, il estima la profondeur à trois étages, trouva et descendit les escaliers. Porte blindée, grise. Quand il la fit jouer sur ses gonds, quelques blattes filèrent entre ses pieds. Les plans de travail étaient en alu ainsi que les éviers et les placards intégrés. Le congélateur, parfaitement étanche, n'avait laissé filtrer aucune bavure. À part un fond de liquide pisseux dans un seau à champagne, le bunker était propre.

Il trouva un placard rempli d'eaux minérales — parfumées, filtrées, gazeuses, plates ou demi-plates. Des conversations de sportifs.

Il en mit une de côté et continua d'ouvrir les tiroirs. Couteaux, couverts et crachoirs ou soucoupes étaient également en alu. Un chinois. En alu. Deux passoires. Des broches. Des cocottes. Il tomba sur un stock de thé. Dégota une bouilloire et entreprit de faire un feu dans l'évier avec les torchons. Il ouvrit la fenêtre avant d'aller chercher un combustible plus conséquent. Une chaise en peluche. Rose.

Quand le thé fut infusé, il rinça une tasse, jeta l'eau de rinçage sur le feu et le but en versant petit à petit le liquide brûlant de la tasse dans la soucoupe. À l'indienne, en aspirant.

Puis il s'assit. Dans les restes de fumée âcre, regardant les cendres noires et les débris de la chaise, les traces toutes récentes de ses gestes simples, il commença à se sentir mieux.

Un autre placard lui offrit des galettes plates empaquetées sous vide dans de l'alu. Quand il les eut mangées, il se sentit vraiment mieux.

Mais quel silence.

Après sa troisième tasse de thé, il dut trouver des toilettes en urgence. La lunette était en peluche. Il eut un haut-le-cœur à l'idée des culs qui s'étaient posés là et préféra se soulager sur le ciment ciré de la baignoire. Il n'apprécia pas l'odeur de sa merde : trop aigre. Et se demanda s'il n'était pas malade. Malade ? Il haussa les épaules et recouvrit ses déjections d'un monceau de papier toilette pure ouate. Comme n'importe quel animal.

Il remonta les trois étages jusqu'à la terrasse, regarda au loin les quais d'Apollo Bunder et ses cargos à l'ancre qui tiraient sur les longes. Le barrage d'Itaipú n'allait pas sauter tout seul.

Il était temps de partir.

Et c'était pas tout près !

Il fallait survoler l'océan Indien, traverser l'Afrique et traverser encore l'océan Atlantique. Heureusement que j'étais là moi le sauvage-Lawson pour leur mettre un peu de plomb dans la cervelle. Ils ne s'en seraient pas sortis tout seuls.

La represa d'Itaipú au Brésil, c'était encore son idée de Grand Roi Grand Programme, tout nettoyer. Et sous prétexte qu'ainsi situé ce barrage-là, ce Grand Barrage, était le Barrage Idéal et en ce sens, le dernier, la convergence de trois peuples et pays avec un fleuve énorme, et son bassin de rétention, la petite mer de la bêtise économico-politique avec afflux, essentiellement, de capitaux, comme si cette petite mer-là eut contenu toutes les magouilles de tous les temps plus qu'une autre, comme si elle condensait, en tant que frontière et centrale hydroélectrique polyvalente, toutes les formes de barrages possibles, poids, voûtes, contreforts, digues et barrage mental, division mentale, écran, et comme si tout cela était très important, c'est à Itaipú qu'il voulait faire un dernier feu de Jean-Bengale. Un dernier, oui, un dernier, parce qu'en passant sur les côtes des îles Laquedives, il avait vu les plates-formes pétrolières, et à l'ouest d'Udupi, les champs de coton qui pétrifiaient le sol, et à Mangalore, la centrale nucléaire qui filtrait de toutes parts sur un rayon visible de cent soixante kilomètres et qu'il s'était dit que les barrages seuls ne devaient pas, en conscience, occuper tout son temps, la station étant tout à coup très très grande et les saletés partout.

En chemin, on prit quinze jours pour foutre à l'eau le complexe de grues noires dans la mer d'Oman. Elles étaient censées fournir, une fois immergées pour de bon et tassées bien à plat tout au fond, des toboggans et des cages à poules pour les requins et autres raies plates et soles folâtres et joueuses ainsi que d'indéfectibles fondations pour les bernard-l'ermite sans coquille, les praires perdues et les anatifes en mal de coque. Ce qui constituait d'ailleurs les débuts retentissants du Grand Programme Social de Relogement et Réappropriation Territoriale.

Bien qu'on n'ait pu, la plupart du temps, descendre proprement les plates-formes et qu'une bonne dizaine d'entre elles tendaient des bras noirs déchiquetés vers le ciel et ruinaient la vue d'une façon épouvantable, Stevens était content de lui. Se congratulait longuement en d'interminables discours de député à ministre et se félicitait comme un patron-gérance des stocks de protéines à nageoires dorsales qui ne manqueraient pas de renouveler le patrimoine des ressources naturelles quelque peu entamées par les anciens pêcheurs écumeurs.

Ces salauds.

Mais en vérité, il voulait plonger.

Au crépuscule du quatrième jour de combat, alors que nous avions passé des heures à faire sauter des paquets de mer translucide au pied des plates-formes flottantes, il lui vint une envie irrésistible de se plonger dans un bassin naturel alimenté à l'eau douce. Au vu du désordre que nous avions fichu au nord de Kavaratti (les tubulaires fulminaient comme des pieuvres), il décida d'établir un campement de repos sur Amini. Une fois posé là, sur la plage de sable blanc, au côté d'une barque longue et bien cambrée marquée *Yemana* sur les flancs, il se crut subitement arrivé.

Sans plus penser à son bain de baquet, il courut décrocher les noix des cocotiers et buvant dévorant tout à la fois le jus et la chair blanche, il fouilla de fond en comble le navire de pêche à la recherche des filets.

— Et voilà !

— Non, ça c'est un hamac, capitaine. Le bar de ligne se pêche à la ligne et l'espadon au maquereau. Mais vous faites bien de vous gaver de noix de coco : c'est très bon pour les intestins.

Non, non, non, non, haussant les épaules, il fila vers le plus gros bungalow-tôle de la plage et se coucha sur la véranda, on verra. On verra demain. Et voyons. Les îles flottantes démantibulées des plates-formes de forage — j'ai drôlement bien fait de passer par là, les coraux me remercieront plus tard, je vous en prie — ont dû dériver depuis... depuis le golfe Persique, bon sang ! Quel trajet ! À ce compte-là, si l'on considère la caravelle comme une sterne de haut vol, il suffira de se poser sur le jet-stream un instant et alors c'est le Pérou en deux coups d'aile, magnifique. Je vois déjà la pointe des Baleines avec dessus son petit caporal imberbe qui regarde l'horizon. Il fait bon. Comme une figurine sur une pièce montée. Quel mariage. Il y a des porte-drapeaux sur la place et des tambours batacotô. L'estouffade de fugu fume dans une grande marmite, personne n'en réchappera, les agneaux rôtissent. Sur les draps de pique-nique : choux verts, choux pommelés, mangues et liqueur de genipapo, matelote de mérou. On dirait une méduse cette espèce de montgolfière dégonflée. Car c'est ainsi qu'il s'endort Stevens.

Au matin, il ramassa un paréo d'homme et prit son premier bain dans le lagon. C'est à ce moment-là qu'une éponge très rouge à bords bleus lui raconta l'histoire d'Amini. Une histoire dense, à l'en croire, une histoire qu'il mit dix jours à mettre en ordre, prenant bien soin d'entrecouper ses négociations avec la linéarité discursive de bains, d'agapes et d'autres bains encore pour se « refroidir la tête ». La difficulté venait de ce que l'éponge avait parlé de toutes ses mandibules à la fois et sans aucun souci de chronologie. Enfin, avec l'aide du greffier dont le sens scientifique s'était ouvert et détendu, il parvint à faire ceci, que je trouvai coincé entre deux planches de la véranda (les précisions de dates et lieux sont du greffier) :

Amini est une île, une île qui très au début du monde fut une carapace de tortue. Inconnue, nue, inculte dans le beau sens du terme, elle fut nommée découverte sur le tard — XVe siècle — et abordée par une planche poussée par Yemana dans sa fuite sur laquelle avait grimpé Chemar Unalpur, grand roi du Kerala.

Lui-même, jeté de son palais par ses gardes en grand uniforme pour une histoire d'honneur ou vertu, montré puis jugé par une cour autoproclamée dans ses jardins, avait été condamné au bûcher coups de baguette ou à la planche noyée. Au choix, à l'aube.

Un rêve avait pénétré Chemar Unalpur dans sa cellule lors de ce qui paraissait être sa dernière nuit, un rêve compliqué où les voix soufflaient dans ses oreilles comme dans des voiles. Le matin l'avait vu sûr de son fait : ce serait la planche.

Celle-ci, soufflée par Yemana, avait donc traversé cent quarante milles nautiques avant de déposer Chemar Unalpur miraculé sur la plage nord de la carapace de tortue. L'éponge les avait vus passer. Il laissait traîner ses bras dans l'eau, le grand roi fatigué. Ça faisait un sillage comme deux quilles de raie ventre à l'air, elle s'en souvenait comme si c'était hier. Depuis, la raie morte est interdite. Surtout les ailes. Personne ne tient à manger un roi du Kerala. D'autant plus que les décennies passant, seul sur la tortue, il avait beaucoup changé et sans oublier sa langue — malayalam — il ne se souvenait pas être arrivé de l'Hindus. Là, l'éponge avait balbutié dans plusieurs directions contradictoires. Des Portugais, vraisemblablement, avaient débarqué en 1542 pour calfater et n'étaient repartis qu'après avoir engrossé des esclaves yorubas qu'ils transportaient dans leurs cales et qu'ils avaient finalement laissées sur place parce qu'un peu abîmées. Par la suite, les Indiens avaient eu un putsch, développé la pêche et retrouvé Chemar Unalpur à l'ombre d'un jacquier. Il refusa de recouvrer son royaume, arguant qu'il était heureux en ménage avec la reine yoruba Yemana qui lui avait appris toutes sortes de positions très douces et sauvages. Ici, les lèvres de l'éponge avaient été indécemment explicites. Es-tu parentèle d'Unalpur, avait-elle demandé pour finir. Et : Mets ton doigt ici, donne-moi ton paréo ou attrape-moi une crevette.

Le major avait lu l'histoire avant de la recoller dans le plancher du bangalo et n'avait plus su, ensuite, quoi faire si ce n'est retrouver cette éponge pour en savoir plus. Comme Stevens ne pensait qu'à se faire caresser par les poissons lumineux du lagon, c'est de concert qu'ils partaient avec la marée vers la barrière de corail. Des requins ? Des oursins ? Tu dérailles Lawson, ces eaux sont pacifiques, me disait l'imbécile pris dans son rêve de nature hippie, pourvoyeuse tutélaire garantie santé tradition.

Personnellement, je préférais rester à l'intérieur du cercle de piments mis à sécher par les anciens naturels : les pneumas (πνευμα) complexes qui circulaient dans le coin avaient un je-ne-sais-quoi de revanchard très vivace qui ne me disait rien qui vaille. Les piments fripés par le soleil et longs d'un empan étaient très forts, ils repoussaient jusqu'aux araignées rouges dont la piqûre tue en deux heures. La nuit, pendant que les autres ronflaient dans les filets à pêche, il leur prenait une de ces phosphorescences ! À épouvanter un caboclo. L'île en était pleine. Ils cherchaient des chevaux de passage pour se manifester et dire au monde ses quatre vérités mais moi, merci bien, vous êtes trop nombreux, je suis pas une auberge espagnole, allez hop, dégagez de mes épices ! Je sais très bien pourquoi Yemana était aussi pressée, je n'ai pas besoin de l'entendre encore, et je n'ai ni trahi ni acheté ma biche, moi : c'est elle qui m'a quitté. Pourquoi ? Parce que ces cons de langurs jasent comme des commères. Il n'y a rien de pire que ces bestiaux sociaux qui sont toujours à se guetter les uns les autres et à se chercher les poux. Dégueulasses jusqu'aux doigts de pied, jusque dans leur façon de mâcher les feuilles et cracher les nervures, pinailleurs, convenus, bigots, répugnants. Ils ne savent plus voir que la Gestalt. Il y en a même qui dessinent sur des feuilles, des feuilles de *papier* ! Des vendus ! Achetés par des régiments de bananes d'import, gros pervers. J'en ai connu qui pendant des mois, des années, des générations, se transmettaient un langage de signes à double sens et se répandaient en insanités. Tiens, je vais m'en faire un à la coque. Une tête de langur à la coque, coincé entre les jambes, je te lui décapsule le bonnet et vas-y, à la petite cuillère la purée de soja. Allez hop, dégagez de mes épices !

En plus, ils m'en piquaient dès que je dormais. Je ne sais pas si c'était le greffier ou quoi, mais à chaque fois que j'émergeais après des luttes nocturnes harassantes, il y avait toujours un de ces fumets dans l'air ! Une dent d'ail, des patates douces, des patates blanches, des herbes d'Angola en crème, une mousse de crabe et dans un plat à part, des filets de merlu blanc. À la fin, je n'avais plus qu'une toute petite couronne de protection. Il n'eût pas fallu que ça dure trop longtemps. Ils ne s'en rendaient pas compte mais si je n'avais pas pris sur moi leurs petites âmes de nuit, ils ne se seraient jamais réveillés les Stevens.

C'est le pétrolier qui nous a sauvés.

Cent vingt mille tonnes de brut débarquées directement au large. La coque complètement éventrée par les structures en acier que nous avions coulées, le *Minerva Limboh* s'était approché lentement d'Amini, propulsé par la fuite de pétrole lourd qui lui servait de moteur passif, tranquillement, selon les lois scrupuleuses de la mécanique des fluides et de la dérive en archipel. Avant même qu'on ait vu quoi que ce soit sur l'horizon, Stevens avait trouvé à l'eau de mer « un drôle de goût d'huile ce matin ». Deux heures plus tard, le premier goéland collapsé échouait sur la plage dans son habit noir. Bordel de merde ! Quel foutu spectacle que cette traînée de quatre kilomètres, visqueuse et glutineuse à souhait, d'un noir profond, scintillant, qui croisait avec grâce dans les eaux du lagon. Visuellement, ç'aurait pu être intéressant, si ce n'est qu'elle se transforma très vite en ruban à mouches. Les oiseaux, fascinés par l'odeur, se jetaient dedans comme sur une lampe et grillaient d'asphyxie. Faut foutre le feu à cette ordure, glapissait Stevens, quel est le fumier qui laisse traîner des saloperies pareilles ?! Il trépignait sur place, très agité, battait des bras et s'égosillait à n'en plus pouvoir. Où était planqué ce foutu putain de cargo, d'où sort-il, quel est le fils de pute qui parie sur un monocoque pourri, où sont les garde-côtes, qu'ils hurlent en enfer jusqu'à la résurrection des squelettes de poissons, que les générations passées leur bouffent le foie éternellement renouvelé, qu'ils crèvent, qu'ils crèvent !

Sont déjà crevés.

Pas du tout, ils sont pas crevés, ils sont là sous ton nez, et c'est encore, putain, c'est encore ceux-là qui vont laisser le plus de traces. De souvenirs, de cicatrices, cette boue, cette saloperie c'est une plaie, elle vient de s'ouvrir, ils ne sont pas morts du tout, voilà leurs actes, c'est pas du court terme, c'est à échelle géologique, c'est du pliocène pour l'Histoire, du solide, le vrac liquide c'est LA signature immortelle, magnifique, pas chère, pas chère du tout, gratuite et pratiquement indélébile.

Le *Minerva Limboh*, construit par Hyundai Mipo, exploité tour à tour par Omi Corp., Pétromarine, Concordia Maritime, Shipping Corp. of India, N & T Argonaut et Ceres Hellenic avait vingt-quatre ans de service, un équipage indien et un pavillon chypriote.

James Dutton, courtier, l'avait recruté depuis Londres pour le compte d'un armateur grec fatigué dont l'activité hautement symbolique consistait à servir de prête-nom — et de sas de temporisation en cas de pépin — au commanditaire napolitain Sergio Vasavere, spécialiste en commerce international par héritage familial depuis des siècles. Boutons de manchette armoriés, chapelle privée. Que ne ferait-on pas pour deux boutons de manchette armoriés, une femme dévouée, trois enfants pas plus débiles que la moyenne, pouvoir tirer un coup n'importe où n'importe quand, et jouir du luxe villas, voitures, yachts et planeurs. Même si son véritable plaisir était d'étaler une bonne couche de confiture de papaye sur une baguette française encore chaude, Sergio Vasavere, de son vivant, n'avait jamais remis en cause le premier principe esthétique de son arrière-grand-père : c'est le cadre qui fait le prix de la peinture. Le cadre élargi.

Qu'ils crèvent, leur cadre n'est jamais deux fois aussi large qu'il le devrait.

— On le pompe ? fit le major.

— On n'a rien pour ça, rien du tout. On l'allume et on fout le camp.

— Je suppose que c'est une solution.

— Parfaitement, qu'est-ce que vous voulez faire d'autre ? L'aspirer à la paille ?

— Bon, bon. Calmez-vous.

— C'est ça. Et pour commencer on fait sauter cette foutue raclure de rafiot.

— Sautera bien tout seul, avec ce qu'il traîne comme queue...

— Je m'en fous, on y va. Lawson, sors de tes piments, on y va !

Minute, permets, répondis-je, je confectionne une guirlande.

C'est que j'ai le sens des rituels personnellement. Et je fais bien. Parce que lâcher un brûlot sur une nappe de pétrole à moins de trois cents mètres d'altitude, ce n'était pas vraiment une bonne idée. Sitôt la roquette partie, presque avant qu'elle ne touche sa cible, le contre-souffle de l'explosion nous aspira brutalement vers le *Minboh* dont la mèche prenait à une vitesse foudroyante et courait vers la plage comme si la bombe était tout au bout sur les côtes et non pas pile au-dessous de l'hélicoptère qui patinait dans la fumée sans parvenir à changer de cap. Stevens s'en mordait les doigts, une horreur. Dès que la langue de feu eut touché les sables et grillé en un clin d'œil les petites allumettes de mouettes échouées sur la plage, il y eut un retour de flamme du tonnerre et les pneumas coléreux se ruèrent là-dessus comme sur une piste de bobsleigh norvégien à toute vitesse, portés sur les flammes, sus aux vivants spoliateurs !

N'eût été ma guirlande, nous y passions tous.

Ces piments sont vraiment très forts. (J'en ai caché dans la manche du major, elle a un tel fourbi dans ses chausses qu'elle ne s'est aperçue de rien.)

Enfin en bout de course, c'est la flamme elle-même qui nous jeta vers le large dans un grand bruit de forge. Terminé, dégagez de mes épices.

Notre itinéraire avait été tracé par le major sur un coin de table au départ de Bombay mais, dans la précipitation de l'appareillage, personne n'avait pensé à récupérer la carte de vol et dans la fumée du *Mimboh*, il fut pratiquement impossible de préciser notre position de décollage. Pour sa part, Stevens avait toute confiance dans les accessoires de l'Apache et comme j'avais veillé à ce que les réservoirs soient toujours à bloc — tant en carburant qu'en liquides de refroidissement, huilage et décompression freins — nous filâmes par le bout au-dessus du Grand Indien droit vers l'Afrique. Enfin, droit légèrement sud-ouest.

Il y avait une mauvaise ambiance dans le cockpit. Il est vrai que la fumée nous accompagna sans discrétion et que des milles après avoir quitté le cœur du conflit, nous discernions encore la corde noire serrée sur le cou de l'archipel pendu, la langue dehors, les yeux exorbités, la trique et balancé par les alizés mourants.

Stevens toussait très fort dans la cabine à cause de cette maudite asphyxie qui était entrée en douce par le moteur. Il imaginait les hydrocarbures pénétrer par infusion, tapisser les coraux et faire des eaux du lagon un Pompéi maritime que des générations de palourdes mutantes visiteraient dans deux mille ans avec une curiosité culturelle appliquée. Quelle tristesse. Encore une écosphère de moins. Il se tordait les mains en silence et l'autre escogriffe crispé me jetait des regards en coin de plus en plus appuyés.

— Eh bien quoi, greffier, tu te sens mal ?

— Vous allez le tripatouiller longtemps votre chapelet de benjoin ?

Quelle ambiance !

Jusqu'au major qui y alla de son : Cette fois-ci, je crois qu'elle est morte.

— Qui ça ?

— L'histoire d'Amini, l'éponge.

Eh bien !

Mis à part ça, le temps était clair et calme et la traversée s'annonçait peinarde entre le premier et le deuxième parallèle. Des petits mammatus au nord-ouest, rien de pire. Ç'aurait pu être une chouette croisière puisque nous avions tout ce qu'il fallait en matière de provisions et que l'océan reflétait encore la lumière, puisque nous étions vivants, que nos poitrines larges respiraient avec ampleur et beauté mille mètres au-dessus des flots les fortes bordées d'air du Grand Indien, alors quoi ?

Alors il y avait plein de vraquiers. De cargos transbordeurs, de paquebots céréaliers, minéraliers et rouliers et à huit degrés nord, la trace radar d'un sous-marin nucléaire. Ceux-là, disait Echampson en pointant du doigt une grappe de points noirs, assuraient le transport de naphta et de condensant entre la Méditerranée et la Chine, celui-là, l'huile et la soude, celui-là, là-bas, les volailles asiatiques et celui-là, au départ de Calicut, les os des vaches et des hommes incinérés pour la farine animale.

— Ah non, je vous en prie, trente ans que ça n'existe plus ces trafics ! Vous n'avez pas un soutier de cannabis plutôt ?

— Mais si, comme vous voulez, là... oh !

Le major indiqua l'ouest d'un doigt en dessinant des ronds de plus en plus larges. Sous le derme opaque de l'océan, une zone d'argent pur étal se déplaçait à fleur d'eau contre les vagues.

— Qu'est-ce que c'est, une épave ?

— Un banc de maquereaux. Oh ! très nombreux ! Ils allaient comme à un rassemblement de fête, regardez, il en vient de tous les côtés ! Ils filaient si vite, chacun des troupeaux une flaque de mercure attirée par l'autre vers un centre aimanté, oh des baleines, oh des baleines ! C'est une pêche !

— Où des baleines ?

— Au cul des maquereaux, elles sont six, elles les encerclent depuis des milles, quel coup de filet ! Décidément vous n'avez jamais rien vu. En saison, les baleines à bosse pêchent en groupe. Chacune reçoit son carnet de route, profondeur et direction, et le positionnement précis du point de relevé final ainsi que le départ de la course par ultrasons modulés. Ensuite de quoi, elles ajustent le cercle et avancent à pleins coups de queue en crachant devant leur nez un filet de bulles si petites que même les petits maquereaux n'en réchappent pas. Au moment opportun, la cheffe d'orchestre envoie l'ultime signal et elles remontent de concert la gueule grande ouverte. Ces ventrées ! Le plus fort, c'est que chacune des pêcheuses, d'une saison sur l'autre, garde sa place aussi sûrement qu'à un banquet.

Dudley à droite, Carmen à gauche, la belle-sœur ici, maman en face et allons-y.

À force de tourner autour de celle-ci qui a une grosse tête, l'autre des piques dans le dos, la petite qui prend plein ouest, où va-t-elle ? le kéro descendait et à strictement parler, nous n'avancions pas. Après quelque seize heures de vol, nous étions à peine à mi-parcours et pratiquement à sec en plein océan. En plein océan ! Pas la moindre parcelle de terre en vue, plus de plate-forme ni de carapace de tortue, de l'eau, rien que de l'eau bleue, sombre, parfois presque noire et aussi épaisse qu'un solide mouvant.

Esprit du Grand Indien, m'entends-tu ? Esprit de l'océan dit Grand Indien me reçois-tu ? Je suis sur la barge aérienne flottante, Esprit, je suis sur le ventilateur qui t'évente, m'entends-tu ?

Bon.

Baleine à grosse tête, me reçois-tu ? Baleine à grosse tête, je suis sur le moustique qui bourdonne, m'entends-tu ?

— Vous avez fini de siffler entre vos dents, Lawson ?

— Là !

Grosse Tête, ô Grosse Tête par sagesse, trouve-nous une île ou une terre d'acier, trouve-nous un asile et je te promets que je fais sauter la fonderie de Caravelas où fondirent tes parrains par patrimoitié. Je suis L.L., mon vrai nom je te le dirai, nous sommes cousins, un bon geste Grosse Tête et je te jure que je la fais sauter.

— Celle-là, suivez-la major, elle nous amène à bon port.

— Ne l'écoutez pas, il est révulsé.

— Écoutez-moi, j'ai passé un accord, suivez-la.

— Elle rigole en bas ?

— Oui mais suivez-la, ce n'est pas un piège.

Le greffier maugréait. N'importe quoi, faites attention, elle file plein est, elle va nous foutre dedans. Ferme-la. Elle va nous foutre dedans, je sais qui c'est, c'est la petite-petite-fille de Dick, elle va nous perdre comme elle a perdu Achab.

— Décidément, vous êtes trop con, Waterfull.

Pas du tout. L'homme est sa puissance destructrice extériorisée en particule, nous sommes une projection de son thanatos de monstre, version miniature condensée, une condensation de son angoisse, elle va nous perdre avec l'équipage, elle nous tient par la jambe de bois, barbichette, c'est pour ça qu'elle rigole.

— T'as besoin d'une douche froide ? Suivez-la major.

J'avais raison, la baleine était loyale. Grosse Tête connaissait le quartier Ouest comme sa poche, elle nous avait emmenés directement sur le premier monticule disponible, un porte-avions tout gris avec la gueule de travers mais beau alors là, vraiment beau. Avec une jauge sur la réserve au milieu de l'océan Indien, on a des emportements esthétiques inattendus. Le major précisa qu'il n'avait pas la gueule de travers, que c'était un porte-avions à piste oblique. En nous approchant, nous vîmes qu'il y avait du bazar sur le pont, des petits avions bas sur pattes le nez en l'air et une colonie de Fenwick jaunes dispersés partout sur la passerelle. Il restait néanmoins de quoi apponter confortablement entre les brins d'arrêt, le bâtiment était immense.

— Un Français, dit-elle en débarquant. Je me demande ce qu'il fait là. Si on mangeait quelque chose ? Des pâtes par exemple ?

Il n'y avait rien de mieux. Dans la bannette des hommes d'équipage, on aurait peut-être pu trouver des saucissons moisis sous les oreillers, mais Stevens refusait qu'on fouine dans les coins et comme à bord du *Yangtse Prince*, il déclara le bar fermé et le restaurant insalubre. Cette manie de l'hygiène sur les bateaux, c'est quand même curieux.

La baleine soufflait.

Merci Grosse Tête et salut, je tiendrai ma promesse. Salue ta tante de ma part. (On ne sait jamais.)

Pendant le repas, il fut décidé qu'on changerait de cheval. Stevens voulait monter un oiseau-mouche histoire d'être plus rapide en l'air et de se mettre dans l'ambiance tropicale. Un colibri, c'est ce qu'il nous faut. Un colibri gris super-fusant qui attrapera le courant jet à six mille mètres comme si c'était les jupes de sa mère. Greffier, tu notes. Un colibri pour demain, allez visiter les hangars, je me couche.

Il avait planqué une bouteille de bourgogne quelque part, c'est certain. Il boit seul maintenant, quelle décadence. Il boit seul et s'enferme avec son carnet alors qu'il faut lui tenir le crayon la plupart du temps tour à tour. Nous sommes bien bons.

Pour une fois, le greffier servit à quelque chose en déchiffrant le panneau des circuits électriques. Parce que son colibri, à l'autre ivrogne, on le découvrit bien rangé avec ses petites oreillettes rouges sur les réacteurs, au fond du hangar du deuxième pont face aux ascenseurs, et les ascenseurs, justement, il s'agissait de les activer un bon coup pour remonter l'oiseau de quinze tonnes qui nous emporterait sur les flots de haut bord. À l'aube, après des heures de travail épuisant, alors que Stevens émergeait sur la passerelle les traits tout brouillés, le Rafale prenait l'air sur la piste axiale, le train bloqué sur la catapulte.

On était à l'étroit là-dedans.

Le major avait ramené ses cheveux en arrière et pris son air pilote de chasse avant de claquer d'un coup sa visière. Pouce en l'air. Décollage immédiat. Lance les Mitchell-Brown, on y va.

Deux cent soixante-cinq mètres pour envoyer au ciel un engin balancé comme un jockey de concours, ça peut paraître long, eh bien c'est court. Trois secondes. Et la quatrième à la verticale géométrique, comme une fusée, un trait sans tremblement tiré droit, l'estomac littéralement dans les talons. W., vert, dégueulerait à l'atterrissage. En attendant, Stevens soupirait d'aise dans son tuyau à oxygène. Doucement sur le tirant d'eau, capitaine, je sais, je sais, ça fait longtemps. Vous adorez ce mélange de gaz chaud mais doucement, ça monte à la tête. Elle testait l'appareil comme à l'entraînement. Loopings, ascension à angle droit, rétablissement, salto arrière et double vrille, pitié. Le ciel, l'eau, le ciel, l'eau, le ciel, le ciel, l'eau défilaient en écheveaux. Écrasé de bonheur, Stevens retrouvait ses sensations de cosmonaute, 2 G, 3 G, quel fameux pied, laissez-moi descendre. Descendre ? Elle enchaîne en piqué pointé à quatre-vingt-dix pour cent de pente immédiate, le cœur au bord des lèvres, il est sept heures du matin, la mer est très très très prrroche, rahouf, ras la flotte, un cheveu. Qu'est-ce que c'est que ces bidons ? On remonte. Ralenti machine, cinq cents, sept cents, sept cent cinquante mètres au-dessus du niveau de la mer. C'est une flottille. Huit cents, huit cent cinquante, une armée. L'océan est couvert de taches jaune et rouge rouillées. Ladies and gentlemen, nous survolons actuellement les côtes somaliennes. Ô Somalie, Somalie baignée par le golfe d'Aden, ô Arabie, Érythrée, ô Ébène Éden, je reviendrai avec des membres de fer, la peau sombre, l'œil furieux, tout à fait tout à fait somalienne. Exitalienne, ex-britannique avec ses ex-bases militaires soviétiques, ladies and gentlemen, ce paradis de la pêche manuelle connaissait avant la prune une économie florissante occulte à base d'échanges culturels Nord/Sud sous forme de retraitement par enfouissement sommaire des déchets toxiques. Les plages de rêve que nous survolons sont un livre ouvert sur l'industrie mondiale, tout en débits et profits. Sous nos yeux actuellement, un livre de comptes colonne débit en barils percés : uranium, plutonium, cadmium et mercure, sous nos yeux, colonne profits, enterrés sous nos yeux, enterrés dans les armes. Ladies and gentlemen, nous allons reprendre quelques mètres d'altitude. Le Rafale bondit sur un tumulus gonflé — cent soixante-dix containers de six mètres de diamètre au bord de l'implosion. Respirez dans le masque, notre habitacle est blindé, respirez. Deux mille mètres, les taches disparaissent, trois mille, les côtes disparaissent, maintenant je comprends mieux, vous ne pouviez rien voir Stevens, rien du tout. Quatre mille au-dessus du niveau de la terre, cinq mille, vous respirez déjà mieux, six mille, prenez-le, prenez-le devant vous, il vous tend la coupe, c'est le Lé-Té.

Absorbé par le courant jet, le Rafale vibra comme une feuille détachée, petit pédoncule par-devant, qui file sous le ventre du moustique ? C'est l'Afrique. Un tapis rasé. Passe les comprimés de Nivaquine greffier, pas trembler : pas de moustiques en altitude. La guirlande de piments me grillait le torse. Car nous étions dans la veine cave de la terre et dans cette atmosphère à oxygène raréfié que les anophèles *falciparum* n'atteignent pas, les pneumas suspendus sont nombreux.

Salut griot.

Salut mégère, salue ton troupeau.

Alors que nous croisions à plus de mille trois cents kilomètres heure par-dessus les moulins, le temps des âmes en suspens imprégnait la cabine de sa ritournelle immobile.

Le géant qui traque les voyageurs imprudents revenait du Cameroun dans le plus simple appareil. Par l'écoutille, il passa par ma bouche. Tête de piment.

Je suis Ogoumélê, dit-il, j'ai cent quarante-quatre filles et trente-trois fils guerriers, et je vais t'apprendre quelque chose : je suis snob.

J'ai été chauffeur-laveur mais quand je gonfle un pneu, c'est une danse. Ce n'est pas une musique bien que c'en soit une aussi mais ce n'est pas le battement du sang, c'est une chose de l'esprit, un rythme, d'accord, un accord, un savoir-vivre, tu comprends ? L'air me porte, j'ai la chose à gonfler, cette chose de Blanc sans utilité, cette bouée. J'ai un soufflet à bras et piston c'est moi : chauffeur-laveur Ogoumélê. Un prince. Chauffeur-laveur pompe avec princeté, Ogoumélê, esprit de souffle passant du poignet au jarret, de haut en bas dans la bouée, princier, tu comprends ? Le travail se résout dans l'harmonie du mouvement, s'y dissout. Comme un sucre dans un verre, sans disparaître pour autant, le travail change d'état. As-tu vu le jaguar dans n'importe quel chat ? Oui, tu comprends ?

Je vais te souffler quelque chose dans ta baudruche petit piment, montre-moi la valve qui te sert de pavillon d'écoutille, montre-moi ton oreille, laisse ta bouche bayer, c'est moi qui siffle. Oyé.

Rrrroiiiiiix !

Il y a très très longtemps, au pays des Deux Rivières Khala Khalaha, un chasseur sortit de sa case du-cœur-de-la-forêt au premier chant de l'oiseau Kimbala. C'était un grand chasseur. Il avait jeûné la veille et s'était purifié au réveil dans la calebasse d'eau brune où infusait l'herbe qui camoufle l'odeur humaine. Ses deux mains étaient saines quand il saisit son arc sur la solive de sa case, son corps était ferme quand il noua le carquois sur ses hanches, son esprit était clair. Complète était sa mémoire quand il prit le chemin des traces derrière sa case du-cœur-de-la-forêt, traversa les jardins de manioc, dépassa les palmes, dépassa les caïlcédrats et s'enfonça dans la grande forêt. Attentif au moindre mouvement de l'air, aux départs furtifs sous les feuilles, il récitait intérieurement le chant du chasseur-qui-se-déplace qui rend le pas plus silencieux que l'eau sur les pierres immergées.

Le soleil montait au-dessus de la tête des grands arbres et le soleil lui-même devait faire un effort pour le voir.

Son esprit était serein quand il rencontra Asini l'araignée et lui fit ses salutations.

— Le ciel est-il clair pour toi, Asini ? Je salue ta toile et les fils de ton abdomen, je salue ta belle-sœur et ta grand-mère, je salue tes filles qui dorment dans leur cocon, ta famille se porte-t-elle bien, Asini, araignée de renom ?

— Je te salue, chasseur, le ciel est clair. Qu'il soit clair sur ta tête. Où te portent tes pieds dans la grande forêt du matin ?

— Avec ton aide, Asini, sur les traces de Koumba Keleeté, le lièvre rapide aux oreilles démesurées.

— Continue devant toi, chasseur, il a chié au pied du ficus mugumo il y a juste trois heures.

Sa mémoire était complète quand il rencontra le serpent primordial et lui fit ses salutations.

— Que le ciel soir clair à tes yeux, Conda, qu'il te réchauffe les écailles, je salue tes œufs dans leur nid et la mue de tes aïeux. As-tu vu Koumba Keleeté ?

— Reviens sur tes pas, chasseur, il est passé au large des termitières derrière le bosquet de tamarins. Il était si pressé qu'il a manqué marcher sur ma queue. Que la clarté t'accompagne.

Son cœur était ferme quand il rencontra Vieux Vautour et lui fit ses salutations.

— Le ciel est-il clair pour toi, long cou plumé ? Je salue tes enfants dans leur duvet et les griffes de tes ancêtres acérées. As-tu vu passer Koumba Keleeté ?

— J'ai vu sa queue s'enfoncer dans les graminées de la piste des gazelles sombres. Pourquoi veux-tu voir le lièvre, chasseur ?

— Pour faire l'amour à sa fille, Vieux Vautour. Nous sommes mariés depuis deux lunes et je ne lui ai pas encore montré mon couteau.

Ses yeux ne se couvrirent pas de buée quand il vit Koumba Keleeté bondir des racines de son terrier, ses mains ne tremblèrent pas quand il arma son arc, mais la flèche qu'il décocha emporta sa mémoire. Elle emporta sa mémoire car lorsque le lièvre fut tué, atteint par sa flèche rapide, le chasseur le ramassa sans un mot et sans un mot il l'accrocha à la ficelle de son carquois. Au lieu de renvoyer l'âme de Koumba Keleeté à la maison de ses ancêtres pour qu'il y renaisse, le chasseur ramassa sa proie et l'emporta sans un mot. Sans dire l'histoire de Koumba Keleeté né de Ruse et Rapidité quand les pierres étaient encore froides dans le ventre d'Akoumwélê, quand les eaux étaient sans partage au centre du monde incurvé. Sans dire l'histoire de sa mère-cousine, mère des écureuils nerveux, ni comment son père éclair avait appris à courir en zigzag dans la brousse ébranlée par le pas pesant des grosses viandes. Omettant de rappeler sa jeunesse orgueilleuse et dissipée, lui qui avait fait le voyage jusqu'au troisième ciel et reçu de Bowagadam l'amulette d'escroc qui lui avait valu son surnom de Keleeté, le Rusé. Sans raconter son développement jusqu'à la maturité ni les frasques qui l'avaient lié d'un côté aux graminées amères et de l'autre aux ocelles et aux aigles harpies. Sans rappeler les détours de son dernier chemin, le mugumo où il avait chié le matin même, le bosquet de tamarin qu'il avait contourné, la douceur du terrier qu'il avait quitté précipitamment quand le pas du chasseur avait résonné dans son plafond. Le privant ainsi de retourner à la maison de ses ancêtres pour y renaître, le chasseur muet se privait lui-même de Koumba Keleeté. De Koumba Keleeté et de toutes les choses entrecroisées avec lui. C'est ainsi que se troue et se perd le monde.

Rrrroïïïq !

Asoumtouwélê Kilombo, tête de piment, place, Rrrroïïïïq, c'est moi qui siffle présentement, c'est à moi de siffler. Faites la queue les diavolos, place, ah place,

Rrrrroïïïïïïq !

Quand le Blanc est arrivé à Koumbeul, il était pressé, ooh, pressé, très pressé. Il voulait tout savoir. Parler au chef, ensuite au vieil homme, ensuite à l'homme tranquille. Parler ensuite aux chasseurs et aux femmes. Il distribuait du tabac dans des boîtes en carton, ooh oui, beaucoup de tabac. Je suis pressé, très pressé, dépêchez-vous SVP, disait-il tout le jour jusqu'à la nuit. Voulait-il manger ? Très pressé, pas bon. Voulait-il parler ? Oui, très pressé, très pressé. Construire une case ? Oh oui, très pressé. Voulait-il s'asseoir, goûter la bière ? D'accord mais vite vite, la montagne attend mon arrivée. J'ai pour elle des cadeaux, où est l'homme, le vieil homme qui garde et connaît les secrets ? J'ai des pierres pour elle, de nouvelles pierres très efficaces, du tabac pour lui, pour l'endormir, le berger. Oohoo, l'endormir ? Moi, Asoumtouwélê Kilombo, je lui dis alors : Trépréssé, je serai ton assistant, paye-moi tout d'abord. Je t'emmène à la montagne. Je te montre le vieil homme. Je t'emmène parler au chef. Je t'emmène voir les femmes. Je t'emmène sur le terrain où sera construite ta case. Je corrige tes fautes de langue. Je corrige tes fautes d'étiquette. Tu me payes tout d'abord. Ni tabac ni verrerie. Oooh, non. Il a dit oui. Premier jour, je l'ai perdu dans la brousse. Je suis revenu faire la sieste au village pendant qu'il tournait, très pressé, au pied de la montagne sans la voir. Deuxième jour, il a dormi, ayant tourné toute la nuit. Troisième jour, il a crié, vite, vite. Escropilleur, emmène-moi voir le chef, tiens ta parole, je dois voir le vieil homme et l'homme tranquille, je dois parler aux femmes. Dépêchez !

Moi, Asoumtouwélê Kilombo, chef de Koumbeul, il m'a appelé Dépéché tout le temps qu'il est resté.

Je l'ai emmené voir les femmes.

Elles l'ont regardé et n'ont pas voulu lui parler. Il avait une odeur, disaient-elles, une odeur cadavéreuse. Mieux valait ne pas ouvrir la bouche devant cette odeur.

Cette parole fut un baume, elle l'emplit de calme. Il ne sortit plus, ne parla plus, ne répandit plus ses gesticulations entre les cases. Il resta terré dans une vieille cabane. Longtemps, longtemps. Sa seule activité consistait à gratter sa table avec un petit bout de plastique. Puis, un jour, il ressortit : Fais venir le berger Dépéché. Puisque tu ne peux pas m'indiquer le chemin de la montagne, fais descendre le berger.

C'était la période des pluies nouvelles, le vieil homme n'allait pas tarder à descendre. Je dis oui, d'accord. Il va descendre. Quand Dépéché ? Il va descendre. Oui mais quand ? Kan fut son deuxième nom de brousse.

Le vieil homme descendait trop lentement, Kan Trépréssé se porta à sa rencontre. Il tomba dans la rivière et se bouscula la tête sur une pierre. On le transporta au village. Il resta à nouveau encore longtemps longtemps assez tranquille dans sa case. Puis il ressortit : Je vais à la ville. Il ne tenait pas debout très droit, il tremblait sur ses pieds, mais il dit : Je vais à la ville. Il partit.

Et il revint.

Beaucoup plus droit sur ses pieds, il ne tremblait plus, il était moins blanc.

Moi, Asoumtouwélê Kilombo, je compris alors ce qui s'était passé « à la ville ». Il avait une liaison. Une liaison avec une femme cohumba. Il avait repris des forces en usant de son lance-pierres avec la femme cohumba. Il était plus fort, mais toujours Trépréssé.

Je veux voir le chef Dépéché, il faut que je lui parle, j'ai besoin d'une case, n'oublie pas que je t'ai payé. Justement, ma troisième femme a besoin d'une cuisine aménagée. Quoi ? Écoute Trépréssé, nous pratiquons le culte des crânes, nous portons des masques pour les cérémonies, nous parlons une langue à tons et si tu veux nous cannibalisons, si tu veux, spécialement, avec des danses et des chants diaboliques. Si tu aimes. Mais ma troisième femme a besoin d'une cuisine aménagée.

Fatigué, il est reparti à la ville.

Rajeuni, il est revenu de la ville : la cuisine est dans la case de ta troisième femme, Dépéché. Conduis-moi au chef, je dois lui parler, j'ai des pierres à prendre à la montagne. Mais moi, Asoumtouwélê Kilombo, j'ai dit tout d'abord non, ce sont les pluies nouvelles, la lune est néfaste.

Déprimé, sous les pluies, il repartit à la ville.

Ragaillardi, il revint avec la saison sèche, toujours Trépréssé. Il n'apprécia pas quand je lui dis, le vieil homme est retourné à sa montagne. Il cria, battit le sol, battit la case, battit le bois de brousse et retourna à la ville.

Il revint en pleine forme.

Moi, Asoumtouwélê Kilombo, j'avais réuni le conseil du village dans cette éventualité. Cet homme Trépréssé prenait trop de risques. Les femmes cohumbas sont énormes et dangereuses sous certains auspices. Le Conseil le mit en garde : Ne dors jamais à l'ombre de ta femme cohumba, ne l'engrosse pas de trop d'enfants non nés. Je n'ai pas de femme cohumba ni autre, je ne connais personne à la ville, mon lance-pierres est inactif, a-t-il répondu devant le Conseil. Et le Conseil a beaucoup ri. Nous avons fait une fête avec des tambours creusés dans des bois-briques, nous avons bu de la bière. Et moi, Asoumtouwélê Kilombo, je lui dis comme j'étais saoul, Trépréssé, si tu veux parler au chef, parle-moi. Il ouvrit de grands yeux, une grande bouche, et vomit toute sa bière.

Le lendemain, il était reparti à la ville.

Il ne revint pas.

Sa femme cohumba, engrossée de trop d'enfants lance-pierres, l'avait écrasé pendant qu'il dormait. Je l'ai vue. Elle avait la taille d'un baobab de cent dix saisons et sur son corps immense, les grosses bosses de ses enfants non nés engendrés par le lance-pierres Trépréssé faisaient des cloques hideuses hydropiques. Elle s'était abattue sur lui d'un coup alors qu'il se tournait pour ronfler dans son ombre. Il était aplati comme un phasme uniface.

C'est ainsi que l'homme trop Préssé ou trop Avide engrosse la terre cohumba de trop d'enfants qui n'ont pas le temps de mûrir.

C'est ainsi qu'elle finit par nous écraser.

Rrrroïïïïïq !

Balivernes. Rrrroooïiiïiq !

Réveille-toi.

— On fait escale, disait le major en tapotant l'écran de contrôle.

— Ouskon né ?

— Pas.

Faisait noir. Je n'avais pas vu la nuit tomber à cause des chanteurs aux piments. Le dernier était en train de m'apprendre les trois mouvements de base de la Capoeira angolaise quand Stevens me secoua sans ménagement comme à son habitude pour me faire sortir de mon évanouissement comme il disait. Le voile noir recouvre les yeux et les consciences des profanes quand l'avion encaisse les accélérations capitales. Réveille-toi Lawson, Rrrrooïiiïq ! Debout, réveille-toi !

— Comment veux-tu que je me lève dans cette boîte à sardines, imbécile ?

— OK, il est revenu.

— On doit faire escale, insistait le major, les réservoirs sont dans le rouge.

Il fallait décrocher du jet-stream, allumer les feux de route et dégotter une piste adéquate pour poser le colibri. On avait dix minutes d'autonomie.

— Pas de problème, le major montrait ses doigts gantés, pouce et index collés, tout va bien, on descend gentiment.

Et pour une fois, ce fut vrai. On descendit gentiment, comme dans de la purée de pois, pour atterrir à mon goût n'importe où et pas spécialement sur une piste goudronnée. Vu les cahots et les étincelles qui traçaient la route sous le ventre du Rafale, on aurait même pu se croire dans un atelier de soudure.

En dehors de la boîte à savon, l'air était lourd et sec et rien ne mouftait dans la nuit noire. Mis à part des touffes de buissons torves et la silhouette de quelques plantes grasses écrasées par terre, on ne voyait rien. Pas une cigale. Des étoiles en filet par-dessus la tête, mais pas un craquement de bête. L'endroit était chargé. Je serrai ma guirlande d'un cran.

Le major respira un grand coup l'air immobile. Elle avait l'air d'écouter quelque chose sous ses pieds. Ah bon, ah c'est ici ?

Écoute ça, Roiq Stevens,

C'est ici que repose embaumée par les Giagas compétents, la reine enrubannée d'écorces plus fines que la plus fine batiste de l'aristocratie lusitanienne. Couronnée d'or et d'argent, c'est ici qu'elle repose, dans son invisible tombeau bâti à chaux et oint du sang des trois cents serviteurs attachés à son service personnel. La reine Zingha ou Nzinga, de son vrai nom Ngola Mbandi Nzinga Bandi Kia Ngola, Reine-Dont-la-Flèche-Trouve-Toujours-le-But. Née avec tous les signes de la royauté cruelle, du huitième roi de Matamba et de sa favorite Changuella Caucamba à la beauté éternelle.

C'est d'ici qu'elle partit, commanditée par son frère vaincu, pour négocier son royaume à la barbe de João Correia Da Souza, vice-roi du Portugal expansif.

Le greffier avait fini de vomir et clignait des yeux comme une chouette.

— D'où tenez-vous ça ?

— De la cuisse à Jupiter, grenouille. Regardez par ici.

Les trois cents colliers de perles, collier de col, de tête et collier de coiffe retenant les glandes poussiéreuses des dreadlocks d'une femme huila reposaient au pied d'un petit monticule de terre battue.

— Cimetière royal de haute lignée, fit le major en touchant du bout des doigts le harnachement, cimetière amazone.

— Qu'est-ce que vous chantez là, Echampson ? Les visions de Lawson seraient-elles contagieuses au point de vous faire perdre les repères géographiques les plus élémentaires ? Nous sommes en Afrique, il n'y a pas d'Amazone en Afrique.

— Ben voyons, greffier. Il n'y eut d'Amazones qu'en terre lemnienne et Bohême et les Grecs, ces voleurs de chèvres et d'ânes sertanèjes, les ont écrasées sous leur talon d'acier, c'est bien connu.

Elle remontait les tumulus les yeux pratiquement fermés comme elle eût parcouru une avenue de Tokyo illuminée par trois cent mille néons clignotants. Elle y voyait plus que clair.

Servante. Servante. Servante en chef. Suivante. Nous approchons. Dévolue aux onguents. Sénéchale. Dévolue aux huiles. Fileuse royale.

Chacune des grappes de collier qu'elle touchait lui révélait la fonction et le rang de la femme enterrée là des siècles avant l'invention de la bombe à fission. Écoute-moi bien, Roiq !

Quand les caravelles de l'amiral Diogo Cão touchèrent les côtes africaines, une explosion de joie secoua les hommes embarqués. Qui frissonnèrent jusque dans leurs poils de barbe. Qui débarquèrent en tremblant, les cols mousselines tout poisseux de bave et d'embruns. Qui virent les vallées d'orangers et de citronniers, les champs cultivés, le peuple industrieux. Qui se félicitèrent en tirant des coffres le papier parcheminé sur lequel qui prirent notes. Le tant, amiral et moi, Alvaro Pedro Da Costa Carvajal-i-Cabra, j'octroie pour ma possession personnelle par entremise de sa Majesté TC bien fournie en goélettes, les terres ci-devant alentour les côtes touchées ce jour, 1482.

BADAM ! Un siècle plus tard, naissait la petite femelle guerrière qui allait les tenir en haleine quatre-vingt-trois ans. Disputant sa terre aux mains de l'ennemi rabougri selon toutes les ruses de la guerre sans merci. Abjurant, communiant, abjurant dans tous les édifices à ogives qu'on voulait bien lui présenter. Et menant par-devers eux sa troupe sanguinaire versée dans les plus savantes préparations offensives.

À elle seule, à son charisme, à la beauté qu'elle tenait de sa mère favorite, elle détourna une phalange de cent hommes à mousquets tirés des rangs de l'armée portugaise. Fascinés, en pantalon et nu-tête, le torse marqué par la ficelle du poudrier, ils faisaient l'exercice sous ses ordres, face à la mer. Tous les matins, elles les passaient en revue le menton en l'air et pas un de ces renégats sans avenir n'osait poser sur sa croupe haute le moindre regard de désir.

Elle empoisonna son frère qui avait tué son fils. Elle égorgea son neveu après l'avoir épousé afin que rien ne demeure de ce bout de lignée pourrie semé par son père. Ensuite, ce fut un règne total. Que les hommes astiquent les armes. Que les vierges s'alignent choisies parmi les plus belles, je sens venir ma saison.

Elle mangeait dans la brousse, à pleines mains, des cuissots d'antilope. Et quand elle mangeait à sa table, suivant la nouvelle mode, la vaisselle d'or et d'argent était disposée à genoux par les officiers de bouche. Devant le vice-roi Da Souza enfoncé dans un luxe de tapis et coussins brodés, elle s'assit sur une esclave, parla peu, écouta encore moins et laissa l'esclave à quatre pattes sur le tapis portugais : la reine ne se sert jamais deux fois de la même chose.

Que les vierges s'alignent parmi les plus belles.

Le tombeau de Nzinga n'était pas un édifice mais un bananier géant. Il montait si haut que ses palmes vertes cachaient le ciel noir étoilé sur une lieue périphérique autour du tronc principal. Echampson caressa les grandes feuilles, décrocha un régime, s'adossa sur la tige souple d'un rejet vigoureux et entreprit de se restaurer. Elle mâchait fort et poussait de gros soupirs tout en tirant de ses manches quelques-uns de mes piments magiques pour agrémenter son repas de brousse. W. lui passa le rhum avec des égards, ses curiosités d'historien le reprenaient.

— D'où avez-vous dit que vous tiriez cette histoire si parfaitement cafre ?

— 'cuisse à Jupiter, répondit-elle en rotant une bulle d'alcool parfumé.

Elle déteste qu'on embrouille ses repas avec des considérations méthodologiques.

Néanmoins, quand les hamacs furent accrochés entre les troncs de Zingha, quand elle sentit dans sa main le corps tiède de la bouteille de Pusser's et qu'elle se souvint que personne ne lui disputerait ses rasades, elle consentit à éclairer l'avide greffier qui lui avait installé une ficelle à balancer.

C'était en Arizona, Waterfull, au temps béni où j'étais bien vivante. Je revenais d'une croisière d'import-export entre Tumaco et les États-Unis, couverture DIA, mes cales contenaient cinq tonnes de colombienne de la meilleure qualité. J'avais caboté sans me presser le long des côtes mexicaines, visitant comme il se devait la Isla de Coco et le golfe de Tehuantepec, et longeant d'un peu loin la Sierra Madre del Sur pour éviter les pickpockets de la PGR, toujours aussi arrogants. Après une escale discrète à Las Varas où je devais recevoir un complément de cargaison — en liquide — je passai le cap de la Isla Clarión au soixante-douzième jour de navigation. À hauteur de l'île Guadalupe, en remontant la Basse-Californie, j'eus à régler un petit problème de douane sous forme de trois hommes et deux chiens en état de manques divers. Certains poissons doivent s'en souvenir. Bref, c'est au bout de deux mois et demi d'une belle route de mer que je mouillai à Tijuana, dans un coin du port de plaisance largement sécurisé par mon ami Rosario Fuhana Empalme (une vieille histoire). Mon objectif était d'arriver à Las Vegas, club Nineteen Ninety Seven, ce jour avant minuit pour attraper mon contact prévenu par ondes courtes quarante-huit heures auparavant. Je prenais l'avion à San Diego, sans bagage ni souci, l'herbe était en sécurité, rien n'était plus simple.

Je fumai donc trois bons joints dans le bateau et sortis corps léger à la rencontre de mon destin. À savoir, pour l'heure, calle Porfirio Díaz, chez Carlo-cat Manoel, « especialisto todas coches y americanas ».

J'avais à peine franchi la porte déroulante du garage qu'un mécano sautait de derrière une vieille Chevrolet et m'interdisait avec une véhémence chuchotée l'entrée du bureau. Mes excuses miss madam, boss très conférence, un quart d'heure, paciencia y muchas gracias, chhht, par ici, par ici por favor. J'aurais peut-être suivi ses conseils si une voix de soprane bien timbrée n'avait pas subitement explosé derrière la porte vitrée du bureau de location. Une voix ouh ! chaleureuse, convaincue, souple et cinglante comme un lancer léger, elle jetait des anathèmes de Jivaro sur la descendance de Manoel, lui prédisait des affaires en ruine, les flics des deux pays dans ses histoires de plaques d'immatriculation, ses petits copains trafiquants travaillés par des hordes d'hyènes enragées et dans l'immédiat, la plus belle branlée de sa vie si, etc.

— Je ne dérange pas ?

Manoel blanchit un peu plus sous son hâle de cambouis tandis que la longue négresse qui me faisait face posait nonchalamment sa batte de base-ball sur le bureau encombré.

— Nous avons bientôt terminé.

Elle me détailla des pieds à la tête.

— Je puis peut-être vous être utile. Mon nom est Echampson, dis-je en lui tendant la main.

Un sourire. Et contact électrique phénoménal. La paume élastique, les doigts longs et doux, les ongles durs.

— Pourquoi pas.

J'achetai cash un van Vauxhall de 98 et lui proposai de le garder en échange d'un bout de conduite jusqu'à San Diego. Elle était partante mais devait passer à Phoenix avant toute chose.

— Aucun problème.

J'oubliai mes cinq tonnes de colombienne dans la minute qu'il lui fallut pour ravager l'intégralité du garage Carlocat, et durant les quinze jours que je passai avec elle, ce souvenir ne m'effleura jamais assez pour me faire décrocher un téléphone.

Ah, Alma Negra, Janaína, trop belle !

À Phoenix, elle me laissa une demi-heure devant une villa sweamingpool avec un CD de Madonna et deux gros joints bien serrés qui sortaient directement de sa poche de poitrine. There are no resurrection. There are too — too, too, too, too many question,

Je les fumai avec une concentration, feel good, redoublée. I got you under my skin. Quand elle reprit le volant, j'étais fondamentalement, you make me shine, disponible et heureuse. Elle avait des hanches magnifiques.

Sur l'Interstate 48 en direction de Flagstaff, nous

dûmes nous arrêter pas moins de cinq fois pour visiter l'arrière du van.

Tout son corps était tendu d'une peau soyeuse sans jointure. Elle était gonflée, tendre, musclée, goulue, discrète et impudente. Délibérément obscène dans les moments les plus doux. Ses poils étaient très courts et montaient haut sur son ventre. Elle avait une façon de se coucher, de prendre entre ses doigts ses lèvres et d'ouvrir au regard la moule rose serrée dans sa touffe de bois noir, Brasil, bois de feu, qui me révulsait de douceur. Oui le désir est une douleur, Janaína, une délicieuse torture.

Elle aimait être prise à genoux, cramponnée des deux mains au plafond, accrochée, un seul doigt (le major) et le regarder venir.

Elle aimait sucer, brouter et sentir ma touffe crisser sur son cul ballon noir.

Elle aimait être stimulée à l'entrée du vagin, paume chaude en spirale tournante et deux doigts d'élargissement. Il lui arrivait alors d'en baver.

Nous eûmes quinze jours pour faire le tour des corps positions. Sur le bord des routes, derrière des cabanes, aux berges des lacs, dans le gros décor yankee du Grand Canyon et les toilettes des stations, ce fut une suite de vertiges enchaînés. Une fringale. Nuits et jours indiscernables. Nous dormions deux heures, nous roulions deux heures, et il fallait s'arrêter.

Et pourtant, tout cela n'avait commencé que par une caresse née de l'avant-bras au bout des doigts alors qu'elle tournait pour entrer dans un drive-in, food rapide. L'effet de l'herbe avait multiplié et approfondi la sensation. Tension, trouble, attention. Elle avait contrebraqué brutalement.

Je n'ai plus faim.

Moi si, viens. Presque une *supplique*.

Elle était afro-américaine de souche brésilienne. Elle avait fait des études de sociologie à Stanford, avant de se lancer dans des recherches historiques au département des hautes études en sciences humaines. Sujet de thèse : Persistance et intégration des schèmes coloniaux anthropophages dans les cultures orales est-africaines. Reçue avec les félicitations. Jury baisé d'un bout à l'autre. Yeux — seins — bouche et cheveux.

Elle avait passé son enfance en Arizona et tous ses Noëls avaient été consacrés à la chasse au serpent à sonnette. À cheval et à mains nues. Un sport complet. Des cuisses d'athlète, une coureuse.

La quitter fut un déchirement.

Elle avait rencontré à Stanford une chercheuse de Brazzaville qui lui avait parlé des Hittites et des guerrières du Dahomey avant de lui toucher les seins à la cafétéria. Elle l'avait poussée contre la machine à Snikers. L'année suivante, elle avait décroché le prix Nancy Ogden et foutu le camp à Luanda. Là-bas, Zingha circulait sous différents masques.

— Désirez-vous des références bibliographiques, greffier ?

— Un doigt de rhum plutôt, ça m'ira très bien.

Sous le soleil, le spectacle était affligeant. À part le bananier royal, rien ne sortait de terre. Privilège des tyrans : la reine pompait tout autour d'elle.

Le Rafale, qui plus est, avait le train explosé et le radar était mort.

À dix heures du matin, il faisait trente-cinq degrés.

— Qu'est-ce qu'on fait ? demandai-je avec peut-être un air un peu secoué.

— Certes, on prend la gourde, le P-M et on se tire, qu'est-ce que tu veux faire ? Un oléoduc ?

Agressif le Stevens ! Mais cause toujours. Cinq heures de marche plus tard, il était si ratatiné que l'idée de maintenir une direction lui était sortie de la tête avec sa dernière goutte d'eau.

Moi, j'étais sec. Ils me font rire ces blancs-becs. Je te cause, et je te fonce et vas-y mais deux cents mètres plus loin, ils pleurent le sang par les yeux. Traîne-savates ! T'aurais mieux fait de suivre les cours de Stalking Wolf plutôt que t'envoyer en l'air toute ta jeunesse. Avec tes capsules de propergol et tes entraînements de l'espace, on va aller loin, c'est sûr.

Premièrement, on ne ronfle pas comme un sonneur dans la savane toute la nuit. On ne dort que d'un œil, on reste en prise avec la météo et on fait gaffe aux déplacements des bestiaux. Deuxièmement, les traces, elles mènent au point d'eau. Et troisièmement, le major dit que la Cuanza coule plus loin vers le nord. Si j'en crois mes narines et l'évolution de la végétation depuis qu'on est partis, je dirais deux à trois jours de marche. De *marche,* pas de lamentation. Mais évidemment, quand on ne peut pas se passer de chaussures...

Si tu as soif, suce un caillou.

S'il fait trop chaud, marche la nuit.

Méthodiquement, le major avait emporté le kit de survie avec les space-blankets, les pastilles et le bonnet de nuit. Elle avait également tiré un des missiles Magic air-air autodirecteur infrarouge rouge depuis le Rafale, histoire de marquer la piste. Mais Stevens était tellement effaré de se retrouver debout sur ses jambes, pratiquement à poil dans la savane, qu'il avait du mal à repérer les euphorbes déchiquetées.

N'es-tu donc plus rien sans ton Puṣpaka, se disait-il. C'est encore loin ?

Deux jours. Quand nous verrons les cailloux noirs et ronds, un jour.

Pendant qu'il peinait avec son mouchoir sur la tête, je faisais le tour des buissons.

La région était fournie en ongulés notoires. Les cactées étaient suffisamment grasses pour être saignées avec profit et la créosote abondante au point de fournir un bain de fumée relaxante à toutes les pauses. Autrement dit, c'était un beau plateau. Sec et ras, d'accord, mais il n'y avait pas de quoi se tordre de soif en maudissant ce *putain de désert pourri crevé.*

D'ailleurs, ce *bordel de brousse* pouvait bien grouiller sous ses pieds sous forme de rongeurs et nids à mouches, crottes de zèbres ou pipits de volatiles, il était, selon ses dires, complètement « isolé dans un environnement hostile ». Les antilopes noires passaient à portée de tromblon mais lui, non, non, ne voyait rien de vivant, que du minéral. Quelle sécheresse, et j'en passe. Ce qu'il lui fallait, c'était la fabuleuse trouvaille du greffier (deuxième jour) : la pancarte officielle *Parque Nacional de Canganlada*. Là, il reprit immédiatement des couleurs, les ampoules sous ses pieds disparurent comme par enchantement, sa tension remonta, son taux de glucose idem, il se sentit à nouveau gorgé d'eau, les cellules palpitantes. Il sourit. Une vraie résurrection cette pancarte. Avec ça, d'un coup, lui vint un éclair de conscience :

— Dis donc, c'est pas un lion qu'on entend ?

— Ah tout de même !

Il nous suivait depuis le premier jour. Par pure curiosité puisqu'il n'approchait jamais et ne se gardait pas systématiquement sous le vent comme le font les prédateurs en chasse. De plus, j'avais vu la carcasse du zèbre qu'il s'était tapé avant de nous suivre et je savais qu'il resterait tranquille de ce côté-là pendant trois ou quatre jours, le temps de digérer. Nous prenait-il pour un frigo sur pattes du genre facile à courser ? Peut-être. Mais pour l'heure, à mon sens, il n'y avait pas matière à s'affoler. Stevens prit immédiatement des dispositions contraires.

Adossé à la pancarte du greffier comme à la civilisation tout entière, il commença par gâcher un chargeur. TATATATATA. Il s'épongea. Dans le périmètre ainsi nettoyé, il courut, sans aucun souci pour ses petits pieds vermoulus, à la recherche de tout ce qui pouvait brûler. Il disposa des paquets d'herbes sèches et des bouts de branches en cercle autour de lui, la pancarte au centre comme un bouclier. Six mètres de diamètre. Le lion aurait eu le temps de le bouffer quarante-six fois mais peu importe. Il balaya son aire avec une touffe de potamot et entreprit d'entasser des cailloux pare-feu à l'intérieur de son nouveau nid. Génial, un vrai coup de génie. Et maintenant, tu attends l'ennemi, c'est ça ? Les barbares qui en veulent à tes économies ? Eul'Diâb ?

— Alors Lawson, qu'est-ce que tu en penses ? Imparable, n'est-ce pas ?

— Parfait Stevens. Très joli. Tu sais à quoi tu me fais penser ? À un scorpion dans un cul-de-sac.

Le major était morte de rire. À Yaoundé, elle avait vu des gamins jouer avec ça. Ils mettaient le feu à un vieux pneu et le scorpion, coincé dedans, rugissait, sacrait, sucrait les fraises avec sa pince venimeuse et finissait par se piquer lui-même. Impayable.

— Ah vous trouvez ça drôle ?

Il était vexé.

— Eh bien, peu importe. Ce soir, c'est ici qu'on dort.

Bien entendu, il n'en fit rien : la pancarte n'était pas assez large pour qu'on tende un hamac entre ses poteaux (il craint les fourmis). Moi je dors sur mes piments, je ne dors pas, je m'en fous. Il suffit de mettre quatre piquets au coin d'une couverture de survie space-blanket pour être tranquille toute une nuit ou bien de se rouler dedans comme une darne de mérou dans une papillote mais l'autre, penses-tu, il lui faut son hamac. Vach ! Cherche-les tout seul et gaffe au lion. Tes arbres !

Finalement, il resta assis en tailleur au pied de sa pancarte devant un tout petit feu, le P-M sur les genoux. C'était sûrement la position du yogi cherokee ou alors la nuit porte vraiment conseil : au petit jour, il était convaincu. « J'ai vu ses yeux, il ne nous fera pas de mal. Très jaunes. Deux réflecteurs. Brrrr. »

C'était juste un vieux machin venu demander des comptes au sujet d'une certaine hyène bipède qui s'était fait passer un temps pour le roi des animaux. Stevens avait juré sur la pancarte qu'il n'était au courant de rien, n'avait vu passer personne ni rien et que pour sa part, il était drôlement au-dessus ou en dessous de toutes ces histoires de royauté n'ayant rien, absolument rien sur quoi régner depuis la mort de ses pairs, je vous assure. Monsieur.

Et la bête était passée.

— Tu ne lui as pas tiré dans le dos ?

— Pas de flèche.

Cet imbécile avait laissé les chargeurs à trois pas du feu en vertu d'un certain principe de sécurité qui veut qu'on ne laisse pas traîner la poudre à côté des percuteurs sans urgence immédiate.

Paradoxalement, je trouvais qu'il faisait quelques progrès.

Le jour venu, il s'attacha à récolter un demi-litre d'eau de condensation à l'aide d'un carré de plastique et d'une boîte de conserve. Il la but ensuite très avidement sans y coller ses pastilles et se la transpira dans l'heure qui suivit.

De *petits* progrès.

Néanmoins, c'est de nuit que nous progressions maintenant. La lune était pleine. Elle fournissait une lumière blanche d'une intensité telle que le greffier trouvait le moyen de lire pendant les haltes, *Les Lusides* ou *Lucioles*, quelque chose comme ça. Le lion nous avait lâchés.

Une belle nuit, nous touchâmes au but fixé par les roquettes et la boussole du major, la Cuanza. Ses calculs n'étaient pas mauvais (ni les miens, s'il nous fallut six jours au lieu de trois, la faute en incombe entièrement aux pieds plats de Stevens), nous étions à l'est de Mungongo à deux cent cinquante bornes approximatives de Malanje, premier aéroport disponible.

— Et maintenant ?

— Patience.

L'idée était de construire un radeau avec les bois flottés qui suivaient le cours de la rivière depuis l'exploitation forestière de Tala. Il suffirait ensuite de monter dessus et de naviguer avec le courant jusqu'à une crique de roseau située à dix kilomètres de piste de Malanje. Elle avait bien pensé les choses. Les plans de l'espèce de pirogue qu'elle avait dessinés s'inspiraient des embarcations anciennement en vogue dans le Ceará, très sobres et faciles à construire puisque ça se résumait à trois morceaux de bois à peine équarris liés par deux traverses avec un trou pour le mât et un petit banc.

— Non pas un mais *deux* petits bancs, Lawson : banco de mastro et banco de mestre, pour le barreur. Vous pensez ce que vous voulez mais ces embarcations vont bien plus près du vent que les bâtiments à quille. Correctement manœuvrées, je m'en charge, elles filent vingt nœuds au bas mot et regardez là, elle tapotait sur sa feuille, la tension sur le point d'amure est la même que celle qu'on obtient avec un cunningham sur la ralingue d'une régate.

Au moment où elle repliait son plan et le rangeait dans ses manches, on entendit un grand cri dans le champ de persil qui bordait la rivière. Le sol trembla sous nos pieds, un nuage de poussière nous traversa, le bruit sourd d'un genre de bulldozer vint nous frôler sous le safoutier où nous étions et puis terminé. Quand le smog retomba, il n'y avait rien à signaler si ce n'est les feuilles du faîte qui tremblaient sur nos têtes comme sous l'effet d'un vent de panique. Ce n'était pas un gorille, c'était Stevens le greffier qui s'accrochait au petit bout du tronc comme un perdu. Tout cela ployait dangereusement.

— Laisse le greffier si tu veux mais descends. Ça arrive à tout le monde.

— J'étais juste en train de... en train de chier sur une pierre et puis...

— Et puis c'était la petite bauge d'été d'un gros hippopotame, OK. Il va falloir être un peu plus vigilant, Stevens.

Putain, mais si c'est la guerre, c'est la guerre, qu'il fit en se laissant glisser au sol, la guerre.

À partir de ce moment-là, il fut convaincu que tout l'observait. Il ne se déplaça plus sans son P-M. Il pissait le doigt sur la détente, il dormait pelotonné contre lui. Le jour, à cause de la chaleur, la courroie lui enflammait la moitié du dos mais c'était, disait-il, un moindre mal, mieux valait se gratter les flancs que manquer se faire piétiner par un de ces mammouths abrutis qui couraient partout pour un oui pour un non.

Il instaura la discipline militaire. Nous devions guetter les gros bouts de bois et les ramener sur la berge à l'aide de lianes tressées à trois brins. Ils devaient sécher. Pendant les rondes, il était interdit de siffler quoi que ce soit. Seul le greffier, toujours accroché au safoutier, était dispensé d'équarrissage. Il en profitait pour réciter de grands bouts d'épopée tirés de ces *ouch Louzíadech* qu'il avait lues et relues à la lumière de la lune. Il y allait franchement, avec des mouvements de manche tels qu'on espérait le voir dégringoler comme un paquet au pied de sa colonne, mais il se rétablissait à chaque fois. Il nous assommait quand même. Avec ses harangues, ô grands capitaines, hordes furieuses et autres cohortes farouches, l'humeur de Stevens ne s'arrangeait pas. Il retrouvait le grand style. Comme à son armée de cochons en pleine Mongolie, il nous infligeait des déclarations très édifiantes. Aux cœurs droits pleins de noblesse, peu chaut la petitesse de la nation, disait-il, par exemple. Grâce à la fiction, la confiance, les nefs minuscules deviennent de grands vaisseaux. À l'image du Gama de Vasco et des barons signalés, en réponse à leurs exploits mémorables et au poète embarqué qui voulut enfoncer Ulysse et Virgile Énée, je le dis carrément face à la postérité, les grandes navigations des Grecs et des Lusitaniens sur mers jamais sillonnées ne seront plus rien quand nous aurons descendu la Cuanza et soumis Neptune, Mars et Borée et tout le tremblement.

Les Malabars me sont déjà tout acquis, l'Hindus je connais comme ma poche, l'Angolafrique est presque déjà derrière moi, je suis Jaume Roiq, insigne chevalier, Castiyankee de fameuse lignée, hors derniers des Preux, tout dernier des hommes. Olé !

Malgré ces encouragements, il était quand même très difficile de dégrossir trois grosses poutres avec un couteau suisse. Fût-ce un dix-sept fonctions muni d'une petite scie. On en bavait sérieusement.

Alors quand le major vint nous chercher en pleine nuit pour nous montrer la chambre à air de tracteur qu'elle avait tirée de la rivière, ça ne fit ni une ni deux, on n'eut pas à rassembler les officiers en séance plénière ni à déranger le garde des Sceaux, on grimpa tous là-dessus comme un seul homme — pardon major — et vogue la galère.

La crosse du P-M servait de gouvernail. La chemise de Stevens faisait office de voile, du moins le lui laissait-on croire. Avec le courant qui nous portait, les efforts à fournir étaient négligeables. Et puis, on était plus au frais. Sous cet angle, cette petite traversée d'Angola le cul dans l'eau, c'était loin d'être désagréable. Il n'y avait que les je-ne-les-nommerai-pas pour se comporter comme des déments. L'un se bourrait de Nivaquine pour éloigner les mauvais esprits et l'autre se tenait à la proue (la proue d'une chambre à air!) comme une statue guerrière, le couteau tiré, pointé sur tout ce qui bougeait. Voyant cela, le major décida de faire route par-devant sur un croco. Moi aussi, à côté. Je suis sûr qu'ils ne s'en sont jamais aperçus.

Le piaillard épopéique avait laissé tomber ses grands capitaines. Dès qu'une herbe lui touchait le fondement par erreur, il sautait en l'air en criant des piranhas! des piranhas! je les ai vus! Pour arranger le tout, Stevens lui avait raconté que si on pissait dans l'eau de ce genre de fleuve, un petit poisson remontait par le jet comme un saumon et tentait de se loger dans la vessie à grands coups de rame. Il échouait systématiquement à cause de l'étroitesse de l'urètre et une fois tout à fait coincé, d'angoisse, il déployait des nageoires dorsales aiguës comme celles de la perche vorace. Et alors là, ouh la, pitié Waterfull, tu peux te la secouer!

Du coup, il fallait aborder chaque fois que monsieur devait se soulager.

Pourtant, quand ils arrivaient à se tenir tranquilles, c'était beau.

La vie sur les fleuves est toujours plus lente et plus forte. Les requins trapus nous escortaient en reniflant le fond avec leurs moustaches. On voyait des tapis de lentilles sur les bras morts qui prenaient des teintes et des plis de soie, provoqués par le petit bouleversement de notre passage. Les berges ronronnaient d'énergie, ainsi pris et emportés par le flux dans ce très simple appareillage, nous ne dérangions nullement les agencements des plantes avec les esprits animaux.

Au crépuscule, il nous arrivait de passer à trois brasses d'une antilope en train de boire. Elle ne bougeait pas. On pouvait la voir aspirer l'eau, on pouvait voir sa langue passer sur son museau. Quelques gouttes tremblaient, accrochées aux poils de son menton, elle jouait des oreilles, levait la tête et nous regardait passer comme elle l'eût fait d'une autre bête qui n'aurait pas eu l'odeur du lion. Des raies, parfois, se soulevaient du fond et dérivaient comme de grandes feuilles dans l'ombre de la chambre à air.

Nous aurions pu vivre heureux.

La terre à portée, gorgée d'eau, regorgeait de fruits qu'elle produisait pour elle-même. Nous aurions pu nous servir. Avec une autre idée du partage, nous aurions même pu survivre.

Au lieu de ça, maintenant qu'il était trop tard, il fallait encore ranger la station. Parce que certaines civilisations ont toujours opté pour les occupations les plus débiles qui soient et qu'elles ont si bien baigné les autres, j'en venais à me demander si moi tout seul, j'aurais vraiment pu vivre heureux.

Aya Hiyo
Ma jangada est un poisson
Ni un navire ni un avion
Je suis premier, je suis second
Ayaa Hiyo
Du cours, du fond, suivons les flots
Ma jangada est un îlot
Aya Hiyo

Le pouls de la rivière s'accéléra quand l'affluent Cacucala débarqua dans son lit. Il fallut s'accrocher à pleines mains à la bouée. Nous donnions de fameuses pressions de talons sur le cuir des crocos afin de rester au milieu du courant et de profiter de sa vitesse d'anticipation. Selon les cartes, il restait à peine deux milles nautiques jusqu'à la crique. Nous fûmes bientôt dans les rapides. Stevens commença à paniquer. Il y avait des rochers énormes qui écrasaient les troncs les plus ébènes, les plus durs, comme des quignons rassis. Il voulut accoster. Le major refusa. Prenez ça comme une partie de rafting, lui cria-t-elle à travers l'écume. Vous avez payé trois cents dollars la semaine, vous devez vous éclater à fond. Allez go !

Il dut faire dans les vingt-huit culbutes. Quand on le traîna dans les roseaux, il était à moitié noyé mais il tenait toujours son P-M par la crosse.

— Ce type-là est drôlement tenace, fit Waterfull en essorant ses *Louzíadech*.

On le fit coucher sur le côté pour qu'il rende la flotte qui l'avait envahi et on l'enveloppa dans une couverture de survie.

— Ça ira comme ça. Une rasade de Pusser's et demain il n'y paraîtra plus.

Je crois quand même qu'il délira toute la nuit. Il parla en langues à la lune, et pas qu'un peu et plutôt fort. Mais le matin, il se sentait juste un poil courbatu, il ne se souvenait pas de sa noyade.

— Tu as vu défiler toute ta vie, Stevens. T'étais pris dans les vases. Quand on t'a tiré de là tu demandais merci. Tu parlais de rendre ton heaume et ton écu, tu jurais que jamais tu ne remettrais les pieds en champ clos. Oh ? Tu te rappelles ?

— Lâche-moi, Lawson, tu mens. Les Castiyankees ne rendent les armes devant personne. Fous le camp. Il est où mon blason ?

Waterfull lui tendit sa chemise déchirée et ça lui alla parfaitement. Il l'enfila et se mit en route sans attendre. Pieds nus, tête nue, avec ce qu'on appelle dans ces cas-là une belle ardeur, il déclara brièvement : Allons bouter les parach !

À Malanje, il eut une véritable attaque de malaria et je crois que c'est là, par l'entremise de très anciens pneumas mi-portugais mi-hollandais mi-yorubas révoltés, que se condensa dans son esprit la folie tyrannique et guerrière qui creva plus tard au-dessus d'Itaipú.

Il faut dire que cette fois, le radar du Boeing emprunté à Luanda l'avait lâché en plein Atlantique. Ce n'était pas la batterie mais le satellite. Il était tombé. La technologie commençait à se pourfendre.

Au-dessus du Brésil, il fallut se rendre à la raison : la represa d'Itaipú n'existait plus. Ce qui aurait dû former une petite mer au point de frontière du Brésil, du Paraguay et de l'Argentine n'était plus qu'un fleuve normal qui dégringolait dans les gorges d'Iguaçú. Stevens s'entêta. Il fit tourner et retourner l'avion au-dessus de ce qui aurait dû être et qui n'était plus avec une sorte de rage blanche, digne d'un dictateur mordu par une guêpe. Le barrage qu'il visait, et pour lequel il avait traversé deux océans et une Afrique, ne pouvait pas, à ses yeux, avoir été détruit par les voies naturelles. Sa dinguerie, sa colère, sa peur prirent les proportions de la represa disparue.

Maintenant, il a l'air d'aller mieux. Enfin, si on veut. Mais maintenant, je passe la main, à toi greffier. J'ai carrément des crampes à rester assis dans ce foutu bunker.

OK, ici Waterfull

from

Fortín de Yhú ; retapé.

Les fosses où bouillotte la chaux sont entretenues le matin.

La ronde est obligatoire sur les créneaux.

D'ici, on voit très bien l'horizon. La forêt à l'est, le fleuve, la prairie. Les monts d'Aracanguy, la cordillère de Caaguazú. On a l'œil sur tout.

On surveille l'Amérique latine.

La muraille est solide et devant la muraille, les fossés sont profonds.

Les bouteilles de bière vides sont lancées tout au fond. Elles éclatent avec un petit bruit clair et lacèrent les pattes des onces, la nuit.

Au centre du fortín, dressé sur une tige d'urundey, flotte le drapeau de la République humaine Roiq Stevens. Quand le vent tombe, il pend. Mais depuis la prairie et depuis la forêt, on le voit clairement. C'est ce qui compte.

Les aigles y regardent à deux fois.

Maintenant qu'est instaurée la République, les crimes de sang sont moins nombreux.

La Loi règne.
La Loi. Mens sine affectu. Le Droit.
Il en a trop vu.

Il y a trois mois, quand, à force de tourner en rond autour du barrage disparu, les réservoirs furent tout à fait vides, le Boeing s'écrasa en pleine forêt. Relativement doucement grâce au major. La canopée était si fournie qu'elle garda l'avion dans ses gros bras verts et qu'il nous fallut descendre de là-haut à la seule force des poignets, en rappel. Nous sortîmes de cette bataille tout à fait désorientés. Lawson, je crois, repéra une rivière au bruit qu'elle faisait et déclara qu'il serait bon de la suivre, qu'elle nous mènerait forcément quelque part. Nous devions effectivement tomber dessus une ou deux heures plus tard et entreprendre d'en remonter le cours. Or c'est précisément en longeant cette énorme rivière que Stevens vit une scène terrible qui, mélangée à la disparition spontanée du barrage, lui monta radicalement à la tête et lui transforma toute la nature.

Un jaguar était tapi sur la berge. Il rampait très lentement, le ventre collé au sol. Il bougeait sans bouger, sans conscience, hypnotisé par quelque chose dans l'eau du fleuve. L'espace entre son corps et le fleuve était réduit. Il ne respirait pas. Il y avait des remous à la surface de l'eau. Les remous s'approchaient de la berge, s'avançaient. Le jaguar reniflait. Sa truffe palpait l'air. Il avait de minuscules contractures dans le museau. Ses vibrisses tremblaient. Les remous s'éloignaient et revenaient. Comme s'ils jouaient avec cet animal tapi sur la berge. Ce jaguar qui ne bougeait pas. Qui se tenait immobile à l'intérieur de son mouvement.

Ses pattes postérieures étaient ramassées sous son ventre. Il avançait en s'aplatissant. Toujours plus plat, toujours immobile. Puis il s'arrêta. Il s'arrêta figé, il s'arrêta tout à fait, puis il bondit. Il traversa l'espace entre son corps et l'eau du fleuve d'une seule détente. La gueule fermée. Il écrasa sa patte droite dans les remous. Le coup porté était énorme. L'eau du fleuve se cabra, s'épaissit. Les remous l'aveuglèrent. Il ouvrit la gueule et plongea ses crocs jaunes dans le corps du fleuve qui bondissait. Il disparut dans l'eau. Arc-bouté sur le fond, il réapparut un instant en surface, la gueule pleine d'une masse grise. Les coups de la bête qui se débattait le déséquilibrèrent et l'entraînèrent vers l'aval. Il reprit pied. Sans lâcher sa prise sur la gorge de l'animal, il se coucha sur le côté. Dans l'eau, il accrocha ses pattes avant profondément dans le dos de sa proie et lui déchira le ventre avec ses pattes arrière. Des entailles énormes apparurent sur le cuir mouillé du lamantin. Quand il faiblit, le jaguar lâcha sa gorge et toujours accroché par les antérieurs, lui cassa la nuque d'une morsure. Le corps brisé sursauta. Le jaguar se crispa et, entre ses mâchoires, il écrasa la tête du lamantin qui pleurait.

Le bruit de la cartouche s'engageant dans la culasse du P-M ne le dérangea pas.

Sa proie faisait trois cents kilos. Il dut faire usage de toute sa puissance musculaire pour l'amener sur la berge. Il mangea les intérieurs en continuant d'ouvrir les blessures qu'il avait faites avec les griffes de ses pattes arrière. Sa tête disparaissait jusqu'aux épaules dans le corps du lamantin. Il la ressortait de temps en temps en tirant. Le boyau ou le morceau de chair s'arrachait. Il mâchait et poussait la viande dans le fond de sa gorge avant de déglutir. Le bruit de la chute des intestins débridés sur le sol de la forêt était plus insoutenable qu'un hurlement étouffé.

Stevens lui a tiré une cartouche de dix millimètres dans le crâne. Sa tête s'est transformée en bouillie. La balle est ressortie par le milieu de la colonne vertébrale.

Et question règlement de compte, ce n'était qu'un début.

Après ça, on eut encore à marcher plusieurs jours dans cet Enfer avant de trouver le fortín abandonné à l'est de l'Acaray. Il s'y installa d'emblée comme un chef rebelle, la rage au cœur. Et froide.

Il est maintenant sanguinaire sine affectu. Vengeur et Sniper de la République autoproclamée.

Omnipotentaire, Tyran Parfait, l'Indiscutable et l'Exécutif. Lawson, s'il avait sa place ici, dirait qu'il a peur. Mais il ne l'a pas.

Qui n'a pas passé le temps que Stevens a passé dans la jungle après le crash du Boeing, à chercher quelque part un *abri* — qui n'a pas été mordu et n'a pas pensé mourir sans personne qui puisse jamais le secourir ni même lui fermer les yeux — qui n'a pas subi, une seule fois, la pensée claire qu'il n'y aurait pour lui, jamais, nulle part, aucun homme secourable — qui n'a pas été seul à ce point, dans la détresse, et guetté par toutes les bêtes, je dis bien toutes, du carnassier au charognard, aux fourmis, qui n'a pas senti sur son corps les yeux des bactéries et les tentacules des champignons, n'a aucune, absolument aucune idée de la nécessité de la République.

Stevens s'en est sorti.

Stevens va mettre au pas ces fumiers.

Il en a trop vu en forêt.

Là-bas, une aigle harpie passe et arrache un singe de la branche où il s'épouillait et il ne s'est rien passé. La forêt craquait, elle continue.

Là-bas, une grenouille guette les moustiques, un serpent l'avale.

Dans la moindre fleur d'orchidée, il y a un lézard, une araignée ou un têtard. Ou les trois à la fois. Certains rampants très verts se tiennent la gueule ouverte toute la journée. Les termites découpent tout ce qui touche le sol. Les brindilles sèches sont des mantes religieuses. Elles attaquent les moustiques par la tête et les dévorent comme des saucisses.

Là-bas, on ne peut avancer sans mettre le pied, à un moment ou à un autre, sur un lézard ou un caillou vivant. Une branche qui se décroche sans bruit est un oiseau. Et la mort n'est pas silencieuse. Elle s'accompagne de cris et de feulements. De coups de tambour, de craquements. Il y a des singes équipés d'un goitre qui leur sert de caisse de résonance, spécialement pour hurler. Les ouistitis tètent les arbres qu'ils ont percés avec leurs petites dents de vampire. Ça fait un bruit de suçotement tenace qui peut vous poursuivre toute une semaine. Il y a des chauves-souris. Elles mordent aux pieds et aux oreilles. Elles peuvent vider un âne en une nuit. De jour, on voit des écureuils qui leur ressemblent. Ils ont l'air normaux mais pour passer d'un arbre à l'autre, ils déploient les deux ailes qu'ils ont d'attachées aux chevilles et aux mains. Des nains à voile. Hideux. On ne les arrête pas.

Là-bas,

Il ne faut pas se reposer au sol.

Il ne faut pas dormir sur une branche.

Il ne faut pas s'assoupir. Nulle part.

Il ne faut pas toucher les branches, elles sont couvertes de dents.

Il ne faut pas toucher les feuilles, ce sont des poisons.

Il ne faut pas s'asseoir.

Là-bas, quand le jour se lève, c'est horrible. Quand le soleil se couche, c'est encore pire. Et entre deux, c'est une boucherie.

Il fallait une République.

La machette d'Amérique latine est un bon sabre d'abattis. Sa lame est longue d'une trentaine de centimètres. Son fil a plusieurs qualités de tranchant.

Le pistolet-mitrailleur est l'instrument de celui qui survit.

Ce sont les outils de la République.

En République, la terre est battue, elle est douce et chaude. Elle est balayée tous les soirs.

Il y a des murs. Ils sont blancs et repeints à la chaux quand le soleil les fissure.

Dans le fortín, il y a des portes. On peut les fermer. Il y a des hamacs qui sont très sûrs. Il y a même un vrai lit.

Il n'y a pas d'araignée. Ni de bêtes rampantes. Les pièces sont désinfectées à l'essence. Ça va.

La ronde sur les créneaux est obligatoire. Principalement à l'aurore et au crépuscule où sont commises la plupart des exactions.

Il ne faut pas s'y fier, l'espèce de prairie rousse qui s'étend à l'ouest du fortín n'est pas plus républicaine que le vivier mortifère de la forêt. Les cauchemars y pullulent. Ils prennent vie. Ils sautent dans les graminées. De loin, on dirait des lièvres communs. Mais ces lièvres courent l'amble comme des ongulés. Ils ont un ventre de chevreuil, une face de cobaye, de vraies oreilles de lièvre. Or, quand ils sont assis, on dirait des kangourous. Le puma les guette derrière les tiges de maïs qui se sont replantées toutes seules. Il les guette et leur nique le dos en sautant dessus.

Il traîne aussi là-dedans des oiseaux démanchés et raides qui portent des paquets de foie sur le bec ou sur le haut du crâne.

Par chance, il y a pas mal de moutons. Ils sont trop gros en poils et ils ont du mal à se lever quand ils se sont couchés mais ce sont de vrais moutons. Les dents ne leur ont pas poussé.

Le jour est plus calme que la nuit. Le jour, quand il n'y a pas de vent, Stevens peut les entendre brouter. Ils arrachent l'herbe dure en faisant ce petit bruit froufrouté qu'il aime parce qu'il lui rappelle celui de l'eau qui bout. Là où les moutons paissent régulièrement, l'herbe est plus ronde et plus douce.

Stevens ne sort pratiquement pas du fortín. La République doit toujours se consolider. Il mange des fruits qui poussent sur des arbres isolés, à l'opposé de la forêt furieuse. À cause des opposants, c'est une expédition pour aller les cueillir. Il faut partir de préférence au zénith, quand les grosses bêtes sont écrasées dans la poussière, uniquement occupées à tirer la langue et secouer les mouches. Pour prévenir les attaques des opposants rampants et des petits gabarits qui courent au ras du sol, il est bon de se munir d'une longue baguette et de frapper autour de soi en cercle et demi-cercle. Le plus efficace est de taper en demi-cercle — couic-couic-couic — sur une vingtaine de pas, et en cercle — couic-couic-slow — tous les vingt pas.

Ce qui fait un check-point tous les vingt-trois mètres environ.

Grâce à cette méthode, on atteint les arbres à fruits sans alerte.

Le problème ensuite est de gauler les chayotes

sans lâcher ni la tige ni la machette, tout en gardant le dos bien droit pour maintenir le P-M dans la meilleure position possible. Au début, les ramasser, c'était encore plus difficile. Mais maintenant, Stevens est très habile, il les secoue si adroitement qu'elles tombent directement dans sa hotte. Sur le chemin du retour, il cueille parfois des quenouilles de maïs, après les avoir bien frappées pour faire sortir les araignées. Elles sont si bien frappées qu'il ne reste pas beaucoup de grains dans les alvéoles. Mais ça suffit pour faire du pop-corn. La quesadilla, de toute façon, il n'en connaît pas la recette.

En dehors de ces sorties de ravitaillement, il ne se montre pas autre part que sur les balcons de la République. En arme, avec écu et blason. Pendant les rondes obligatoires, il porte aussi sa jumelle autour du cou. Elle lui bat les poils du torse de façon un peu désordonnée, mais pendant les rondes, il est plutôt l'Exécutif que le Législatif, il peut se le permettre.

Il se sent bien mieux depuis qu'il a investi le fortín de Yhú. Les horreurs qu'il a vécues en forêt ne s'estompent pas dans son esprit mais elles sont mieux rangées. Le serpent, en dernière analyse, devait être un *Leptophis ahaetulla*. Sa salive est légèrement toxique et peut provoquer des frissons et des nausées. Néanmoins, obnubilé par sa condition de grand isolé, il pensait mourir à cette occasion. Greffe, greffier, tu es là pour ça, me disait-il. Note mes derniers mots si tu les entends, je me sens partir. Adiós. Si je ne reviens pas, dis à Lawson que je ne lui en veux pas, dis à Echampson que j'aurais préféré être une femme, dis-toi que tu m'as sauvé. Salut.

Là-dessus, il s'est embarqué dans une vrille de visions soi-disant d'agonie. Ça a tellement duré que j'en avais l'index électrisé, à cause du stylo. Mais quand il est revenu, il a arraché toutes les feuilles en hurlant que j'étais un enfoiré de menteur et que mes inventions débiles et mes monstres n'allaient pas encombrer son carnet vital une minute de plus et casse-toi, affabulateur ! Dévergondé !

C'est comme ça qu'on traite les gratte-papier à la fin de la civilisation. Je n'ai pas demandé mon reste, je me suis tiré. Tout seul dans sa forêt, il a pu le regretter amèrement et pleurer de trouille, etc., je n'en avais cure. S'il ne croyait plus à ce qui était écrit quasiment sous sa dictée, il ne lui restait qu'à se perdre. Ou se pendre. Grand bien lui fasse.

Maintenant, ça va mieux.

En arrivant au fortín de Yhú, il a reconnu s'être emporté, avoir commis des erreurs. Ça lui a vraiment fait plaisir de retrouver son carnet. Il a instauré la République et m'a sacré sur-le-champ Grand Commis aux Écritures et Allié Propagande.

Dernièrement, il m'a commandé un discours, quelque chose de simple et clair, susceptible d'être compris par la plus grosse bande d'analphabètes du monde.

Il est vrai que la répression y est allée bon train, le moment est venu de poser la République sur ses fondations raisonnables. Rationnelles, je veux dire. Ses Lumières.

Azulejos in fortress.

Le jour du discours, les couleurs ont été hissées au moment précis où le bord inférieur du disque solaire atteignait la surface de la prairie. Lawson fut autorisé à jouer un coup de tambour sur un gros bidon, c'était l'occasion.

Vêtu en République, paré de sa triple charge, Stevens s'est avancé sur les créneaux de la tour centrale avec sa tige d'urundey. Quand le tambour bidon s'est tu, il y est allé fermement.

Oyez-moi, oh, vous qui portez dans le corps quelque chose qui ressemble à un cerveau, à un circuit électrique ou à une moelle épinière, oyez-moi bien, je suis la République.

Il toussota.

Désormais,

L'homme ne pourra pas supporter qu'un animal l'approche et l'effraie, encore moins qu'un animal le tue.

Il ne pourra pas supporter qu'un animal ne lui obéisse pas ou qu'il fasse semblant de ne pas comprendre.

Il ne supportera pas ces histoires de mondes animaux et d'univers humain, tout le monde vit sur la même terre, celle-ci. Il tapa du pied sur le sol de la tour pour illustrer son propos.

Enfin, l'homme apportera aux animaux les règles de vie et d'hygiène qui leur manquent.

Et dernière chose : l'homme n'est pas tout à fait un animal.

Paraît-il que ce fut un bide. Mais qui a déjà vu un vautour applaudir ? Vraiment. De toute son âme ?

La poignée de longs-cous qui s'était approchée en voyant Stevens grimper sur sa tour s'est contentée de cligner des paupières avec un air détaché. Et alors ? C'était ma faute peut-être ?

L'Omnipotentaire, tout juste descendu de son créneau, battait l'air avec sa tige d'urundey. Il m'est tombé dessus comme un cyclone. Mon discours était idiot, inopérant. Pas assez agressif, comment voulais-je impressionner quoi que ce soit avec des lanterneries pas affirmatives pour un sou ? Pas vendeur ! Et si je ne savais que recopier — greffierbuvard ! Pécuchet ! Mainate de basse-cour ! — je n'avais qu'à le faire, ce serait toujours mieux.

(Ce sale tyrankee va le sentir passer. Selon les meilleurs philosophes, il est quasiment comme une bête à l'heure actuelle. Un type qui comme tel, si l'humanité revenait d'un coup inchangée, serait enfermé sans délais dans un établissement de bains et mis à l'écart de ses semblables pour raison de sécurité, un homme ? Mais qu'est-ce qu'il croit ? Je l'ai vu, je l'ai entendu me dire, quand il était sous morsure de serpent Leptophis, qu'il était moitié lézard moitié vent. Que la nature entière était une lutte à mort contre elle-même, qu'elle se mangeait par un bout pour croître par l'autre et que lui, l'homme infiniment au-dessus de tous les êtres vivants, le sentait dans sa chair, il dévorait ses propres feuilles, celles qui captent la lumière, dans sa gueule de macaque. Ah quel tableau ! Et il croit que la République va lui rendre l'unité, mais qu'il essaye ! D'autres s'y sont cassé les dents.)

Il s'est calmé.

Comme il avait dans l'idée de créer une cohésion positive, il s'en est allé retourner de fond en comble le cellier du fortín. Il a trouvé un gros bloc de sel qu'il a sucé avidement avant d'en détacher un petit bout pour ses « moutons républicains ». Le soir, il les appelle en tendant son appât au bout de sa perche, par-dessus les remparts. Il n'est pas tellement sûr que les dents ne leur ont pas poussé, il préfère garder ses distances. Mais les moutons sont moins pusillanimes que certains hommes, ils accourent. Alors Stevens regarde ça avec des larmes plein les yeux. Cette confiance, cet abandon quand ils lèchent le bout de sel, ça lui fend le cœur. Il passe ses matinées à tirer sur les lièvres bizarres sous prétexte qu'ils sont bizarres, il va jusqu'à poser des collets pour économiser ses cartouches, mais il fond de tendresse quand les moutons répondent à son appel. Ils ne sont ni plus doux ni moins bizarres, non, à quelle aune ?

La nuit, il rêve de fruits, tout haut. De poires juteuses qui dégoulinent jusqu'au bout du coude quand on les épluche, de bananes bien blanches, de pomelos, de figues gonflées de sucre, de raisin blond, du violet, du raisin chasselas translucide et beau comme une perle.

Il est maigre. Il tue les lapins sans y toucher.

L'autre jour, il jetait ses épluchures de chayote dans une poubelle qu'il a creusée devant le fortín. Il était un peu tard, le soleil commençait à descendre. Une pelure est tombée à ses pieds en faisant scchlip. Il a cru que c'était un gecko, il a vidé son chargeur dessus. Que croyez-vous, a-t-il dit aux alentours. Ces bêtes-là ne sont pas inoffensives. Si elles vous tombent sur la bouche, vous mourez asphyxié pendant la nuit.

Est-ce là le prix de l'unité infiniment au-dessus des êtres vivants sur la terre ?

— Il faut bien sauver quelque chose, Lawson, de l'homme, il faut bien maintenir quelque chose, non ?

Ils s'engueulent à tout bout de champ. Il n'y a que le major qui reste imperturbable.

— Pas de panique, ça lui passera.

Selon elle, il n'était ni moins exposé ni moins seul dans sa société humaine, « finira bien par le comprendre. Elle lui a déjà donné toutes ses ressources ».

En attendant, la République se durcit. Les animaux évitent les alentours du fortín, même les lièvres hybrides les plus bouchés ont fini par se passer le mot. Il y a un dingue embusqué dans une motte de terre, par là, fais le tour. Du coup, le Premier consul se retrouve désœuvré. Il prend de l'assurance. Il pousse ses rondes en terrain découvert jusqu'en lisière de la forêt. Les carnassiers constituent sa cible principale. Car la République est végétarienne. Certains jours, c'est un carnage qu'il fait dans la prairie. Les rongeurs qui dépassent la taille du hamster ne sont pas épargnés. On ne sait jamais, les moustiques aussi sont vivants.

Il s'est promis de dézinguer un boa constrictor : qui n'a pas vu l'attaque du boa constrictor ne peut se faire aucune idée de l'horreur.

Il s'est promis de dézinguer l'horreur, comme un grand politique. Premier consul.

Et toujours, il rêve de figues. De ces figues tellement lourdes qu'elles tirent les branches des gros figuiers de la forêt qu'il redoute, vers le sol. De ces figues de ces figuiers perpétuels, qui nourrissent les singes, les pécaris, les écureuils, les grands aras bleus au vol rectiligne silencieux. De ces figuiers qui rassemblent dans leurs branches souples et sous leur ombre laiteuse, tour à tour et simultanément, des frugivores, des pondeurs et des tueurs.

Le souvenir des perruches vertes, plus vertes que le feuillage ultra-vert des broméliacées accrochées à l'escarpe d'une cascade d'Iguaçú, le tenaille. Elles avaient l'air si douces malgré leur bec épais. Les perroquets à joue pourpre aussi, doux leur plumage, éclatant. Le bec, c'est pour les noix. Et les passereaux tout jaunes avec une calotte noire, et les rouges. Et les colibris vibrants. Hum. Et la chouette à face de yaourt qui arrive là-dessus et chope toute la portée. Merci bien, allez voir au fortín si j'y suis.

Les moutons, les moutons qui lèchent le sel et qui n'ont pas de dents, voilà des républicains !

Il se maintint dans sa position de tyran démocrate convaincu de la loi et convaincu qu'il finirait par la faire respecter jusqu'à ce que les ours passent à l'attaque. Tout comme le jaguar l'avait poussé à investir le fortín en tant que Régulateur antiprédation et Redresseur de torts, les ours le poussèrent à prendre le maquis.

Ce jour-là, alors qu'il déclenchait l'alerte rouge maximale et décrétait le couvre-feu, il comprit que la violence était partout et qu'il n'y pourrait rien.

Ce fameux jour, pendant sa ronde de l'aube, tandis qu'il faisait le moins de bruit possible pour ne pas réveiller les moutons endormis sous les remparts, il vit confusément une silhouette de wagon-restaurant se détacher de la forêt. C'était un ours. Précisément, un ours à lunettes. Il se déplaçait avec son gros museau en avant, en roulant des épaules. Stevens s'était frotté les yeux avant d'attraper la crosse de son P-M, mais l'ours avait viré de bord avant qu'il ne le mette en joue. Fausse alerte, avait-il pensé en le voyant regagner la forêt. Il aura vu le drapeau.

Dix minutes plus tard, il en débarquait trois, par trois côtés différents, à forte allure. Stevens tira sans sommation sur le plus avancé. L'ours s'arrêta. Les moutons s'étaient levés et tendaient le cou pour renifler. L'ours s'assit, l'air de peser le pour et le contre. Stevens tira à nouveau mais il était trop loin. Sa balle s'enfonça en soulevant une gerbe de poussière à dix mètres devant l'animal qui ne marqua aucune curiosité particulière. Les deux autres wagons continuaient à revers sans dépasser la limite de sécurité qu'ils ne pouvaient pourtant pas connaître. Ils étaient silencieux dans leur déplacement mais les moutons avaient capté leur odeur. Ils se mirent à grogner. De plus en plus fort. Le gros qui s'était assis se releva comme un ressort, très souple, très jaguar. Stevens eut un mauvais pressentiment. Les moutons bêlaient de peur. Il mit le P-M en position rafale de trois coups. Les troupes latérales continuaient d'avancer à gauche et à droite. Il fit feu de chaque côté, le P-M sur la hanche, très vite. Les moutons partirent à plein galop. Le gros se projeta en avant à la rencontre d'un républicain affolé. Quand ils furent nez à nez, l'ours se mit debout comme un homme et lui arracha la moitié de la gorge d'un coup de patte. Stevens tirait ses rafales sans toucher personne. Les balles sifflaient et piétinaient le sol, aussi efficaces que des tirs d'artificier. Toujours debout, l'ours tenait le mouton tout entier contre lui et buvait, oui *buvait*, le sang qui giclait de la carotide ouverte. À longs traits, en ronflant de plaisir, en pressant les flancs de l'animal comme un tube de mayonnaise, pour tout faire sortir. Le mouton bêlait encore. Stevens sortit comme un guerrier fou. La porte du fortín explosa. Il courut droit sur le tueur en tirant sur ses ailes des séries de trois balles. Il changea de chargeur sans ralentir. Le gros le regardait. Le mouton était par terre. Une de ses pattes arrière remuait dans la poussière. À cent mètres du building en fourrure qui se tenait sur ses deux pieds et levait les bras, il fit feu sans s'arrêter. Une bordée de haut en bas, une à l'envers et une entière dans la région du cœur. À la troisième, il était si proche de l'animal qu'il faillit se faire assommer par sa chute. Rafale dans la tête. Il tremblait. L'ours était mort. Le mouton était mort. Il tourna les talons et se remit à courir sur la piste des deux autres bêtes qui avaient fui. Bordel d'enculés de fascistes, je vous tuerai, c'était mon fils ! Je vous tuerai fucking bear, je vous rayerai de la carte, éradiqués, je vous génociderai jusqu'au dernier. Fucking bear, fucking bear beast bitch, fucking. Il tournait en rond comme sur une piste de quatre cents mètres haies, sautait par-dessus les buissons et courait en criant — fucking fuck, fucking — et tirait des rafales dans toutes les directions. Quand son deuxième chargeur fut vide, il s'arrêta tout net pour se retrouver tremblant encore, trempé des pieds à la tête avec les poumons au bord de l'explosion, à trois cents mètres du fortín. Les morts n'avaient pas bougé. Il s'en approcha. Le mouton était flasque. Sa gorge déchirée laissait voir les vertèbres attachées aux épaules et l'os de sa mâchoire. Il y avait une foule de mouches sur la plaie et dans les yeux.

L'ours cachait ses blessures dans sa fourrure épaisse. Il avait un œil ouvert mais plus de museau. Il s'était écrasé sur un tapis de sang que la terre avalait avec des crépitements. L'odeur était affreuse.

Stevens retourna au fortín.

La matinée durant, il démonta et graissa son arme. Il fit le compte de ses chargeurs et les vérifia. Il mit de l'ordre dans son paquetage express et inspecta les deux kits de survie. Quand il sut qu'il pourrait compter là-dessus, il enroula des cordes qu'il avait trouvées dans une remise, prit une pelle de jeep repliable et sortit. C'était en plein après-midi.

La température dépassait les trente-cinq degrés. Il enterra le mouton. Sur place, sur le lieu de sa mort que lui, le consul, n'avait pu empêcher. Les vautours qu'il avait dû arracher à la dépouille suivaient chacun de ses gestes. Il en tira un pour que les autres s'en repaissent. Saloperies. Puis il fit un nœud coulant et passa la tête de l'ours dedans. Avec l'autre bout de corde dans la main, il se mit à chercher un arbre. C'était loin. L'ours devait peser dans les trois cents kilos. Il repartit au fortín. Il revint avec un pieu et un bidon. Il planta le pieu profondément dans la terre, il enroula le bout de corde libre autour. Il défit le nœud coulant de la gorge de l'ours et l'attacha à une de ses pattes arrière. Puis il s'écarta.

« Ceci est un exemple. Cet animal est une ordure sine affectu. Un criminel. Un opportuniste. Il pouvait manger des figues et boire de l'eau. Il pouvait manger des myrtilles et du miel comme dans les contes Winnie, mais il a choisi la violence. La République l'a jugé coupable. La République tranche. »

Saisissant sa machette à deux mains, il prit son élan et frappa la carcasse à la base du cou. La résistance des tendons le surprit. Il dut s'y reprendre à trois fois. Plus fort. La tête se détacha du corps. Il la souleva par les oreilles et la planta sur le pieu. Quand le sang se mit à dégouliner le long du bois avec un liquide jaune, il eut un haut-le-cœur incontrôlable mais il tint bon. Il arrosa le corps attaché au pieu avec le contenu du bidon. C'était de l'essence. Il recula, gratta une allumette et la jeta. La fourrure s'enflamma. Très vite, l'odeur de la chair brûlée envahit l'atmosphère. Cette odeur incroyable, qui semblait pénétrer les buissons et emballer le paysage, le fit saliver. Putain. Il s'enfuit.

Le soir même, il avait compris.

La sécurité n'existait pas. La sécurité sécurisée était un leurre. Le fortín, un jour ou l'autre, serait pris. Jamais il ne ferait la loi.

Contre toute attente et contre les règles élémentaires de la République désormais avariée, il se mit en route de nuit. La prairie grouillait sous la lune. Les ocelots étaient sur les dents. Les yaguars furetaient. Les chouettes flottaient autour de lui suivies par les vampires endémiques du coin, mais Stevens était résolu.

Il vitupérait.

Rien ne sert de se faire gaucho en Mongolie pour nettoyer la station. On a vu. Les porcs s'arrêtent au premier tas de gadoue.

Rien ne sert de faire péter les barrages ni de descendre les plates-formes, on a compris. Les barrages pètent tout seuls quand le temps le leur permet ou le leur ordonne. La represa d'Iguaçú en premier. Bouffé par les sulfates et les alcalins contenus dans le ciment dont il est fait, poussé par les sédiments alluvionnaires et la pression naturelle des flots, le barrage se suicide lui-même à la demande des pluies. Il aura suffi que le dieu-serpent des Caigangues lui dise tranquillement pousse-toi de là gringo pour qu'il se jette dans ses bras. N'est-ce pas, lorsqu'un dieu-serpent est assez puissant pour faire une crevasse colère de la taille d'Iguaçú à cause d'un problème matrimonial, une centrale hydroélectrique polyvalente ne fait pas d'histoire. You're the boss, snake lord, I jump.

Le Programme de Relogement et Réappropriation Territoriale n'a pas de leader. Quand on voit la vitesse absolue avec laquelle la végétation regagne les territoires colonisés, inutile de s'échiner à replanter des sapins. La défragmentation des espaces vitaux se fait d'elle-même. Cette forêt, par exemple, a déjà reconquis dix-huit à vingt pour cent de la façade atlantique. Stevens l'a vu depuis le Boeing, les cartes ne sont plus fiables.

La station se range toute seule. Je suis dedans, avec les faibles, maintenant que je suis dernier exemplaire et franchement débordé. Le nouvel ordre est en place.

La République humaine ne peut pas tenir dans un fortín isolé commandé par un seul homme. Fût-il un tyran inspiré par les meilleures figures historiques, fût-ce dans un fortín chargé des guerres du Chaco et du Paraguay indépendant.

Quand le nouvel ordre est massif, unique et totalitaire, la seule voie pour les minorités est celle de la guérilla !

Jaume Roiq Stevens, ancien gaucho, ex-leader, ancien Premier consul, passe ci-devant Premier guérillero, je le dis haut et fort. Sans feu ni lieu, il fera du monde son territoire et défendra ses pairs les édentés contre les agressions des prédateurs totalitaires. Car il y a des animaux nuisibles. Fucking hell. La mouette qui tue un jeune flamant rose de deux kilos est un animal nuisible. Et la bande de flamants roses qui ne réagit pas est une bande de lâches. Idem pour les manchots qui laissent leurs œufs en pâture aux faucons. Ils pèsent trois à quatre fois le poids de l'ennemi, ils sont dix mille contre deux et ils laissent faire en criant pour ne pas perdre la face. Des lâches. Les gnous sont plus courageux. Aussi les oryx qui peuvent embrocher un guépard sur chaque corne. Et les buffles qui se battent jusqu'à la mort, y compris quand ils ont des lionnes accrochées au garrot, les buffles qui prennent une heure pour mourir sont des braves. Les springboks sont des braves, ils s'échappent. Tous ceux-là se débrouillent. Je me débrouille. Mais je dois penser à mes frères qui comme moi n'ont pas de dents et qui n'ont pas ma culture. Je me dois de leur apporter l'Instruction. La tyrannie des grosses viandes n'a que trop duré ! La technique de la guérilla doit être assimilée par les édentés. Les tatous, les fourmiliers, les paresseux, les tapirs. Ils ont assez tardé !

Marchant plein est à travers le llano, il mit au point un entraînement de combat à mains vides destiné à renforcer réflexe et sérénité dans les oppositions.

Les bivouacs étaient réglés comme du papier à musique. Repérage et nettoyage du sol, construction du feu, étendre le tapis isolant et le sac de couchage, installer la moustiquaire en la coinçant soigneusement. Toutes les fournitures militaires venaient du fortín. Repas de farine de maïs et de blé et des fruits qu'il avait pu trouver dans la journée.

Il dormait six heures. Comme le lui avait appris Lawson, il prenait garde à rester en prise subconsciente avec son environnement. Ni un orage subit ni un éclair de chaleur n'auraient pu le surprendre. La vigilance est le meilleur des boucliers.

Le matin, à jeun, assouplissements et course lente pour améliorer la circulation sanguine. Échauffement des articulations. Cent pompes, cent abdominaux. Même repas que celui de la veille accompagné par six tasses de thé. Ce serait toute l'eau qu'il prendrait avant la fin du jour. Il avait refait son stock de pastilles de sel. Pendant la marche diurne, il révisait mentalement ses katas. Écoutait le murmure des graminées. Reconstruisait les mouvements animaux à partir de leurs résidus. Dès le début de la matinée, les mouches se collaient en essaim sur ses vêtements.

Au quatorzième jour, il remonta et suivit l'Acaray en direction des fosses d'Iguaçú. Le paysage était celui d'un pantanal plat hérissé par les joncs. Les eaux stagnantes de l'ancienne represa de Acaray avaient filé vers les gorges. Des bahías les remplaçaient, couvertes de nénuphars géants aux bords ourlés et relevés. Ils étaient si grands qu'il aurait pu y faire la sieste. Dans les dépressions alluvionnaires les plus larges d'où les eaux courantes avaient fui, des oiseaux de toutes couleurs, toutes formes, sondaient les fonds. Des aigrettes à toupet, des blongios ramassés, des hérons à bec rouge qui portaient beau le loup gris, des canards dorés, gras comme des porcelets, des râles. Ils pêchaient en plongeant, en piquant le bout d'un long bec, en chipotant. Ils avalaient tous goulûment.

Dans le gosier d'espèces de flamants-pélicans à spatule rose, on voyait le poisson pris se débattre. Dans le bec des canards à ciseaux, il sautait, coupé en deux. Ces édentés aux rémiges lustrées où glissait l'eau douce étaient pourvus d'armes blanches redoutables. De poignards, d'assommoirs. De pattes télescopiques et d'une amplitude articulaire ignominieuse.

Les cigognes, sur des modes et variations multiples, étaient les plus représentées et les plus actives. À l'aise, détachées, elles marquaient le pas comme des arpenteurs en relevé. Elles se suivaient en cadence sur dix mètres puis se quittaient. Leur cou s'allongeait à chaque pas déplié, se rengorgeait à l'arrêt. Parmi elles, les jaribus goitreux, noirs de tête, collier rouge, poitrine blanche et pattes raides, étaient les moins farouches. Ils s'approchaient de Stevens pendant les haltes. Pensif, curieux, cet échassier qui dépasse le mètre cinquante venait l'inspecter de côté sous toutes les coutures. Il les appelait les rugbymen à cause de leur carrure et de leur jabot gonflé en forme de ballon. Il les chassait quand ils étaient à moins de trois mètres. Personne n'apprécie la présence d'un poignard d'une coudée à portée de ses yeux. Les distances de tolérance entre les espèces étaient plus courtes qu'il ne l'aurait cru. Il n'était pas rare de voir une troupe de caïmans étalés sur une grève au soleil en plein milieu d'une bande de poules bifaces (une face écarlate, une face noire). Les uns et les autres n'auraient eu qu'un coup de gueule à pousser pour déclencher sur place une tuerie radicale. Ils ne le faisaient pas. Apparemment, les caïmans jacaré n'étaient pas virulents. Bourrés de dents pourtant, même leur peau semblait bourrée de dents. Mais taciturnes. Un cochon d'Inde agressif pouvait les faire décaniller de leur bout de sable. Stevens ne les vit jamais se nourrir. Il vit qu'ils n'aimaient pas qu'on leur touche la queue et qu'alors, ils pouvaient se plier complètement en un éclair et déployer sur un angle ouvert incroyable une mâchoire de, certes, fucking murderers, à faire pâlir les pires requins, les plus armés jusqu'aux dents, les plus avides de sang. Mais à part ça, bon enfant. Si la plume les dérange, ils s'engloutissent, et terminé, la terre est grande.

À mesure qu'il progressait, le pantanal s'éclipsait dans des îlots forestiers de plus en plus fréquents. Les cent soixante quinze chutes des gorges d'Iguaçú étaient son objectif désigné, en tant qu'habitat des paresseux endémiques de l'Alto Paraná, que l'anthropisation avait paradoxalement servis. Grâce aux circuits touristiques comportant routes goudronnées et stations d'observation et restauration quatre étoiles, ces paresseux s'étaient retrouvés coincés sur un territoire plutôt mince que les grands prédateurs avaient délaissé. Pendant des dizaines d'années, ils étaient restés entre eux et pas bouffés du tout par les bêtes habituelles, pas bousculés non plus par les visites des congénères, ils s'étaient reproduits en groupe restreint et la consanguinité ou la spéciation en avait fait pratiquement une espèce à part. Avant la prune, on en parlait beaucoup, Stevens s'en souvenait très bien. Ils étaient beaux, orange nuance orang-outang, ils portaient les cheveux en bataille et ils étaient très très cool. Avec le nouvel ordre qui s'établissait de jour en jour de plus en plus vite, ils risquaient de faire long feu. Stevens était pressé.

Pourtant, quand il vit

1) son premier tatou et

2) son premier fourmilier géant — cette queue noire en touffe et longue, énorme, cette courbe du corps en arc, ce museau si fin, si subtil ! Cette grande douceur timide,

il décida de s'arrêter et de commencer l'instruction.

Il fit son bivouac très très discret. Pas de feu. Pas de bruit. Pour ne pas effrayer ses futurs disciples.

Le tatou est un animal pointu sur A et sur Z mais bombé rond au milieu. Sa carapace souple, ocre, date du pliocène. Il a généralement bon caractère. Néanmoins, comme il était difficile de le faire tenir en place pour les leçons, encore plus de réunir les deux sortes de bestiaux qui apparemment s'évitaient, Stevens prit la résolution de l'attacher par la queue au tronc du belombra qui présidait ses cours. Le tatou grattait le sol avec ses pattes. Il était agaçant. Stevens essayait de le déstresser en sifflant de la country light entre ses dents, mais ça ne changeait pas grand-chose. Le tatou grattait le sol avec ses pattes. Encore et encore. D'une obstination écœurante. Il en aurait remontré à un chat domestique.

Enfin, quand le fourmilier apparaissait, à condition de ne pas faire de geste brusque, de se lever et de parler très doucement, on pouvait commencer. Ça pouvait même durer une bonne heure. Le fourmilier est assez curieux.

D'abord, Stevens avait pensé leur montrer les mouvements défensifs de base du kalaripayat. Étant donné qu'il ne connaissait pas l'origine exacte des deux espèces, il avait pensé qu'un art martial du Kerala, mi-indien mâtiné de Chine, serait l'idéal en termes d'assimilation. Mais en pratique, dès qu'il exécuta les premières figures du maippayat, le fourmilier s'enfuit. Trop acrobatique, OK. Trop hache de toute façon, trop bâton de bambou, d'accord, peuvent pas tenir ça avec les griffes, pas possible.

Il dut réapprivoiser le fourmilier en lui pêchant tout un tas d'insectes mous sous les pierres. Ce faisant, il eut le temps de réfléchir et pensa au karaté. Style Shotokan simplifié. Il établit un programme pédagogique.

Quand le grand gris-noir fut à nouveau dans de bonnes dispositions et le tatou, qui n'avait pas l'air d'apprécier la captivité et refusait de manger, bien écrasé dans la poussière, Stevens reprit l'instruction.

D'abord : détourner les armes et les manières de l'adversaire.

Accroupi sur ses deux pieds, bien à plat, les bras collés au corps, le visage tendu vers l'attaquant, là, voilà. Je prends la position typique « saloperie tapie dans les roseaux ». Je suis sournois, souple, regardez, souple, super-vigil. Et j'ai des ennemis, OK ? J'anticipe. Le combat a déjà eu lieu, j'ai déjà gagné. Do you understand ? Je l'ai déjà gagné, c'est une formalité, rien du tout, on fait comme si on ne savait pas, on surprend l'ennemi. Maintenant, ça y est, il est là, ça y est. Attention, ça va très vite, jambe avant tendue, jambe arrière légèrement fléchie, synchroniser la prono-supination des avant-bras, ne pas écarter les coudes, Shuko tsuki ! Oï tsuki ! Mae geri ! Bravo ! Is that clear ? Ce sera tout pour aujourd'hui.

S'il avait été suffisamment posé dans ses enchaînements, le fourmilier restait sur place de longues minutes à balancer son tuyau de nez dans sa direction. Il tâtait l'air, pensif et légèrement réprobateur. Dans ces cas-là, Stevens avait l'impression qu'il essayait d'établir un diagnostic, ça le mettait mal à l'aise. Si l'animal ne faisait pas mine de bouger, il répétait is that clear, oui ? d'une voix de stentor et la bête fichait le camp en quatrième vitesse. Des abrutis ou quoi ?

Il changea dix fois ses développements, fit varier le profil des ennemis imaginaires, tenta d'adapter ses peurs à celles de ses élèves. Il substitua au barbare sanguinaire, portant le sabre entre les dents et les yeux injectés de sang furieux, le puma distingué, le jag sauvage, le serpent. Il n'éprouvait d'ailleurs aucune difficulté à le faire, tant il se sentait un édenté. Mais ses leçons n'étaient pas assimilées. Il le voyait bien. Ni le tatou ni le fourmilier ne sortaient de leur étrange réserve. Ils ne venaient jamais le rejoindre sous le belombra pour répéter avec lui les mouvements. Ils ne le saluaient pas, ni avant ni après la leçon. Stevens soupçonnait qu'il ne s'agissait pas d'une question de patience. Il s'obstinait quand même.

Avant les cours, il expliquait qu'il ne voulait pas les domestiquer ou s'en faire des amis, pas du tout. Ce que je vous propose, c'est l'autonomie, et que cesse de régner la terreur des carnassiers, je vous propose l'indépendance, les armes défensives et le sang-froid pour vous en servir. Je ne vous demande rien en échange. C'est gratuit. Mes cours sont gratuits, profitez-en. À la fin de l'entretien, le fourmilier agitait son spaghetti et tout était dit.

Stevens était vraiment obstiné. Il lui fallut retrouver le tatou crevé sous son arbre pour que ses yeux se dessillent. Quel imbécile, évidemment ! s'exclama-t-il. Je leur montre le déplacement mante religieuse issu des techniques du Tang Lang avec coups de pied bas et toutes sortes d'esquives, mais quel imbécile ! Ils sont *incapables* de se voir en mante religieuse ! Bien sûr, évidemment, il n'y a que moi l'homme qui suis capable de ça, of course ! Désolé, dit-il en détachant le tatou mort, j'ai cru que vous étiez malins. Bon sang, j'en oublie mes facultés exceptionnelles, j'oublie que nous avons régné et pas pour des billes, bien sûr qu'il y avait des raisons objectives et que l'unité nous habite. Vous êtes des éclats.

Il s'en alla faire son paquetage, convaincu d'avoir retrouvé sa supériorité. Il ramassait le bivouac à la volée, il était un homme, il était polymorphe et complet, il en apprenait tous les jours. Bordel. Il se mit en route aussitôt.

— Et alors où tu vas, pauvre buse ? lui demanda Lawson au bout de la quatrième heure de marche.

Il allait voir les paresseux.

— Ils sont peut-être plus ouverts. Il faut que j'aille vérifier. Ils sont en contact depuis longtemps avec les touristes, ça peut changer les données.

Lawson éclata de rire.

— Roiq Stevens est toujours aussi con, ça fait plaisir à voir !

— Répète ?

— Assieds-toi, t'es toujours aussi con, Stevens. Ah oui, oui, tu es bien un homme, il n'y a pas de doute. Tu n'as jamais entendu parler de la pieuvre transformiste, hein ? La pieuvre qui fait la dorade, qui fait la langouste, qui peut même faire la serpillière si le besoin s'en fait sentir ?

La pieuvre transformiste, elle nage, tu vois, tranquille, comme une pieuvre, en forme de pieuvre, et si elle rencontre un prédateur de pieuvre, ni une ni deux, elle se déguise. Sa couleur change, sa forme change, ses vibrations motrices changent, c'est jusqu'à ses pensées qui changent. Vous avez toujours cru que le mensonge vous appartenait, mais dis donc, c'est pas aux vieux singes qu'on apprend à faire la grimace. Il ne faut pas perdre de vue que le quaternaire, c'était hier mon vieux. Tu as beau être le dernier rejet, tu es très jeune, tu es de la dernière pluye, tu viens de tomber Stevens. Et ôte-toi de l'idée que tu es très bien foutu, il y en a d'autres. Et je te dis ça à ton niveau parce que tu es encore incapable d'appréhender le monde, je ne te parle pas de perspectivisme parce que tu es encore un fichu blaireau qui a fait le tour de la terre en capsule grâce aux énergies fossiles, parce que tu crois dur comme fer au moteur à explosion et au téléphone. Allez debout, avance. Si tu apprends vraiment tous les jours, je peux te dire que tu as du pain sur la planche.

Stevens protesta.

— L'imitation est une technique de surface. Un

déguisement n'est pas une métamorphose, le masque est toujours rigide, il ne...

— Avance, je te dis, tu n'as rien vu. Tant que tu n'auras pas la sensation de l'antilope dans tes propres pattes, tu n'auras rien compris.

Stevens haussait les épaules comme une cigogne offensée. Lawson l'énervait. Il revenait toujours quand il était sûr de son fait. Et autrement que faisait-il ? Des ronds de fumée avec un tabac d'écorce. Il disait même que l'arbre pleurait quand on lui enlevait ses vieilles peaux, mais qu'il pleurait joyeusement. Il disait aussi qu'il y en avait un autre, appelé ayahuasca, qui hurlait de rire lorsqu'on l'ébranchait. On en faisait une bouillie très amère, le caapi, mais ça, c'était bien trop fort pour un petit blaireau dans son genre.

Tout en haussant les épaules, il marchait. La forêt était maintenant ininterrompue le long de l'Acaray, elle s'épaississait et se verdifiait au-delà de toute mesure. Il avait l'impression de marcher dans un nuage de mousse, gorgé d'humidité jusqu'à la stratosphère, saturé de vie. Les bruits qui l'enveloppaient ne lui faisaient plus peur. Il avait appris qu'un silence de deux secondes est bien plus redoutable qu'un trille de cris d'alarme.

Dans le cours du fleuve, il voyait de gros poissons poraquê remonter à la surface avec leurs taches rouges et blanches, pour avaler de l'air. Il se demandait si c'était pour eux une façon de boire. Comme pour lui un verre d'eau. Il se demandait si et comment les paresseux lui ressemblaient. Si on pouvait dire d'un perroquet qu'il a un beau chapeau rouge. Si on pouvait vraiment entendre le vent *murmurer*. Et qu'est-ce que c'était que cette histoire de perspectivisme.

L'air était tellement trempé qu'il devait faire très

attention à changer de vêtements tous les jours et particulièrement de chaussettes. Si on n'y prenait pas garde, les entre-doigts-de-pied se couvraient de lichen. Sous les bras c'était le même problème et partout en fait où la peau se touchait elle-même, à tous les plis, il y avait un risque de moisissure. Il fallait laver et étendre son linge tous les jours. C'était fastidieux mais Stevens ne détestait pas. Quand il s'agenouillait au bord du fleuve et frottait son T-shirt et ses autres tuniques, il se détendait complètement. Il regardait les yeux des crocos en souriant, il shampouinait comme si c'était une occupation que les autres animaux partageaient, comme de venir boire.

Les nuits étaient d'un noir d'encre. Il ne voyait pas sa main quand il tendait le bras devant ses yeux. Il était moins effrayé par les lueurs jaunes qui clignotaient subitement dans les ombres. Pourtant, au cri des chouettes, il ne put jamais se faire. Ça lui glaçait les sangs. Il était obligé de maintenir un feu couvert toute la nuit et de rester éveillé la plupart du temps. Imperceptiblement, son rythme de sommeil se transformait. Il était capable de récupérer en quelques minutes, n'importe quand, dans n'importe quelle position. Il pensait même qu'il arriverait bientôt à dormir debout comme un cheval, une seule jambe en appui, l'épaule calée sur un tronc. Il s'était habitué à la compacité de son environnement.

Quand un matin il arriva sans prévenir dans un village indien abandonné, il eut un choc.

La forêt qui mangeait tout avait épargné le lieu. Les chozas ou jacales indiennes, qui n'étaient que des cabanes rudimentaires dont les murs déjointés tenaient au raphia, étaient encore debout. La terre battue sur la place du village n'avait pas été avalée par le monstre aux dents vertes. Il ne poussait pas de plantes compliquées dans les coins, les toits de palmes n'étaient ni soulevés ni effondrés. Il n'en revenait pas. Il sentit le cœur de W. se serrer dans sa poitrine comme une éponge : et s'ils étaient vivants, cachés ? Seulement non. Ce n'était pas ça. Comme dans les villes, comme dans les gares, comme partout, les vêtements qui traînaient par terre n'étaient pas oubliés mais vides. Stevens ramassa un pagne grand comme la main et le tourna entre ses doigts. Très fin, on l'aurait dit tressé par les abeilles, fragile comme un bijou. Il sentit sa gorge se rétrécir, les larmes, sans raison, avec toutes les raisons, les larmes lui montèrent dans le nez. Épargnez-moi. Il se passa le string autour du cou, comme un collier.

— Merci, fit le major. Il est très joli.

Lawson lui conseilla de s'arrêter parce que les caapis étaient magnifiques, que le village était bien exposé, et qu'il sentait des pneumas positifs. Il fit le tour des cabanes. Il vit des pots ébréchés ornés de frises grossières, des foyers tassés dans des souches de bois creuses, de vrais arcs et de vraies flèches suspendus aux montants des portes, des lances. Dans la plus grande des jacales, une pièce de tissu imprimé servait de cloison entre la cuisine et la chambre dont l'ameublement se résumait à une natte pas très large posée à même le sol. Il toucha machinalement l'imprimé. C'était du nylon.

Dans un coffre de bois, il découvrit un vieux transistor qu'il se dépêcha de remettre à sa place.

— Arrête de fouiller, tu vas te faire pincer.

— Continue. Les oiseaux t'observent !

Il poursuivit jusqu'à dégotter dans le double toit d'une choza pourvue d'une véranda sommaire une boîte à outils complète et toute graisseuse de graisse noire. Tiens, marrant, se dit-il avant de la reposer sur les solives, il y a une clé à hélice. Poussant plus loin ses investigations, il vit que les plantations étaient en meilleur état qu'il ne l'aurait cru, elles aussi. Les plants de manioc se portaient bien. Ils avaient une allure de patates sauvages, les herbes folles couraient à leurs pieds, mais ils étaient beaux, en pleine forme. Il en cueillit. Il prit aussi des têtes de maïs naines qui semblaient mûres et pour la première fois depuis longtemps, il s'occupa à se préparer un vrai repas. Au-dessus d'un vrai foyer, qui ne lui appartenait pas mais qui lui parut destiné, en se servant d'un vrai pot de terre ébréché et culotté par des centaines de ragoûts de je-ne-sais-quoi.

— Des ragoûts de brousse, pauvre hère. Tu ne connais pas la marmitée de gibelotte à la Brunswick ? Ce ragoût de mutum ou d'écureuil avec des légumes ? Dont on tourne la sauce, des heures durant, assis dans un fauteuil à bascule ?

— Je ne mange pas de viande.

— Hypocrite.

Il pila le maïs cuit et s'en fit des tortillas qui servirent d'assiette. Avec le dernier piment de Lawson, la mixture de manioc n'était pas si méchante. Quand il eut tout englouti et se fut proprement léché les doigts, il décida de remettre la lessive à plus tard et de s'offrir une petite sieste. Dans la cabane à l'imprimé, puisque c'était la plus grande et qu'il y avait une belle natte. Il se sentait invité, en vacances. En s'allongeant, il pensa que les Indiens ne l'auraient pas accueilli autrement. Ils avaient déjà vu bien des Blancs, des anthropologues, des aventuriers, des retour-à-la-terre plus ou moins désaxés, des fuyards, ils en avaient vu beaucoup de ces transfuges. Ils l'auraient vaguement suivi des yeux, les femmes auraient tiré sur leur cigare comme si de rien n'était, quelques enfants, peut-être, seraient venus lui tâter les poches, mais peut-être même pas. Il se serait planté sur la place, il aurait attendu et au bout d'un temps, les Indiens l'auraient recueilli. Invité. Mange. Dors, gringo, ma cabane est à toi. Sans cérémonie, on n'allait pas le peindre sur-le-champ ni lui fourguer un nom de peau, juste : dors, gringo, tu as l'air fatigué. Et effectivement, harassé de fatigue, Stevens aurait dormi. Il aurait rêvé des pagnes minuscules que portaient les femmes — uluris —, des coiffes de plumes, des os de nez, qu'un pénis de caoutchouc lui poussait naturellement sur le mollet, qu'il n'y avait aucune raison de s'en inquiéter. Et les pécaris l'auraient réveillé.

— Que fais-tu dans mon lit, Boucle d'or?

À la troisième édition, Stevens sursauta enfin et repoussa aussitôt la langue d'un tapir qui courait sur son torse. Il le regretta immédiatement car il était couvert de fourmis noires. Il se jeta sur ses pieds sans s'occuper de rien pour courir à la rivière, ça le démangeait de partout. Désorienté, il déboula sur la grand-place en cherchant très vite à se rappeler où est la rivière, par où? Un caititu lui indiqua le chemin.

Plongé dans le fleuve, il reprit ses esprits en même temps que la sensation exacte du volume de son corps.

— Un *quoi*, Lawson? Un quoi m'indique le chemin?

— Un caititu, c'est un animal que tu n'avais jamais vu. Il était accompagné par un copain queixada. Mais tu peux les appeler comme tu veux, ils ne s'en formaliseront pas. Calme-toi. Il n'y avait rien dans ta soupe, tu es normal.

— Aaah non! Tu ne vas pas me faire le coup de l'initiation, je ne suis pas indien du tout, je refuse catégoriquement!

— Il n'y a pas de connerie d'initiation, gringo.

Simplement une petite caapinade. Ce soir. C'est prévu de longue date, ne va pas gâcher la fête.

Stevens appela le major à la rescousse.

— Restez tranquille, Stevens. Ce n'est pas pire qu'un porc qui parle.

Les tapirs préparaient le rocou dans des calebasses au milieu de la cour. Trois grosses femelles pécaris aux soies hirsutes mâchaient et recrachaient le maïs dans les pots à bière. Une troupe locale de coqs-de-roche-orange répétait dans les branches « It isn't going to rain anymore ». Leur miaulement nasal montait jusqu'à la canopée. On attendait le jaguarondi qui devait apporter les grillades. Sa femme se tenait sur le pas de la choza à la véranda, elle guettait son retour. Elle assurait au boa constrictor qui se pavanait sur son palier qu'il n'allait plus tarder car elle sentait sur ses jarrets le sang de la proie qui dégouttait.

— Pitié ! fit Stevens, pitié ! pitié !

— Mais enfin, calmez-vous, enfin. Prenez les choses du bon côté, ça fait longtemps que vous n'avez pas eu une belle fête.

— Au secours !

Stevens était tellement sur les nerfs que le major se fendit de sa dernière bouteille de Pusser's.

— Avalez ça et reprenez-vous, dit-elle. Pas tout !

Puis, quand il lui eut rendu sa bouteille :

— Waterfull, faites-lui un petit topo s'il vous plaît. Faut que j'aille aider pour la bière.

Je toussotai, pris Stevens par le coude et l'entraînai un peu à l'écart. Je le fis asseoir sur une bonne souche, m'assis en face de lui, entre mes mains pris sa tête et lui répétai, tout va bien. Bon, bon. Tout d'abord, vous n'êtes pas obligé de prendre ce caapi si vous croyez que vous n'avez pas un chaman assez fort. Et puis écoutez-moi. Les Sioux Oglala qui vivaient en Amérique depuis longtemps parlaient couramment des animaux comme de peuples « comme nous ». Ça n'est pas bizarre. Je peux vous citer mille exemples. Les Makumas, les Chewongs, les Crees du Canada pensaient tous que les animaux, comme nous, sont des personnages éminemment culturels et sociaux et doués de la faculté de, disons, changer de corps de temps à autre. Bien sûr, cela ne se fait pas sur un claquement de doigts et comporte quelques risques. Mais le principal, c'est de bien voir que ça se fait. Personne n'est tout à fait clair avec son unité. Personne n'est tout à fait unique, c'est-à-dire, inséparable, je veux dire, individuel ou indivis. Au Mexique, les Indiens Tzeltal de Cancuc ont dix-sept âmes par tête de pipe. Les Dogons en ont huit. Vous, seulement quatre, vous devriez vous en sortir.

Stevens hochait la tête entre ses mains.

Un groupe de mouffettes surexcitées vint nous courir entre les pattes en pouffant comme des gamines. Le major les poursuivait parce qu'elles lui avaient piqué un bracelet de cheville qu'elle avait piqué à Lucknow. Mais les mouffettes connaissaient le terrain comme leur poche. Épuisée, elle s'assit sur la souche de Stevens en soufflant.

— Ffff, elles sont déchaînées. Alors, ça va mieux ? Vous savez qu'il y aura du canard Cairina, oh, c'est bon ça ! Et puis du pacú, du tucumaré à la braise, gros poissons de rivière. Et vous savez qu'il y aura du pirarucu ? Et aussi des cerfs qui sont tous beaux-frères. Et aussi des caititus et des queixadas !

— Les deux compères de tout à l'heure ?

— Oui ! On se presse aux grils, je ne vous dis que ça, les feux sont hauts comme des barriques !

— Et on va les manger ?

— Mais oui, tout le monde mange tout le monde, c'est la fête !

Lawson s'approchait à son tour, accompagné par deux onces de belle taille (des panthères du coin) qu'il présenta comme des onces tupi grands-parents Suassuna et Pixuma.

— Et on va les manger ?

— Bien sûr, ils se disputent pour participer au méchoui. C'est une foire d'empoigne là-bas, tu devrais venir voir.

— Merci bien.

L'once noire Suassuna reniflait les mains de Stevens qui pendaient entre ses jambes, elle fut un instant sur le point de dire quelque chose mais elle se retint. La Pixuma, en revanche, ne s'intéressait pas le moins du monde à son cas. Elle regardait vers la grand-place et frémissait d'impatience. Ses muscles bougeaient sur ses épaules. Elle grogna. Qu'est-ce qu'on faisait avec ce colibri dépressif alors que d'excellents préparatifs étaient en cours ?

Comme ils tournaient les talons, Stevens retint Lawson par le bras :

— On va les manger ces deux-là, c'est ces deux-là qu'on va manger ?

— Bah oui. Mais on va faire très attention, avant de les rôtir, on va les dépecer et leur enlever le dessus de la panse parce que ce sont des hommes déguisés.

— Ah non ! noon, non, non, non ! Ça je ne vais pas l'avaler ! Vous me tapez sur le système avec vos histoires à dormir debout, j'en ai carrément ras le bol, vous êtes cannibales ou quoi, tombés dingues ? Le climat vous mouille la cervelle, c'est pas possible vos conneries !

— Et pourquoi pas ? fit le major. Pourquoi croyez-vous que la forêt regagne aussi vite sur les terres défrichées, comme ailleurs la prairie ? À votre avis ? Que sont devenus les millions et milliards d'âmes et d'esprits pneumas qui se sont évaporés avec la prune ? Regardez toutes ces plantes, pourquoi y en a-t-il autant de nouvelles ? Ne savez-vous pas que la vie s'équilibre ?

Stevens en resta bouche bée.

Comment allait-il regarder les pâturages maintenant ? Les longues plaines de Mongolie, la prairie américaine infinie ? La forêt qui l'enveloppait ? Comment ? Comme une fosse commune à ciel ouvert, un tombeau mondial grouillant de vies, comme un cercueil, un cercueil vivant ? Noooonn.

— Et si t'essayais de voir ça comme une société, dit Lawson en se dégageant.

Mais alors comment reconnaître les siens, faire la part des choses ? Tous les bestiaux n'étaient pas des hommes non plus.

— Oui, eh bien, vous savez, c'est du pareil au même pratiquement, fit le major.

Il baissa les bras.

— Je crois que je vais essayer un de caapi. Au point où j'en suis.

— You're welcome, Stevens.

C'est ainsi qu'il sut, après avoir vu les surrurucinaades des hommes-caïmans avec les femmes-tatous, les singes qui flirtaient avec les aras, les aras avec les poissons poraquê, les caititus avec les queixadas et cela de haute tradition, après avoir vu les accouplements les plus impossibles, un merle baiser une serpente, le major en personne quoique tellement peinte de rocou qu'elle se confondait avec la mazane rouge, farouche et indécente comme une vierge, qu'elle avait investie avec le bout de la coda qui lui avait poussé au bas du dos comme une fleur, Lawson n'en parlons pas. Moi-même, il m'avait vu enfiler très très lentement et de face une immense femelle orang-outang qui n'avait rien à faire là tandis qu'un singe au nez énorme m'enculait, en prenant tout son temps, avec sa longue pine noire glissante. Après avoir vu tout ça et être passé à son tour dans tous les bras, entre toutes les pattes, sur toutes les fourrures et s'être frotté à toutes sortes d'écailles ô combien fraîches et souples, après avoir bu non seulement les agapes de caapi mais qui plus est force calebasses de bière fermentée, après avoir mangé et dévoré des chairs incroyablement fondantes, après s'être mesuré en force et en agilité à l'arc et à la lance aux pumas les plus cotés, après avoir chanté avec les poules rouges sopranos du bec et pété avec les pintades contraltos du cul, ou avant, à la faveur d'une accalmie, avant le vrai début du grand méchoui, il apprit de la bouche même de l'once Suassuna pourquoi, pour quelles raisons, elle tenait tellement à être mangée à cette occasion.

Il était saoul et surtout complètement caapité, il était épuisé par la plus fameuse fiesta qu'il ait jamais vécue, une de ces partouzes ! mais sa conscience était aussi claire et fluide, aussi gazeuse que le meilleur des champagnes. L'once lui dit d'abord que c'était ici, on n'avait pas attendu Vespucci pour le savoir, que se trouvait le Ypi-marã-iy, le jardin sans maux, super-beau. Installe-toi. Elle s'appuyait de l'épaule contre lui, elle aussi était complètement caapitée, sa voix avait quelque chose de radicalement rauque, son haleine était vraiment très chargée, mais son discours était limpide.

— Qu'est-ce que tu veux savoir, amigo ?

— On va te manger ?

— Oooh oui !

— Alors tu vas mourir ?

— Aaah penses-tu, mais j'y compte bien !

Quand l'once portait encore le chapeau noir bacoras aux bords arrondis, dans son village au fond du sertão, elle était, lui dit-elle, considérée comme un roi caché. Mi-nègre hindou demi-ibérique, certains lui prêtaient également des aïeux soudanais bantous de lignée pure. Les villageois, des hommes et des femmes, attendaient d'elle protection contre la disette, de ne pas lever la dîme par temps sec et l'assurance de bonnes relations avec la bête Bruzaca.

Or l'once, à cette époque, ne pensait qu'à traduire la Grande Quête de la Toison de façon à ce que n'importe quel Caboclo la comprenne à la fois dans la lettre et dans l'esprit. Ses trois pages en haillons, Tabajara, Feliciano y Euclides, lui servaient la bouillie et préparaient ses encres avec beaucoup de soin. Ils piquaient aussi dans la caisse, un petit peu, et se servaient à la cave, mais passons. Ils coulaient ensemble des jours heureux, consacrés à l'étude et parfois, en fin de semaine, à la boisson verte que l'on tire du jurema.

L'once ne sortait jamais sans chapeau, ses pages jamais sans haillons, et le peuple, auquel on ne demandait rien, respectait fraternellement sa royauté. Tout aurait pu continuer ainsi si la politique, sous la forme d'un bataillon d'artillerie perdu qui revenait du Chaco, n'avait pas fait irruption dans le village, un sale jour d'août, si mes souvenirs sont exacts. Ils avaient commencé par soulever beaucoup de poussière, puis, une chose en entraînant une autre, le peuple tout entier.

Alors que l'once, qui venait de mettre la dernière main à sa traduction et se promenait, assez fière, sur le mail ombragé en pensant à ses chers chevaliers Guarim de Lorena, Bosin de Gênova, Hoel de Nantes, et à leurs exploits brésiliens, on la saisit par la manche, c'était Tabajara : Fuyez Votre Grâce, les communisses sont à vos portes. Elle ne voulut rien prendre de ce qui lui appartenait — je laisse les terres et les dépendances, gardez la cave, le cellier, je laisse le verger et les coffres remplis de tissus brodés — si ce n'est son œuvre, et c'est ce qui la perdit. À peine avait-elle mis le pied dans son cabinet personnel que les artilleurs, cachés dans les rideaux, lui sautaient dessus et l'entravaient par tout le corps. Ils voulaient savoir où était le trésor. Elle n'en savait rien. Ils voulurent savoir s'il n'était pas quand même dans la pièce. Elle dit non, elle ne croyait pas. Et cette cassette ? C'est ma traduction. Elle dut raconter toute l'histoire. Ils la trouvèrent belle et bien faite mais parfaitement mensongère. On la prévint qu'elle serait jugée en conséquence sur la place publique pour les griefs de mensonge, affabulation et opium populaire. Sa défense ne serait pas assurée. Et de fait, le soir même, elle fut traînée sans chapeau devant l'assemblée des accusateurs. C'est à ce moment-là que se brisa son cœur d'homme. Car elle vit le peuple du côté des artilleurs, tout son peuple aimé, y compris les trois pages. Ils la sifflaient avec dédain et beaucoup jetaient des tomates sur l'estrade. Il lui fut reproché son manque d'esprit pratique, ses alliances incompréhensibles avec les langues étrangères et surtout, son imaginaire. Le peuple a besoin de pain ! Le peuple a besoin d'un vrai sou-ve-rain ! Pas d'un roi caché, cabra, mais d'une politique nationale forte et d'un gros PIB. Aux chiottes, aux chiottes Suassuna !

L'once tremblait encore en se remémorant la scène.

Grimpant comme un seul homme déchaîné sur l'estrade, ils l'avaient assaillie pour lui arracher ses vêtements. Elle avait pleuré intérieurement en retenant ses basques sur ses jambes mais le peuple était violent. Elle dut recourir à la bête Bruzaca à qui elle demanda, please, fais ça pour moi, des chausses et des ceintures indéroulables, infinies. Ce qui lui fut accordé. Quand les plus acharnés eurent dévidé des kilomètres de tissu en la faisant tourner comme une toupie, quand ils furent à la fin un peu fatigués, ils décidèrent d'en rester là et de l'abandonner dans le sertão, qu'on en finisse. Compañeros.

La nuit même, elle fut jetée, avec son paquet de vêtements, dans un buisson de cactus xique-xiques. Là, elle renonça aux ceintures, aux œuvres et à tout l'opium populaire s'il devait avoir un quelconque rapport avec les hommes. Elle prit l'apparence de l'once. Elle vécut heureuse, parcourant les étendues sèches et pierreuses de la caatinga éternelle, mangeant des mulots, buvant très peu, très bien. Elle était bien. Plutôt bien. Les bois sertanèjes étaient délicieux comme sous ses pattes à coussins silencieux, les tapis de malicias et de plantes rampantes. Mais les biches aux yeux doux la fuyaient. Et surtout, elle avait tout le temps dans la tête les vers chantants de sa traduction perdue. Elle ne parvenait pas à les oublier. Alors même que sa vie d'once la comblait dans ses sept ou huit âmes en ce qu'elle contenait suffisamment de souplesse et de vivacité, le bout de sa neuvième continuait de la titiller à travers le souvenir de son épopée.

— Voilà pourquoi je veux être mangée à cette caapinade, parce que tu es là, amigo. J'espère que tu prendras le meilleur morceau.

Stevens pleurait comme un bébé. Il voulait qu'elle reste et ne meure pas, qu'elle reste appuyée sur lui de tout son poids. Il sanglotait. Chht, chht, disait-elle, quand je serai cuite à point, demande la cervelle et le filet. Tout ira bien amigo mío, tu es un tapera, une ruine et un habitant des ruines, mais plus jamais tu ne seras un gaucho, un abandonné. Allez.

Affectueusement, elle lui mordilla le bout de

l'oreille, puis elle se leva comme un roi, vraiment majestueuse. En faisant rouler tous ses muscles de panthère, elle traversa la place vers le grand gril où l'attendait le couteau de boucher des tapirs. Avant de tendre le col, elle pissa contre un arbre afin que la viande ne soit pas gâchée.

La fête dura trois jours. Du moins, l'on vit trois fois la nuit recouvrir le village et trois fois la lumière du midi sur la palme des toits.

Avant que ne commence un autre cycle nocturne et diurne, les coqs-de-roche-orange entamèrent le chant de descente. C'était un très vieux chant qui répétait huit notes descendantes sans variante. Un chant qu'on aurait pu trouver entêtant à jeun mais qui fournissait aux caapités la rampe d'atterrissage dont ils avaient besoin. Car la fin de caapinade est un moment délicat. Pendant cette descente sur le fil tranchant de la mélopée rituelle, les travestis partent à la recherche de leur premier corps. Le processus est long et non sans danger. Si d'aventure le chant cessait avant que le fourmilier n'ait pu se rhabiller dans sa fourrure d'origine, pendant qu'il rend ses écailles au caïman jacaré, les deux resteraient incomplets jusqu'à la prochaine fête. Mi-caïman, mi-fourmilier. À la fois caïman et fourmilier, mais ni l'un ni l'autre tout à fait. Ce qui provoque parfois l'apparition de nouvelles espèces. Tel le lièvre de Patagonie qui résulte effectivement de travestissements croisés à plus de quatre âmes, lesquelles se sont trouvées bien à l'aise dans cette réunion et ont décidé de laisser courir. Stevens en vit deux ou trois regagner leurs pénates avec un contentement non dissimulé. Ils revenaient d'un corps jaguar en pleine santé mais ça ne faisait rien, ils ne se sentaient chez eux que dans l'habitus biscornu dans lequel ils étaient nés. Dans la majorité des cas. Néanmoins, ce genre d'accident n'arrivait pas souvent car les coqs-de-roche étaient de vrais professionnels. Ils ne laissaient rien au hasard. Particulièrement cette troupe, lui avait confié un quetzal qui commençait à se déplumer, ils sont très adroits.

Stevens assista donc à la plupart des contre-métamorphoses suivies de leurs commentaires. À savoir, généralement : ça fait du bien de changer d'air ! Aoh, oui.

Les animaux s'étiraient dans la cour comme après une bonne sieste. Ils faisaient un brin de toilette, bâillaient, étendaient les pattes et secouaient la tête puis, bon jour, bon vent alentour, se trissaient tranquillement. Ciao minette, tu penseras à biner le manioc ? OK, bye ! Salut ! Bye ! Salut cocotte.

Stevens ne savait pas où aller.

Il s'efforça de nous rassembler, nous ses trois personnages, autour d'un thé brûlant, avec beaucoup de sucre et beaucoup de lait.

— Comment ça va ? fit le major comme si elle ne l'avait pas vu depuis des semaines. Vous vous êtes bien amusé ?

— La digestion est bonne ? ajouta Lawson.

— Pourriez-vous me mettre un peu plus de lait, dans ma tasse ? demandai-je poliment.

— Je vais bien, je vous remercie, mes entrailles sont impeccables, servez-vous greffier, faites comme chez vous. Et passez-moi le carnet por favor.

Les édentés ont des dents, contrairement à ce qu'on pourrait penser. Des dents osseuses, peu nombreuses et recouvertes d'émail. Ayant personnellement pris corps chez un paresseux d'une dizaine d'années, je suis à même d'affirmer qu'ils ne nécessitent aucune aide extérieure. Leur sens du camouflage les protège mieux que ne saurait le faire une tenue de parachutiste. Inutile de tailler des patrons à leurs mesures. Ils se sont intimement liés avec deux algues frères qui les recouvrent à tour de rôle : les vertes à la saison des pluies, les jaunes à la saison sèche, vraiment, on ne saurait faire mieux. En tant que paresseux passager, je puis également affirmer que nous ne sommes pas lents du tout. Accrochés au bois-canon, nous voyons le monde s'agiter patiemment et la charge d'un jaguar, je vous assure, n'a rien de plus fulgurant que la pousse de l'arbre que nous étreignons. En règle générale, on peut dire qu'une espèce qui s'est maintenue et perpétuée sur terre depuis la pré-préhistoire n'a rien à envier aux autres. Par ailleurs, nous sommes vraiment intégrés et mutualistes puisque nous abritons gratuitement chacun en moyenne cent papillons et mille scarabées sans distinction de genre. En définitive, il n'apparaît pas que les leçons de karaté, ni Shotokan, ni Goju Ryu dur et doux nous seraient véritablement profitables. Si Stevens décide de se perfectionner dans le calcul des indices de charge du bois-canon ou toute autre personnalité ligneuse dividuelle, nous le recevrons bien ; le contact, quoique furtif, a été agréable. Merci.

— Alors, qu'est-ce que vous en dites ?

— Je crois que je vais décliner l'offre. Stevens méditait. J'ai déjà quelques bases.

Les paroles de l'once Suassuna, dont il avait effectivement absorbé la cervelle et le filet, ne cessaient de lui revenir en mémoire de façon insistante.

Tu es un taperebá, lui avait-elle dit, ruine et habitant des ruines, c'est ton destin mon Jaume.

Il touilla son thé avec la petite cuillère du couteau suisse d'un air décidé, et le but. Bon.

— Que diriez-vous de Londres, Paris, Berlin, Moscou, pour voir où j'en suis ?

— ?

— ! !

— ? !

— Parfait. Je crois que s'il y a une clé à hélice dans la boîte à outils de la choza-véranda, il y a un hydravion planqué quelque part, pas vrai ? Alors on emballe ! Ne chargez pas trop : on n'emporte que la vie qu'on mène. Ou l'inverse.

Dans la serre tropicale, il s'est fait bouffer la moitié de son carnet rouge. Il ne fait gaffe à rien. Quelle idée d'aller poser là-dedans son plumard, il ne fait pourtant pas si froid. Ne pas pouvoir se passer des bananiers à ce point, c'est quand même misérable. Qu'est-ce qu'ils ont de moins les platanes qui bourgeonnent sur les grands boulevards ? Et puis tout le monde le sait pour les orangs-outangs. Ils sont chez eux. On ne laisse pas traîner son carnet cinq minutes si on y tient. On fait gaffe et surtout la nuit, on ne va pas pisser dehors vite fait.

Maintenant, il est complètement tourneboulé. C'est son histoire qui a foutu le camp dans la gueule du Bartabac. Le pire, c'est qu'il l'a regardé faire avec une sorte d'amour terrifié. Les bras humains du singe, ça le fascine. Mais tout le monde le sait, les orangs-outangs préfèrent se taire. Ils sont capables de parler mais ils préfèrent se taire, alors, les papiers, c'est vraiment la dernière chose à laisser traîner.

Il nous reste quoi maintenant ? De la station, il reste quoi de son carnet de vol d'avant, quand les interactions étaient bonnes au sein de l'équipage, de l'âge d'or, il reste quoi ?

L'homme des bois a presque tout bouffé, feuille par feuille jusqu'à « drait à l'idée de personne », la moitié du carnet.

Waterfull lui a dit pas de panique, j'ai une excellente mémoire, on va le refaire. Allez vous promener.

Il y va.

Bartabac l'accompagne. Ils vont sur les quais, ils regardent les platanes et l'eau qui secoue les vedettes. C'est un très gros mâle, Bartabac, très calme. Il avance lentement en testant tous ses points d'appui, il est très cool. Une poubelle de quarante kilos, il peut la soulever d'une main et l'envoyer bouler au milieu du fleuve, c'est un jeu.

Les quais sont propres depuis qu'il les tient, Stevens y est sensible. La lumière est dorée, il la trouve délicate, posée sur les yeux brillants des immeubles. Il aime beaucoup cette vieille ruine.

Les lions qui remontent la rue du Chemin-Vert ne le gênent plus, il connaît leurs habitudes. Et les lions sentent l'once, ils passent leur chemin. Ils sont presque parents.

Stevens arpente Paris avec la liberté musculaire de Suassuna. Il se sert des demis dans les bistrots en posant le carton sur le zinc, puis le verre, qu'il prend soin de faire un peu déborder.

Il s'accoude. Bartabac pose son cul sur une table et tous les deux, ils regardent dehors.

Il n'y a pas beaucoup de voitures.

Avec l'ongle de son auriculaire, il est très long maintenant, et noir, il se gratte l'oreille. C'est un plaisir intense, complètement absorbant. Comme de bâiller en feulant, de toute l'amplitude de ses poumons — ça c'est le major.

Il s'est beaucoup rassemblé depuis le Brésil.

Il mange à la Tour d'Argent ou à Montparnasse. Il

aime bien les places en hauteur d'où on peut voir la ville. Beaubourg au sixième, pour ça, c'est pas mal. Le Sacré-Cœur est jaune. Il scintille entre les rayures de fiente collées aux boudins de Plexiglas de l'ancien centre culturel. Dans son dos, alors qu'il regarde la ville derrière son voile blanc, il sent la présence des machines, des vidéos mortes, des reliques officielles du XXe siècle annulé. Il n'a pas le courage de s'en approcher. S'il tombait sur une grande toile, un homme dans un canot, tout seul, de longs cheveux, une barbe, pas de rame, au large d'une île et que l'eau pleure, que le ciel pleure, que le ciel-ciel pleure, il s'y reconnaîtrait sûrement.

Bartabac s'en va quand il termine son premier verre. Les animaux, nous sommes des routines. Ce singe-là, il s'épouille avec la concentration méticuleuse que d'autres mettent à fumer une clope et puis il y va. Stevens le salue d'un signe sans lever la tête de son journal de turfiste.

Pearl Queen, Jeodesie, Peti Brazille, Pin-up de la loge, Joke Wind, My Love Lady, Orée Bourbon, Ninja, Narandja, Nez-percé, Noce Joyeuse. Toujours les mêmes noms. Favori : My Love Lady.

Le Luxembourg a passé les grilles, il a débordé jusqu'à l'ancienne école. Partout où elles ont pu, elles peuvent partout, les graines se sont plantées. Le pont Marie est couvert de lierre. Il abrite une colonie de rats musqués qui font semblant de paniquer quand ils entendent ses pas. Des trimardeurs.

Il passe voir où en est la girafe, puis il va au cinéma.

Il regarde les cafards courir sur l'écran. Il a des projets pour une grosse redistribution. Quand ses velléités d'équilibrage le reprennent et qu'il se ressent la force d'Arjuna ravaleur d'armes, il se dit qu'il va retourner aux USA, qu'il fera courir des guerriers brutaux issus de l'ancienne cité déchue Hollywood sur les façades des drugstores. Les chevaux se cabreront et monteront sur les étages, écumant dans les fenêtres. Les flèches fileront entre les portes et s'arrêteront dans les cactus lumineux. Las Vegas, piétinée par des milliers d'Indiens de pacotille emplumés par Quetzalcóatl en personne, se liquéfiera sous la charge. Dans chaque ville, il mettra son ennemi féroce, il injectera le poison qu'elle adore en secret, qu'elle appelle de ses vœux. Il fera craquer Madrid et Tolède et Grenade sur les joints de Veracruz. Hiroshima éclatera dans Oak Ridge. Retour à l'envoyeur.

Mais pour l'instant, il se contente d'un film de trois minutes qu'il a monté en boucle sur la façade du 38 rue de Rennes, en face de la Caisse d'épargne. C'est un homme qui marche. Il marche, il est à peine plus grand que lui, tout gris, en pagne. Il marche le long du mur jusqu'à la fenêtre, il semble tourner le coin puis il revient. Stevens adore ce film. Il fait tout pour tomber dessus par hasard. Il peut le regarder longtemps sans bouger. En fait, il ne croit plus aux actions d'envergure.

À Bastille, le grand bâtiment circulaire a été tapissé comme à la saison des pluies. Il est couvert de mousse verte, on dirait une montagne au printemps ou un golf. Il y est entré une fois : les chats nichent dans les fauteuils.

Le café, il le prend dans la grande salle vide de la Coupole avec un groupe de yorkshires qui l'a définitivement accepté le jour où il est monté sur la table pour danser un french-pogo rehaussé. Il leur apporte des chocolats. Et les petites bêtes puantes lui montent dessus et lui lèchent les doigts.

L'Hôtel de Ville est submergé par les passereaux,

on ne voit plus les fenêtres. Les faucons les guettent du haut de la tour Saint-Jacques où grimpent les liserons. Ce gros arbre noir, lui dit Lawson, il est en pierre par-dessous. C'est là-dessus qu'un type est monté autrefois pour mesurer le poids du ciel. Le début de votre lignée Propergol, somme toute.

— On passe par Arts-et-Métiers ?

— Non merci. Le major nous rejoint bientôt ?

— Oui. Elle canote sous le pont Mirabeau-Coule-La-Seine. Je l'ai vue regarder sous les piles comme si elle retrouvait une vieille copine. Elle aime beaucoup le skyline de la rive droite en face de la bibliothèque. Je crois qu'elle a en tête d'organiser quelques petites fêtes avec des bécasses sur une péniche branchée. Elle s'entraîne à dire « vous avez des jambes superbes, sans indiscrétion, vous habitez le quartier ? » avec une pointe d'accent cheyenne. Paraît-il que ça leur fait un effet dément. Surtout dans les saunas où elle passe un temps fou. Ttt. Tenez, la voilà.

Elle est tout emmitouflée dans son kayak de mer orange. Elle rame contre les quais, le nez en l'air devant les mouettes qui l'escortent. Elle accoste, saute sur les pavés, secoue ses manches. Stevens se penche au-dessus des boîtes vertes des bouquinistes. Un lézard file sur le parapet.

— Où est Waterfull ? lui crie-t-il.

— À Disneyland.

— Pardon ?

Le major hausse les épaules.

— Au Louvre. C'est là qu'il a pris ses quartiers alors que vous, vous rentrez au Jardin des Plantes tous les soirs comme si vous aviez le mal du pays. Les petits appartements de Louis XIII lui vont à merveille. Il entretient le ficus sous le lustre géant. Il dort en S sur les confidents rouges et fait du feu dans la cheminée du grand salon. Mais il ne vous oublie pas. Tenez.

Cher Stevens,

Je suis très pris à cause des plantes et des bergères qu'il convient d'épousseter. Les toiles en ont pris un coup elles aussi. Je joue du plumeau sans compter. J'avais trop de courbatures dans les jambes, je me suis mis aux rollers. C'est inimaginable le nombre de salles qu'il y a dans ce palais ! J'espère que vous me rejoindrez bientôt.

Ci-joint vos fichiers mémoire vive récupérés.

Cordialement à l'unité,

Waterfull-plumeau-greffier.

Carnet de Jaume Roiq Stevens,
ingénieur de bord en mission dix-huit semaines sur la station Funsky.

First Day.

Décollage extraordinaire, lourd comme le plomb, on ne croirait jamais que cet écrasement est un envol. En trois heures de temps normal, nous étions à la périphérie absolue. J'en ai tellement rêvé de revivre ça au moins une fois ! C'est fabuleux. C'est aussi potentiellement tout risquer et quelque chose comme quitter son état naturel de bipède aérobie. Je jouerais plusieurs vies pour ça si j'en avais plusieurs. Dans ces circonstances, les hommes sont extraordinaires. On se serre les coudes. Le ciel est magnifique, on est dedans, la terre est somptueuse, à portée de main. Assieds-toi sur le banc.

Les hommes sont beaux, ils ont des visages étonnants. D'ici, je les vois tous.

Ils sont petits dans les paysages, ils sont grands. Leur corps est caché dans les plis de leurs vêtements. Ils sont dans des salles, des bals, entre des fruits, assis sur des tables. Ils portent des gants, des chapeaux, des cheveux, des épingles. Personne ici n'est capable de bassesse. *Etatis suae* 1532. Ses yeux sont veloutés. *Etatis suae* 1634. Sa coiffe est rehaussée d'une dentelle, elle porte son âme autour du cou, sur un rang de perles. Nacre, peau, paupières, posture, elle a douze ans hors de tout âge, *Etatis suae* 1470, she is the life, a human deer, gracile, fragile, intenable, éternelle. Je ne la perds pas de vue.

Les hommes déjeunent sur l'herbe avec les arbres. Ils ont apporté des pommes et des bouteilles de jus de groseille. Danse la cour. Les batailles sont des ballets. La terre est gorgée de miel et de lait.

Stevens bondit.

— Qu'est-ce que c'est que ça ? Il a tout mélangé !

— Oui et non, fit le major. Il dit que le Louvre est tout à fait comme une station à quatre cents kilomètres de périgée. Quand on est dedans, on peut tout voir par les fenêtres. En plus,

Here is not time.

La distance est la même qu'en orbite.

Ce vieillard avec ses binocles, poudreux, délicat, son regard est intense. Look at that : les plis de ses bajoues sont aussi présents là que les miens. Il s'est peint vivant en sautant par-dessus sa propre mort. C'est pour nous.

W., il boit dans la vaisselle de Marguerite d'Angoulême. Il dit que tous les hommes sont là. Y compris les Incas et leur serpent à plumes, y compris les vieux Égyptiens tout raides, les Sumériens épilés, les Chaldéens à barbe bouclée.

Il a vu une statue en bois dans une salle du sous-sol qui, selon lui, soutient les murs du Louvre médiéval comme elle soutenait la maison des hommes de son île Malo d'origine. Elle s'appelle Trrou Körrou apparemment. Elle est emplie de sagesse et douceur. Ils auraient eu ensemble une conversation muette d'une grande richesse. Trrou Körrou est bleu, c'est un mâle. Il porte des tatouages de dents de sangliers hermaphrodites sur les côtes. Il dit lui-même qu'il n'est nulle part déplacé car où on l'emporte, il emporte son monde.

— Ouais, encore faut-il qu'on l'emporte sans lui rogner les pieds et ne pas oublier que le bois, plus intimement que le bronze, est relié aux respirations vivantes. Doit étouffer Trrou Körrou dans son placard à balais !

— Viendrez-vous, Lawson ?

— Pourquoi pas ? Le greffier en Napoléon III, il n'est sûrement pas plus ridicule que Napoléon III lui-même. Mais pour l'instant, je vais voir Didjoo, il s'est plaint d'une épine à l'avant-pied.

Didjoo est un des derniers représentants de l'immigration forcée. Il s'est fait choper dans les territoires du Nord juste avant l'époque des invasions de papillons rouges.

Il était jeune, alors, plein de ressort. Il connaissait déjà l'usage des peintures corporelles, c'est ce qui l'a sauvé pendant le transport. Il a raconté sa vie à Stevens un soir où il le sentait réceptif.

« J'ai fait jusqu'à six tôles dans cet hémisphère ! Toutes plus pourries les unes que les autres. La nourriture insipide, la pluie, le froid continu, aucun échange spirituel de qualité, crois-moi, il fallait être sérieusement *rêveur* pour survivre. Les vivants, ici, ils étaient complètement déconnectés, vidés, abrutis. Quand tu vois un chameau bouffer du sucre, fiston, tu peux être sûr qu'il est pratiquement mort, même s'il sourit. »

Le grand kangourou chiquait du tabac en parlant. Ses oreilles cachaient le clair de lune. Dans la grande serre, les cocotiers curieux pressaient leurs palmes sur les vitres. Stevens se sentait comme un gamin.

— Et qu'as-tu fait, grand-père ?

— J'ai chanté. Dans les quatre mètres carrés qui m'étaient impartis, chaque jour, j'ai effacé et reconstruit un trou d'eau, un rocher, un serpent de vie. J'ai déroulé mon chant en spirale à partir de mon centre invisible, rocher d'Arnhem, légué par mes petits cousins wallabies. Les geôliers ont cru que je m'acclimatais alors que j'acclimatais Paris. Ils m'ont livré une femelle. Elle était née en captivité, elle était inculte. Je n'en voulais pas. Ça dura des lunes. Ils n'y comprenaient rien. Je les entendais raconter leurs blagues de ploucs. Ils insultaient ma virilité et faisaient subir à ma codétenue de multiples tests de fécondité. Ç'aurait pu durer plus longtemps encore : je ne voyais pas l'utilité de la reproduction charnelle dans ces conditions. Plutôt mourir définitivement que de voir leurs gosses baver devant les grillages sur plusieurs générations. Jamais je n'ai touché à une barbe à papa, fiston, jamais !

— Alors, qu'est-ce qui t'a décidé, grand-père ?

— Un lièvre de brousse qu'ils ont collé à côté de ma cellule. C'était un politique. Il m'a convaincu de résister à long terme. Il pensait que rien n'effrayait plus nos geôliers que la vie qui grouille et prolifère. Il n'y avait qu'à regarder leurs réactions devant les souris et les rats, c'était clair. Colonisons les colons ! disait-il en se réveillant. Et il montait couver sa levrette dans le clapier. Il avait déjà fait vingt-trois tôles celui-là. Quand ma codétenue a appris ça, elle a sauté de joie : elle ne pensait qu'à changer d'établissement. Pour voir le monde entre les cellules, faire un minuscule chemin, même en camion, ça lui était égal, elle voulait partir. Elle aurait fait n'importe quoi pour fiche le camp de la prison dans laquelle elle était née. Elle se mit à me parler, à me questionner. Elle me demandait de lui révéler les chants des territoires du Nord, de lui apprendre la langue et les figures, bref, de l'initier. Normalement, je ne pouvais pas, les territoires ne se transmettent pas comme ça, mais étant donné les circonstances, j'ai fini par me laisser fléchir. Je lui racontai comment était le pays, les histoires qui l'avaient construit, les points de source des ancêtres-esprits qui nous avaient faits et pourquoi et comment telle pierre ressemblait à notre queue quand elle se pose avant de nous projeter par-delà les mers. Elle retenait tout et inventait le reste. Notre cellule se transforma en vrai beau désert. Les feuilles en botte devenaient délicieuses, elle changeait tout mon paysage intérieur. Le moindre de ses gestes était plein de sens et de grâce. Enfin bon, je tombai amoureux. Ahem.

Elle éleva nos petits dans une tradition métisse parfaitement cohérente. Le rocher en ciment des bouquetins était une montagne de lumière qui devait être réinventée tous les matins. J'observais les rituels à la lettre. Nous vivions harmonieux. Et puis... ils nous ont séparés.

Le grand kangourou cracha sa chique loin devant lui.

On était trop prolifiques. Deux petits par portée, deux portées sur trois ans, c'était hors norme. Le lièvre avait raison, ça les effrayait. Ils l'ont emmenée pour des analyses et voilà. Je ne l'ai jamais revue.

J'ai fait mon possible pour consoler les petits. Ils ont survécu. Ils sont pas mal. Ils sont beaux. Ils sautent avec la légèreté de leur mère, ils chantent juste, ils sont respectueux. Nous avons réellement colonisé les colons, fiston, et c'est une grande bataille que nous avons gagnée. Mais pour ma part, ils pourraient même revenir, je donnerais mes oreilles et ma queue pour la revoir.

Stevens s'était mouché avant de dire au grand kangourou :

— C'est terrible, mais je crois que vous avez eu de la chance.

— Oui.

Second day.

L'énergie qui règne ici n'est pas terrienne. Le sol appelle mais ne commande pas. Nous sommes suspendus sur une frontière ou, plutôt, dans un couloir d'équilibre elliptique. Avec nos corps, sont suspendues nos passions et nos réactions réflexes. Le trajet des étoiles, leur proximité, nous améliore. Les rivières sont délectables.

Stevens est assis devant la pyramide, sur le bord d'un bassin vide. Il regarde la carcasse d'une Jaguar qui s'est encastrée dans un pilier. Les voitures se sont distribuées en lignes droites à partir du rond-point. On dirait un éventail ouvert. Et rouillé. Il a plu toute la nuit. Les Tuileries sont vert fluo. Les arbres s'égouttent en frissonnant. Maintenant, il fait beau. Il regarde le Louvre.

Quelle idée d'aller s'enfermer là-dedans.

— Avec qui voulez-vous parler ? lui demande doucement le major. C'est ici le lieu des humains suspendus. Ils sont comme les animaux que vous croisez, absorbés et adéquats à leur forme, continus dans l'espace. Comme le cerf qui apparaît entre les troncs de la forêt dont il est constitué.

— On verra, répond Stevens en descendant les marches.

La Joconde est fléchée partout.

On pourrait la trouver en remontant la piste des appareils numériques japonais.

Lawson étouffe, il étouffe. Les proportions internes du monument brouillent sa perception de l'espace. Il chancelle légèrement. Quand il tombe sur

Waterfull qui dort debout les yeux ouverts sur le mur, il court lui demander :

— Alors, tu as vu Blanche-Neige ? Les sept nains t'ont parlé ? Adoncques Mickey, tu dors ? Ça pue là-dedans.

— Chht, regardez les montagnes, au loin, elles sont bleutées. Cet espace baigne. Je n'arrive pas à imaginer ce que j'ai pourtant vécu. Une femme se penche sur une femme qui se penche sur un enfant qui tient un mouton. Et dans ces trois regards baissés passe l'essentiel de la bienveillance dont nous sommes capables. Cet endroit est un mystère.

— Un cimetière plutôt ! Deeeemandez l'programm ! Peinture française, peinture italienne, peinture flamande, Antiquité romaine, grecque, égyptienne, tel siècle, tel et tel siècles, tel siècle. De Sumer, de Ziniat, de Chaldée, mesdames et messieurs : tombeaux frais, tasses à bouillons, peignes à chevaux, poignards à blé ! Elle est belle, elle est belle ma Romaine, je ne la vends pas, je la promène ! Votre culture est un boyau.

— Votre mémoire est un trou.

— Vos chefs-d'œuvre sont murés, ils tiennent aux murs, ils sont murés. Vous les archivez, monumifiez, vous les murez. Je sortirai Trrou Körrou de ce trou ! Vous savez par où nous sommes entrés, Waterfull ? Par Disneyland, votre culture est une bulle vide. On est entré par le restaurama, the world est un flunch. Marrakech express, menu Agadir, 11,50. Douceu France. UB, Universal Burger. La Parilla ¡que rico ! Chili à 8,90, menu Inca, 14,50. Le poulet Charlie the Chicken. Muffin Cafe. Tapas del sol. Matsuri-sushi-sashimi. Asian Delice, menu Shanghai. Le Libanais, menu Byblos, pas cher, menu Baalbek, 14,50. L'Italien, Rome, menu Venise. Étrang-toi avec ta tour de Pise !

Le major n'écoute pas.

Tout simplement, elle se rince l'œil. Fragonard, Boucher, surtout Boucher. Diane au bain, pose sa flèche, couvre ses seins. Odalisque enfoncée dans les coussins, quelle oh, quelle onctuosité la peau de ses fesses !

Stevens se promène. Dans la campagne anglaise, en Italie, il fait le grand tour. Il traverse des lumières compactes, des légères. Des bois noirs, des collines auréolées. Il regarde de quoi l'herbe est faite, l'épaisseur de l'écorce sur le tronc des chênes, la ténuité des nuages. La figure humaine le bouleverse quand il la rencontre. Elle lui fait l'effet d'un collage. D'une pièce ajoutée, hétérogène, essentiellement disproportionnée.

Sauf là. À l'orée d'un bois. C'est une petite peinture qui tiendrait dans une poche. Elle est verte. Vert sombre, vert d'herbe et de forêt, l'air est vert, la nuit va tomber. Il fait frais. Un homme se penche sur une femme qui va se lever. C'est tout. Stevens ne les connaît pas, ne les reconnaît pas, il ne les situe pas. Il ne leur prête rien. Il les voit. Voit la terrible vigueur qui les traverse et passe dans leur geste ; la fugacité de leur vie. Les arbres sont flous, les personnages sont flous, leurs vêtements sont à peine posés sur la toile, ils n'ont pas de visage mais ils se tiennent là, individuels, intimes, dans la plus grande précision qui soit. Et ils s'entretiennent. Ils s'adressent — l'un à l'autre.

Il ne sait d'où, une phrase lui traverse l'esprit qu'il répète à voix basse. Ne pleurez pas monseigneur, Gauvain n'est pas perdu, vous aurez, vous aussi, le droit de mourir et de le rejoindre.

— Personne ne rejoint personne tant que je n'ai pas sorti Trrou Körrou de son trou !

— C'est Lawson !

— Où était-il ?

— Vidait l'arak des Libanais.

— Jamais vu dans cet état.

— Et que feras-tu quand tu auras « Trrou Körrou sorti de son trou » ?

— Je retourne en Australie par le premier vol ! J'emmène Didjoo et Trrou Körrou. Je vous plaque. La terre attend ma vie aux antipodes. Je n'aime pas l'antimite. Je fous le camp. Et qu'est-ce que c'est que ces flaques ? Vous pleurez ?

Stevens lui montre la toile. Lawson la fixe dix secondes, ah, Watteau, et cherche sa fiole dans son froc.

— Bon. Ben je vais vous laisser. Je ne dis pas que vous n'avez rien compris à rien. Mais si quand même. Ce type-là, par exemple, c'était un peintre et je suis sûr qu'on aurait pu en faire quelque chose. Mais vous ne saviez pas vivre. Salut.

— Retenez-le, il va se casser la figure dans les marches.

— Lâchez-moi. Je ne suis pas saoul du tout, je suis clair, clair, clair, clair, je tiens le piment moi monsieur. Et toi, tu devrais boire un peu plus, personnellement, c'est un conseil.

— Explique-toi.

— Très simple : tu es une cloche. Je veux vivre dehors, de-hors ! À l'air libre, à l'air. Je ne suis pas un fromage, je n'ai pas peur des microbes, dehors ! La bactérie, c'est la vie ! L'Australie, c'est dehors, je ne connais pas de continent plus ouvert et là-bas non plus

Is not time — mais dans un tout — too — tout autre sens.

Note ça greffier : Quand on fait d'une fleur un édifice capable de tenir plusieurs siècles, on n'a *rien compris*.

Et ça vaut pour toi, avec ton Quichotte à la noix !

Il est vrai que la ville, malgré la disparition de sa bulle de pollution, n'a pas changé de forme. Les immeubles ont été ravalés, les chaussées sont repeintes, mais la couronne des périphériques est restée en place et continue de remplir sa fonction antifeu.

— À Tokyo, je suis sûre que tout a déjà été rebâti dix-huit fois.

Waterfull ne dit rien, il se gratte la tête dans l'immense salle parquetée de la peinture italienne. Debout dans les vestes et les pantalons outdoor des visiteurs, il sent craquer les appareils photo. Il se demande si la Toscane derrière la Joconde tiendrait suspendue dans le sable rouge du bush.

— Faut voir.

Dehors, l'air frétille par mille petits gosiers. Il y a quelque chose de printanier qui monte des quais comme une nuée de sauterelles en goguette. Un peu de sel, un air marin. Le major tend l'oreille. Elle attend, elle essaie d'entendre le déplacement des moustiques au-dessus des toits gris. Elle sourit.

— Ils ne vont plus tarder. S'il y a quelque chose qui me ferait plaisir, ce serait de réaménager l'île Saint-Louis. Quand il sera dix-huit heures au soleil et que vous traverserez le pont d'Austerlitz pour regagner votre serre tropicale, arrêtez-vous cinq minutes et faites-moi signe si vous voyez des oiseaux noirs effilés comme des faux.

Il traîne dans les rues, la tête enchantée par la matière sombre et fondue du Vinci — cet homme au doigt levé vers le fond noir du tableau. Marchant au hasard, parfois devant les pigeons, il se perd dans le

Marais. Retrouve la Rivoli au coin d'un troquet, file vers Bastille où le golf s'ébroue comme une glycine et laisse fuir des coulées de moineaux. Il prend la grosse avenue le long du fleuve. La plaisance tambourine doucement sur la pierre. Les mâtures discutent. Il laisse la gare de Lyon sur sa gauche avec une pensée pour les putti volants du Train Bleu et son décor de XVIIIe baroque où traînent des ordinateurs et des téléphones portables dont les batteries se sont déchargées. Il s'engage sur le pont.

Accoudé au balustre, il se penche sur l'eau pour la voir. Elle est jaune et remuante. Elle fait son bruit de rivière, elle contient sans doute des sirènes, des vipères et, plus certainement encore, des dizaines de caddies noyés. Elle est bien vivante. Peut-être à cause de toutes les histoires qu'elle a englouties. Elle pourrait encore engloutir la sienne sans que rien dans son corps n'en soit bouleversé. Il en est là quand la première vrille passe sous le ventre du pont et lui arrache les tympans. Il saute sur ses pieds. La deuxième file nettement au-dessus des câbles. La troisième, comme une bombe, tourne à angle droit deux microsecondes avant de percuter le manteau. Cette fois, il l'a vu. Profil de rafale, hypernerveux, charbon, deux ailes affûtées en biseau, une envergure de boomerang de compétition, ça y est ! Ils sont là ! C'est eux, pas des hirondelles, *Apus apus*, les martinets noirs du retour au printemps. Echampson siffle de joie.

— Demain, Stevens, six heures tapantes, rue des Deux-Ponts !

Cette nuit-là, il dort à Vincennes. Il n'y a pas de lune. Le petit étang de la réserve ornitho trépigne d'activité, tapage de crapauds. Il se couche dans la clairière en face du château. Sur l'herbe, directement. Les bras et les jambes étalés. Il s'entraîne à changer d'état dans l'immobilité. Once, paresseux, homme, once, portrait.

Au plus noir de la nuit, alors qu'il sent dans ses doigts le feeling de la prairie, un troupeau de chevreuils s'amène et commence à brouter. Ils ne le voient pas, ne le sentent pas. Ils sont pourtant si proches qu'il les entend mastiquer. Il aimerait beaucoup toucher leurs ventres clairs, mais s'il bouge, ils s'enfuiront. Il ne bouge pas.

Le lendemain matin, quand il arrive rue des Deux-Ponts, il est cinq heures au soleil.

Echampson est installée sur la nacelle blanche d'un engin à nettoyer les réverbères. Elle a l'air en pleine forme.

Elle porte une robe valseuse dont la corolle s'appuie sur ses hanches. Des plateaux d'oreille immenses. Elle tient déployé sur sa tête un parapluie de berger assez grand pour abriter un troupeau. De la main gauche, elle manipule les commandes du bras hydraulique. La nacelle monte en silence. Echampson se tient très droite, elle respire avec le ventre. À cinq degrés de la verticale géométrique, elle lâche le manche. Appuie sur le verrouillage. Teste la résistance du panier en déportant son poids sur les côtés. Puis s'arrête. Elle inspire profondément par le nez. Il est six heures. Le soleil ébouriffe les arbres. Tout autour de l'engin, rue des Deux-Ponts, les vitres miroitent. Puis de partout à la fois, au moment où Echampson commence à chanter, les martinets déboulent en escadrons. En escadrons, en files, en fusées. Ils tournent autour de la corolle noire de sa robe comme autour d'un nid de cigogne. Ils se poursuivent. Elle chante, ils crient. Elle chante dans leurs trilles, elle semble chercher une fréquence. Elle couvre leurs cris. Elle chante en regardant les fenêtres ébahies des immeubles. Elle cherche, elle monte. Elle a trouvé. Les martinets se jettent sur les façades, frôlent les croisées. L'esquivent, la soutiennent par vagues redoublées. Les fenêtres vibrent. La cantatrice tient, elle tient la fréquence. Sa robe gonfle. Les fenêtres s'assouplissent, les martinets chargent. Elle tient la note, elle entre en résonance, elle chante. Les fenêtres mollissent, mollissent, les fenêtres se balancent. Echampson se balance, la nacelle tangue, les oiseaux délirent. Puis elle incline son parapluie, et les fenêtres explosent. Un dixième de seconde, les oiseaux s'arrêtent en l'air, ils glissent. Alors, le major inspire. Ferme son pébroque et sourit. Comme s'ils n'attendaient qu'un signe, les martinets se jettent en hurlant dans les appartements ouverts.

— Waouh, vandales, j'adore !

Lawson est ravi.

— Tu vois, tu as compris ? Il faut faire exploser les petites bulles de vide. Rien ne doit être étanche. Le rêve est une réalité.

Une autruche immense joue à tomber, vlang, par terre, comme un sac. Une autruche immense avec des pattes comme du bois sec. Elle zigzague dans la poussière et se remet à tomber, subitement, vlang, la tête la première. Elle est cintrée. Vlang, qu'est-ce que tu fais, lui demande le guépard ahuri. Je danse — vlang —, je danse dans mes plumes, je suis la reine du ballet.

Sur des kilomètres et des kilomètres carrés alentour, les âmes qui vivent le font sous des formes invisibles. Si bien qu'apparemment, l'autruche danse dans un désert où seul le guépard ahuri la regarde danser.

Mais tu sais ce qu'elle fait ? Elle protège ses œufs. Cette danse, c'est « esprit de la mort — je te promène ».

— Elle est drôle !

— Elle est drôle, c'est pour ça qu'il la suit.

— Elle est terrible.

— C'est pour ça aussi.

Au nord-est d'Alice Springs, Stevens s'est installé dans une ville de pneus. Il cause à tout le monde. Ils ont atterri dans le sable en plein désert sur les indications de Didjoo qui voulait revoir la terre. « Je lui appartiens, emmenez-moi Lawson, Echampson, Waterfull. Emmène-moi, Stevens, je lui appartiens comme ils t'appartiennent », furent ses derniers mots.

Ils se sont installés.

À l'abri dans les pneus, W. ne quitte pas sa dernière tasse d'opaline d'Angoulême dans laquelle il boit du thé noir à longueur de journée. Trrou Körrou regarde le bush où ils ont planté la Toscane au bout d'un pieu. Les guanas qui passent à portée le saluent avec respect : il microclimate. Sur un rayon de trois cents mètres, les cactées sont super-grasses. Stevens se couvre avec des couvertures trouées pour se protéger du soleil. Il navigue à poil sous ses haillons, il dort debout la plupart du temps, assommé par le marteau du forgeron. C'est avec difficulté qu'il attrape les lézards dont il a besoin. Le major ramène des poissons comme elle dit pirarucu mais elle passe à pêcher un temps si long qu'il vaut mieux ne pas compter sur elle. Lawson est de plus en plus ravi. Au début, il a pris un teint brique et maintenant, il est franchement noir. Musclé. Gras comme s'il se nourrissait d'air. Il est en phase : dès qu'il se déplace, il chante entre ses dents.

Tu vas t'y faire, lui dit-il. La liberté, ça s'apprend.

D'ailleurs, le major, le greffier et moi, on te fait nos adieux. On a bien réfléchi, on pense que c'est le moment. Embrasse-nous, tu es vivant.

Le corps de Didjoo a été enseveli dans le sable le plus rouge qui soit, au pied d'un yucca qu'il arrose tous les soirs avec le brumisateur dont se servait Waterfull pour le ficus de Napoléon.

Le lustre, ici, est un ciel infini. Il essaie de l'épousseter quand même. C'est à ça qu'il pense en buvant ses myriades de thé, à trouver le plumeau qu'il faut pour balayer les étoiles et les faire briller.

Le bush respire. Stevens l'entend respirer. Depuis qu'il s'est mis dans ses pneus, il passe beaucoup de temps les oreilles collées aux trous des chambres à air. Elles récitent à toute vitesse les pistes qu'elles ont parcourues. Il écoute, s'endort, écoute encore. L'arrivée des bagnards sur Terra Nullius, les parties de chasse à l'homme, les barbaries, les arrachements. Les casses de bagnoles, les villages de ciment entourés de fil barbelé, les maisons sur pilotis sous lesquelles pourrissent des frigos et des canapés défoncés. Elles sifflent très fort dans les aigus. Quand il n'en peut plus, il monte sur le tumulus du grand kangourou qui est mort en souriant, et il voit son camp de pneus en contrebas comme un motif de ronds de bouteille, sur un batik sanglant.

Il voit le cercle de Trrou Körrou qui microclimate en mêlant ses rêves de Toscane profuse aux souvenirs des jeux d'eau de sa jeunesse. Dans les îles Vanuatu qui lui font face, loin en mer, son souvenir est si frais qu'il nourrit les buissons. Il voit les files indiennes des fourmis qui migrent dans leurs couloirs réservés — Songline des fourmis noires. Dont la trace inscrite est minuscule mais tout aussi discernable que la muraille de Quin Shi Huangdi sur le dos de la Chine éternelle. Il voit les zigzags de la danse des émeus. La ligne du guépard qui court droit, un chemin de fer. Les rides du sable que le vent forme et déforme comme la mer. La triple piste du Boeing. Il voit le batik et que tout s'est tramé en se croisant.

Quand il décide d'aller faire un tour la nuit, il prend sa forme d'once. Il bouge comme un hydroglisseur. Ses traces sont si légères qu'il peut entendre toutes les conversations.

Il entend l'histoire des dingos, des fourmis, des serpents, de tout ce qui vit. Et tout est vivant.

Il cherche à attraper celle du varan qui descend du roc mais c'est difficile. Quand il se poste à l'affût, il a tendance à s'endormir.

Maintenant, il se tasse sous le vent, derrière un buisson de spinifex coupant, il frétille sans savoir pourquoi comme l'once qu'il est dans la caatinga brésilienne, comme le jaguar sur la berge. Cette fois, le grand varan qui se planque autour des pneus ne le repère pas. Il le voit avancer dans la lumière de la lune, avec ses mouvements déclenchés fulgurants. Il le voit entrer dans le cercle de Trrou Körrou, il l'entend le saluer.

— Que fais-tu là, puissance du bois orné, quels sont tes ornements ?

— Ornements de passage, Ngintaka. Je porte les défenses du cochon hermaphrodite : je tiens la maison des hommes.

— Dis-moi comment est né ton monde, Körrou-sans-les-pieds car je ne vois pas tes traces.

— Il est né dans les îles qui me font face. Écoute. Il n'y avait rien, la terre était plate. Les géants étaient passés, ils avaient semé mais sans eau, la terre ne levait pas. Elle restait plate. Le vent qui passait sur la terre ne chantait pas. Les étoiles sur sa tête ne se fixaient pas. Ainsi, les plantes, les oiseaux et les animaux ne venaient pas. Ils restaient en graines dans la peau de la terre plate.

Parmi elles, Puissance du Roseau se lamentait beaucoup car, plus que les autres, elle avait soif. Mais ses lamentations ne montaient pas. Les géants repartis dans les cieux ne pouvaient l'entendre car le vent qui ne chantait pas ne portait rien. La situation n'était pas brillante.

Par bonheur, dans l'Olympe, il y avait une espèce de géant tout petit dont l'estomac était immense. Aux banquets, il se jetait sur les viandes rôties et ceux qui ne s'étaient pas servis avant lui ne mangeaient rien. Quand il n'était pas invité, il dévalisait les cuisines. Il courtisait les plus grandes géantes, jusqu'à la fille cadette du chef d'Olympe — celle qui portait déjà la tiare comme une reine. Bien qu'elle repoussât ses assiduités avec beaucoup de dégoût et de verve, le petit géant refusait de la laisser en paix. Comme, en plus, il mangeait les pêches réservées au roi-canon, le Conseil n'y tint plus et se réunit. Il fut décidé qu'il serait exilé sous forme de cochon à deux sexes sur une terre où rien ne vivait ni poussait. Ainsi fut-il fait.

À peine arrivé sur terre, cochon petit géant se mit à renifler avidement le sol à la recherche de nourriture. Malgré tous ses efforts, il n'en trouva pas. Épuisé, il voulut s'asseoir pour réfléchir mais dès qu'il eut touché la terre de son fondement, ses deux sexes se mirent à le démanger si fort qu'il n'y parvint pas. Puissance du Roseau qui voyait ça — car le cochon s'était arrêté pratiquement sur sa graine — se lamentait de plus belle. Ah, disait-elle, s'il pouvait uriner dans mon coin, cela étancherait ma soif ô combien mortifiante. Ainsi arrosée, ma graine lèverait, je pousserais vers les cieux et m'épanouirais sans tarder. Si tu fais ça petit géant, je te serai reconnaissante, je te donnerai un bout de mon corps pour satisfaire tes deux sexes. Crois-moi, quand je suis en fleur, mon tuyau est doux et souple à l'intérieur comme à l'extérieur.

Le petit géant n'était pas sourd mais il avait été mis à la diète avant sa transformation et n'avait par conséquent rien dans le ventre ni dans la vessie. Néanmoins, la situation lui apparaissait sous un jour nouveau. S'il y avait une graine Puissance du Roseau, il y en avait peut-être d'autres. Ainsi, cette terre plate sur laquelle on l'avait envoyé faire sa tempérance serait peut-être celle qui allait satisfaire tous ses désirs.

Puisqu'il ne pouvait ni s'asseoir ni se coucher sans que ses deux sexes ne lui troublent l'esprit, il parcourut le désert en appelant toutes les graines. Il y en avait beaucoup. En vérité, il y avait de quoi faire un monde très intéressant. Cochon petit géant réfléchissait en marchant à la façon dont il allait pouvoir les arroser. Il pensa à se saigner mais il vit que cela ne pourrait faire lever qu'une petite quantité de puissances, dont il ne parviendrait pas à se contenter à long terme. Il tournait et retournait le problème en tous sens. En tant que cochon, il ne pouvait pas faire grand-chose. En tant que petit géant, il lui restait bien un recours mais il avait du mal à s'y résoudre. Enfin, il se décida et toujours marchant, proposa à chacune des graines de les arroser et de leur permettre de se déployer si elles renonçaient ensuite au pouvoir de la parole-qui-contient-son-eau. Elles promirent toutes sans exception. Voyant cela, cochon petit géant entreprit d'arroser toute la terre avec la parole magique des géants, celle qui donne forme aux puissances, celle qui-contient-son-eau et que l'on conserve si on est arrosé avec au berceau.

Les graines poussèrent tout d'un coup et la terre plate se couvrit de montagnes, de rivières, de forêts luxuriantes ainsi que de toutes sortes d'animaux. Le vent, voyant cela, se mit à chanter. Les étoiles qui passaient par là se fixèrent. Le soleil rayonna. Cochon petit géant éleva alors la voix dans le brouhaha et rappela aux vivants qu'ils devaient lui rendre la parole-qui-contient-son-eau.

Pendant des mois, il y eut un immense attroupement devant son palais, toutes les espèces lui rapportant la parole avec des offrandes de bouche et des remerciements. Puissance du Roseau ne le quittait pas. Il pouvait maintenant s'asseoir et se coucher sans tourment tant elle avait dit vrai sur sa souplesse et sa complaisance. Il recevait sans désemparer. Il vivait heureux. Mais enfin, au bout d'un long temps, il s'aperçut que la graine puissance de l'homme n'avait pas rapporté la parole. Il fit venir les oiseaux et les chargea de se renseigner. Les oiseaux revinrent avec de tristes nouvelles : les hommes étaient en forêt, ils vivaient heureux avec la parole et refusaient de la rendre. Cochon petit géant fut ulcéré par cette attitude. Il descendit de ses coussins et se mit en marche pour aller trouver les hommes. N'avez-vous pas promis comme tout le monde ? leur dit-il. Si, répondirent les hommes. Mais nous ne sommes plus d'accord. La parole-qui-contient-son-eau est trop bonne pour n'appartenir qu'aux cochons. Ah c'est comme ça, dit le petit géant, eh bien je vais vous donner encore une chose, sales menteurs, je vais vous donner la mortalité et la reproduction et je vous préviens, cette parole-qui-contient-son-eau, aucun de vos rejetons ne la saura en naissant, ils devront l'apprendre et cela prendra des années et des années. Alors, les hommes, effrayés par cette malédiction qui s'abattait sur eux et prenait déjà corps, se saisirent du cochon en le bâillonnant et l'égorgèrent. Ils firent une grande fête où ils invitèrent tous les vivants mais personne parmi les graines immortelles ne voulut toucher aux plats et seuls les hommes goûtèrent à la chair du cochon hermaphrodite qui leur avait prêté la parole.

— Moi, Trrou Körrou, je suis la puissance du bois façonnée par les chants, je porte sur mes côtes et sur mes cuisses les défenses du cochon hermaphrodite, je sais de quoi je parle Ngintaka, les hommes sont comme petit géant : avides, lubriques, polymorphes — et leur parole crée le monde.

Le grand varan hoche la tête, trois saccades.

— Elle crée le monde qui t'a créé. Nuance.

Cette nuit, il a plu. Stevens sous aucune forme n'est sorti, il s'est tapi sous les couvertures, a regardé le ciel sans étoiles par les trous. Les nuages filent comme des barbes. Les géants reviendront-ils accompagnés cette fois-ci des sorcières ? Il l'espère.

Le matin, le désert est parsemé de couleurs. Tu te fanais mais à présent,

Tu refleuris, Kharezm !

Elles vivent trois jours et tous les animaux qui broutent sont au courant, c'est un régal. Le batik ne cesse de se déployer, reployer, transformer. Il le regarde changer, il s'y promène mais plus qu'il ne l'arpente, c'est le bush qui le mène. Selon des déclivités qu'il ignore, avec des détours qu'il ne comprend pas, suivant soi-disant telle piste à la recherche d'un lézard pour le repas, il finit toujours par faire plus ou moins le même trajet. Quand il grimpe sur le mont Didjoo, il le voit. S'il guette chaque nuit le grand varan près du roc dont il descend, ça se voit : sur le batik, la place où il se couche est un petit arc de cercle d'un ocre plus clair. Et ce n'est pas une représentation.

Il mettra le temps qu'il faudra.

— Le temps ! Comme si vous saviez ce que c'est.

C'est lui, c'est le varan.

Stevens revient de sa ronde nocturne où il a attendu cette espèce de lézard ventripotent au pied du rocher comme d'habitude. Et il revient bredouille pour s'apercevoir que la bête qu'il cherche dans le bush est en train de lire son carnet caché dans les pneus.

Il lui a bien semblé que Trrou Körrou lui souriait en passant...

— Ne vous gênez surtout pas.

— Mais certainement, dit le varan en fermant brutalement le carnet. Je vois d'ailleurs que vous non plus, vous ne vous gênez pas. Vous m'espionnez.

Il le regarde avec ses petits yeux de monstre froid. Son « vous m'espionnez », c'est un constat. Stevens ne répond pas. L'animal l'observe sans bouger, complètement pétrifié, il n'a même pas l'air de respirer. Il ne faut pas se laisser impressionner :

— Alors comme ça, vous savez lire ?

La vieille peau se crispe subitement et lève une patte qui reste en l'air. Foudroie un moustique en passant.

— Je suis varan, je lis toutes les traces.

— Ah.

— Hum. Elle n'est pas mal votre petite histoire.

— Petite ! Eh bien, petite, elle n'est pas si petite que ça. Et puis, comptez que l'homme des bois en a bouffé la moitié.

— Ça ne change pas grand-chose. À mon échelle.

— Qui est ?

— Je pense que vous diriez « géologue ». Ou quelque chose comme ça. Vous savez peut-être que je suis un bout de montagne très très ancien.

— Non, c'est vrai ? Vous me racontez ? Puis-je vous le demander comme vous l'avez demandé à Körrou : quel est ton monde, Grand Varan, quels sont tes ornements ?

— Vous pouvez toujours demander. Je ne raconte rien aux menteurs.

Raté.

— Mais je veux bien vous dire deux ou trois choses.

OK.

D'abord, je suis très ancien. Très, très, très ancien. Je suis en fait le témoin du monde, depuis le début. Ma nature est une roche, mon temps est celui de la roche, mon sang est épais dans mes veines comme celui de la terre en fusion dans son noyau du moyeu.

J'ai été détaché du bouclier australien à l'époque où commençait la dislocation du royaume de Pangée. De chacun des boucliers des guerriers en présence, un éclat fut arraché auquel fut conféré le pouvoir d'une accélération directe absolue et la tâche de tout observer. Ces éclats, une dizaine dans le monde, s'appellent Varans ou Grands Varans, selon leurs mérites, et j'en suis. Je bouge comme une pierre fulminante, mes yeux sont partout.

J'ai vu la scission de la Laurasie et du Gondwana, j'ai vu Thétis et ses manigances. J'ai vu les collisions, la plaque Nazca, la plaque Pacifique et les subductions sournoises des océans à l'encontre des continents. J'ai vu les batailles des grandes dorsales et celles des Himalaya. À mon échelle, vous êtes une poignée de mouches. Mais ce n'est pas ce que je voulais dire. Je voulais dire que l'immobile est la trace du mouvement.

Et puis que la terre naît par tous les bouts en même temps. Les histoires et les mythes sont les souvenirs ou les rêves de cette formation constante disloquée.

Toi, dernier des hommes, en cela, comme les autres, tu es un carrefour. Une ruine te disait l'once. Une ruine, tu vois ce que c'est ? Le point de rencontre, le carrefour de plusieurs époques. Toutes humaines, elles t'ont porté. Il n'arrive rien à personne qu'il ne soit capable de supporter. Le langage

— prosopopée — t'a sauvé. Tu t'es démembré toi-même pour ne pas perdre ton adresse. Mais connais-tu ton mythe ? Ta première histoire, celle qui t'a permis de survivre, l'histoire-base du monde de la sous-sous-tribu que tu es devenu, la connais-tu ?

Oui.

Le monde est né parce qu'il y avait un lapin et qu'il y avait un homme. Le lapin était mort. L'homme le tenait dans ses bras. Il le berçait, lui chantait des comptines, lui caressait les oreilles mais rien n'y faisait, le lapin restait mort. Quand il eut épuisé toutes ses ressources, quand il eut chanté tout ce qu'il savait et tout ce qu'il ne savait pas, tout ce qu'il inventait exprès, quand il eut dit et mimé tout ce qu'il pouvait imaginer sur tous les modes — la supplique, le chantage, l'épopée, le merveilleux, la promesse — et que le lapin continuait de rester mort, il se mit à pleurer. Il pleura comme un torrent, comme s'il pleurait tous les lapins et toutes les morts. Il ne pouvait pas s'arrêter, il pleurait, il pleurait, et ses larmes tombaient par terre et la terre aspirait. Il pleurait sans pouvoir s'arrêter et la terre était bientôt remplie de ses larmes. À ses pieds, il y eut une flaque, puis elle coula. Il y eut un ruisseau, il coula. Il y eut un fleuve, un fleuve énorme, rugissant, qui coula, coula au loin. Qui fit le monde. En tournant autour des montagnes, en sautant dans les trous, en creusant des cuvettes avec ses tourbillons, en éclatant sur les rochers, il donna sa forme au monde. Il le fit et puis au bord du monde, il se jeta dans le vide et le remplit et cela s'appela les océans. Aujourd'hui encore, il continue de pleurer et c'est pour ça que le monde existe toujours. Il pleure dans ton esprit.

I am the River.

De ma source à côté du lapin, j'ai descendu les vallées, j'ai traversé les plateaux, j'ai rongé les montagnes et pilé le sable. J'ai embrassé des glaciers, j'ai traversé des déserts, j'ai rencontré des obstacles et je les ai boutés. J'ai baisé la terre, je l'ai parfumée. Toutes les histoires qui couraient sur sa peau, je les ai sucées et elles ont grossi mes flots.

Je suis la rêverie — sans qui rien ne survit. The Riverie.

En Mongolie, j'ai couru sur la plaine et le désert s'est couvert de rosée. Je suis née dans les marais de St. John's, tombée de la tête tressée d'une capsule à piston périgée. J'ai passé par les villes, j'ai nettoyé leurs âmes, et tout ce qui pleurait, pleurait dans mes jupes. J'ai gonflé. J'ai enlevé des ponts, noyé des regrets. J'ai porté une tortue sur mon dos, j'ai poussé une déesse montée sur une planche. J'ai bouffé du pétrole. J'ai évaporé des héros montés au ciel sur des chevaux blancs. J'ai arraché aux palais des tableaux sans prix et je les ai envoyés sur une vague énorme jusqu'à la terre rouge poudreuse où ils ont échoué, au pied d'une colline-bulle gonflée de miel. Les ancêtres-esprits m'ont ouvert cette fourmilière et je l'ai infiltrée.

J'ai répandu la Toscane dans leurs douves et j'ai résurgé plus loin. Je ne fais que passer.

Ici, sur Terra Nullius, je suis la carte, le chant, le déroulement et la vie.

L'éternité remuée.

J'actuelle. Here is not time.

Je dessine sur le sable. Je trace.

Je suis la rêverie, je la suis.

Ici, Kumanjayi — on ne prononce pas le nom des morts — a fait un camp pour se reposer. Son boomerang a la taille d'une chaîne de montagnes. Il vole à la rencontre du grand kangourou.

Ici, un dingo est venu boire. Il m'a dit en lapant qu'il venait de voir un homme, que c'était le dernier.

Ici un lézard trempe sa queue pour la refroidir. Le forgeron l'a forgée à sa demande afin que sa cuirasse soit intégralement trempée, ainsi, sa résistance indéfectible. Ici, mon eau toujours chaude.

Ici, un homme-oiseau est tombé. Il portait tant de papiers. Il en portait dans ses poches, dans son pagne, dans des valises énormes. Ses pas creusaient la terre. Il est tombé. Il pellette — il tombe — et ses papiers tombent avec lui, en tombant lui font une longue traîne blanche, écumante, qui ne finira pas. Ici, une chute : Waterfall. Je passe sans arrêt.

Je suis la rêverie.

Ici, Kumanjayi-chasseuse — on ne prononce pas le nom des morts — a fiché la flèche qu'elle a tirée des monts Vindhya au concours mondial des archers. Ici, ma bannière.

Ici, une combe. Une femme se baigne, s'est baignée. Ses fesses ont creusé le sable dans le bassin profond du Sichuan. Sur son marais poussent les roseaux flexibles des Vanuatu. Son cratère du miyeu, je le remplis et je le bois. Je passerai par son tank, passerai la coupe, je passe sans arrêt.

Je la suis.

Ici le bassin des caapinades où se retrouvent les fluides pour la fête. Ici, mon eau toujours souple.

Ici un Toltèque, un Wongai, un Choctaw, s'est couché. J'ai passé sur son corps et je passe encore. Il se dissout. C'est une force-caillou, les pythons sont ses cousins, il a des amis dans les branches. Ici, mon chant oublié souterrain.

Ici, un gué. J'ai croisé et je croise le dernier des hommes dont le dingo m'a parlé. Ici, il pose son carnet. Il me fait part de ses projets. Devenir la trace, la carte et le chant, le déroulement. Dessiner dans le sable que j'éponge. Et passer. Le poisson lui dit : C'est... c'est fort d'avoir survécu.

Ici, il regarde un poisson dans mon ventre. Un poisson aux yeux écarquillés que son histoire épouvante.

Et l'homme lui répond : Mais — je n'y survivrai pas.

Je suis la rêverie.

COLLECTION FOLIO

Dernières parutions

5666. Italo Calvino	*Cosmicomics, récits anciens et nouveaux*
5667. Italo Calvino	*Le château des destins croisés*
5668. Italo Calvino	*La journée d'un scrutateur*
5669. Italo Calvino	*La spéculation immobilière*
5670. Arthur Dreyfus	*Belle Famille*
5671. Erri De Luca	*Et il dit*
5672. Robert M. Edsel	*Monuments Men*
5673. Dave Eggers	*Zeitoun*
5674. Jean Giono	*Écrits pacifistes*
5675. Philippe Le Guillou	*Le pont des anges*
5676. Francesca Melandri	*Eva dort*
5677. Jean-Noël Pancrazi	*La montagne*
5678. Pascal Quignard	*Les solidarités mystérieuses*
5679. Leïb Rochman	*À pas aveugles de par le monde*
5680. Anne Wiazemsky	*Une année studieuse*
5681. Théophile Gautier	*L'Orient*
5682. Théophile Gautier	*Fortunio. Partie carrée. Spirite*
5683. Blaise Cendrars	*Histoires vraies*
5684. David McNeil	*28 boulevard des Capucines*
5685. Michel Tournier	*Je m'avance masqué*
5686. Mohammed Aïssaoui	*L'étoile jaune et le croissant*
5687. Sebastian Barry	*Du côté de Canaan*
5688. Tahar Ben Jelloun	*Le bonheur conjugal*
5689. Didier Daeninckx	*L'espoir en contrebande*
5690. Benoît Duteurtre	*À nous deux, Paris !*
5691. F. Scott Fitzgerald	*Contes de l'âge du jazz*
5692. Olivier Frébourg	*Gaston et Gustave*
5693. Tristan Garcia	*Les cordelettes de Browser*
5695. Bruno Le Maire	*Jours de pouvoir*

5696. Jean-Christophe Rufin *Le grand Cœur*
5697. Philippe Sollers *Fugues*
5698. Joy Sorman *Comme une bête*
5699. Avraham B. Yehoshua *Rétrospective*
5700. Émile Zola *Contes à Ninon*
5701. Vassilis Alexakis *L'enfant grec*
5702. Aurélien Bellanger *La théorie de l'information*
5703. Antoine Compagnon *La classe de rhéto*
5704. Philippe Djian *"Oh..."*
5705. Marguerite Duras *Outside* suivi de *Le monde extérieur*
5706. Joël Egloff *Libellules*
5707. Leslie Kaplan *Millefeuille*
5708. Scholastique Mukasonga *Notre-Dame du Nil*
5709. Scholastique Mukasonga *Inyenzi ou les Cafards*
5710. Erich Maria Remarque *Après*
5711. Erich Maria Remarque *Les camarades*
5712. Jorge Semprun *Exercices de survie*
5713. Jón Kalman Stefánsson *Le cœur de l'homme*
5714. Guillaume Apollinaire *« Mon cher petit Lou »*
5715. Jorge Luis Borges *Le Sud*
5716. Thérèse d'Avila *Le Château intérieur*
5717. Chamfort *Maximes*
5718. Ariane Charton *Petit éloge de l'héroïsme*
5719. Collectif *Le goût du zen*
5720. Collectif *À vos marques !*
5721. Olympe de Gouges *« Femme, réveille-toi ! »*
5722. Tristan Garcia *Le saut de Malmö*
5723. Silvina Ocampo *La musique de la pluie*
5724. Jules Verne *Voyage au centre de la terre*
5725. J. G. Ballard *La trilogie de béton*
5726. François Bégaudeau *Un démocrate : Mick Jagger 1960-1969*
5727. Julio Cortázar *Un certain Lucas*
5728. Julio Cortázar *Nous l'aimons tant, Glenda*
5729. Victor Hugo *Le Livre des Tables*

5730. Hillel Halkin	*Melisande ! Que sont les rêves ?*
5731. Lian Hearn	*La maison de l'Arbre joueur*
5732. Marie Nimier	*Je suis un homme*
5733. Daniel Pennac	*Journal d'un corps*
5734. Ricardo Piglia	*Cible nocturne*
5735. Philip Roth	*Némésis*
5736. Martin Winckler	*En souvenir d'André*
5737. Martin Winckler	*La vacation*
5738. Gerbrand Bakker	*Le détour*
5739. Alessandro Baricco	*Emmaüs*
5740. Catherine Cusset	*Indigo*
5741. Sempé-Goscinny	*Le Petit Nicolas — 14. Le ballon*
5742. Hubert Haddad	*Le peintre d'éventail*
5743. Peter Handke	*Don Juan (raconté par lui-même)*
5744. Antoine Bello	*Mateo*
5745. Pascal Quignard	*Les désarçonnés*
5746. Saul Bellow	*Herzog*
5747. Saul Bellow	*La planète de Mr. Sammler*
5748. Hugo Pratt	*Fable de Venise*
5749. Hugo Pratt	*Les éthiopiques*
5750. M. Abouet/C. Oubrerie	*Aya de Yopougon, 3*
5751. M. Abouet/C. Oubrerie	*Aya de Yopougon, 4*
5752. Guy de Maupassant	*Boule de suif*
5753. Guy de Maupassant	*Le Horla*
5754. Guy de Maupassant	*La Maison Tellier*
5755. Guy de Maupassant	*Le Rosier de Madame Husson*
5756. Guy de Maupassant	*La Petite Roque*
5757. Guy de Maupassant	*Yvette*
5758. Anonyme	*Fioretti*
5759. Mohandas Gandhi	*En guise d'autobiographie*
5760. Leonardo Sciascia	*La tante d'Amérique*
5761. Prosper Mérimée	*La perle de Tolède*
5762. Amos Oz	*Chanter*
5763. Collectif	*La Grande Guerre des écrivains*
5764. Claude Lanzmann	*La Tombe du divin plongeur*

5765. René Barjavel *Le prince blessé*
5766. Rick Bass *Le journal des cinq saisons*
5767. Jean-Paul Kauffmann *Voyage à Bordeaux* suivi de *Voyage en Champagne*
5768. Joseph Kessel *La piste fauve*
5769. Lanza del Vasto *Le pèlerinage aux sources*
5770. Collectif *Dans les archives inédites des services secrets*
5771. Denis Grozdanovitch *La puissance discrète du hasard*
5772. Jean Guéhenno *Journal des années noires. 1940-1944*
5773. Michèle Lesbre *Écoute la pluie*
5774. Michèle Lesbre *Victor Dojlida, une vie dans l'ombre*
5775. Patrick Modiano *L'herbe des nuits*
5776. Rodrigo Rey Rosa *Pierres enchantées*
5777. Christophe Tison *Te rendre heureuse*
5778. Julian Barnes *Une fille, qui danse*
5779. Jane Austen *Mansfield Park*
5780. Emmanuèle Bernheim *Tout s'est bien passé*
5781. Marlena de Blasi *Un palais à Orvieto*
5782. Gérard de Cortanze *Miroirs*
5783. Philippe Delerm *Monsieur Spitzweg*
5784. F. Scott Fitzgerald *La fêlure* et autres nouvelles
5785. David Foenkinos *Je vais mieux*
5786. Guy Goffette *Géronimo a mal au dos*
5787. Angela Huth *Quand rentrent les marins*
5788. Maylis de Kerangal *Dans les rapides*
5789. Bruno Le Maire *Musique absolue*
5790. Jean-Marie Rouart *Napoléon ou La destinée*
5791. Frédéric Roux *Alias Ali*
5792. Ferdinand von Schirach *Coupables*
5793. Julie Wolkenstein *Adèle et moi*
5794. James Joyce *Un petit nuage* et autres nouvelles
5795. Blaise Cendrars *L'Amiral*

5796. Collectif	*Pieds nus sur la terre sacrée.* Textes rassemblés par T. C. McLuhan
5797. Ueda Akinari	*La maison dans les roseaux*
5798. Alexandre Pouchkine	*Le coup de pistolet et autres récits de feu Ivan Pétrovitch Bielkine*
5799. Sade	*Contes étranges*
5800. Vénus Khoury-Ghata	*La fiancée était à dos d'âne*
5801. Luc Lang	*Mother*
5802. Jean-Loup Trassard	*L'homme des haies*
5803. Emmanuelle Bayamack-Tam	*Si tout n'a pas péri avec mon innocence*
5804. Pierre Jourde	*Paradis noirs*
5805. Jérôme Garcin	*Bleus horizons*
5806. Joanne Harris	*Des pêches pour Monsieur le curé*
5807. Joanne Harris	*Chocolat*
5808. Marie-Hélène Lafon	*Les pays*
5809. Philippe Labro	*Le flûtiste invisible*
5810. Collectif	*Vies imaginaires. De Plutarque à Michon*
5811. Akira Mizubayashi	*Mélodie. Chronique d'une passion*
5812. Amos Oz	*Entre amis*
5813. Yasmina Reza	*Heureux les heureux*
5814. Yasmina Reza	*Comment vous racontez la partie*
5815. Meir Shalev	*Ma grand-mère russe et son aspirateur américain*
5816. Italo Svevo	*La conscience de Zeno*
5817. Sophie Van der Linden	*La fabrique du monde*
5818. Mohammed Aissaoui	*Petit éloge des souvenirs*
5819. Ingrid Astier	*Petit éloge de la nuit*
5820. Denis Grozdanovitch	*Petit éloge du temps comme il va*
5821. Akira Mizubayashi	*Petit éloge de l'errance*
5822. Martin Amis	*Lionel Asbo, l'état de l'Angleterre*

5823. Matilde Asensi	*Le pays sous le ciel*
5824. Tahar Ben Jelloun	*Les raisins de la galère*
5825. Italo Calvino	*Si une nuit d'hiver un voyageur*
5827. Italo Calvino	*Collection de sable*
5828. Éric Fottorino	*Mon tour du « Monde »*
5829. Alexandre Postel	*Un homme effacé*
5830. Marie NDiaye	*Ladivine*
5831. Chantal Pelletier	*Cinq femmes chinoises*
5832. J.-B. Pontalis	*Marée basse marée haute*
5833. Jean-Christophe Rufin	*Immortelle randonnée. Compostelle malgré moi*
5834. Joseph Kessel	*En Syrie*
5835. F. Scott Fitzgerald	*Bernice se coiffe à la garçonne*
5836. Baltasar Gracian	*L'Art de vivre avec élégance*
5837. Montesquieu	*Plaisirs et bonheur et autres pensées*
5838. Ihara Saikaku	*Histoire du tonnelier tombé amoureux*
5839. Tang Zhen	*Des moyens de la sagesse*
5840. Montesquieu	*Mes pensées*
5841. Philippe Sollers	*Sade contre l'Être Suprême* précédé de *Sade dans le Temps*
5842. Philippe Sollers	*Portraits de femmes*
5843. Pierre Assouline	*Une question d'orgueil*
5844. François Bégaudeau	*Deux singes ou ma vie politique*
5845. Tonino Benacquista	*Nos gloires secrètes*
5846. Roberto Calasso	*La Folie Baudelaire*
5847. Erri De Luca	*Les poissons ne ferment pas les yeux*
5848. Erri De Luca	*Les saintes du scandale*
5849. François-Henri Désérable	*Tu montreras ma tête au peuple*
5850. Denise Epstein	*Survivre et vivre*
5851. Philippe Forest	*Le chat de Schrödinger*
5852. René Frégni	*Sous la ville rouge*
5853. François Garde	*Pour trois couronnes*
5854. Franz-Olivier Giesbert	*La cuisinière d'Himmler*
5855. Pascal Quignard	*Le lecteur*

5856.	Collectif	*C'est la fête ! La littérature en fêtes*
5857.	Stendhal	*Mémoires d'un touriste*
5858.	Josyane Savigneau	*Point de côté*
5859.	Arto Paasilinna	*Pauvres diables*
5860.	Jean-Baptiste Del Amo	*Pornographia*
5861.	Michel Déon	*À la légère*
5862.	F. Scott Fitzgerald	*Beaux et damnés*
5863.	Chimamanda Ngozi Adichie	*Autour de ton cou*
5864.	Nelly Alard	*Moment d'un couple*
5865.	Nathacha Appanah	*Blue Bay Palace*
5866.	Julian Barnes	*Quand tout est déjà arrivé*
5867.	Arnaud Cathrine	*Je ne retrouve personne*
5868.	Nadine Gordimer	*Vivre à présent*
5869.	Hélène Grémillon	*La garçonnière*
5870.	Philippe Le Guillou	*Le donjon de Lonveigh*
5871.	Gilles Leroy	*Nina Simone, roman*
5873.	Daniel Pennac	*Ancien malade des hôpitaux de Paris*
5874.	Jocelyne Saucier	*Il pleuvait des oiseaux*
5875.	Frédéric Verger	*Arden*
5876.	Guy de Maupassant	*Au soleil* suivi de *La Vie errante et autres voyages*
5877.	Gustave Flaubert	*Un cœur simple*
5878.	Nicolas Gogol	*Le Nez*
5879.	Edgar Allan Poe	*Le Scarabée d'or*
5880.	Honoré de Balzac	*Le Chef-d'œuvre inconnu*
5881.	Prosper Mérimée	*Carmen*
5882.	Franz Kafka	*La Métamorphose*
5883.	Laura Alcoba	*Manèges. Petite histoire argentine*
5884.	Tracy Chevalier	*La dernière fugitive*
5885.	Christophe Ono-dit-Biot	*Plonger*
5886.	Éric Fottorino	*Le marcheur de Fès*
5887.	Françoise Giroud	*Histoire d'une femme libre*
5888.	Jens Christian Grøndahl	*Les complémentaires*
5889.	Yannick Haenel	*Les Renards pâles*
5890.	Jean Hatzfeld	*Robert Mitchum ne revient pas*

Composition Firmin Didot.
Impression CPI Bussière
à Saint-Amand (Cher), le 2 juin 2015.
Dépôt légal : juin 2015.
1er dépôt légal dans la collection : mai 2009.
Numéro d'imprimeur : 2016369.
ISBN 978-2-07-038986-5./Imprimé en France.

289980